U0901603

绝不离婚

艾米 著

长江出版传媒 | 长江文艺出版社

北京长江新世纪文化传媒有限公司
www.cjxinshiji.com
出品

目　录

CONTENTS

鸡立鹤群

1

飞机还有二十分钟才起飞，杨红靠在座位上，闭上眼睛。她原以为在机场与丈夫、儿子告别会很难受，但出人意料的是，三个人都很平静。儿子才四岁，又一直有保姆照顾，大概以为妈妈这次也只是出差几天，所以没哭没闹，只叫她一定带麦当劳回来。丈夫周宁只是叮嘱她别顾着省钱，到了美国那边该吃的吃，该花的花，咱们也不靠省这几个美元过日子。

机场里有些男女又是接吻，又是拥抱的。杨红有点看不惯，有些东西还是应该留在卧室里做的。有多少激情昨晚也该燃烧完了，用得着在大庭广众之下表演吗？

昨晚丈夫周宁倒是激情满怀，做了两次似乎还意犹未尽。“真舍不得你走。”完事以后他还加了一句。

杨红原本也想像丈夫一样投入，但她有太多的担心，做了流产手术还不到三十天，不知道会不会引起炎症。如果又怀上，那就更糟了。听说美国那边做流产贵得很，还有人说美国根本不让做流产。如果那样，有了孩子还非生不可。杨红怕怕地想，生第二胎，还想不想在H大学待了？自己做系党委副书记的时候，亲手开除过一个生第二胎的女老师。虽说是院党委集体的决定，自己总是投了赞成票的。

在怀儿子周怡之前，她和丈夫没采取过什么避孕措施。那时候想，反正婚也结了，有了孩子就生。奇怪的是，结婚六七年，也没怀孕。杨红那时候也不急，边教书边读在职博士，哪有时间带小孩。等到博士毕业正有点着急怕得了不孕症的时候，就发现自己怀孕了。生下来是个儿子，把两边的老人都喜坏了。

杨红倒不在乎是男是女，不过老人们喜欢儿子，她也松了口气。真不知道生了女儿会是什么样。

怀孕这事还真开不得头，一开头就络绎不绝。周怡还没断奶，杨红就发现自己又怀孕了。

“不是说喂奶期间不会怀孕的吗？”周宁不解地问。

她一听，真是气不打一处来：“谁说的？有没有科学根据？什么话你都相信。”

发过脾气她又有些后悔，其实她也是相信喂奶期间不会怀孕的，所以她也没强调要采取避孕措施。那一次真是把她吓得半死，生周怡是剖腹产的，医生说她这么快就怀孕真的是不要命了。药流吧，她正在给孩子喂奶；刮宫吧，怕把子宫上的伤口刮破了；生吧，政策又不允许。那医生反反复复地责问她为什么不采取避孕措施。杨红坐在医院门诊室里，听医生当着好几个病人的面，毫不留情地批评她，眼泪都流出来了。最气人的是医生最后还加上一句：“年纪也不小了，这是何苦呢！”

杨红不知道医生说的“何苦”是指什么。是说年纪不小了，不该有性生活了，还是说年纪不小了，居然还不知道避孕？她知道医生是得罪不起的，所以唯有隐忍。等出了门诊室，在走廊上看到周宁，她再也忍不住了：“都是你！都是你做的好事！”

“我怎么了？”周宁也没好气地问，“这是我一个人的事吗？”

那天晚上，杨红像每次跟丈夫吵完架那样，裹着自己的那床被子，背朝着周宁睡下。不管两个人闹多大的矛盾，她从来不会把周宁赶到客厅去睡，怕保姆看见。她不想让外人知道，更不想传到父母耳朵里去。两人不吭声地躺了一会儿，周宁伸过一条胳膊来，把她往怀里拉。她没好气地说：“还做，还做！都弄成这样了，还要来。”

周宁嬉皮笑脸地说：“反正也这样了，再做也不会怎么样了。”

杨红知道丈夫在这个问题上是颇有纠缠劲的，差不多是不达目的决不罢休。你不答应，他可以缠你半夜。与其弄得自己半夜睡不成觉，还不如尽快满足他，两个人都可以多睡一会儿。

每次周宁在那里折腾得气喘吁吁时，杨红就觉得尴尬。虽说结婚这么多年了，她仍然觉得这是个令人羞于启齿的事。

杨红生于上世纪六十年代末，好像一生都在读书，一生都待在大学里：高中毕业就保送进了 H 大学，本科毕业就留校，一待就是这么多年；读的书都是与学业相关的，连风花雪月的爱情小说都看得不多，更不用说“黄色下流”的了。

记得读中学时上生理卫生课，快上“生殖系统”那一章时，班上男男女女都有些莫名其妙的激动。杨红也觉得老师快要揭开一个什么大秘密了。结果老师把男生和女生分开来，对女生重点讲了一下经期卫生，就结束了那一章。

杨红唯一记得当老师讲到经期同房会引起种种疾病时，一个女生突然大哭起来。在老师的一再追问下，那个女生说出她经期同过房，肯定要死了。杨红记得那个四十多岁的女老师惊讶地张着嘴，有好半天没说话。最后那女生说她一直是跟姐姐住一个房间的，就是经期也不例外。教室里那个笑啊，连隔壁教室的老师都跑过来问是怎么回事。当生理卫生老师一再解释跟姐姐同住一室不算同房之后，那个女生才破涕为笑。不过她从此落下一个别名，叫作“同房”。

杨红当时也跟着一众女生大笑一通，而且每次有人嘲笑地用“同房”叫那女生时，杨红都忍不住跟着大家笑得人仰马翻。其实她也不知道“同房”究竟是怎么回事。但是她觉得自己比那女生还是技高一筹：至少我知道什么不是“同房”吧！

真正了解“同房”的意思，是在她的新婚之夜。跟周宁谈了一年恋爱，杨红是彻底地守住了自己的防线。周宁可以说是有贼心，有贼胆，有贼力，但没有贼地方。那时两个人都住在大学的集体宿舍，同寝室的人没有十个也有八个。那时的大学生也不像现在的大学生这么开放，大多数人还是过着“寝室——课堂——自修室”三点一线的生活。

有那么几次，两人在H大学著名的人工湖畔待得晚了些，搂抱的时间太长了些，周宁也少不了有些冲动，但一看杨红那不谙世事的表情，就知道此刻要是提出要求，无异于自动请求判自己流氓罪，于是就把到了嘴边的话硬压回去，也趁杨红不注意时把那蠢蠢欲动的家伙镇压下去。

2

婚后，周宁有一次开玩笑地问：“嗨，还记不记得我们谈恋爱的时候，有一次你问我裤兜里装着什么硬邦邦的东西？”

杨红很认真地想了一会儿，有点抱歉地说：“不记得了，很重要吗？”

接着，杨红一下领悟过来，红着脸嗔道：“流氓！”

周宁狐疑地问她：“你那时是真不知道，还是装纯洁？”他看杨红瞪起双眼，连忙解释说：“我不是说你以前看到过实物，我是说至少从书上看到过吧？生理卫生书上不是什么都有吗？”

杨红打断他的话说：“书上画的不是你那样的。”

周宁逗她说：“看来当初看书还挺认真啊，是不是躲在寝室里偷偷摸摸地仔细琢磨？”

杨红说：“从来没有。你们男生才会这样无聊。”

周宁笑着说：“怎么是无聊呢？我们学知识不满足于一知半解嘛。嗨，你说奇怪不奇怪，我英语那么差，但那几个单词却是到现在都记得。”

杨红哭笑不得地说：“我倒是觉得奇怪，你怎么什么都知道？”

“我什么都知道？”周宁不解地问，“我自己身上的东西，我还不知道？”

杨红不看他的眼睛，固执地说：“我不是指这个。”

有些词她真的是说不出口，哪怕是在丈夫面前，哪怕跟他什么都做过了。

“噢，明白了，”周宁有时候特别喜欢看杨红害羞的样子，所以他故意发出这样的声调，“男人都是无师自通的嘛。”

“我不相信。你以前肯定有过。”

“真的没有。我大学四年都是在你眼皮子底下度过的，我们两人是正儿八经的恋人。”

“我怎么知道你有没有过？我又没有天天跟着你。你大学四年在我眼皮子底下，那你读大学之前呢？”杨红不依不饶地说。

“上大学之前就是上高中，每天为高考累个半死，哪有那个心思？”

“没那个心思？我看你刚才那个表情啊……”

周宁摸了一把自己的脸，调侃地说：“什么表情？我还不知道我这张脸还会有表情呢，早知道我学戏剧去了。”

杨红说：“别装蒜。你要是以前没有过，为什么新婚之夜那么老练？”

周宁回想了一下，想不起自己在新婚之夜是如何老练的，不过似乎还真是没有新手的慌张，不是因为艺高人胆大，而是知道杨红肯定更不懂。在一个完全不懂的人面前，还有什么好慌张的？做错做对，反正她又不知道。精神上没负担，行动就显得胸有成竹。想不到技术上没差错反倒成了坏事，给妻子留下一个熟能生巧的印象。早知道这样，自己当初就装着磕磕绊绊，不得要领，说不定就没今天的麻烦了。

他停了笑，斩钉截铁地说：“我可以对天发誓，你是我第一个女人。”

“对天发誓有什么用？你又不信天。”

周宁无心恋战，有点后悔自己挑起话题让妻子来拷问自己，于是说：“我不知道怎样证明自己的清白，我羡慕你们女人，得天独厚，有个处女膜，像正规大学颁发的学位证一样。我们男人先天不足，无论怎样清白，都只能拿个水货学位，用人单位承认就承认，不承认也没办法。”

3

“嗨，是不是特蕾莎？”

杨红正在回忆时，忽然觉得右肩被人轻拍了一下，忙睁开眼，发现右手边站着一个年轻女孩，但想不起是谁。

还没等她做出反应，女孩便把她从座位上拉起来，上下左右打量着说：“哇，真是特蕾莎，剪了个长碎发，又穿得这么可爱，刚才还以为认错了人！”

杨红听女孩提到自己的发型和衣着，只觉得一股热浪从两个耳朵边烧起，脸上绯红，好像撒谎被人当场戳穿一样，不好意思地说：“都是几件旧衣服了。头发倒是新剪的，本来说剪齐就行了，哪知美容店那几个师傅听说我要出国，都劝我剪个长碎发，说是以后料理起来简单。听说在美国烫发贵，所以就剪了这个发型。”

“这样挺好的，”女孩按她坐下，自己也在她右手边的18B上坐下，“你背景审查通过了？”说完又笑起来，“好老土的问题，不通过你怎么会坐在国际航班上！”

“五月份就通过了。”杨红见女孩没再注意她的穿着，松了口气。

“我也被审查背景了，等到八月中旬才签到证，美国很多学校早就开学了，别人早去美国了，搞得我现在一个人飞去，路上得几十个小时，连个说话的人都没有。还好，现在碰到你。”

杨红想不起女孩的名字了，但从她知道自己有特蕾莎这个英语名字来看，一定是新东方口语班的同学。四月份，杨红报名去新东方的听力和口语班上了一个月的课。

“你是新东方的吧？”杨红略带抱歉地说，“有点想不起你的名字来了。”

“我是特蕾西，跟你一样，都是朱彼得班上的。你肯定不记得我了，”特蕾西调皮地说，“不过你那时可是像朱彼得说的那样：‘鸡立鹤群’。我们班肯定每个人都记得你。”

杨红听她提起朱彼得，想起他上课第一天对自己的嘲笑，有点不快地说："那个朱彼得，油嘴滑舌，哪里像个老师。"

"朱彼得说话是太损了点。"特蕾西说，"不过，你还别说，经他那么一调教，你还真大变了样。你瞧现在你这打扮，比三个月前至少年轻了十岁。不认识的人还以为你本科生呢。"

"还本科生，都研究生导师了。"杨红嘴里谦虚着，心里却十分舒坦，对朱彼得的恨意也消了许多。

"听说你那会儿在校长面前参了朱彼得一本，后来怎么样，把朱彼得赶走了没有？"特蕾西好奇地问。

"没有。"杨红有点不好意思地说，"其实我也不是要把他赶走，只是刚开始不太习惯他那样的教学方法。"她不想提那件尴尬的事，于是问道："怎么，你不知道他一直教完我们那个班？"

"我没上几天课就走了。"

"是吗？为什么？"

"忙起来了呗！"特蕾西对杨红挤挤眼，学着朱彼得的腔调说，"我他妈真忙，但不是忙他妈的！"

4

在遇到朱彼得以前，杨红根本不知道这个 F-word 是什么意思。她不知道英语里面的"4-letter-word"（四个字母的词，骂人话），她也不用中文里的脏字。她是老师，讲究个为人师表。

但她忽然想起周宁倒是有点喜欢说话带个脏字，而且使用这个字的频率很高。

结婚前，杨红没怎么注意到他这个习惯。一来因为周宁正在热恋之中，对自己的期待值也比较高，身不由己地就想把自己造就成个脱离了低级趣味的人；二来因为还没领结婚证，怎么样都觉得像是没转正的学徒工一样，总想在老板面前留下个兢兢业业的印象，脑子里那根弦就绷得比较紧，嘴上也就多个岗哨。那时不要说是指代那个部位的字，就连与那个部位相邻地区的词都从他口中消失了。明明是肚子疼，说出来就成了"胃疼"。

其实那时即便偶尔疏忽，用了那个字，杨红也不会注意，因为杨红自己也处在热恋之中，脑子也是晕晕乎乎的，而且杨红跟周宁的老家隔山隔水，两个人的家乡话完全像两种不同的语言一样，指代那个部位的当然是完全不同的名词。周宁的那个 × 字，对杨红来说完全是个生词，恐怕查字典都查不出来，即使查出来也没那个释义。

结婚后，周宁就有点大意了。千不该，万不该，就不该把这个字在他家乡话中的字义告诉杨红。杨红知道了这个字的含义后，觉得很刺耳。为此，两口子经常发生口角。

后来经周宁赌咒发誓地解释，尤其是杨红到他老家去过了几次，亲耳听到那里的人讲话，才知道周宁说的基本属实。

周宁在那个镇上颇有名气，虽然镇上也不乏出了大学生的家庭，但娶了博士做老婆的，他还是头一个。而且老婆还是党委书记，小镇的人不管你是院党委书记，还是校党委书记，是正书记，还是副书记，一律称之为“大学的书记”。每次一听说周家的老二带老婆回家探亲来了，镇上相干不相干的人就会跑来坐一阵儿，闲聊聊，看看城里媳妇的模样。

如果是暑假高考之后，就有络绎不绝的人，提着礼物，来求大学的书记把自家的子女招到H大去。周宁一般还是很考虑杨红的难处的，能拒绝的就拒绝了。不过有时来求他的是自家的亲戚，或是熟得不能再熟的朋友，被人灌几杯汾酒或者是茅台，就一口应承下来。趁着酒兴，就大着胆子把自己的应承告诉杨红，弄得杨红十分为难。开后门招这个学生吧，违背政策，整起风来，吃不了兜着走。而且自己权力有限，不像镇上人想的那样：既然是大学的书记，在自己的大学还不是一手遮天？想招谁就招谁，你说不行，肯定是嫌礼物送得太少，或者是交情不够。

所以搞到最后，杨红就怕跟周宁回老家，能拖就拖，能推就推。周宁说她是厌恶他的家乡，嫌他是乡下人，在他的亲戚朋友面前摆架子，存心让他丢脸。杨红说他一回老家就是烟酒牌，还拉扯来一大堆人情后门，害她违法乱纪。起先两个人都怕家人知道，所以就折中，哪个的老家都不去，就待在H市。吵到后来，就有点顾不上家丑不可外扬的古训。

有一次，周宁竟然丢下怀孕的杨红，一个人跑回老家去了。

5

“看你那个样子，还在恨彼得啊？”特蕾西见杨红怔在那里，以为她还在为新东方的事生气，就笑着说，“难怪有人说无情才是真豪杰，原来仇恨就是力量。”特蕾西见杨红嘴张了张，好像要解释的样子，也不给她插嘴的机会，继续发挥自己的理论：“就因为你恨他，你对他才有免疫力。不像别的女孩，第一天就被他电倒，成了他的扇子。你知不知道那个萨曼莎？她可不是一般的扇子，可以称得上是铁扇公主级的。彼得到哪里开班，她就扇到哪里听课。上个月彼得去了美国，听说萨曼莎就扇到美国去了。”

杨红觉得特蕾西说的话，有点像托福听力考试的那些段落，那里面一个一个的词，似乎都不是生词，听的时候以为个个都听懂了，但回头来想整个段落的意思，却发现自己一点都没听懂。听力老师总说不要为了一两个词在那里流连忘返，你把一段话当作整体听完了，那一两个不懂的词在上下文里面，自然就好懂了。但对杨红来说，如果有那么一两个关键词不懂，整个一段就全部泡汤了。

像特蕾西的这段话：“免疫力”是耳熟能详；“什么什么就是力量”更是个天天讲的句型；“无情才是真豪杰”，好像是鲁迅的名言，又好像不是。是不是无所谓，听得懂就是了。但就因为她不懂那个“扇子”什么的，这一段话就把她听得一头雾水，最后只记住了一点：朱彼得和萨曼莎到美国去了。

特蕾西谈兴正高，杨红也不好问她扇子的事，就由她去讲。

“你还记不记得彼得的开场白？超级幽默！”特蕾西一扭身从座位上站起，也不管前后的人都在看她，只管学着朱彼得的口气说，“我叫彼得朱，你们可以叫我彼得朱，或朱彼得，或彼得，或朱。你们想叫我什么就叫什么。”

学到这里，特蕾西更来劲了：“叫我彼得朱的人——是崇洋媚外的人；叫我朱彼得的人——是土洋结合的人；叫我彼得的人——是我的至爱亲朋；叫我朱的人呢——哈哈，是喂猪的人。”

特蕾西学到这里，已笑得花枝乱颤。杨红也附和着笑，心里却想，看来我对朱彼得还真的有免疫力，他这番自我介绍，还真没把我电倒，而是把我气倒了。一个老师，站在讲台上不传授知识，却在那里油嘴滑舌，哗众取宠，如果是我院里的老师这么教书，早就受到警告了。

杨红最反感的是朱彼得的汉英混杂。她自己能讲好几种方言，但她从来不把两种方言夹杂在一起说，免得别人听了难受。她在学校跟同事和学生讲普通话，在家跟周宁讲 H 市话，回自己的老家跟父母讲家乡话，在周宁老家，她基本是打哑语，到哪山唱哪山的歌嘛。等她到了美国，她当然就要讲英语，她就是为这才到新东方学听力和口语的。哪知这个朱彼得却把个英语和汉语混在一起，使她听得很难受。你说英文就说英文，说中文就说中文，知道你是在说哪国话，听的人心里也有个准备，知道把大脑里哪个字库打开。你一下中文，一下英文，别人刚刚顺着中文的思路开始走，你又换成英文了，别人又要忙不迭地换一条思路。

杨红恨朱彼得的中英混杂，就像恨周宁在她开车时老叫她换道一样。每次杨红开车，只要周宁在旁边，她就没有好日子过。好端端的一条道他不让你一口气开完，无端地就逼你换道。

“换左边去！左边去！”她刚换了道，惊魂未定，气还没喘匀，周宁又叫了，“右边！右边！见鬼。叫你换你不换，现在被人家超了。”

6

“你不知道，彼得的杀伤力好大哟。”特蕾西夸张地说，“他往讲台上那么一站，把手往口袋里那么一插，那个性感甫士一下就把那些个妹妹电晕了。”特蕾西说着就学朱彼得把两手往屁股后头的口袋里一插，稍稍偏着个头，眯缝着眼，脸上似笑非笑。

杨红笑着说：“你学得还真像。”但她不明白，为什么这就能迷倒人呢？真所谓仁者见仁，智者见智，情人眼里出西施啊。同样一个朱彼得，杨红第一天看到的是一个邋里邋遢的男人。他穿一件旧 T 恤，一条半短不长的裤子，惊心动魄地挂在胯骨上。裤子上有数不清的口袋，横七竖八地贴在那里。头发是湿漉漉的，像刚从澡盆里爬出来一样。后脑勺和两边的头发短得像周宁的寸头，但在前额上，却有长短不一的一撮儿，像被人踩过的麦田，东倒西歪，杂乱无章。走到教室门边时，他手里还有小半截烟，也不舍得丢，就一脚踏在门里，一脚踩在门外，深深地一吸，只见吞云，未见吐雾，就已经站到讲台上了。等他开口做自我介绍时，吸进去的烟才从他头上各个通风口里袅袅地飘出来。

“听没听说过‘备皮’啊？”特蕾西憋着个男声，“‘备皮’就是医院里动手术之前，先把病人拉出去，剃毛消毒，为手术做好准备。我的课呢，是为你们出国‘备心’。你们先被我雷几回，到了国外，就不会被文化冲击折腾得半身不遂了。”

特蕾西学到这里，忍不住笑起来，评价道：“他哪里是‘备心’？明明是‘偷心’。不过他放电倒是真的。”特蕾西说着就往后一倒，做晕倒状。

杨红看见特蕾西那件本来就开口很低绷得又紧的衬衣，被她这样一倒，胸前就形成一个大大的 V 字，V 字顶端那粒纽扣岌岌可危地悬在那里，很替她捏把汗，生怕她再往后倒，那粒扣子就会绷脱，胸前那两个乱颤的东西就会飞弹而出。杨红赶快把她扶起，转个话题：“你说朱老师到美国去了？怎么没听他说起过签证的事？”

“哪个朱老师？噢，你说彼得啊，”特蕾西说，“他签什么证？他有绿卡的。回去坐移民监去了。”

“噢，那萨曼莎呢？她也是有绿卡的？”杨红想，有绿卡的人教口语还说得过去，有绿卡的人来新东方学口语就奇怪了。

“萨曼莎？她要绿卡干什么？她老爸是 ×××，搞个出国机会还不容易？”特雷西说。

杨红不敢相信自己的耳朵：“你是说省委书记 ××× ？”

“本省莫非还有第二个 ××× 么？”特蕾西恍然大悟，“原来你不知道啊？难怪你敢告彼得的状，我说你怎么那么大胆呢。搞半天是无知者无畏。后怕了吧？”她安抚性地拍拍杨红的手，“幸好你的状没告下来。不然，你要真把彼得赶走了，萨曼莎肯定在她老爸面前参你一本，叫你死得难看。”

杨红想，反映一下朱老师的教学情况，应该罪不至死吧？她有点好奇地问：“这个朱老师到底有什么迷人之处，惹得省委书记的女儿穷追不舍？”

“拜托，拜托，你别一口一个朱老师好不好？你叫他朱老师，听着巨搞笑。”特蕾西说，“他的迷人之处，还真不好说。可能是他身上有几分邪气，又有几分正气，够酷吧。”

杨红担心地说：“知道他有几分邪气，怎么还追呢？如果他利用萨曼莎的年轻无知——”

特蕾西不等杨红说完，就一拍巴掌，笑道：“彼得给你起的英文名还真传神，特蕾莎！”

杨红脸一红，想起当时朱彼得听说她没英语名字，就问她叫特蕾莎行不行，她不知道朱彼得是在影射她像修女，就没反对。

“嗨，特雷莎嬷嬷，”特蕾西一本正经地说，“您老人家怕彼得把萨曼莎吃了？你那是老皇历了。现在还不知道是谁吃谁咧。据我的分析，彼得应该喜欢你。”

杨红一愣，觉得特蕾西的思维跳跃性太大，她有点无法适应。“喜欢我？”她问，“他多大？我多大？他肯定比我小呢。”

“可以姐弟恋嘛。”

“我婚都结了，小孩——”

“可以婚外恋嘛。”

杨红摇摇头：“你简直乱点鸳鸯谱，你知道我很讨厌他的。”

“就是因为你讨厌他，他才要追你。”特蕾西分析说，“你看那电影里面，男孩肯定不爱那一群爱他的女孩，而偏偏去爱那个恨他恨得咬牙切齿、对他不理不睬的女孩。他想，我倒要看看那女孩有什么本事，敢对本公子这种态度。于是他就猛追。”

“这不是赌气吗？”

“开始是赌气，追着追着，就真爱上了。”

杨红想想，有几部电影还真是这样。她笑笑说：“那不都是电影吗？”

“你忘了彼得说的？现在是生活模仿艺术的年代了。喂，你和彼得模仿到哪一段了？”

7

杨红说：“突然想起语文老师说过艺术来源于生活，不是像你说的那样，生活模仿艺术。”

“艺术来源于生活？那是什么年代的事了？你怎么像那个笑话里的老家伙？住在深山老林，一辈子没离开过他那个山沟沟。后来公路修到他家门口，他逢人就问：‘日本鬼子赶走了没有？’”

杨红一笑：“不对吧，他没出过那山沟，怎么又知道日本鬼子呢？”

“笑话嘛，你能跟它较真儿？”特蕾西也笑起来，“算了，说正经的，你跟彼得模仿到哪一段了？”

“什么哪一段？我都不知道你说的有几段。”

“不就那几段吗？第一段：相遇。第二段：相恨。你们已经过了这两段了。第三段：相识。第四段：相知。然后是相恋，相爱。啪！搞定！”

杨红听特蕾西说得振振有词，最后还打个榧子[①]，觉得挺好笑：“就这么简单？后面就没有了？”

“都到相爱了，还有什么？再有就不是艺术了，变成生活了。”特蕾西撇

① 榧子，用拇指和中指相捻而发声的动作。

撇嘴，“所以电影都是写到相爱为止的，最多加个婚礼，然后就‘从此他们过着幸福的生活去了’。”

杨红不同意：“不会吧，有很多电影都是写婚后的事情的。”

特蕾西想了想，说：“那又是另一个路子了。第一段：相遇。第二段：相恋。第三段：结婚。第四段：第三者插足。这后面就是多项选择了，任选一个。

A. 离婚，跟第三者在一起；

B. 离婚，第三者跑了，再找第四者；

C. 不离婚，丈夫痛打第三者一顿；

D. 不离婚，第三者痛打丈夫一顿；

E. 丈夫和第三者痛打妻子一顿，两人结为同性恋。”

特蕾西说到这里，已笑得直不起腰来。杨红也忍不住笑，笑了一会儿，她问：“有点不对噢，你这是说女人红杏出墙的故事的，实际生活中，还是男人有外遇的多吧？”

“这不是顺着你跟彼得的故事在说吗？”特蕾西说，“男人有外遇，前边几段一样，就是这个多项选择要变一变了。

A. 老婆寻死觅活，不肯离婚，老公只好一妻一妾，享齐人之福；

B. 老婆与第三者同归于尽，老公另觅新欢；

C. 老婆杀第三者，判终生监禁，老公还是另觅新欢；

D. 老婆废老公，切了他的小弟弟，从此相安无事，白头到老；

E. 老婆和第三者联手，痛打老公一顿，两人结为同性恋。”

杨红指着特蕾西，笑得直不起腰来。但笑着笑着，突然笑不出来了。

8

特蕾西见杨红突然不笑了，问道：“怎么啦？被血腥味吓坏了？你知道我是晚报跑社会新闻的，写东西讲究轰动效应，不然发行量上不去。你担个什么心呢？以你跟彼得这种速度，再发展十年也到不了‘丈夫和第三者痛打妻子’的阶段。”特蕾西很体已地拍拍杨红的手：“说真的，你在这个相恨阶段上，是不是停留得太久了？不就是为彼得说你‘鸡立鹤群’的事吗？”

杨红听她提起那件事，觉得自己被特蕾西从什么遥远的地方扯回了现实，不过谈兴已经大减，只懒懒地说：“不是那么简单。”

“我觉得彼得那天并不是针对你的，如果我没记错，他是这样说的，”特蕾西用尖刻的腔调说，“大陆的女生呢，就不问是什么场合，春夏秋冬，婚丧嫁娶，一律是西服对付你。哪怕是到野外烧烤，她也是西服革履，又怕冻了她那双老寒腿，就先来一条棉毛裤什么的，再在上面来一长筒丝袜，那小腿上鼓鼓囊囊，像下肢静脉曲张一样。站在一群T恤牛仔的老美中间，犹如‘鸡立鹤群’。”

杨红说：“那天就我一个人穿西服和棉毛裤，如果你们觉得他说的不是我，干吗都望着我笑？”

特蕾西笑着说：“你还真穿了棉毛裤在里面啊？其实你是坐着的，我们只看见你穿西服，不知道你穿棉毛裤，估计彼得也不知道。不知者不为罪。还有别的吗？”

杨红想了想说：“我就听不惯他那种口气，好像美国就什么都好，中国就什么都不好一样。自己也是中国生中国长的，一到了美国，就好像自己生来就是美国人一样。”

“噢，这么大的帽子啊。”特蕾西笑着说，“这又是为哪件事？是不是我走后发生的？”

杨红想了想，说：“这种事多哪，你走之前走之后都有，你不记得他第一天就把美国的老师捧上了天，把中国的老师贬下了地？”

特蕾西想了一下：“噢，我知道了。你说那件事啊。那没什么呀，他说美国的老师怕学生说他讲课无趣，所以就想方设法把话说幽默一点，让学生爱听。就像他们的药丸，总要包上一层糖衣，让你爱吃。如果学生说他无趣，那他就感到无地自容，比被人说他没水平还伤心。”

杨红说：“但他是怎样评价中国老师的呢？说我们一天到晚拉长着一张脸，不苟言笑，讲课枯燥无味。不管什么东西，都要制成一剂黄连苦药，叫你难以下咽。还动不动搬出个良药苦口的道理吓唬你，逼着你喝。熬剩的药渣都不让倒，期末拿出来，熬一熬，再喝一遍。”

特蕾西说：“我敢担保彼得不是说你的，你肯定不是他说的那种老师，不过有些老师确实是那样，讲课像催眠曲，一听就想睡觉。”

杨红苦笑一下：“我觉得教书最重要的是传授知识，把知识性的东西讲清楚了就好。我们搞理科的，怎么把课讲幽默？难道你能把那些基因编成一个笑话讲给学生听？”

特蕾西说：“那倒也是。”

杨红说：“这两件事，我虽然觉得他做得不对，但还可以说只是我们两个人观点不同，但有些事，真是太过分了。”

“什么事，你这么生气？”

杨红想到好几件事，可能都是特蕾西走后发生的，她觉得那些话她没法对特蕾西学说，就选了一件特蕾西也知道的：“就说我问他动名词和分词区别的那一次吧，你也在班上的，你肯定知道我说什么。”

特蕾西做个鬼脸，说：“是不是那个‘我他妈真忙，但不是忙他妈的’的例句啊？”

杨红红着脸说：“不是那句还能是哪句？你看，这样的东西也拿到课堂上来讲，还说是他的经典例句。”

特蕾西说：“我记得他没有在课堂上讲噢，他说中国的考试题可能会问你一个词究竟是动名词还是分词，但美国人就不会问这种问题，他们不管它是什么词性，只要从上下文里知道意思就行了。彼得只把这句话写在黑板上，说你们把这句搞懂了，动名词和分词的区别就搞清楚了。”

杨红想起那天她因为不知道这个词的意思，还把这个例句工工整整地抄在笔记本上，以为得了真传，从此就知道动名词与分词的区别了。回去一查字典，才知道 f–ck 是那个意思，当时就觉得好像被人调戏了一样，怒不可遏，要去找新东方的校长。周宁劝她再查查语法书什么的，说不定有什么别的意思。两个人查了半天，也没查出个名堂。后来周宁用了一个文雅的词，试着翻译了一下，说：“是不是应该理解成‘我做爱忙，但不是忙做爱’？”杨红想，不管你忙什么，这样的句子拿到课堂上做例句就是不应该。英语里头动名词分词一大堆，你用哪句不行，偏偏用这句？

9

特蕾西咯咯笑了一会儿说：“哎，你还别说，我想半天，还真想不出一个比这更精练的例句。同一个词在同一个句子里出现两次，第一次是分词，第二次是动名词，意思是‘我很忙但不是忙那事’。你能想出一个更好的例句吗？”

“我想不出。”杨红赌气地说，心里却想：看来周宁那个翻译是不对的。不过我的气也不是生得完全没理由，至少有一半还是我理解的那个意思。

特蕾西说：“其实很多人爱说这个字的。我们报社有几个家伙，嘴里经常是 f–ck 来 f–ck 去的，听惯了，也不觉得什么。可能因为英语是别人的语言吧，有很多词，你用汉语说不出口的，用英语说就不觉得什么。比如你用中文说‘性交’说不出口，但你说‘Make Love’就觉得没什么。”

杨红想，你还说用中文说不出口，你刚才不是已经说了吗？她不想指出这一点，因为要指出来，自己也要说出那个词，于是说：“那他也不该把这样一个句子给一个女人，叫她去查啊。”

特蕾西诡秘地一笑：“说不定这正是他追你的一个办法呢！你没听说‘男人不坏，女人不爱’？你看了这样的句子，就在那里浮想联翩，想入非非，把个粉脸羞得通红……”

杨红找不出话来回答，只无可奈何地指着特蕾西：“你乱讲些什么啊！”

特蕾西涎着脸说：“你没听彼得说我们晚报记者擅长的就是写八卦文章？”

“他说你写八卦文章，你也不生气？”

“生什么气？八卦就八卦，有人看就有人写。”特蕾西打个榧子，“好了，搞定！几个误会全部澄清，相恨阶段结束，进入相识阶段。正好你要去美国，而彼得已经在美国了。我跟你八卦一把：某年某月的某一天，你推开房门，发现彼得就站在你门外，向你负荆请罪。”

杨红正想说什么，却被一个怯生生的声音打断了：“同志，请问你的座位是18B吗？”

杨红和特蕾西循声望去，见是一位中年妇女，穿着银灰色西服，戴眼镜，脸上汗涔涔的，正指着特蕾西坐的位子。

特蕾西明白过来，说：“噢，这不是我的座位，我在36A。”

“那这个就是我的座位了。”妇女如释重负，“我刚才被挤在外面进不来，起飞时间到了，我连安检的门都没进。多亏一位空姐过去把我们领进来，不然有一二十人都误了这趟飞机了。”

特蕾西和杨红同时看看表，不约而同地叫起来：“晚点三十分了！”

杨红担心地说：“我在汉城还要转机的，现在晚点这么多，还能赶得上吗？”

特蕾西说：“我也是在汉城转机的。”

前排座位上的一个男人转过头说：“我们都是在汉城转机的。机上刚才已经广播过了，说机票上写的飞行时间是两个半小时，实际只要一个半小时，早就留了一手了。你们刚才只顾讲话，大概没听见。”

杨红的脸腾地一红，心想，刚才以为邻座都是韩国人，讲话毫无顾忌，没想到这人是中国人，刚才说的话他肯定都听见了，不知他会作何感想。

特蕾西对那个妇女说：“可不可以跟您换一下？36A，是靠窗的。我想跟我朋友坐在一起。”

妇女顺着特蕾西指的方向看了一会儿，摇摇头：“那边都是男的，又不像是中国人，我还是坐这里吧。”她指指杨红：“路上我还可以跟她说说话。”

特蕾西站起身，说：“也好，我去泡那几个韩国哥哥。”她挤到通道上，对杨红说：“待会儿到了汉城再跟你聊。”说完便施施然朝 36A 走去。

杨红的邻座，大概四十岁左右，已把西服脱去，只穿一件很透明的衬衣，汗湿了，贴在身上，把里面的乳罩清清楚楚地印出来，因为有点发福，乳罩带子深深地陷进肉里。杨红心想，这么热的天，还穿西服，也不管是什么场合，还有那乳罩，真的跟朱彼得说的那样，像抗日战争时期八路军身上的子弹带，只不过是换作两个手雷，暗藏在透明的军服下罢了。

刚想到这里，杨红吓了一跳，我这是怎么啦？真的被朱彼得洗了脑了，看不惯中国人了，连场合都用上了！

逝 爱

1

飞机终于开始滑动。杨红的座位是18A，靠窗，机票是托她以前教过的一个学生买的。杨红选这个座位，不光是因为它靠窗，主要是图个吉利，因为杨红的妈妈自从听说女儿要出国，就一直担心得不得了，老觉得女儿是要到那个人手一枪、黑帮泛滥的国家“头朝下在餐馆洗盘子”去了。签证还没下来，妈妈就跑到庙里为她求签占卦，结果求得一个“不宜出行”的中下卦，更加反对杨红出国。杨红虽然也有点信签语，但这次出国机会来之不易，特别是被检查一通，反而坚定了出国的决心，滋生出一股逆反情绪，心想，你美国搞得那么神神鬼鬼的，不让人进去，我偏要进去看看。

杨红把头靠在窗上，看飞机慢慢滑向跑道，心想，不知儿子和丈夫这会儿在干什么。她知道儿子对她出国，其实并不伤心。每次问他“妈妈走了你想不想”时，他总是说“想”；问他哪里想，他也煞有介事地指指胸口说“这里想”。杨红知道这是保姆教他的。当杨红换一个方式，问他“妈妈去美国好不好”时，儿子总是很开心地说：“好！好！妈妈去了美国，我就不用上幼儿园了！”把杨红听得透心凉。

周怡从三岁开始上幼儿园，一年多来，差不多都是三天打鱼十天晒网，或许晒网的时间比十天还多一些。有时是因为生病，周怡经常感冒，动不动就搞到要上医院输液的程度，从上医院到恢复总得一个星期左右，这段时间就理所当然地不送他上幼儿园。就算没病时，说服他上个幼儿园也像中东和谈一样，费尽口舌最后还是要动武，每次都是杨红把大哭不止的周怡硬抱上车，嘴里还要加些“再哭就不给你买麦当劳”之类的威胁才能把他弄到幼儿园去。杨红就不明白，赞助费交了大几千，平时也没少给儿子的老师送礼，怎么到头来幼儿园还是办得如此恐怖。光看儿子脸上的表情，你还以为不是叫他上幼儿园，而是拖他上杀场。

儿子对自己不留恋，杨红心里也不怪儿子，他还小，还不懂母亲当年怀他生他受了多少苦，也不理解父母送他上幼儿园的一番苦心，他只能看见眼前的一点利弊，上幼儿园要受老师管束，在家就可以海阔天空，自由自在。但杨红心里还是有一点伤心，听说可能有半年见不到妈妈，儿子反倒欢欣鼓舞，拍手叫好，做妈的做到这个份上，说不伤心是假的。

丈夫周宁倒是说了好几次“舍不得你走”，但杨红觉得他舍不得的是两人的夫妻生活。她知道周宁有个毛病，如果他起了那个心，却又办不成那个事的话，他就会疼痛难忍，用周宁的话说就是名副其实的“受活罪”。

周宁说他这个病是跟她谈恋爱时落下的。那时候，两个人见面免不了要搂搂抱抱，一搂一抱，周宁就免不了蠢蠢欲动，久而久之，那地方就开始疼痛。

好在两个人一毕业就结了婚，结束了那黎明前最黑暗的日子。

2

杨红的蜜月正是在暑假里。那时她刚留校，还没开始上课。周宁分在E市的一所中专里，也有暑假，所以也留在H市。两人天天待在一间十平方米的房子里，你对着我，我对着你，周宁就难免有想法。但每次才起个头，杨红已是苦不堪言，周宁只好作罢。周宁这样多次希望，多次失望，也疼痛起来，弄得坐立不安。

杨红见周宁疼痛难忍，就建议周宁去看医生。周宁说，不用看，我这应该不是病，倒劝杨红去看看医生。

结果，两人都不愿去看医生，也都不勉强对方去看医生，心想如果对方真是有病，传出去自己也不光彩。于是两人就决定还是靠自己，去找些书来看。杨红去图书馆查，周宁就去书店找。最后，还是周宁买的一本《家庭生活大全》讲得比较详细一点，里面有一章是有关夫妻生活的。两个人把那一章通读了一遍，觉得找到了原因，书上说那叫“阴冷”，就是女人对房事一点兴趣也没有，就会觉得疼痛。

周宁就拿着书，挑几条妻子方面的原因问杨红：“是不是因为你觉得性是件丑事脏事，同房时有犯罪感呢？”

杨红想了想，说：“我觉得我没有。如果是婚前做，我可能会觉得羞耻，但现在婚都结了，我也想把事做好，怎么会有犯罪感呢？”

周宁想想也是，就再读一条：“是不是小时候受过性侵犯，有过什么痛苦的性经历呢？”

杨红急忙摆手说：“别乱往我身上套了，你知道的，新婚之夜是我第一次。在那以前，连手都没有被男人碰过。”

周宁再看看丈夫方面的原因，担心地说：“难道是我的问题？是因为我第一夜太鲁莽，使你产生了惧怕的感觉？”

“也不是。”杨红想，你那时就是再鲁莽，我也不会介意的。

周宁说：“那就只能是这最后一条了，说女人性兴奋来得比较慢，如果做丈夫的事前爱抚不够，而妻子又太害羞，不够投入，就会疼痛。”

杨红想，这个理由还令人满意，基本上是各打五十大板，丈夫和妻子的责任是一半一半，就说：“应该是吧。”

找到了答案，两人都很高兴，当场就决定理论联系实际，亲自试一试。到这时才发现书上开的处方也很含糊，只讲做什么，却不讲怎么做。周宁就试探着在杨红身上四处乱摸，一边急切地问：“有没有感觉？有感觉没有？”

杨红看他这样急切，好像一个懒惰的学生，做作业不愿自己独立思考，只一迭声地问老师答案一样，除了觉得很滑稽，没什么感觉。试着试着，两个人就忍不住笑起来，杨红说：“我们两个真是书呆子。”

周宁说：“我们算什么书呆子？听说有两个学物理的，新婚之夜就并排躺在那里，中间隔着二十厘米，手握着手，等着阴离子阳离子从他们手上传给对方去交合呢！”

3

男女之间，即便是做了夫妻，很多时候，也还是如歌中唱的那样：“其实你不懂我的心。”或许正因为做了夫妻，离得太近，失去了旁观的距离和心态，才变得不懂彼此的心了。所谓“不识庐山真面目，只缘身在此山中”是也。

当杨红在那里愁得一塌糊涂的时候，周宁一点儿也没觉察。

其实周宁那时也有他自己的愁，因为他曾对杨红许过一个大诺，说：“蜜月，蜜月，就是要蜜一整个月嘛。我要连续做一个月，天天做，不间断。”周宁有了这个诺言的约束，就一门心思放在如何部署兵马粮草，以求绝不食言上。做一次，就舒口气：离成功又近了一步。

但是任何事情一旦变成任务，即使不使人兴味索然，也难免让兴趣一落千丈。久而久之，周宁就发现有时对这个任务有了一点偷工减料的想法，就像他对待所有的作业和实验一样。有时又因为在外面下棋打牌搞得太晚，回来后倒头就睡，难免误个一天。

不过周宁绝不认为是自己能力不如人，他的理论是，如果我都做不到三十天，那别人也做不到，只能是在那里瞎吹。周宁这样想，就少了许多烦恼。用心理医生的话来说，就是他的心理比较健康，而杨红那种就不太健康，因为她一旦发现自己与众不同，她首先想到的是自己不对头，无法开解，活得太沉重。

周宁只担心杨红会记得他说的话，天天来检查他有没有食言。像杨红这样办事认真的人，肯定会发现他漏了一两天，如果问他一句“昨天你怎么没做”，那他真的要无地自容了。他见杨红也不来检查他有没有实现诺言，觉得杨红也很体贴。

如果杨红知道周宁的想法，或者周宁知道杨红的想法，一定会觉得这是典型的同床异梦。

既然夫妻俩都有自己的心思，而对方又都不在意，两人就都把工作的重心转移到别的地方去。家里除了用过的课本，没别的书，杨红就对《家庭生活大全》上的其他部分感起兴趣来。《家庭生活大全》号称“大”而“全”，也当得起这个书名，有关家庭的方方面面，都有涉及。杨红想，老年保健现在还用不上，生儿育女也还早，种花养草又没有地方，还是从毛衣编织和饮食起居做起，先学做饭和织毛衣。

正好周宁那件毛衣，历史实在太悠久了。听周宁说还是若干年前，他妈妈卖了一头猪，在一个某地买了毛线，请一个谁们织的。那个谁们也太黑心，克扣了大半毛线，只给他织了件当时就只算贴身的毛衣。每次听老妈痛骂那个黑心的谁们，周宁就息事宁人地说：“算了算了，以后不用卖猪买毛线了，直接把那张猪皮给我穿就行了，还可以省下猪肉自己吃。”

杨红就兴致勃勃地去买了一些毛线，又将周宁的破毛衣拆了，洗了，加了新线，照着书上的指示，一针一线地编织起来。织了一截，效果还不错，就想，原来这些事也并不难，以前看寝室里一位大姐织个围巾，还把别人佩服得一塌糊涂，其实自己也会做的，不比读书难。杨红就一路织下去，第一次就成功了，因为是严格按照书上说的比例去起针的，一米七五的周宁一穿，恰恰合身。织出了信心，也织出了兴趣，杨红就又买了毛线，给周宁和自己织毛裤。织到后来，隔壁的王大姐都要来向杨红请教了。

4

虽然H大青年教工食堂暑假里也还开着门，但如同任何一个大学食堂一样，办堂宗旨都是为学生说俏皮话提供素材的，色香味不在他们的议事日程之上。杨红和周宁在H大食堂吃了四年，早已吃得不耐烦了，杨红就照着《家庭生活大全》做起菜来。她虽然也像所有的书呆子一样，对书中所说的“盐少许”之类的含糊不清很不满意，但她是做实验出身的，知道实践可以出真知，只要循序渐进地加大投放量，慢慢会摸出道道儿来。所以杨红就常常是先放一点盐，炒两勺子，就尝一尝。不够咸，再放一点盐，再炒再尝。如果不慎放了太多盐，她也悟出该如何补救，无非是加些糖，加些醋，把焦盐搞成糖醋就是了。

后来，连周宁也摸出了她的规律，见她放糖就问：“盐又放多了？”

杨红只笑而不答。吃饭的时候，杨红常常是笑眯眯地坐在那里，看周宁津津有味地吃。周宁起初还问她：“你怎么不吃？”后来知道她做饭时一路尝味，已基本上尝饱了，也不再询问，只管风卷残云般把饭菜打扫干净，知道这是对杨红最大的奖赏和鼓励。周宁是个好客的人，又爱喝酒，但杨红不会喝。酒桌上没有人陪着喝，就像谈恋爱没有对象一样，虽然可以暗恋，可以自恋，但都不过瘾。所以周宁很快就开始物色酒友。

那时他们住的是一幢有内走廊的青年教师宿舍，走廊两边是一些十平方米的房间，走廊有两米多宽，算是厨房，两边沿墙根儿都摆着煤气灶。一到做饭的时候，家家都在门前炒菜，一时锅盆齐鸣，蔚为壮观。

杨红从小就听父母说“吃得亏，拢得堆”，意思是说一个人如果不怕吃亏，就能交到朋友，所以杨红一向是不怕吃亏的。以前住学生寝室，都是别人不要的床位她要，别人不扫的地她扫，别人不倒的垃圾她倒，所以跟人处得很好，自己也未见有多大损失。现在住在青年教师宿舍里，做了菜，少不了请左右邻居品尝。同楼还住着几个未婚教师，也懒得自己开伙，杨红就经常叫他们过来吃饭，一来陪周宁喝酒，二来也让他们打打牙祭。慢慢的，杨红做的菜在那栋楼就很有名气了。有时哪家请客，竟会提几斤排骨来，搭在杨红家，说一句：“做红烧排骨，今天下午请客要的。”杨红就洗净了，烧好了，放在那里，贴个条子，免得待会儿有人来拿时搞错了哪盘是哪家的。

杨红对周宁，起初也是执行着“吃得亏，拢得堆”的政策。不仅做饭，连洗碗也包了。周宁有个坏习惯，每次吃完饭，就要上厕所，小时候总是被他妈骂是“直肠子”，所以杨红想都没多想，吃完饭就把用过的锅盆碗盏什么的拿到走廊尽头的公用水房洗了。等周宁从厕所归来，杨红早已把一切收拾停当了。

杨红没想到政策都有个执行范围，超出了范围就会适得其反，就像汉族地区的计划生育政策如果照搬到少数民族地区就会引起强烈抵抗一样。

很快就有人打趣周宁：“嗨，你夫人出得厅堂，进得厨房，怎么会看上你的呀？”

周宁听了很得意：“肯定是我有什么闪光之处，她看得见，你们看不见。”

还有人见杨红在那里忙活，而周宁在外与人下棋打牌，就笑杨红：“嗨，田螺姑娘啊，你家那个耕田的什么时候回来吃饭？”

对面的毛姐就说得直一些：“杨红啊，怎么总是你在做饭洗碗呢？我跟老丁都是一个做饭，一个洗碗。做饭的不洗碗，洗碗的不做饭，公平合理，天公地道。”

杨红突然被人问到这个问题，答不上来，就说：“周宁他不会做饭。”

毛姐就一针见血地说：“说不会是假的，他要想学，还会学不会？你不也是刚学的吗？”

毛姐的丈夫老丁就在旁边添油加醋：“就是，就是，做得好不好是水平问题，做不做是态度问题。”

毛姐纠正说：“水平是可以提高的嘛，如果他真的爱你，心疼你，他什么样的事都学得会。”

杨红听了这些话，就愣在那里，突然想起好像别人的丈夫都做饭的，最少也洗碗洗衣服什么的，只有她，总是她一个人在那里忙活。她觉得毛姐的话有振聋发聩的作用：这不单单是一个做饭洗碗的问题，这个问题要从一个更高的层面来看，这能看出周宁疼不疼她，爱不爱她。谈恋爱的时候，都是周宁为她去食堂打饭、打水，用自行车驮着她去外面玩。现在刚结婚，他怎么就变得什么也不干了呢？难道爱情这么快就消逝了？

5

杨红跟周宁商量："每天都是我做饭，别人都在议论，今天下午你做饭吧。"周宁也知道有人在那里议论，但没想到杨红这么快就觉悟了，心里不快，忽然很理解为什么资本家恨那些搞工运的人：工人在那里心甘情愿地受剥削，就是你们这些人，七挑八挑，搞得工人提条件，闹罢工。但周宁怕杨红生气，就一口应承下来。

杨红也舒了口气，心想他还是很心疼我的，也就是说还是很爱我的，可能前一段时间我抢着做饭，把他表达爱心的机会剥夺了。

结果到了晚上快六点了，周宁还在看电视，好像已把做饭的事忘得一干二净。经杨红提醒，周宁才猛一拍脑门儿，说："呀，差点忘了！"转身就冲到走廊上去做饭。

不过，很快又冲回来，问杨红怎样开煤气灶。过了一会儿，又问锅在哪里，面在哪里，盐在哪里，等等等等。杨红按捺着，一一告诉他，周宁好不容易把锅坐上，把面放进去，过一会儿又因为看电视看忘记了，听到对面毛姐在叫："杨红，锅里沸出来了！"杨红听到有人叫自己的名字，条件反射地跳起来，跑出去把残局收拾了。

后来又叫周宁做过几次饭，次次都有新问题，搞得比杨红自己做饭还麻烦，说他吧，他只说从小到大，从来没做过饭。如果杨红不想做饭，两个人就还是回去吃食堂。

杨红只好改让周宁洗碗。虽然洗碗的技术含量低一些，但周宁一样可以把它做得别开生面。一般是把吃过的碗放在那里，久久不去洗，弄得苍蝇蚊子都寻来了。去洗呢，也本着"执行政策不走样"的精神，你叫洗碗就洗碗，其他问题都不管，就只拎着两只碗优哉游哉地走去水房，用过的锅盆什么的一概不问。

周宁如果能把两只碗原封不动地拿回就算不错了，多数时候是遇到了棋友、牌友、酒友、邻居，就算没遇到他也可以现场交一个，就从水房一路侃到走廊，又从走廊侃到别的楼层，再就不知侃到何处去了。大多数时间都是到了下一顿做饭时，杨红才发现锅盆上粘着的饭菜都干枯在那里了，而两只碗则不知去向。她只好把锅盆拿到水房去，自己洗净，顺便把周宁忘在那里的碗也带回来。

这样的事情发生了很多次，每次杨红都是等到周宁回到家，关了门，小声说他几句，生怕外人听见，说他们蜜月里就在吵架。周宁也总是抱歉，说："哎呀，怎么就把碗忘在水房了呢？都是老王，扯着我讲啊讲，也不知道他哪来那么多话。”

有一次，周宁照例拎着两只碗去水房，杨红对他说：“你洗碗就真的只洗碗啊？你把锅盆什么的也带去洗一下不行吗？”

周宁见走廊上有人，就把胆一壮，说：“我们家乡从来没有男人洗碗的，男做女工，凶也不凶，男人做女人的活是没出息的。男人做饭洗碗，那他们娶老婆干什么？”

杨红听了，气得说不出话来，又不敢在走廊上同他吵，只好瞪着周宁，脸色发白。周宁一看势头不对，赶紧跑去水房，不听杨红的下文了。

杨红在家里生了一个下午的气，哭得晕头转向，心想，什么年月了，还把女人当奴隶，娶我就是为了有个做饭洗碗的人？还以为娶我是因为爱我呢，搞半天他压根就没有爱过我。

到了晚上，周宁不知从哪个朋友那里回来，见锅里没有给他留饭，也不敢多问，径直爬上床来，扳过杨红的脸，见她满面泪痕，两眼红肿，就问：“好好的，哭什么呢？”杨红见他一脸清白，好像什么都没发生过一样，哭得更厉害了。

周宁只说她是为洗碗的事生气，不知道问题已经上升到“爱不爱”的高度，又听人说“女人是要哄的”，就琢磨着怎样把大事化小，小事化了。但他又不愿认错，怕开了头以后没有完，就神龙见头不见尾地说：“每个人都有他自己的弱点嘛，有些是与生俱来的，有些是长期形成的，改掉都是很困难的。”

周宁的原意只想避免说“我有弱点”，所以牵出“每个人”这只替罪羊。但在杨红听来，却是别有所指，是在点她的心病，说她有与生俱来的弱点，一时竟有点哑口无言。周宁见她不作声，以为自己胡诌的几句话起到了格言般的作用，遂决定以后就以周氏格言做求和的工具，一句就够杨红想的了，自己也不失面子。

6

两个人的第一次别扭就这么含含糊糊地过去了，周宁没道歉，杨红也不追问。但做饭洗碗的事仍然令杨红头疼，倒不是她一个人又做饭又洗碗有多么累，她也愿意相信周宁的懒只是从小形成的习惯，与爱不爱她无关。但别人见周宁不做饭不洗碗就会以为他不够爱老婆。别人都说你丈夫不爱你，你再自信，也难免怀疑你丈夫是不是真的爱你。人说“当局者迷，旁观者清”，又说“群众的眼睛是雪亮的”，难道这些格言都是人瞎编出来的?

杨红也知道还有一句格言，叫作：“走自己的路，让别人去议论吧！”但她不要说做到这一点，她连读都读不好这句话。

上高中时，杨红的语文老师自恃普通话讲得好，能分清“z，c，s”和“zh，ch，sh”，对朗读特别重视。有一次杨红被叫起来朗读课文，其中就有这句格言。杨红看到有“自己”和“别人”这对反义词，就想当然地把重音放在这两个词上。但老师说她读得不对，像她那样读，让人感觉你还可以“走别人的路，让自己去议论”。老师说，这句话的重音应该是在“路”和“议论”上，才能显出你一心走路，不怕闲话的决心。杨红读了好多遍，都没读出老师要的效果。最后还一连三遍地读成：“走别人的路，让自己去议论吧！”

按弗洛伊德的说法，口误、笔误都是下意识的逼真反映。你误读成“走别人的路”，实际上是因为你潜意识里就想走别人的路。其实何止是潜意识，杨红的明意识里也是宁愿“走别人的路，让自己去议论”的。别人留长发，她就留长发；别人有刘海了，她也剪一把放在那里；别人不穿裙子的时候，她绝不率先穿裙子。总之，是宁停三分，不抢一秒，傻子过年看隔壁。虽然有时也觉得别人的做法不对，但也只在心里嘀咕几句，算是“议论”过了。

结婚买家具时，杨红本来不喜欢粉红、粉蓝的，但不知为什么，那段时间H市流行这两种颜色，杨红为别人着想，只好买了一套粉红的。后来同楼的人个个说好看，杨红也暗自庆幸，还是“走别人的路”好。她买的电视也是照当时的潮流，要买大的，虽然她的房间只有十平方米，但她还是买了一个29英寸的，在当时已经是大而无当了。看电视时因为离得太近，老觉得人物像打了格子一样。

对面毛姐家也是一个大电视，她丈夫老丁就对周宁说，不如你坐在我门前看你家的电视，我坐在你门前看我家的电视，隔着走廊和一间房，距离正好。杨红想，老丁也跟我一样，也只敢“让自己去议论”，买电视时，还是要“走别人的路”，买大的。

杨红从小就很敬畏这个“别人”。长大了，才知道这个“别人”其实不是一个人，而是一个无形无状、无处不在、无孔不入、防不胜防的群体。考得不好?别人要笑话的。穿得太怪?别人会怎么说?杨红的一个表姐还告诉她，找不到男朋友，别人会说你“高不成，低不就”。别人这样说你，你的两个肩就会变得一边高一边低，因为女人爱面子呀，“低不就”还扛得住，但扛着“高不成”的那边吃力太多，就会压得歪下去。表姐是北大毕业的，在北京工作，只有春节才回来，三十多了还没结婚，回来没人玩，就跟比她小很多的杨红玩。表姐总是说："高不成？好像我癞蛤蟆吃天鹅肉没吃到一样，其实是我那片天空根本就没有天鹅！"

杨红知道自己是个"为别人活着"的人，过得再幸福，如果别人都认为她不幸福，她就会觉得自己其实是不幸福的。更何况是"爱不爱"这种很难找到客观衡量标准的东西呢！什么叫爱？什么叫不爱？别人都说你丈夫不爱你，你还在那里以为他爱你，不是有点自欺欺人吗？就算你丈夫口口声声说爱你，他都可能并不爱你，更何况像周宁这样说都不说爱你的人呢！

所以杨红虽然宁愿自己做饭洗碗而不想为这些琐事与周宁发生争执，但因为住的是集体宿舍，不能不为群众着想，于是仍然天天逼着周宁洗碗。好在周宁有更远大的计划在心中酝酿，也不计较，每次都丢三落四地把碗洗了。杨红只要在别人眼里过得去就行，自己去收拾残局也无怨言。每当周宁洗碗时，杨红恨不得在走廊上吆喝一声："嗨，都来看哪，我丈夫在洗碗哪，别又说我丈夫不疼我。"

7

杨红虽然在许多事情上都是宁可"走别人的路"，但在一件事情上却有很坚定的要走自己的路的决心，那就是"爱情"。其实如果把"别人"这个词的定义放宽一些，她还是在走别人的路，只不过这个"别人"不是生活中的张三李四，而是理想爱情中的王五赵六。

杨红不知道她的爱情观是从哪里来的，她没看过多少琼瑶式的小说，也没看过多少西方的浪漫电影或者中国古典式的爱情故事，也许都看过一些，但并没有在脑海中树立起一个鲜明的印象，不像现代的追星族，明确知道自己究竟是爱木村拓哉还是爱金城武。有人说每个少女都或多或少追过星，如果真是这样，杨红追的，肯定是星光，而不是具体的星，是那些星们在电影电视中塑造出来的人物，而不是星们在现实生活中也会吃喝拉撒的肉身。

所以杨红不知道爱情究竟应该是什么样的，但她往往直觉地知道爱情不应该是什么样的。有人为她介绍对象时，她马上就能想到：爱情不应该是这样的。有人追求她的时候，她一看那个人，就能立即做出结论，我爱的人不是这样的。但是如果有人问她：那你究竟要什么样的人呢？她就糊涂了，答不上来，不知道自己究竟要什么样的人。

有些幸运的人常常知道自己要什么样的人，也知道自己为什么会要这样的人，知道自己的性格是怎么形成的，或者一个重大决定是怎么做出来的，她们经常会说“就是他那一句话使我爱上了他”，或者更厉害的：“那件事是我生活中的一个转折点，从那时起……”杨红从来没有这么幸运过，有时还强词夺理地想，说那些话的人，也不过是像那个笑话里面吃包子的傻子一样，花所有的钱买了一盘包子都没吃饱，后来问同桌的人讨了一个，才吃一半就吃饱了，遂后悔莫及：早知道半个包子就能吃饱，就不该买那一盘包子了，还可以把钱省下来。

杨红就不知道自己那一盘包子是从哪里买来的，而那半个包子也一直没吃到，所以就只在脑筋里面有些模模糊糊的爱情观，无法用言语来做个界定。她记得很小的时候，跟几个小女孩在一起玩，不知怎么说到长大了要跟谁结婚上头去了。

有一个小女孩大概怕被人抢了头牌，就率先说要跟毛主席结婚，其他的见毛主席已被人捷足先登了，就抢着说要跟雷锋、黄继光、董存瑞们结婚。杨红虽然年幼，但也觉得她们天真得可爱，幼稚得无知。毛主席都已经逝世了，就是死了，懂不懂？跟死了的人是不能结婚的。

杨红对毛主席逝世记得很清楚，因为刚发生不久。那天是星期四，下午不上课，老师政治学习，杨红在学校的操场上玩，等妈妈下班。突然就听见学校广播里放起哀乐来，杨红知道肯定有什么重要人物逝世了，因为前一段时间周总理逝世，也是放这种音乐的。杨红就见学校的老师都从办公室跑出来，一边念念叨叨地说“毛主席去世了！”一边就号啕大哭。杨红还不太清楚毛主席逝世的严重后果，有点哭不出来，但也捂住脸，怕别人看见她没哭会责备她，心里纳闷，妈妈不是说有一个高人测算过，说毛主席可以活一百四十五岁吗？怎么提前就逝世了呢？

杨红就毫不留情地指出那个小女孩的错误，说你不能跟毛主席结婚的，毛主席已经死了。那个女孩认识到这一点，就很尴尬，脸也红了，很羡慕那几个抢到英雄人物的同伴。杨红倒不觉得那几个要跟英雄人物结婚的人有什么不对，充其量也就是眼界太高了。她不知道那几个英雄人物当时也跟毛主席一样去了另一个世界。她只知道雷锋是殉职的，董存瑞是牺牲了的，黄继光是舍己为人的，都是英雄人物，永远都像照片上、画面上那么年轻，可能都住在什么大地方，也许就是北京，世界上还有比北京更大的地方么？

可能杨红的血液里天生就没有“追星”的因子，她从没想到过跟英雄人物结婚。她只觉得那些英雄人物住在北京，都大老远的，认都不认识自己，自己怎么会同他们结婚呢？如果他们就住在镇上，又走过来说喜欢自己，自己可能还会考虑考虑。

杨红想来想去，不知道自己要跟谁结婚，就突然想起以前看妈妈学校老师联欢时，有一个马老师，是个“摘帽右派”，曾经在台上拉过二胡，那音乐给她留下了深刻的印象，不知为什么就把她听哭了。当时还就因为她哭了，就有老师起来说今天是个喜庆日子，拉这个做什么呢？那个马老师就尴尬地下去了，搞得杨红很不好意思，觉得是自己害了他。后来问妈妈，才知道马老师拉的是《江河水》，好像是说一个女的受了什么委屈，在一条江边哭泣的故事。杨红就想，难怪那么伤心。

杨红就对女伴们说：“我长大了要跟一个会拉琴的人结婚。”她觉得这个理想还比较现实，当然不是马老师，他那么大年纪了，肯定等不到她长大就死了。她也不明白为什么妈妈老说马老师是“摘帽右派”，杨红看见他的时候，他都戴着一顶黄军帽，从来没摘过。女伴就问她，什么拉琴的？杨红就比画了一下，结果大家都说，还说什么拉琴的，原来是锯木头的。杨红觉得她们没听过那个音乐，不知道它的妙处，也懒得跟她们多说。

从这个意义上讲，杨红最终还是实现了自己的爱情理想的，不是全面实现，至少也是部分实现，因为周宁也可以拉拉二胡，只不过拉得没有那个“摘帽右派”好，不会拉《江河水》，只会拉《唱支山歌给党听》，而且只会拉前面慢的部分，拉到后面快的部分就拉不下去了，声音也是直杠杠的，不优美。问他，他只说我这个人学什么都是这样，进门比谁都快，但学到深处，就没耐心了，我拉二胡就是因为学不会揉弦，就放弃了。

第三档爱情

1

有人将女性按她们的择偶标准分成三大类型：攀龙附凤型，门当户对型，救世济贫型。对最后一种类型，很多人都以为是指那些有钱的女人，下嫁了一个穷光蛋。其实这个救世济贫并不是就金钱而言，而是就感情而言。

女人都愿意把自己的爱情献给一个要靠她的爱情才能活下去的男人，她们喜欢听男人说："如果得不到你的爱，我的生命还有什么意义？"或是"如果你不爱我了，我就一死了之"。如果你想用"天涯何处无芳草"去打动一个女人，基本上是会以失败告终的。女人的救世济贫，就是要用自己的爱情拯救一个爱她爱得病入膏肓的男人，爱得越深越苦的，越需要她拯救的，越能打动她的心。如果她的爱能使一个杀人魔王立地成佛，或者使一个身患绝症的人重获新生，或者使一个寻花问柳的浪荡子忠贞不贰，她多半是要把爱情拿出来救那个男人的。

有人刻薄地说这是因为女人有"救世主情结"，实际上是因为女人普遍具有同情心或者母性。如果一个男人听一个女人对他说"等你等到我心痛"，男人会开心地想，心痛就好，可以再晚几分钟去，既然想着我就不会立即跟人跑掉。如果换了女人呢？她多半就想立即跑过去，对他说，我来了，让我来治好你的心痛。

杨红的择偶观就是典型的救世济贫型，不过她执行得更极端，已不限于爱情了，算得上极端救世济贫型。在她看来，爱情是跟金钱地位不沾边的，一沾边就不是真正的爱情了。有人给她介绍男朋友时，如果是当官的公子、暴发户的儿子，她见都不见，就推掉了，心想，我在他们生活中算个什么？至多就是锦上添花。

不能说是周宁的穷打动了杨红，但他的穷绝没有影响杨红对他的感情。杨红从不计较周宁有没有钱，有没有地位，工作好不好，她觉得正因为他什么都没有，才说明她对他的感情是真挚的，是不夹杂任何金钱的成分的，所以很为自己的高尚情操自豪。

但她没想到，她不计较周宁的穷，周宁自己却很计较自己的穷。

刚毕业就结婚，两个人都没有什么钱。杨红好一点儿，H 大从七月下旬就开始发工资给她，还分了房子。而周宁那边呢，要到九月去报到了才开始发工资，所以整个暑假里，周宁是颗粒无收。

杨红的父母虽然觉得女儿的婚事来得太匆忙，但他们尊重女儿的决定。这是女儿的终身大事，应该好好办一办，他们也还有一点积蓄，请几桌客不成问题。但周宁一听说举办婚礼就面有难色，因为他没钱，他父母也没钱。虽然杨红告诉他不用他掏钱，周宁仍然不开心。他说："我是个男人，拿不出钱来办婚礼，觉得活得很窝囊。如果你父母拿钱出来办婚礼，我在婚礼上只是个牵线木偶。结婚证领了就是结婚了，为什么一定要办宴席呢？"

最后两人都折中了一下，没有在杨红老家办婚礼，只在 H 市请了两边的父母和一些同班同学。杨红本来还想趁蜜月出去旅游的，后来也知趣地不提了。

周宁从学生宿舍搬过来的东西，只有一个樟木箱子，里面装着周宁所有的家当。杨红这才知道为什么周宁身上总有一股"伤湿止痛膏"的味道，原来是樟木箱子在那里作怪。她跟周宁商量，说我们现在有了穿衣柜、挂衣柜什么的，把这个箱子扔了吧。

周宁不同意，说这个家里唯一属于他的东西就是这个箱子了，他要留着，如果以后杨红不要他了，他还可以收拾收拾，提着这个箱子回老家去。杨红见他把两个人的东西分得这么清楚，有点生气，但听他口口声声都是说杨红不要他，而不是离婚啊、分手啊什么的，心想可能他因为家穷有点自卑感，也就不去计较。

周宁有一双黑色的破长筒胶鞋，早就没人穿的那种，杨红趁周宁不在时，丢在水房门外，等回收废物的人来捡去。结果周宁比回收废物的人先到，一眼就看见了自己那双破胶鞋，又把它当传家宝一样提了回来。他弯腰拿胶鞋的时候注意到旁边还有不知是谁丢掉的一个破闹钟和一个旧收音机，也见财起心，顺手牵羊地拿了回来。杨红看了哭笑不得，说："要那个破钟干什么呢？家里又不是没有钟。"

周宁自己也觉得不好意思："丢了怪可惜的，我会修钟，修好了送给我老家的人用。"周宁说的老家，还不是他家现在住的银马镇，虽然那个镇在杨红看来已经是贫穷落后得可以了。周宁的老家在一个比银马镇还贫穷一百倍的周家冲。光这一个“冲”字，就足以使你对那里的偏僻和贫穷产生无穷联想了。杨红婚前跟周宁去过一回，因为周宁说要让她看看他出生的地方。坐手扶拖拉机再加上步行，搞了差不多一整天，杨红才看到那个周宁魂牵梦萦的周家冲，杨红不知道该怎样形容那个地方，只觉得恍如隔世，真是个不知今夕是何年，在解放后几十年的今天，居然有这么闭塞而贫穷的地方。如果一定要用文字来形容，只能说谁看了谁想哭。

杨红就不明白，中国怎么还会有这样贫穷落后的地方，自己的老家也只是个小镇，但也许是离省城不远，父母又是教师，所以从来没受过这份穷。杨红站在暮色中的周家冲，看几个形容枯槁的女人从田里回来，突然想到，如果自己出生在这里，恐怕也不会有上学的机会，大概也同这几个女人一样，生于斯，死于斯，葬于斯，世界上知道自己的人不会超过一百人。

去过一趟周家冲，杨红很能理解为什么周宁做的梦大多是有关那个地方的。那种贫穷落后真的是有震撼人心的力量，叫你过目不忘，尤其是你到过另外的世界，或是从另外一个世界来的，心中有一番对比的话。

杨红那时冲动地对周宁说：“我们两个人都到这里来教书吧，我们可以让这里的孩子出去上大学，离开这里。”

周宁无精打采地说：“我没有这个雄心壮志了，你也待不到三天就想离开的。我只感谢我的父母尽了他们最大的努力，把家搬到银马去了。”

2

杨红觉得有亲临周家冲的经历垫底，她应该能理解周宁了。但她发现“知道”“明白”和“理解”之间，有着质的区别。“知道”“明白”只说明你掌握了信息，充其量也就是获得了知识，但“理解”是包含着赞同、支持的，最好是比被理解的对象还有过之而无不及的赞同和支持。一个妻子知道丈夫为什么抽烟，但不赞同他抽烟，丈夫也是要抱怨妻子不理解他的。正如一个丈夫知道妻子为什么爱买些挂在家里不穿的衣服，但不赞成她这样做，同样算不得“理解”。

在杨红看来，周宁的贫穷都已经成为过去了，现在两个人有了一个家，可以好好享受一下了。正因为周宁受过穷，享受起生活来应该会比一般人更如痴如醉。但周宁就不，他好像处处都跟她搓反绳一样。

如果按周宁的意思，连家具和电视机都不用买，不过在这一点上，周宁反对得没有那么激烈，所以还是按杨红的安排买了。但周宁一路上都像个在公司没有股份的小职员，不参与决策，杨红问他哪样好，他就说："你觉得好就行。"搞得杨红很扫兴。好在周宁搬起来还很卖力，不然一腔的喜庆气就全跑光了。

后来杨红注意到，两个人一起看电视的时候，周宁从来不摸遥控器，遇到他不喜欢看的节目，他宁可不看也不会自己去换一个频道。但杨红不在屋里的时候，他也会调一些他喜欢的节目，等杨红一进来，他就赶快调回杨红喜欢的频道，把遥控器也递给她。杨红问他为什么这样，周宁说："买电视机我一分钱没出，怎么可以一个人抱着看呢？我们这个家，都是你一个人建立起来的，我只是寄人篱下。"说得杨红心酸酸的，只好安慰他："什么你的钱，我的钱，现在两个人都是一家人了，还分什么彼此呢？难道我跟你计较过吗？"

周宁动情地说："你是个好姑娘，从来没跟我计较过，我不知道我前世做了什么善事，今生可以跟你做夫妻。"然后又固执地说，"正因为你对我这么好，我才觉得特别内疚。你知不知道我为什么最爱那首歌？"

接着，周宁小声地唱了起来，声音低低的：

我常反问我自己
怎样报答你
海枯石烂情难忘
相见不容易
心里想着你
眼里看着你
梦里梦见你
欠你的，欠你的
今生今世欠你的
啊
何时才能还给你

杨红听完心里很感动，为了掩盖，只轻描淡写地说："我没觉得你欠我什么。"

从那以后，杨红就特别注意，怕周宁会有欠了她的感觉。看电视时，周宁喜欢的节目还没到，杨红就早早把频道调过去，自己也极其热心地看，仿佛是专为自己调的。节目完了，也不急着把频道调回去，而是让它再放一段，估计周宁对余下的节目不感兴趣了，才小心翼翼地换一个频道。

杨红在外面为周宁买了衣服鞋袜，总是把价格牌牌撕掉，怕周宁嫌贵了，不肯穿，让她退掉。回来也都挑个时机，仿佛不经意地说："碰上大减价了，才五块钱一件，忍不住，就买了。减价的衣服又不让退，你说这些做生意的——"好在周宁不知道行情，一般都相信了。

有时杨红跟毛姐一起出去买东西，给周宁买了衣服还要特别嘱咐毛姐："如果周宁问到，就说是五块钱买的。"

毛姐总是不解："我给老丁买衣服，五块钱都要说成五十块的，便宜的他不穿。你怎么把价钱往少里说？"

杨红苦笑着说："周宁是贵的不穿，说一件衣服就够他老家的人吃一年了。"

毛姐说："那我们记住别给老丁和周宁买一样的衣服，不然两个人一对比，显得我们在撒谎。"

杨红有时也拉周宁跟她一起逛街，但很快就发现周宁除了像一般男人一样不爱逛街以外，他还比别人对逛街多一些憎恨，因为他没有钱为杨红买东西，觉得像个跟班苦力，逛得就很难受。

"我没有让你给我买东西啊！"杨红申辩说。

"可是我想为你买啊！"周宁痛苦地说，"我看到别人的丈夫都在那里为妻子付钱，而我没有钱为你付，我好受吗？"

杨红建议说："那我以后把钱先给你，逛街时你来付？"

周宁摇摇头说："你不是男人，也不缺钱花，你没法理解我的。"

3

虽然在外人看来，杨红这样小心翼翼地怕伤害周宁的自尊心，实在是活得太累，但杨红本人并不觉得。实际上，大多数未经污染的人，内心深处都有一种助人为乐的需要，就是牺牲了自己的利益，帮别人做了事，不但不会难受，反而感到愉快的那样一种心情。经常可以看到一个小孩子，虽然懒得做自家的家务，但如果隔壁的王婆婆叫他帮忙打个酱油，他还是会欢天喜地跑去帮忙的。

有的分析家会把杨红的这样一种心态升高一点，称为"母性"的爱，就是牺牲自己，不图回报，甚至不求理解的爱。做母亲的看到孩子在寒冷的冬天穿得太少，都会出来絮叨几句，说："儿啊，穿多一点儿，不然会感冒的。"这个儿呢，不想穿得像个棉花包，多半是嫌母亲啰唆，说："知道，知道，每天这样说，也不嫌烦。"母亲虽然被说得讪讪的，但过几天看到儿穿得太少，还会出来絮叨。

有的孩子长大了，做了父母，会理解母亲当时的一片关爱。有的要等到远离母亲了，或者母亲去世了，再也没有人在身边关爱了，才发现自己理解了母亲。有的可能永远都没能理解，或理解了也没有对母亲表达出来。但这对母亲来说，没有什么区别，她爱的时候，就没有想到过报答或理解，不然就不叫母爱了。

在钱和与钱有关的问题上，杨红的确就是这样母爱着周宁，没有觉得是牺牲，没有期待回报。但正如很多人所说的那样，一个女人对丈夫的爱，光有母爱是不够的，她还要有妻子的爱，甚至孩子的爱。男人对"妻子式的爱"多半理解为女人在床上应该如何如何，而对女人来说，那叫"妻子式的性"，妻子式的爱就是要求回报的爱。我爱你，你也应该爱我；我爱你那么多，你也应该爱我那么多；如果你爱得比我少，或者你根本不爱我，我是没办法一直爱下去的。

到了感情问题上，杨红就无法母爱周宁了，就想要回报了，或者叫"回应"更合适。杨红理想中的爱，其实也很简单，无非是白头到老，如胶似漆。"白头到老"，不是一天两天可以证明的，要等到头发白了才知道做到了没有。但"如胶似漆"呢，每分钟都可以检验。只要周宁在眼前杨红就很满足，就觉得充实，做事就做得开心，连织毛衣都仿佛织得快一些。

但周宁是个爱玩之人，下棋、打牌、打麻将、打台球，无所不爱，而且都爱到痴迷的地步。周宁虽然不是共产党员，但也好比种子，到了一个地方，就同那里的群众结合起来，在人民中间生根开花。他住进这栋集体宿舍，刚开始还有点不适应，因为这栋楼是青年教师楼，原来是自己老师的人，现在一下变成了平起平坐的棋友、麻友、牌友，可以在一起骂骂咧咧、吃吃喝喝了。有时跟杨红挽着手走路，突然看见以前的实验室老师，还吓得把手甩开，心想：好险，好险，差点让他看见。过半天才醒悟过来：自己已经毕业了，不受他管了。

周宁很快就习惯了自己的新身份，开始结交朋友。他很快就摸清了哪些人会下棋，哪些人会打牌，哪些人会喝酒，棋艺如何，牌风怎样，酒德高低，连那些人的老婆对老公下棋打牌的态度及对策都了解得清清楚楚。俗话说：知己知彼，百战不殆嘛。不打无准备之仗，这样才能决定去谁家下棋，可以下到何时，万一牌友的老婆来闹又该如何应对，等等等等。

杨红很快就到了分析家所说的"追求第三档爱情"的境地。第一档的爱情是"心心相印"式的，就是两个人的爱好、追求都是一模一样的，不用计划讨论，就都是“英雄所见略同”。用杨红和周宁来做例子加以说明，就是杨红想跟周宁一起待在家里，周宁也想跟杨红一起待在家里，两人一拍即合，皆大欢喜。此乃爱情之大幸，爱情小说之大忌。

第二档呢，称为“心有灵犀”式，就是虽不是英雄所见略同，但一位英雄能体会到另一位英雄想要什么，并且能自我牺牲，让另一位英雄如愿。

第三档是“一点即通”式，或者是“尚可教育”式，就是两个人不是心心相印，一方也悟不出另一方想要什么，但一经点拨或教育，还能醒悟，并愿意实行。

第四档被称作“接受改造”式，或者“服从管理”式。到了这一档，大多数崇尚浪漫爱情的女孩已经不把它算作爱情了，不过实际一点的，宽宏大量一点的，或已经结了婚又不想离婚的，仍能接受。这一档就是点拨也点不醒，教育也教育不过来，但如果采取行政手段、高压措施，比如以分手、离婚相要挟，仍能压服对方，使其改变。

第五档根本已不算爱情，放在这里，只是为了从头到尾描述杨红和周宁的爱情和婚姻。这一档叫作“农民起义”式，顾名思义，就是哪里有压迫，哪里就有反抗，你叫我这样做，我偏那样做。到了这一档，能和平分手已经算三生有幸了，不然就只能长期冷战，直到起义再次爆发。

杨红见周宁不愿待在家里，又悟不出来她想要他待在家里，只好出来点拨，见周宁想出去玩，就说：“别去吧，就在家陪我吧。”

周宁眼睛一亮，上来搂住杨红，嘴凑到她耳边问：“怎么，想要了？”

杨红很失望，感到周宁跟自己想的是两码事，就说：“瞎说些什么呀，不是那个意思。”

“不用害羞嘛，你不知道男人最想听的就是‘我要’。”周宁笑嘻嘻地说，把在外面听来的笑话用上，不过省了后半句“男人最怕听的就是‘我还要’”，免得杨红知道了男人的弱点拿他取笑。

杨红还没有感到有说“我要”的需要，但她知道，周宁只有在做爱的时候才真正是整个身心都在她身上的，所以也不辩驳，任由周宁把她扳倒在床上。

事过之后，周宁躺在床上抽根烟，把自己的能力着实佩服一番，又准备出去。杨红拉住他，说：“就在家里陪我吧。”心想你现在应该明白我让你留在家里不是为了那件事了吧？

周宁就很困惑：“我待在家里能干什么呢？我又不能帮你织毛衣。”

杨红说：“你什么也不用干，你在家里我就很开心了。”

周宁乐了：“看来我还是一颗开心果咧。”便留在家里。

过了一会儿，周宁要去上厕所。杨红住的这栋楼，每层只有一个厕所，所以楼里的住户就自发地把七楼的定为女厕所，而六楼的定为男厕所。杨红住在七楼，是顶层，周宁上厕所要下到六楼去。结果一去，就很久不回来。杨红看时间太长，怕周宁出了什么事，跑到六楼，又不好意思喊，只好请一个过路的男老师帮忙进去看看。结果，当然是人毛都没有一根。

晚上周宁回来，杨红问起，周宁说："哎呀，太抱歉了。上完厕所正准备回来，被楼下的小龚看见，生拉硬扯地把我拖去打牌，说三缺一。我挣不脱，只好被他拉去了。"杨红想象不出，一米七五的周宁，怎么会无法挣脱一米六五的小龚的生拉硬扯，分明是半推半就。杨红不好直接戳穿他的谎言，怕他下不来台，就讲一个笑话给他听，说她妈妈讲的，以前学生排练样板戏《白毛女》，有一个场景，就是两个狗腿子来强抢喜儿去给黄世仁当小老婆。按样板戏的要求，两个狗腿子应该将喜儿举过头顶，奔向后台，芭蕾舞嘛。但她班上的那两个小狗腿子呢，个子比喜儿矮得多，不要说举起，抱都抱不动，因为小学女生比男生发育早，往往是女生比男生高。于是只好冒篡改样板戏之大不韪，改成两个狗腿子将喜儿拖下场去。到了演出的时候，两个狗腿子因为害羞，不敢碰喜儿的手，结果演成两个狗腿子一招手，喜儿便自己跑到黄世仁家去了。

周宁也听得哈哈大笑，不觉得有什么讽喻意义。

杨红见旁敲侧击点不醒他，就说："你一天到晚就想着跑出去玩，待在家里就像笼中鸟一样。"潜台词就是问："你不愿跟我待在一起，是不是不爱我了？"

周宁可能真是被他妈说中了，是一个"直肠子"，听不出话外音，只笑嘻嘻地说："我哪里是笼中鸟呢？不如说是笼中鸡。鸟飞出去了是不会回来的，而我可是天天要回笼里来的。"然后话头一个 180 度大转向，"嗨，你说对面毛姐养的那两只鸡怪不怪，我昨天还看见它们站在楼下操场上看解放军操练咧，莫非鸡也是不爱红装爱武装？"

杨红被他一下扯出八丈远，失了方向，也说："是有点怪，那两只鸡怎么知道自己开关鸡笼呢？早上把自己放出去，晚上又自己把笼门关上。不晓得毛姐怎么训练的。"

4

实际上，如果说周宁不愿跟杨红待在一起也是很冤枉的。只不过周宁不愿待在家里。他也是希望跟杨红如胶似漆的，至少在新婚蜜月是这样。不过他理想的如胶似漆是杨红能跟他一起出去玩。当然他不希望杨红跟三楼那个李春梅一样，打麻将打得临产了还舍不得去医院，动了红了，被人送去医院了，一听医生说还有一两天，又坐出租车回来打麻将。切，这种女人还叫女人？

周宁喜欢杨红坐在他身边，依偎着他，看他打牌，像那个故事中的看牌人一样。那个故事说，有一个人对几个打牌的人抱怨，说：你们几个的牌瘾也太大了，大冷的天，坐在一条四面漏风的船上，打了一夜牌。几个打牌的诧异地问：你怎么知道我们打了一夜牌？看牌的人说：我怎么不知道？我昨晚一直站在齐腰深的水里看你们打。

所以周宁也一直在努力，想让杨红参与其中。一开始是想把自己家辟为打牌的主战场，但发现杨红很不高兴，以为是因为几杆烟枪同时吞云吐雾，把个家庭环境搞得太污染。其实杨红是不喜欢他一心只在打牌上，当她透明，好像没她这个人一样。

周宁见在家里打牌不行，就叫杨红跟他一起到别人家去打。杨红一个人待在家里闷，只好跟他去。那时正好是夏天，集体宿舍没有空调，男人本来是穿着背心短裤，甚至赤膊上阵的，见杨红来了，忙不迭地翻出汗衫来穿上，都是些名副其实的汗衫，无缘无故地又为小小的空间增加一些汗酸气。有讲礼貌的，还抓出一条长裤来穿上，原意是盖上一些杨红不宜看到的部位。哪知单腿站在那里，蹦蹦跳跳地翘起另一只脚，想穿进裤腿，结果反而起到欲盖弥彰的作用，把那个部位从大垮垮的平角短裤下抖搂出来，有惊鸿一瞥的效果，搞得杨红非常尴尬。加上她对下棋打牌一点儿不会，也没兴趣，坐在一旁观战就觉得盘盘棋都下得又臭又长，熬不到头。别人见她老跟着周宁，也开始笑她：

“杨红，跟班哪？怕周宁跑了？放心，我们帮你看着呢！”

杨红对看牌没兴趣，又怕别人嘲笑，不想去牌场，就自告奋勇地提出要学下棋，以为学会了就能把自己变成个绊马索，把周宁困在家里，免得他要跑到外面找对手。而且夫妻对弈，多么书香，多么古典。周宁本来不感兴趣，但怕杨红生气，只好教她下棋。不时地，就有人来找周宁，看到杨红在学下棋，就大加鼓励，说：“不慌，不慌，慢慢学，慢慢学。”然后就凑上前来，指点江山，说如果你的炮这样一支，你的马那样一别，保管叫周宁死无葬身之地。来人见杨红半天悟不过来，真是恨铁不成钢，急不可耐地抓起棋子，自己下起来了。杨红只好叹口气，让出座位。

后来杨红狠下心，对周宁下了一个通牒：你如果还爱我的话，就不出去玩，在家里陪我。周宁果然爱她，就守在家里，足不出户。只不过周宁那时打麻将正处在一种骑车骑得要会不会，喝酒喝得要醉不醉，游泳游得要漂不漂，做爱做得要飞不飞的境地，其心态就一个词可以描绘：欲罢不能。

所以周宁待在家里，浑身不自在，如关在笼子里的老虎，坐也不是，站也不是。看电视嫌电视无聊，睡觉嫌电扇吵人，替杨红撑着毛线圈时，也嫌毛线太长，左缠不完，右缠不完。时常就有不知好歹的狐朋狗友撞上门来，问："周宁，三缺一，来不来？"周宁就用嘴朝杨红指一指，也不说什么，眼里只有悲怆。朋友也不是没见过男人被女人关了禁闭的，也知道是怎么回事，就悲天悯人地摇着头走了。

杨红问周宁："为什么你现在不愿跟我待在一起，一定要跑出去呢？你结婚前不是说一日不见、如隔三秋吗？难道这么短时间你就变了吗？"

周宁心想，难怪那几个婚龄长一点的牌友说女人都是学历史的，前三百年后八百年的事都记得，开口就搞今昔对比，还考察你的历史知识，哪怕你忘了三百年前的一个约会细节，也叫你吃不了兜着走，为什么不能像我们男人一样把重点放到现在来呢？周宁不得已在心中温习了一下历史，说："结婚前我们一个星期只能见两三次面，一次也不过几个小时，现在我们天天一起，就算我出去打牌，我们还是比从前在一起的时间多多了。"

杨红看他不正面回答"变没变心"的问题，反而在那里做数学计算，好像现在见得多让他吃了亏一样，觉得很失望，只好做个垂死挣扎，动之以情，晓之以理："如果我跑到外面去玩，把你一个人撂在家里，你会怎么想？"

周宁赶快问："你要到哪里去玩？饭做了没有？"

"我没说我要到哪里去，"杨红没好气地说，"我是让你设身处地地想一下，如果你一个人待在家里，而我跑外面去打牌，你不难受吗？"

周宁恍然大悟："你想打牌呀？那容易，我陪你去，看你打，帮你打，我们两个定几个暗号，串通了，整死刘刚和张矮子两个。"

杨红见启发式教育也没用，又见周宁不管做什么，都是心不在焉，长吁短叹，一副郁郁不得志的样子，知道强留他在家也没用，如胶似漆是要靠自愿的，就说，算了，你出去玩吧。

周宁像得了大赦一样，不敢相信自己的耳朵："真的？我去玩，你不生气了？"

"我不生气了，记得早点回来。"

周宁就跳起来，抱住杨红亲了一口，一溜烟地跑了。

有时打一会儿麻将，周宁又会跑回来一下。

杨红问他："牌打完了？"

"没有。"

"那你回来干什么？"杨红问，心里希望他说"想你呀"。

周宁老老实实地说："我回来看看你是不是在生气。别人说情场得意，赌场失意，刚才赢了一点钱，怕是因为你在家生气。"

杨红叹口气，眼泪慢慢溢出来，不知道是因为感动，还是因为生气。

5

杨红没想到自己的婚姻会是这样的，原来以为结了婚了，就有了一个二人世界，就有一个人同自己朝夕相伴，卿卿我我，快乐无穷。哪里知道结了婚，反而觉得更孤独了。以前的孤独，是独翔于天空的鸟的孤独，没有陪伴，但可以自由自在地飞翔。现在的孤独，是困在沙滩上的鱼的孤独：身后是海，但已无法退回；面前是山，攀上也是死路一条；左右望去，除了沙滩，还是沙滩。

以前放了寒暑假，杨红都是回老家去跟父母待在一起的，虽然暑假长了，有时也觉得无聊，但至少还可以跟女伴一起玩一玩，心里还可以做做玫瑰色的梦，梦想一下未来美好的爱情。但现在不行了，周宁不愿离开 H 市，她一个人回去别人肯定要在背后指指点点。嫁出去的女，泼出去的水，镇上谁家女儿一个人跑回娘家住，别人都知道不是被丈夫赶回来了，就是自己赌气跑回来了，反正都是婚姻出了问题了。

镇上的人还没有开通到以离异为荣的地步，肯定会说"小学杨老师的女儿刚结婚就跟丈夫闹矛盾了，这老师是怎么当的，连自己女儿都教不好"，那样连父母在镇上都抬不起头来。就算自己不怕别人说，父母也不怕别人说，但父母心里会担心，会为女儿着急。从父母知道自己跟周宁的事后，就一直说：我们也不指望你嫁个有钱有势的，嫁个知道疼你的人就行了。自己偏偏没有嫁到一个疼自己的人。自己一个人受苦也就算了，何必把父母也扯进去？

就算能说服周宁跟自己一起回去，周宁一样要出去打麻将，镇上也不是没有打麻将的人，到处都有。你要是说中国还有没通电、没通水的地方，还有人相信，如果你说还有没通麻将的地方，恐怕是没人相信了。上次去周宁的老家周家冲，没看到哪家有自来水，但已经看见好几桌麻将了。

周宁到杨红的老家去过几次，一去就跟当地的"麻迷"接上关系了。有几个杨红都不认识，或者认识但没讲过话，也不知道周宁的嗅觉为什么那么灵敏，交友的速度那么快。那时在老家待的时间短，周宁也是出去了一会儿就回来了，父母都不知道。现在是暑假，如果长期住在那里，周宁肯定要跑出去打麻将，自己又没办法改变他，父母看到会怎么想？杨红不想让父母看见周宁不听她的话，而她又拿周宁没办法，那等于向父母宣布：周宁不爱我。

所以杨红只能待在 H 市那间十平米的小屋里。

有人说女人都是天生的象征主义者，对一件事情的象征意义看得比那件事还重。情人节送一朵三十元钱的玫瑰给女朋友，她就开心；如果送一块同等价值的猪排骨给她，她就不开心。象征意义不同嘛，尽管等未来的丈母娘烧好了排骨，女朋友还是要吃的。男人不是不知道女人是象征主义者，但是也愿意配合她们。男人有时表错了情主要是因为同一事物在不同阶段、不同场合可能有不同象征意义，而女人又不告诉男人她心里想的是哪种象征意义。结婚多年以后，你还花三十元买一朵玫瑰，又可能拍马屁拍到马蹄子上去了。老婆会说你大手大脚，华而不实，问能不能退回去。不解风情的还要骂你：你把我当成什么呀？我是你老婆，不是情人！

杨红就是一个象征主义者。其实周宁在家，她是看电视、织毛衣；周宁不在家，她还是看电视、织毛衣。但周宁在家，就象征着他想跟她在一起，象征着他爱她，感觉就不一样。有时她想，如果周宁是驻守在边疆的士兵，或是忙碌在手术台上的医生，那自己就是一个人待在家里，也不会感到孤独，因为他在做他的工作，他不能来陪我，而不是不愿来陪我。独处不是孤独，一个人在家不是孤独，孤独的是你想跟一个人在一起，却不能跟他在一起，或者更糟：你想跟他在一起，但他不愿跟你在一起。

孤独可以分为三类：人的孤独，情的孤独，心的孤独。独处是人的孤独，单恋是情的孤独，无人理解是心的孤独。杨红不知道自己是什么孤独，就是觉得孤独，而且是毫无解脱希望的孤独。你能把麻将禁了吗？你能把周宁改变了吗？你能把婚离了吗？你能保证再找一个丈夫他一定不会去打麻将吗？

杨红有时也赌气地想，他不愿陪我，我为什么还想要跟他待在一起？我也出去玩。但杨红想不出可以去哪里玩。去找从前的女伴玩吧，在 H 市的本来就没几个，而且别人都有自己的男朋友陪，不需要你去做电灯泡。你一个人去找女友，不等于跑去告诉她你婚姻不幸吗？杨红最怕跟那个刘艳玲在一起，口口声声就是讲她的男朋友多么宠她，而且都是用一种名贬实褒的口气：“真讨厌，下个雨还跑来接我，好像我自己不会走路一样。”

就算白天可以跑出去逛商场，会女朋友，晚上终归还是要回家来的，还是要等待一个不回家的人的。如果两个人自己玩自己的，你不想念我，我不想念你，你不在乎我，我不在乎你，那还叫爱情吗？那还叫婚姻吗？那还不如干干脆脆一个人，还少做一个人的饭，跑回老家去还不怕人说，而且更重要的是，还能憧憬美好的爱情、美好的婚姻。

6

对杨红来说，最痛苦的不是等待一个不回家的人，而是等待一个不知道什么时候回家的人。知道他不回家了，还等他干什么呢？她等待的是一个肯定会回来，但不知道什么时候会回来的人。这就有点像听见楼上的人“咚”地脱了一只鞋，但没听见第二只鞋掉下来一样，不听见那一声就没法安心入睡。

所以每次周宁来向杨红告假，说想出去玩一会儿时，杨红就问他什么时候回来。周宁出发之前一般还是没有很大的野心的，也知道杨红不喜欢他出去玩，所以自觉不自觉地就把计划做得很保守，“十一点？你说呢？如果十一点太晚了，十点五十五也行。”有时甚至自不量力地夸口，“他们今天已经有了四个角了，不差人，我就是去看一眼，马上就回来。”

但麻坛风云谁能预测？你一去就会发现人在江湖，身不由己。三缺一，自不待言，你肯定跑不了，不打也要打，救场如救火。你赢了，不能走，别人等着让你把血放出来；你输了，更不能走，你自己想把钱赢回来。如果真的有了四个角，也没什么，因为过一会儿就有一个角的老婆跑来，把他拉回去。加上周宁牌风好，输了不抵赖，赢了不夸耀，牌技也了得，所以他去了，多半会有人叫某个角站起来让位。

杨红还不知道周宁打牌是带彩的，知道了就是另一个故事了。周宁从来没向杨红要过钱。刚开始也是不带彩的，只每人发几张扑克牌，净面的算一点，花面的算十点，记个输赢，带点刺激。后来大家都觉得只有老家伙才打这种“卫生麻将”，不带彩打得不过瘾，所以就开始带点小彩，一分、几分的，是个意思。

周宁是身无分文的，开始还扭捏了一下，说：我没钱，我让你们打吧。但马上就有人双拳一抱，拱个手，说：小周不能走，本人愿意贷款，先借你二十大洋，赢了再还。于是，周宁就拿了这笔贷款，开始下注。周宁的小聪明到麻将桌上才真正体现出来，也可能是因为投入了整个身心，总之，是先天聪明加上后天勤奋，周宁一路打来，基本是赢多输少，至少还了那二十块，还有了一点本金。实在输光了，再向人贷款，赢了再还。周宁的牌技也日趋成熟，直向炉火纯青挺进，麻将拿在手里一摸，不用看，就知道是四筒还是四万。

在周宁定下的回家时间之前，杨红觉得心情还不那么难受，因为有一个具体的时间放在那里，知道在此之前周宁是不会回来的，所以也不作指望。无所谓希望，就无所谓失望，杨红还能做点事，看看电视，跟对面的毛姐拉拉家常。但如果过了时间周宁还没有回来，杨红就开始坐立不安了。她当然不是担心周宁出事，在楼下打麻将能出什么事呢？除非是打晕了头，抓起麻将砸了自己的脚。

令杨红不安的是周宁许下了诺言，却没有兑现，而这象征着什么呢？在周宁看来，这什么也不象征，只不过是打牌打忘记了；但在杨红看来，这象征着周宁撒了谎，撒谎就象征着周宁是一个撒谎的人，一个撒谎的人就会一步一个谎。这就象征着她没法相信他了，同时也象征着他以前也撒过谎：那他以前说过的“我爱你”，真实成分就要打折扣了；他以后说的话，也不能不叫你起疑心了。

杨红躺在床上，心里有伤心也有愤怒：想跑到牌场去把周宁叫回来，又不愿弄得满城风雨，让人笑话；想干脆不管了，自己睡自己的，又睡不着，常常都是辗转反侧流泪到半夜。等周宁回来，杨红责问他撒谎的事，周宁少不得把那些逼良为赌的人责备一通，咬定自己是食言而不是撒谎，并振振有词地说：“撒谎是说话时就已经存心欺骗，食言是说话时是真诚的，但事后无法实践自己的诺言。”杨红被他这样一辩，也觉得周宁还没有达到撒谎的程度，应该算是食言，后悔刚才把人民内部矛盾当作了敌我矛盾。周宁又信口来几句周氏格言，最后打出他的求和王牌：做爱。杨红倒不稀罕这个，不过怕他疼，又听周宁说过，男人感到最丢面子的就是向老婆求欢被老婆拒绝，心想拒绝了他会搞得两人几天不说话，还不如顺水推舟，由他去做。

周宁回来了，杨红也就睡得着了。周宁看到杨红像个小猫一样依偎在自己怀里睡了，心里就有几分爱怜：女人哪，就是心口不一，想要做就说嘛，何必绕那么大个弯，曲线救国曲得真是可以，连周某都被曲糊涂了，结果把自己也弄得这么伤心，何必呢？早说了，这爱早就做了。虽然做了爱再去打麻将可能手气不好，但为了老婆大人，这点牺牲还是可以承受的。

食言的次数多了，杨红也看出周宁食言如食饭，是每日的功课，不食是万万不可能的，所以也不把他的豪言当回事，不管周宁许愿几点回来，杨红只当周宁今夜不回来了，不用等了，反而安下心来，睡得着了。

有时周宁打麻将打得太晚，回来后麻坛风云还在胸中激荡，辗转反侧，难以入眠。他知道自己有个怪毛病，如果刚躺下去的那一会儿睡不着，后面就很难睡着。而夜晚睡不好，第二天就无精打采，格外难受，打麻将就肯定输。男人都知道做爱是最好的安眠药，扑腾一番之后，想不睡都由不得你。所以周宁躺一会儿，还睡不着，就顾不上杨红已经睡了，一把搂住就开工，常常是刚把杨红做得睡意全消就全面竣工了。周宁知道做爱只是短效安眠药，不抓紧时间进入睡眠，就马上失效了，所以如果杨红这时来问几句话，周宁就很不耐烦，说："快睡吧，讲一会儿话，我又睡不着了。"

而杨红这时已全醒了，躺在那里生气：拿我当什么呢？一味药？身体疼的时候当止痛药吃，睡不着的时候当安眠药吃。其他时候就拿我当厨师，吃饭的时候就回来了，吃饱了就跑出去了。拿这个家当免费旅馆，要睡觉了就回来睡觉，睡醒了就不见了。跟对面毛姐家的鸡有什么两样？鸡还知道恋家，天一黑就回笼了，不会打扰毛姐睡觉。

7

杨红已到了需要反省为什么会跟周宁走到一起的时候了。旁观者可能早就在问这个问题了，因为旁观者一眼就看出杨红和周宁是两种不同的人，根本不该走到一起，甚至是根本不可能走到一起，如果走到一起迟早会出问题。但当事人因为身处其中，常常有种被一股旋风裹挟，身不由己、无暇思考的感觉，一般要等到被旋风刮倒在地，屁股摔疼了，才有心情思考这个问题。

杨红在反思自己同周宁的爱情史时，总是感慨万千，一言难尽，几句话是说不清楚的，不能简单地说是周宁骗了他，或说是自己瞎了眼，但也不能简单地说是被爱情冲昏了头脑，只能说是"时势造爱情"，或者套用马克思主义哲学课上的用语，是既有主观的原因，也有客观的原因。

在同周宁建立恋爱关系以前，杨红也有过不少追求者。不过那时候的追求，多数只是求外人来通个心曲，说"某某想跟你好，你看行不行"。也有不通过第三方，亲自来追求的，不过一般都会弄得非常鬼鬼祟祟，事先就把消踪灭迹的方法想好了，不写信，不送东西，不让外人看见，一被拒绝，撒脚就逃，觉悟低的还对人说是你追了他。有时只是旁人看着两人般配，好心帮个忙，这种情况最危险，因为你一不小心，露出口风，说自己对那人有意思，万一那人对你没意思，那就惨了。介绍人两边一问，发现只是剃头匠的挑子一头热，不仅不会再帮下去，还会把你的单相思传扬出去，叫你从此在人们心中变成个花痴。

杨红上大学时，她那个班三十多人，只有六个女生，她那个系的女生不超过六十人，与男生的比例是大大失调。如果要搞内部分配、内部消化或者强行摊派的话，差不多每一个女生平均可以摊到六七个追求者。

杨红生得很秀气，眼睛不是双眼皮，但鼻梁高且直，属于照头部特写时眼睛不够有神，照全身照时轮廓分明、亭亭玉立，照集体照时鹤立鸡群、艳压群芳的一类。身材用周宁的话说是“高胸，细腰，大屁股”。周宁当然是在婚后才敢对杨红这样说，如果结婚前说了，杨红肯定觉得受了侮辱，觉得周宁没注意到她心灵的美，说不定两人就吹了。就是结婚后，杨红也对“大屁股”一句很反感：不能换个文雅点的词吗？再说我的屁股算大吗？

那时候讲的是心灵美，追求外表美的人都被看作是浅薄的人，甚至是下流的人。文艺作品中的人物，如果是追求外在美的，往往没有好下场。那时的中国人，对文字是极敬畏的：“书上说的，还有错吗？”所以许多女孩，都以为男人爱女人是因为她们心灵美，都在心灵美上狠下功夫。“腰细”还可以接受，“大屁股”简直就是骂人，“高胸”也不是什么值得骄傲的事，保守一点的，还恨不得佝偻着背，把胸藏起来。但男人看女人，第一眼看到的是她的三围，周宁能看到的，想必其他男人也能看到，所以想跟杨红谈恋爱的人不少，托人介绍的有七八个，只不过嘴里都说是因为杨红人好，也就是心灵美了。

杨红这个人，爱情小说看得不多，浪漫主义情结倒很坚固，可以称为“先天性浪漫主义”，或者“朴素浪漫主义”，就是称为“原始浪漫主义”也不算过分。由于有原始浪漫主义情结，杨红被人介绍撮合时就老觉得“爱情不应该是这样的”，所以多半都以“学业太忙”“年龄太小”为理由拒绝了。

唯一的情书

1

杨红认为一生中唯一的一个追求者，是她高中时的同学。杨红觉得他算是一个追求者，不是因为他达到了穷追猛打的地步，而是因为其他人更算不上追求，至少这一个还是自发找上门来，不是托人传话的，而且还写过情书。

这个高中同学也叫杨红，班主任为了区分他们，就叫他们“男生杨红”“女生杨红”。刚开始，杨红还有点恨班主任，觉得给她起了这么一个不伦不类的名字，搞得大家老拿她取笑，叫她“小日本鬼子”。后来看到隔壁班上那两个叫“刘东”的人的命运，就对自己的班主任感激涕零，没叫自己“杨红 2”已是功德无量了。

那两个刘东都是男的，名字不能用性别来区分，隔壁那个班主任又是教数学的，三句话不离本行，就叫他们“刘东 1”“刘东 2”。也许班主任这样取名的时候也没有什么别的用意，但那两个刘东就像中了魔法一样，被名字主宰了命运。刘东 1 在班上就老是第 1 名，而刘东 2 就一直是倒数第 2 名。

“男生杨红”和“女生杨红”似乎没受改名的影响，男生依然是男生，女生依然是女生。两个人成绩不相上下，有时“男生杨红”在“女生杨红”前，有时“女生杨红”在“男生杨红”前。那时“女生杨红”一心一意要赶超“男生杨红”，心情之切，差不多要向上天祷告，让“男生杨红”病倒个十天半月的。好在后来两人都保送上了大学，去了不同的学校。“男生杨红”去了机械工学院，“女生杨红”去了 H 大，从此不再竞争。

上大三的时候，突然有一天，“男生杨红”写来一封信，收信人那一栏，没有名字，落款也是含含糊糊地写着“与你同名的人”，信中都是讲些自己那边学校的情况。杨红接了信，看到落款，知道是“男生杨红”写的，心里希望是情书，因为自从不用与他竞争，杨红对他还生出了几分好感。但那信写得那么公事公办的，你也搞不懂他是不是有那份情。杨红很在意女孩儿的那份矜持，但也不想把他吓跑，毕竟是第一个写信给她的男生，就也含含糊糊地回了一信，也不写称呼，落款也是“与你同名的人”。

他们就这样含含糊糊地，各自写了十几封信，把自己学校的山山水水、角角落落都写遍了，就是没写一个“爱”或“情”字。最后还是“男生杨红”沉不住气了，写来一封信：“总是听你说你们校园美，还没见过，想这个星期天来看看，可以吗？”

杨红看了信好笑，说的好像是来看我的学校而不是看我一样，学校又不是我的，你来看还用得着我同意？当然她不会这样说，这样说就把这个宝贵的追求者吓跑了。杨红就回信说你过来看吧，我带你去转转。

真的要见面了，杨红免不了设想一下会面的结果。如果他提出来跟她谈恋爱，同不同意呢？“男生杨红”真的是很不错，但还没令她有“就是他”的感觉，不知道今后还会不会遇到更不错的人。

杨红不明白为什么生活对她提出的问题，都是单项选择题，而那些个选择都是一次性的，给了你，你不选，就过期作废了。所有的选择又不是一下都给你，而是一个一个地给。

“女生杨红”去会“男生杨红”的时候，还在想：命运啊，可不可以把我今生所有的追求者全部一次性地拿到我眼前来让我看看？我比较了，鉴别了，选定一个，就终生不变，也终生不悔。

“女生杨红”见到“男生杨红”的时候，觉得他没有自己印象当中那么英俊，可能印象是错的，也可能他变了一些。不管怎么说，长这么大，还没有这么近距离地跟一个男生单独在一起，心跳得有点快。

两个人在 H 大四处走走，说些“这棵树好高啊”之类的话，不知不觉就过去了两三个小时。杨红想，他是不是就是来看看 H 大的啊？走这么半天也只说些鸡毛蒜皮、不关痛痒的话。最后走到人工湖边，杨红在一个石头凳上坐下，摆出个“参观结束，言归正传”的架势。“男生杨红”就在她对面的一个石头凳上坐下。两个人就像比耐心一样，都不说话。杨红觉得这时才真正理解了鲁迅先生那句名言：“沉默啊，沉默。不在沉默中爆发，就在沉默中灭亡。”

“男生杨红”可能是不想在沉默中灭亡，终于结结巴巴地说：“我读高中时就喜欢你，你愿不愿意做我的女朋友？”

杨红松了口气，总算打破沉默了，不会灭亡了，但她也不确定自己是不是爱这个人，再说，一帆风顺的爱情也没有什么意思，就想设一个小小的考验，看“男生杨红”能不能发动更猛烈的追求。杨红就有点调皮地说：“你也叫杨红，我也叫杨红，那以后……”她没有说完下半句，因为她也不知道下半句是什么。她希望“男生杨红”能轻而易举地跨过这个“障碍”。本来嘛，一个名字，有什么大不了呢？再说，自己也没说名字相同有什么不对。

杨红正在考虑就这一个考验够不够，就见“男生杨红”局促不安地站起来，神色慌张地说：“我也考虑过这个问题，既然你也有这个担心，那就算了吧。”不等杨红回话，他丢下一句“我会把你的信寄还给你的，也请你把我的信寄还给我”就飞也似的逃走了。

2

杨红坐在那里，觉得石头凳子冰冷，第一感觉是被他抛弃了。等到稍微静下心来，把两人说过的话反反复复地在脑子里重放几遍后，觉得他可能是误会了，以为她拒绝了他。那时学生寝室里还没有安电话，杨红回到寝室，就想写一封信，解释一下。

但想起他说的那个“我也考虑过这个问题，既然你也有这个担心”，就很茫然。他考虑过哪个问题？他也有哪个担心？是同名同姓的人不能结婚吗，还是什么别的？她拿不定主意要不要写一封信，如果写，写什么？“男生杨红”说喜欢她是用嘴说的，而她如果写在信上，就成了白纸黑字了。他如果要对人炫耀说她追他，他有证据，而自己就没有证据。她觉得“男生杨红”对谁追谁的问题，是很重视的，销赃灭迹的措施也很老到。你看他写信时不落真实姓名，又叫她把自己的信退回，就是防备有朝一日杨红会拿着他的信去对人炫耀。

对谁追谁这个问题，杨红像那个年代的很多人一样，是很在意的。男生追女生尚且弄得这么偷偷摸摸的，女生哪里敢追男生？杨红听到或看到的追人先例，都没有好下场。男生写给女生的情书，在高中时，常常被交给了班主任，为老师惩罚早恋而制定的杀鸡吓猴战略做了一份贡献；在大学里面就成了女生寝室茶余饭后的笑料，情书里的某些字就成了追求者的别名，粘在他身上，跟他一辈子。

杨红记得寝室里有一个女生收到过一封情书，写信的人姓陈，信中在描绘自己的相思之苦时，说“感觉就像头上戴了一个铁帽子”。这个人追求没成功，还得了一个别名，叫作“陈铁帽子”。这个别名也不知是怎么传出去的，总之是不胫而走，人尽皆知。女追男的下场就更悲惨了。有一个被追的男生甩了那个追他的女生后，逢人就吹：“我怎么会要她？送上门来的货，哪有好的？不过我也不吃亏，该看的看了，该摸的摸了，以后谁要了她都是吃我的剩饭。”

而那碗“剩饭”就一直没人吃。

所以杨红就没有立即回信，想等“男生杨红”鼓起勇气，卷土重来。结果过了几天，“男生杨红”就把她的信全退回来了，还催促着叫她也把他的信寄回去，或者烧掉。杨红哭了一场，自己也不知是为什么。与其说是因为失去了一个优秀的候选人，还不如说是悲叹自己的追求者这么经不起风雨。她回了个信，说自己已把他的信烧掉了，暗中却保存下来，放在一个小红木箱子里，上面用红绳子结成一个千千结。她知道撒这个谎很卑鄙，但她真的很舍不得烧掉那些信，这是她一生中收到的第一批情书，后来又发现其实是唯一的一批情书。

结婚后，她也没把箱子里的东西给周宁看，她自己也不知道是为什么。周宁有一天去打牌被人告知这两天风声紧，派出所正在四处抓赌，牌桌上和打牌人口袋里的钱加起来达到三百元的就要进派出所，所以只好扫兴而归。那天正好杨红跟毛姐出去逛街去了，周宁就想起那个他觊觎良久的小红木箱子，有点心痒痒的，心想，婚都结了，妻子还有什么秘密丈夫看不得？就擅自用剪子剪断那个千千结，打开那个小红木箱子，战战兢兢地拿出一封信，看完了，也没搞懂是谁写给谁的，或者中心是什么。信里都是些“今天考了英语”“学校的理科大楼修好了”之类的流水账，连看三四封，都是一个风格，他也懒得再看，心想：“我还以为是旧情人写的情书，一场虚惊。”就把信随手一丢，自顾自地看电视去了。

晚上杨红回来，看见自己的情书箱子被周宁打开，就责问他：“你怎么可以不经我允许就开我的箱子？”

周宁说：“夫妻之间还保个什么秘密？更何况又不是什么情书，还珍藏在那里，搞得我疑神疑鬼。”

杨红忘了周宁的错误是窥探隐私，反而为“是不是情书”生起气来：“为什么不是情书？照你说，什么样的才算情书？”

“情书，情书，总要有个‘情’字吧？那些流水账，也算情书？不是看有几封信字迹不同，我还以为都是你自己写给自己的咧。”

杨红仿佛被他点了死穴，再说不出一句话来，只在那里哀哀地哭。她想起那些电视或小说里面，做妻子的被丈夫发现了旧情人的情书，在那里把那些卿卿我我的东西当作罪状大声宣读，杨红对那妻子羡慕至极：就算她丈夫等一会儿就要把她大卸八块，至少她曾经被人热烈地爱过，还有几封让丈夫大发雷霆的情书。不像自己，唯一的情书还被周宁诬蔑为自己写给自己的。

周宁开始还在那里赌咒发誓，说我再也不会乱开你的箱子了，后来觉察出来杨红不是为这哭，就对她说："好了，好了，别哭了，我讲一个笑话给你听。有一次，我们寝室被盗了，我们的衣物都被人偷走了，我们就去学校公安处报了案。过了几天，公安处通知我们去领回部分衣物，说这是那些盗贼在逃跑路上，为轻装上阵，去粗取精，丢弃在那里的，你们把自己的领回去吧。我们都在为衣物失而复得高兴得不得了，只有高大强一个人拿着他那件不知穿了几代人的旧皮夹克，委屈地大喊一声：'这些强盗真是瞎了眼了，连我这件真皮的衣服都不要！'"

3

杨红也不知道为什么自己会如此憧憬被追求，而又如此讨厌被撮合。反正她一听到中间人问她"某某某问你愿不愿意同他谈恋爱"，就觉得兴趣全消。她想问那些请人介绍的男生：为什么你们自己不能来对我说一句"我爱你"？为什么你们不能写一封情真意切的信来倾诉衷肠？我像那种要把你们的爱情拿去炫耀的人吗？就算你们被"陈铁帽子"的例子弄得不相信每一个女生，你们如果真爱我，她还会在乎我怎样处置你们的情书吗？

当然这样想的时候主要是恨铁不成钢的心情占上风的时候。大多数时间，杨红想的是：既然别人不来追求我，说明我不值得别人追求；既然别人不愿冒"陈铁帽子"那样的风险，说明我不值得别人冒那个风险。她是一个勤于自责的人，对自己永远没有信心，也许她一定要在学业上出类拔萃，正是因为她缺乏自信，没有考试成绩放在那里真真切切地让她看见，她就觉得自己没用。有时已经考得很好了，她还会突然冒出一个疑问："这个成绩是真的吗？是不是我在做梦？"

杨红对自己的外貌也是极无信心的。所谓外貌，在杨红看来，主要是脖子以上那部分。她知道自己眼睛不美，因为不是双眼皮，那个时候的审美观，至少是女孩们自己的审美观，是以双眼皮为美的。杨红就老觉得自己照相不好看，有点无精打采的样子，不像有几个女生，平时看也没觉得怎么样，但一照登记照、毕业照什么的，就容光焕发，眼睛大而有神，真个是水汪汪的，人见人爱。

杨红听人说，每天用火柴棍在眼皮上轻轻划二十次，就可将单眼皮变双。她试了，也没什么作用。她还听人说经常用剪子把眼睫毛剪短，可使睫毛变浓变长。她也试了，也是没用。再加上她是戴眼镜的，眼珠都被眼镜戴变了形，就算划成了双眼皮了，剪成了长睫毛了，还是不如人家天生的好看。

从小到大，杨红很少听人说她漂亮，多半都是说她聪明，成绩好。也有人说她长得秀气，杨红不是很爱听这种评价，因为人们说你秀气，多半是因为你算不上漂亮，充其量也就是五官还端正，眼睛小小，鼻子小小，嘴巴小小那种。不过杨红大多数时间不为自己的相貌发愁，不是因为她对自己的相貌太自信，而是因为她觉得相貌不出色，正好可以看出追求者不是冲相貌来的。男人如果爱的是自己的外貌，那等自己人老珠黄的时候，男人不是要逃跑了吗？谁个不知红颜易老？女人三十豆腐渣，三十就豆腐渣了，那追求外貌的男人能爱自己几年？

杨红觉得自己的长处是心灵美，是对爱情的那种金不换的忠贞不渝。她觉得一个男人追求的，不应该光是善良、贤惠这一类的心灵美，而是一种忠贞不渝的爱情。善良贤惠固然重要，但善良贤惠是对所有人而言的，一个善良的人对所有的人都善良，但一个对你忠贞不渝的人只爱你一个人。杨红觉得如果自己爱上一个人，肯定是会如痴如醉的，肯定是要同他白头到老的，肯定是连命都愿意交给他的。她也希望自己所爱的人能做到这些。做不到这些，还算爱情吗？

在杨红看来，男人不追她，是因为她不美；男人追得不紧，是因为那些男人没有看到她心灵的美；只有能看到她心灵美的男人，欣赏忠贞不渝的男人，才会百折不回地追她。喜欢被人追，被人百折不回地追，也许是杨红渴求通过被人追求来证明自身价值的一种表现，也许只是心理学家荣格称之为“集体无意识”的那种潜意识在她身上的一种外化。“集体无意识”指的是一些人们不用学就拥有的认识或知识，仿佛千百年来，有一些东西被一支大笔，写在某种文化或整个人类的基因里，代代相传下来，在某一些人身上呈显性，而在另一些人身上呈隐性，又与时代和个人的基因相结合，变异成形形色色的折射。

现代社会当然不用父母出面来用难题考察求婚者了，但在很多文化里，女性仍然在有意识无意识地翻炒“难题求婚”的故事。结婚要定金的自不待言，女性要求自己未来的丈夫有钱、有权、有势、有貌、有这、有那，都可以称得上是体现了一个“难题求婚”的主题。

存在于杨红无意识中的“难题求婚”情结就外化为“渴求被追”的心理。那时杨红对被追求的渴望，可以说达到了登峰造极的地步，已经把追求与爱画了等号。她在心里说，如果有一个人能不顾面子、不怕被拒绝地追我的话，那他肯定是爱我爱疯了，那么，不管他是老是小，是远在天边还是近在眼前，是贫穷还是富有，是英俊还是丑陋，我都会爱他一辈子。

旁观者看到这里，就会想，大概这个周宁就是这样一个追求者，所以得到了杨红的爱。但事实是：周宁虽然与杨红同班三年，求爱仍然是走的请介绍人撮合这条路。

4

大学的前三年，杨红就一直在那里“学业太忙”“年龄太小”地拒绝被人撮合，也充满希望地等候被人追求。没人追求也不要紧，还年轻嘛，来日方长。

到了大四的时候，杨红突然发现寝室里别的女生个个都有了男朋友，也不知她们是什么时候对上暗号、接上关系的，也不知道她们怕不怕学校发现了有麻烦，反正是每个人都有人帮着打饭、打水了，晚上去自修室也不来叫杨红了，周末逛街也不跟杨红去了，每个人都有了自己的二人世界，只有杨红一个人还在唱独角戏，突然感到好孤独。

杨红最怕的就是去食堂打饭、打水。大四的女生，加上部分大三的女生，都把饭厅当作男澡堂一样，坚决避免，只让她们的男朋友代劳。饭厅里大多是一众男生，人手两碗，一个大，一个小，一个朴素，一个花哨，一看就知道一个是自己的，一个是女朋友的。男生站在队伍里，你笑我“气管炎”，我笑你“惧内”，但个个神气活现，好像校级护花使者。手里只拿一个碗的男生都有点抬不起头来，更何况手里只拿一个碗的女生？杨红站在队伍里，显得势单力薄，快要被淹没了。连打饭的师傅都以诧异的眼光看她，好像要看清她到底是男是女。如果是男，为何只拿一个碗？如果是女，为何亲自打饭？

到了冬天，别人的男朋友提两大桶热水到女朋友的寝室，催促“快洗，快洗，免得凉了”，杨红还要亲自出马，去水房提水，提不动两个大桶，只好提两个热水瓶，一瓶今晚用，一瓶明早用。有一次不注意，滑翻在地，回来借机会哭了好半天。

二十二岁的杨红突然有了一种“大龄青年”的恐慌。在学校这样一个人才济济的地方，尤其是在这个男生占多数的系里，尚且没有人爱上自己，那以后到了单位上，就算那里老中青各占三分之一，尚未婚配又没有女朋友的男生也是寥寥无几，还有机会遇上一个爱自己的人吗？那寥寥无几的几个人，恐怕也是在学校无头苍蝇般地忙碌过但没找到对象的人了。会不会有那么一个男生，因为一定要找一个像我这样的人，心甘情愿地在那里等着，而命运又那么宽宏大量，恰恰把他跟我分到一个单位，于是成就一段美好爱情？杨红觉得这个幻想太美好了，美好得只能是幻想了。

杨红也开始检讨自己的恋爱观，像自己这样相貌平平的女孩，希望别人因为自己忠贞不渝的爱来爱上自己，是不是有点本末倒置？不做别人的女朋友，别人怎么知道自己的爱是忠贞不渝的？这份忠贞不渝是要用一生来证明的，这一生也只能证明给一个人看的。杨红这样想一会儿，就把自己想糊涂了，这有点像“先有鸡还是先有蛋”的问题，除了在那里争得脸红脖子粗，没有什么别的作用。

杨红想起北京的那个表姐说过，她也曾经是心高气傲的，一定要找一个自己爱得上的人。无奈心有天高的人，肯定命如纸薄，她等了多年，没有找到一个自己爱得上的人，只好退而求其次，找一个爱自己的人。结果可能是错过了好年华，连一个爱自己的人也找不到了。最后只好再退而求其次，找一个可以凑合的人结婚算了。撮合就撮合，见面就见面，相亲就相亲。相了无数，见了无数，还是没有找到合适的人。

慢慢地，介绍人开始把离过婚的，带小孩的，手脚不灵便的，没有北京户口的都带到面前来了。想想介绍人撮合婚姻都是讲门当户对的，就由不得你自己不在心里一再把自己贬值。最后表姐跟一个四十多岁的死了老婆的男人结了婚，再也没回过家乡。杨红听家乡人讲起表姐，都说她做了人家的“填房”“续弦”，当了后妈，一过门就有人叫娘，连表姐的父母在当地都抬不起头来。镇上的人分析起来，个个都说是表姐书读多了。表姐就成了一个反面教材，被那些家长拿来教育家里那些好高骛远的女孩：读，读，再读读得跟静玲那样，看你还读不读。

有一年过年，表姐接杨红去北京玩，去长城，去故宫，把表姐夫丢在家里。杨红不理解为什么模样俊秀的表姐会跟这么一个又矮又秃的人结婚，住在一间屋里不害怕吗？问表姐，表姐只是说：“女人年纪大了，自己就把标准降下来了。杨红，你莫学我，年轻时候，遇到一个差不多的就行了。通常的状况都是一蟹不如一蟹。”杨红问表姐：“你爱他吗？”表姐凄然一笑：“爱？这个字早就从我的字典里被删除了，这个世界你要钱要权都要得到，唯独爱情你要不到。”

还有一件事，差点把杨红气得晕死。那时候突然流传一个故事，说H市某工厂有个年轻女孩长得美丽无双，工厂里个个都追求过她，但她都没同意，反而嫁了一个又丑又老的男人，令别人百思不得其解。结婚后，人们才得知，原来那个女孩是长着一条小尾巴的！她找一个最丑最老的人，原以为这样的人就不会嫌弃她，哪知这男人丑是丑，老是老，还算是个正常人，正常人谁愿意娶一个长尾巴的女人为妻？所以仍是以离婚告终，尾巴的事也传得人尽皆知。有的版本说那个女人自杀了，有的说那个女人疯了，谁也不知道是真是假。

杨红也听过这个故事，但没有太往心里去，长尾巴也就是返祖现象而已，到医院割了不就行了？

结果有一天，寝室里的王姐气呼呼地告诉杨红，她今天跟班上几个男生吵起来了，是为了杨红，因为那几个男生在那里猜，说杨红人长得不错，怎么没有男朋友？是不是因为有尾巴？王姐说：“你看他们无聊不无聊？我告诉他们，你们再这样瞎说，看我不撕你们的嘴！我跟杨红一起在澡堂洗过澡的，我敢肯定她没有尾巴！”

杨红惊呆了，连谢谢王姐都忘了，只在那里想：看来我不光需要一个处女证明，当务之急是弄一个没尾巴证明了。再到教室去上课的时候，杨红就觉得男生的眼光都盯在她那个该长尾巴的地方，心想表姐说的一肩高一肩低跟这个相比，真的不算什么了。如果男生都这样推理，心里喜欢我的人也不敢喜欢我了，更谈不上追求了。

杨红就老觉得心里憋得慌，好像老想跟谁吵一架一样，但又不知道拿谁开刀。总不能自己跳出来，发个声明，说自己没有尾巴吧。

有一天，王姐问杨红：“周宁说他挺喜欢你的，你愿不愿跟他接触一下？”

杨红就没觉得这话刺耳，反而觉得王姐这话说得有水平，应该不算是撮合，最多算是传个话，说了周宁是喜欢我的嘛，再说，也只是接触接触。

杨红就答应当晚到人工湖边去“接触接触”喜欢她的周宁。

5

生活中有些事，虽然事后看来都是阴谋诡计，但当时并不让人起疑，或许本来就只是凑巧，不是什么阴谋诡计，圈套是后来被人分析出来的，不是当初设下的，也未可知。

杨红是王姐用自行车带到人工湖边去会周宁的。杨红本来自己有自行车，不过那天王姐坚持要带杨红去，杨红也不想给周宁留下一个“杨红飞车会周宁”的印象，就让王姐把自己带去了，显得矜持一点。

王姐是严格按照当时的约会礼节做的，女方绝不可以比男方早到，所以等王姐把杨红带到湖边的时候，周宁已经坐在石头凳子上抽烟了。看到王姐带杨红过来，急忙扔了烟，站起来迎接。王姐说声“你们都认识的，不用我介绍了”，又聊两句，就匆匆地离去了。

周宁仿佛也懂约会条例，知道自己有维持谈话的责任，就天南地北地扯了一通闲话，不知怎么就扯到人的名字上来了，周宁就极力夸赞杨红这个名字好，好听，又好叫。

杨红倒不怎么喜欢自己的名字，觉得周宁讨好得有点过分了，就说:“叫‘红’的人太多了，搞不好就同名同姓。你的名字起得不错，没落这个俗套，看来你父母很有水平。”

周宁就呵呵一笑，说：“我父母都是大老粗，有什么水平？这名字是后来改的，我以前叫周奋钢。”杨红听到“周粪缸”几个字，就忍不住笑了起来，说:“别开玩笑了，哪有父母给自己的儿子起这么一个名字的？”

周宁说：“你不相信？可以去问我父母。”然后周宁就把他改名的故事讲给杨红听。“奋”字是他的派，是不知哪一辈老祖宗选好了的，到了他这一代一定要用在名字里的，而且一定要用在中间。这个“钢”呢，是父亲选的。周宁的父亲曾在矿山干过，家里几个儿子的名就都带个金属，“钢”啊，“铁”啊，什么的。也不是父母没把这“奋”和“钢”连起来琢磨过，儿子的名字嘛，父母是想破了头也要想出一个寓意深刻的名字的。

问题是在周宁老家，粪不像别处的粪那么文雅，他们那里的粪粗野一些，只算个“屎”，而且待遇也差些，不用缸盛，只挖一个坑装着就行了，所以周宁老家只有“屎坑”，没有“粪缸”。

在周家冲的时候，虽然老师也号称是普通话教学，但也就是把声调变了一下，发音还照当地话发，所以也没人意识到“奋钢”就是“屎坑”。一直到周宁搬到银马镇了，那里的老师到底是大地方的老师，水平高多了；学生也毕竟是大地方的学生，知道“奋钢”在普通话里就是“屎坑”，就有同学围着周宁“粪缸”“屎坑”地叫。

周宁跟人打了几架后，才明白为什么别人管自己叫“屎坑”；又打了几架，还背了个记过处分，才认识到“枪杆子里面出政权”用在这里不合适，这不是一个夺取政权的问题，而是一个如何限制言论自由的问题。自己能力有限，打遍银马镇也封不住别人的嘴，治标不如治本，所以就闹着要改名。最后请学校语文老师帮忙选了一个名，跑到镇上派出所把名改了。周宁也不知道老师为什么为他选这个“宁”字，可能是希望新名字像个紧箍咒一样，把调皮捣蛋、扯皮拉筋的“周粪缸”给镇住。

周宁讲这个故事的时候，用的是“痛说革命家史”的语调，但杨红听着，却一路忍不住咯咯地笑，想不银铃般都不行。心想，这个人挺好玩的，如果是别人，肯定不愿把“周粪缸”的事讲出来，谁愿意屎不臭挑起来臭？不过他这样大大方方地讲了，自己不但没有产生坏印象，反而觉得他诚实，生出几分好感。

两个人扯了一会儿闲话，杨红就起身要走，不想给周宁一个恋恋不舍的印象。周宁也不挽留，只站起来，说：“我送你，我自行车都借好了。”说罢，他就把自行车推过来，两腿叉在横杆上，说：“上来吧”。

杨红真是受宠若惊，自己还从来没有享受过这种待遇。唯一用自行车带过她的男孩是她哥哥，而且也不是像坐出租车一样，司机等你上车了才起步，都是哥哥只顾骑他的，而杨红在后面跟着颠颠簸簸地跑出十几米，猛地一跳，才能跳上去。杨红见周宁已经把架势都端好了，又想到自己没骑车来，也不好拒绝，就有几分害羞，也有几分激动，战战兢兢地坐上去，也不敢碰周宁，只用手抓住车座椅下面的铁杆。

哪知周宁刚一启动，车就往右一倒，杨红仰面掉下车来，姿势肯定是不雅观的了。杨红没想到自己第一次同周宁见面就搞得这么狼狈，又恼又羞，几乎要哭了。那边周宁也吓了一跳，赶紧把车一丢，上前来扶杨红，一边连说“对不起，对不起，没带过女生”，一边帮杨红拍背上的泥土，又一边抓过杨红的手，看有没有摔破。结果还真的破了一点皮，虽然杨红一再说不要紧，不要紧，但周宁坚持要送杨红去医务室，杨红也怕地上不干净，会得破伤风，只好跟周宁去医务室。周宁一路小心骑车，时不时地往后伸过手来，碰碰杨红。杨红问他干什么，周宁说，看看你在不在车上，怕又把你摔下去了。说得杨红竟然有些感动起来。

晚上躺在床上，杨红对经人介绍一节还有点耿耿于怀，心想，爱情不应该是这样的呀。再说，自己对周宁差不多都没什么印象，如果喜欢他，在一起同学三年应该早就喜欢上了。但回想起刚才见面的细节，背也被他拍了，手也被他抓了，医务室的人也看到他们俩在一块了，又莫名其妙地感到好像跟周宁已经走得很近了。于是又想起刚才见了面，周宁也没提喜欢她的事，也没说要不要继续接触，知道多半是不会有下文了，心里居然有一点落寞。

第二天是星期天，早上刚过八点，杨红就被敲门声吵醒了。同寝室的姐妹都开始抱怨："是谁呀？不是讲好星期天不准任何人的男朋友打早饭的吗？"

杨红赶紧起床去开门，她倒没想过会是周宁，她没叫周宁为她打饭，也没把碗给周宁。只不过是她的床离门近，一般别人不愿起来开门，都是她去开。她眼镜都没戴，披头散发的，就把门拉开一个小缝，赫然看见周宁站在那里，一手端碗稀饭，另一只手拿着一个花卷，见开门的正是杨红，就说："我帮你把早饭打来了，买了个花卷，不知你爱不爱吃，你不爱吃我就去换个馒头。用的是我的碗，洗了的。"

杨红惊得目瞪口呆，心想，连是不是要继续接触都还没定呢，怎么一下就连跳几级，履行起男朋友职责来了？她急忙把稀饭和花卷接过来，说声"谢谢"，一头钻回寝室。

同寝室的女生都醒了，见杨红端进来稀饭花卷，七嘴八舌地议论："我说是谁呢，原来是新人，难怪不知道本室的规矩。"

"杨红，你男朋友追得好紧啊！"

杨红听了，也很开心，也不声明说那不是我的男朋友，最多只是我的"接触接触"。她拿了漱洗的东西，到水房去，准备弄停当了好吃早饭。结果走到水房附近，却看见周宁还没走，站在走廊的窗户旁边抽烟。

杨红脱口而出："怎么你还没走？"

周宁摸出两张电影票："我买了电影票了，十点的，车也借好了。你去漱洗，我在这等你。"那神态就像是杨红托他买的票一样。杨红看惯了追求者躲躲闪闪、仓皇逃窜的样子，突然遇到一个过分自信的，反而乱了阵脚，糊里糊涂就答应了，一边后悔让他看到自己头不梳、脸不洗的样子，一边红着脸进水房去了。

周宁就耐心地站在那里抽烟，想必那周宁也是个知名人士，杨红听见不时地就有人跟他打招呼："周宁，你怎么站在这里？"

"等杨红一起去看电影。"

那句话放在那个时间那个地点里，其功效不亚于今日在地方小报上打一个征婚启事。

6

有愤世嫉俗者分析忠贞不贰的成因时说：其实每个人骨子里都有移情别恋的天性，一个人最终能够忠贞不贰，是因为具备忠贞不贰的先决条件：女人生得丑，男人生得穷。但这一条不能保证一个人就能忠贞不贰，因为各花入各眼，张三认为丑的，李四认为不丑。而男人呢？正因为穷，无钱娶一个长期的，反而要今天王五、明天赵六地花小钱买短欢。忠贞不贰的人之所以忠贞不贰，靠的是社会的栽培、道德的约束、良心的谴责、舆论的赞助、浪荡子的失职、多情女的疏忽。一句话，移情别恋不光是主观上想不想的问题，还有一个客观上可不可能的问题。

杨红当然不知道世界上还有如此浑说的人，不过她也察觉到，虽然她和周宁两人之间还没交换一句“我爱你”，但自从她和周宁成双成对地让人看见后，就再也没人追求她或为她撮合了。男生个个都是“尖头鳗”，不要说是已有国界的领土，就是别的男人臆想当中的领土，他们也是不会去侵犯的。

校园的正统牌迷们出于对周宁的拥戴，都说周杨配是真正的“男牌女貌”，不可多得。持不同政见者虽然也恨恨地说是一朵鲜花插在了牛粪上，但也没有一位“尖头鳗”头尖到愿意出手相助，把这朵鲜花从牛粪上拔出来的地步。周宁身边那些兄弟，还管杨红叫“嫂子”，被周宁一巴掌劈醒后才改称“未婚嫂”。

而女生呢，头就不那么尖了，对已划分出来的国界，也不如男生那么尊重，时不时地爱打几个擦边球，而杨红就时不时地得为保护领土完整而战斗。周宁虽然已经成了她的男朋友，还有女孩愿意借饭票给他，杨红只好把自己的饭票跟周宁的合二为一，反正都是周宁去打饭的。班上组织出去旅游时，周宁因为没钱，准备不去，也有女生愿意帮他付钱，搞得杨红只好率先帮他付了。

有很多时候，对一个人的爱是在与情敌竞争中产生出来的：一是因为竞争成功带来喜悦；二是因为有人在那里竞争，说明被竞争的对象还有其他人欣赏，价值倍增。好像被拍卖的画一样，本来不觉得那幅画有什么了不起，但因为有好多人竞相提价，你也会水涨船高地跟着叫价，最后那幅画的价值已无关紧要，重要的是一定要买到手了。

杨红自己从来没觉得周宁长得潇洒、有吸引力，像当时所有的纯情少女一样，杨红看男人，是把他们当作不食人间烟火的神来看的，用的是仰视的角度，只看到他们头上的光环——如果有的话。如果没有，她们也往往能造一个出来，戴在他头上。正因为女孩把男孩当神来看，所以她们想到自己的男朋友时，主要是想他的品质、才华，最好是无所不能，至少是不能有食人间烟火后绝对会产生的副作用。一个女孩如果听到自己的恋人有除了呼吸以外的任何一种排气声，肯定是要吓得一惊，像看怪物一样地看他的。好在周宁直觉地知道这一点，所以如果晚上与杨红有约会，白天就坚决不买食堂里的烧土豆。

杨红想到周宁的外貌的时候，只有一个评价：还好，不是太矮。她不喜欢太矮的男生，因为她老家的风俗，婚礼那天，新娘是由新郎抱着跨过门槛的。杨红担心找一个太矮的男孩会抱不动她，要么会抱得龇牙咧嘴的，要么自己只好像妈妈班上的喜儿一样，小女婿一招手，就自己跑进新房去，兆头不好还在其次，主要是太滑稽。男人长得英俊不英俊没什么，关键是不能长得滑稽。一个长相英俊的男人或一个长相凶恶的男人都有人爱，但一个滑稽的男人，至少杨红觉得自己会爱不起来。

令杨红不解的是，周宁在别的女人眼里，似乎还挺有吸引力。走在外面，总有一些女人愿意跟他多说两句话，尽管杨红就在旁边，但那些女人仿佛都看不出周宁已是名草有主。在餐馆吃饭，端盘子的小姐会说些与菜单不相关的话，和颜悦色地问周宁是哪里人，学他的家乡话，又说他长得像周华健；在公园照相，摄影的妇人会利用职业之便，暧昧地捧着周宁的头，往左扳扳，往右扳扳，老半天照不完。

周宁呢，态度之亲切自然，叫你不愿说他是“堆出一脸笑容”，只能说是“漾开一脸笑容”。周宁就在那里轻言细语地回答，孩童般地发问：“真的吗？我还不知道呢！”搞得杨红想发作又没有把柄。当然事后杨红还是会忍不住带点开玩笑的口气说说：“看你刚才那个打情骂俏的样子！”

周宁不经意地说：“我打情骂俏了吗？不觉得啊。”

“你不觉得就更糟，说明那是你真情流露。”

杨红也不知道自己为什么变得这么小心眼儿，从小到大，自己对人都是很宽宏大量的。现在对别人仍是如此，唯独对周宁，就小肚鸡肠。可能每个女孩都是有小心眼的：对外人越是大方的，对自己男朋友越是小心眼；对其他事情越不在乎的，对自己男朋友越是在乎；对自己男朋友越是在乎的，心眼就越小，不光要限制他的言论自由，连他的目光自由、思想自由也想限制起来。

思想自由不好限制，只好先引诱你大鸣大放，等你把思想变成语言，再罗织罪名，把你打成右派。杨红会故意问周宁对某个女同学的看法。刚开始，周宁还说说“张玲玲啊？长得还不错，舞也跳得好”之类，被杨红判了几回罪之后，周宁对杨红以外的女孩一律只用贬义词，哪个词恶毒用哪个，“胸平得像飞机场”或者“屁股大得像磨盘”。但欲加之罪，何患无辞？杨红总是责问他：“为什么你一眼就看到别人的那些地方去了呢？”

周宁自己都不知道是为什么，照说男人通常都比女人高，按照眼睛平视的道理，应该只看到女孩的头部，或者更高一点，从女孩头顶看飘了。男人看飘了的时候还是挺多的，一般就看到女孩身后的别的女孩那里去了。但他们的眼有如一副广角镜，什么角度什么方位都看得见，聚焦点却都在三围上，只怪女人把那几个地方整得太突出了。

有人说这种引蛇出洞的战略是女人的特点，并由此推断中国历次政治运动都是由幕后的女人发动的。其实引蛇出洞是人甚至动物天生就有的本事。男人也一样会引蛇出洞，先是花言巧语地勾女孩上床，上过了，上够了，再说一句：“你这样的女人，既然能这样轻易地与我上床，必然也能轻易地同别人上床。”你说这是阴谋，他说这是阳谋；你心里不想出洞，我引你你也不会出洞。

周宁当然知道不能说是无意看到了女人的三围，那样说，杨红肯定会说他习惯成自然；说是有意的，那真的是活得不耐烦了。所以周宁像那些被反右吓破了胆的人一样，一般是顾左右而言他。

醋吃多了，杨红也很难为情，但想好了不吃，到时候又吃了。有一天杨红一时兴起，胡诌了一首词漫画周宁也漫画自己：

君为男儿岂两样？
闲暇处，常是为花忙。
百色佳人皆搭腔：
摄影女，卖酒娘。
每遇质询自能当，
豪言处，无缘见衷肠。
绝知日后恩爱图：
满桌席，尽醋香。

周宁看是唐诗宋词的模样，也古典起来，喝个彩：“端的好诗！谁个写的？”杨红逗他：“不是苏轼就是苏东坡。”

周宁又看一遍，说：“我书读少了，这苏轼苏东坡两父子，我一直都没有分清楚谁是谁。”

到后来，周宁是彻底放弃了自己的言论自由。有时走在路上，杨红故意问周宁："你觉得刚走过去的那个穿红衣服的女孩怎么样？"

周宁就在当街站住了，转来转去地找寻一番，然后恳切地问："哪个穿红衣服的女孩？我刚才怎么没看见？"

7

刚开始时，杨红对周宁托人介绍而不自己来追求还有点耿耿于怀，但很快就被周宁旋风一般的快节奏的爱法搞得晕头转向了。一旦两人建立了恋爱关系，周宁就穷追猛打起来：请看电影，要求见面，计划出游，都是周宁积极主动，不达目的决不罢休。

打水不光是给杨红打，每次去，周宁都把寝室里的热水瓶搜罗一空，一提就提个五六瓶回来，一跑就跑好几趟，搞得其他几个女生暗中骂他们的男朋友打水不积极，那些男朋友被逼无奈，只好行动起来，一个个抢先去为全寝室打水。周宁看了呵呵地笑：看来我还在你们寝室掀起了一个"学周宁，赶周宁，超周宁"的活动呢。

周宁见群众都觉悟了，自己就退居二线了，让别的男人去打水，自己专心照顾杨红的三餐饭。那时早上还兴做早锻炼，不去的人要向体育委员请假。周宁是从来都懒得去的，怕把四肢锻炼得太发达会把自己的头脑搞简单了。好在体育委员高大强跟周宁一个寝室，请假方便，就算忘了请假，也可以说昨晚你做梦时我跟你请过假的，不记得啦？高大强也不计较，都是先知先觉，星期一就把周宁整个星期的出勤情况写好了，都是"病假"。

杨红爱吃校外早点摊上卖的叉烧包，不过她不爱吃里面的馅，只爱吃沾了馅的皮子。周宁就骑车到校外去买叉烧包，自己吃了馅，把皮子留给杨红。心里时常惊叹：世上竟然有不爱吃肉的人！我们两人真是天作之合。

午饭晚饭周宁都是早早地就跑到食堂去了，有时为了买到杨红爱吃的菜，还不惜对老师撒谎，请了假不上课，跑到食堂站个头排。

杨红知道后也不生气，反而有点理解为什么"男人不坏，女人不爱"了，心想，他为了我可以违反纪律，只能说明爱之深、情之切，所以男人的这个坏，不是道德品质的坏，不是自私自利的坏，而是为了自己心爱的人，能够不顾自己的利益，打破常规，甚至违法乱纪的坏。当然杨红不会要周宁去违法乱纪，但是希望他有这个违法乱纪的决心，所谓"只要你有这个姿态"是也。连这个姿态都没有，光在那里担心自己违法乱纪的后果，唯唯诺诺，胆小怕事，说明你爱得不深；真的让你去违法乱纪了，说明这个被爱的女人愚蠢。

周宁的追求当然说不上低三下四，因为两人已经建立了恋爱关系，不存在“恳求、拒绝，再恳求、再拒绝”这个循环。但周宁的爱又让杨红有一种被抬得高高在上的感觉，因为两人在一起没几天，周宁就告诉杨红他昨晚做了一个梦，梦见杨红有了一个新的男朋友，是他们班的高大强，杨红要跟周宁分手。周宁当时正在田里干活，好像是在老家周家冲。他一听说这个消息，就跳起来，抓了一个衣架，跑去找高大强算账。后面的不记得了，反正周宁醒来之后，满脸都是眼泪。今天看见那个高大强还有点忌恨，所以今天一定要跟杨红见一下面，好证明那只是一个梦。

杨红听了，心里很感动，又不愿露出来，只笑着问他：“为什么抓个衣架去打人？”

周宁不好意思地说：“我也不知道，梦里就这么做的。”

后来周宁还做过一些大同小异的梦，都是杨红有了别的男朋友，往往都是自己班上的人，杨红提出要分手，他就去找人拼命，或者就自己一人孤独地回老家去了，每次都弄得他流着泪醒来。杨红想，按这个频率，周宁很快就会把全班的男生都打遍了。

周宁的口头禅就是：“如果你不要我了的话，我就一个人回老家周家冲去教书。”虽然没说就要去死，但也足以让杨红感动了，因为在周宁心里，似乎就从来没有两人分手或他擅自离去的概念，好像只有杨红抛弃他的可能。杨红想，已经建立了恋爱关系了，他还这么担心，说明他对自己还是很重视的，自己在他心目中的地位还是很高的。

她问周宁：“我平时跟这些男生话都不说，你怎么会梦见我同他们谈恋爱呢？”

周宁不敢把真相说出来，知道杨红听了会骂他们男生下流，连他自己也会被骂进去，说不定一生气就跟他吹了。真相就是周宁寝室里的几个男生都喜欢杨红，在周宁跟杨红好上之前，彼此之间也不隐瞒这种好感，所以只要哪个早上偷偷摸摸地在那里洗内裤，其他人就会开玩笑说：“昨天又发春梦，把杨红干掉了？”

周宁想，这种事还是等到结婚后再告诉杨红，保管她听了会龇牙咧嘴，像吃了苍蝇一样恶心，说他们男生下流。周宁特别喜欢看杨红被带点荤的话弄得狼狈不堪的样子，就像小时候喜欢掏出小鸡鸡，把那些小女孩吓得魂飞魄散一样。不过周宁遇到比自己脸皮还厚的女人，就马上变得心慌气短，像他刚开始发育的时候一样，脸上开始长胡子了。有一些大胆的女人，盯着他的裤裆，好像在估摸他的成色。遇到那样的女人，周宁就觉得自己一寸寸矮下去，面前的女人就一尺尺高起来，高到最后他恨不得钻到地下去。所以他愿意跟杨红这样的女孩在一起，自己的自信心可以强得爆棚。

周宁知道杨红的脾气，就把荤腥都捞出来不要，只清汤寡水地说：“我也不知道，反正就觉得他们人人都想把你从我这里抢走。可能是因为我条件太差了，而你条件太好了，所以连我自己心里都觉得你应该抛弃我去爱别的人。”

杨红相信周宁所说的梦中流泪是真的，因为两个人去看学校的露天电影时，杨红常常看见周宁看得热泪盈眶，唏嘘不已，可能是看戏流眼泪替古人担忧，也可能是触动了他的某根心弦，反正这只能说明他是个性情中人，能被电影感动得流泪的人不可能是坏人。

听多了周宁的梦，连杨红自己有一天也做了一个相关的梦，梦见周宁一个人在齐膝的雪地里，向远处走去，穿得很单薄，走得很吃力，景色苍凉，意境深远。杨红只能看见一个背影，但就从背影上也能觉察周宁在流泪，她跟在后面，大声喊：“你要到哪里去？你要到哪里去？”

判若两人

1

在杨红看来，周宁的爱算得上激烈，而且是一种毁灭性的激烈，因为在他的梦中，周宁不是毁灭他人，就是毁灭自己，给人的感觉是这段爱情就是他的一切，不成功便成仁，没有第二种可能。想到这一点，杨红就觉得周宁这份情好沉重，好像是交给她一颗赤裸裸的心，自己一不小心就会伤害了它。

有时周宁问杨红："你以后遇到更好的人，会不会不要我了？"

杨红想了想，说"我会的，不过这个更好的人，只能是一个比你更爱我的人，其他什么我都不在乎。"

周宁就释然了："那我就不担心了，因为这世界上不可能有比我更爱你的人的，我是用我整个身心来爱你的。"

杨红听了很感动，但有时又觉得自己只能看到周宁的整个身在爱她，至于他的心，她不知道怎样才能肯定是整个都在爱她，因为周宁不怎么爱用言语表达。周宁要见面都是很迫切的，但见了面，却并没有很多话说，除了讲梦，差不多没什么别的话说，都是杨红说，他听。杨红就把自己的童年啊，自己的爱好兴趣啊，自己的父母啊，自己的女伴啊什么的，都拿出来讲。周宁就一直听着，也不置可否。

周宁的心思是在肢体语言方面，先是要抓抓手，过几天就想要抱一抱，再过几天就想接吻，等等等等。这些环节都发展得迅猛异常，达到了一个环节，就开始企求下一个环节，像打游戏机一样，今天打过了第一关，以后就天天都能打过第一关了，第一关就不算什么了，就只想着怎样打过第二关了。然后是第三关、第四关，握手这一关是第一次见面就打过了的，所以第二天两人一起看电影的时候周宁就很理直气壮地握住了她的手。杨红虽然觉得太快了一点，但昨天都被他抓过手了，再说自己的手被周宁的大手握着，也有一种很温暖的感觉，怪舒服的，也就由他握着。

电影散场后两个人出场时，门口挤得不行，周宁就紧紧握着她的手，在前边开路，令杨红很有一种被呵护的感觉。从那以后，两个人不管到哪里去，周宁都要拉着她的手，就连骑自行车的时候，都要从前面伸过一只手来，叫杨红给一只手他握着，说，我抓着你的手才放心，因为我做梦的时候，都是等我骑到目的地，下了车，就找不到你了，不知你什么时候就从车后座上悄悄溜走了。我不拉着你的手，我骑车骑不安心。

有一个周末，杨红回了老家看望父母。傍晚的时候，有一个邻居家的小男孩跑过来，鬼头鬼脑地对杨红说："有个男的在河边等你。"然后给她看一个钥匙链。杨红认得那是周宁的，但她不敢相信她前脚走，周宁后脚就到了，要坐三个小时的车，车票也不便宜，再说，说好了第二天晚上再在学校见面的。杨红将信将疑地跟着那个小男孩跑到河边，见真的是周宁等在那里，见到她就说："等不到明天了，就跑来了。"

那天晚上，两个人一直缠绵到很晚。杨红还没对父母说周宁的事，不敢贸然把周宁领回家去，就问周宁，这么晚了，你上哪儿去呢？周宁说，我到车站去坐一个晚上，明天跟你一起回 H 市去。杨红想到他一个人在车站坐一晚上，就很心疼，但也没有别的办法，谁要他不打个招呼就跑来的呢？

临别的时候，周宁突然伸出两只大手，一手一个地握住了杨红的两个乳房，杨红只觉得头一麻，全身像瘫软了一样，想骂他一句也没骂出口，就由他那样握着，握了好久。从那以后，这差不多就成了周宁的经典动作，就是在外面看露天电影时，旁边都是人，周宁也会趁着夜色，从后面抱着杨红，手就从领口处伸进去，恣意妄为。不过因为他惯常会一边摸一边问："好不好玩？过不过瘾？"让杨红觉得他在开玩笑，像揉两个包子一样，反而没有了第一次的感觉。

杨红相信爱情是需要表白的，虽然这些小动作也是一种表白，但爱情是需要用言语来表白的，相爱的人应该会有一种想要用言语表白的冲动，心里有那份情，总会想让对方知道吧？

杨红记得小时候，曾偷看过爸爸写给妈妈的情书，那时爸爸还在另一个县教书，两个星期回来一次，但就是这十几天的间隔，他和妈妈之间也要写信的。外婆总骂妈妈，说几个钱都让你拿去交给邮局了。杨红不知道信上写了些什么，因为那时年纪还小，认得的字不多，但爸爸信中对妈妈的称呼她是认得的，爸爸叫妈妈“贞儿”，因为妈妈的名字里有一个“贞”字。杨红记得自己看见了这个称呼，就跑到妈妈面前叫她“贞儿”，把妈妈逗得大笑，说：“你这个包打听，人小鬼大，偷看我的信了？”

周宁不爱用言语表达，杨红叫他把心里想的说出来，他就说：“没想什么，就觉得爱你。”杨红就拿杂志上看来的话责备他，说：“杂志上说了，思想是以言语的形式存在的，如果你心里有那份情，你怎么会没话可说呢？”

周宁也有一句现成的话可以对付：“杂志上还说了，能够言说的爱情不是真正的爱情。”

两个人就笑起来，说要去讨伐杂志社主编，问他为什么登这些自相矛盾的东西。

有一天，杨红写了一首《思念》，自己也不知道是抒的真情，还是为赋新词强说愁。杨红想，现在都到这份上了，也无所谓谁开口追求谁了，我写给他也不丢人了，说不定把他带动了，也写给我。于是，就把自己写的诗给周宁看：

愿思念只是天边的一片浮云
微风拂过，不留丝毫踪影

愿思念只是沙滩的一对脚印
潮涨潮落，顷刻将它填平

愿思念只是大海的一朵浪花
一波未起，一波已停

而思念仿佛月边的寒星
朝朝暮暮，放射光明

周宁看是新诗体，朦胧记得有“南舒北顾”的说法，准备“舒婷”“顾城”地猜一下，但想起上次的教训，就没有乱猜，直接就说：“是你写的吧？写得好，写得好，我肯定写不出来。”

杨红见他喜欢她的诗，很高兴，就说：“那你也给我写一首？”

周宁一脸为难的表情，说：“我说了，我不会写。”他一看杨红嘟起了嘴，赶快说：“好，我写，写不好你别笑我。”

第二天，周宁就拿来一首他写的诗给杨红看，说："先声明，不是什么诗啊，只是些短句子。"

杨红接过来，看到是一首题名为《山里人的手》的短句子：

我这双山里人的手
在你全身四处游走
…………

以下的句子，结尾处无非是一些能跟"手"押韵的字："搂""抖""口"等等。杨红看得满脸飞红，边拧周宁边嗔道："是叫你写情诗，不是叫你写淫诗。写着写着就下作了……"

2

杨红回忆了自己跟周宁不到一年的恋爱史，得出了一个结论：周宁没有骗自己，自己也没有瞎眼。周宁的爱玩，从来没有瞒着她。他不爱学习，成绩总是倒数几名，是众所周知的。他抽烟喝酒，虽然不是专拣杨红在的时候，但也不避讳杨红。周宁还是那个周宁，只有一点是自己以前没有看到的，或者说是看到了但没有看懂的，那就是自己跟周宁对爱情的追求是不同的，简单地说，就是个"情诗"和"淫诗"的区别。

"情诗"想要的是浪漫的爱，甚至是弥漫性的爱，这种爱要无处不在，无时不在，每一件事都要与爱相关。"淫诗"要的是具体的爱，或者不如说是具体的性：冲动了，就爱一下；冲动过了，就干别的去了。对"情诗"来说，爱就是目的，爱就是主题，爱就是细节，爱就是一切；对"淫诗"来说，爱只是铺垫，爱只是前奏，只是达到目的的手段，如果不用爱就能达到目的，那就不必爱了。

杨红觉得自己以前是无法看透这一点的，因为那时对男人、对性还没有最基本的了解，以为周宁想跟自己在一起就是想如胶似漆。人不能超越自己的时代。

现在杨红用一个已婚女人的眼光来看那一段恋爱史，觉得对周宁有了更深刻的认识。周宁从一开始兴趣就只在性上，说的做的想的，都是性和与性有关的事。那时候没话可说，是因为他心里想的是性，不能说出来。以前没结婚，他还有一个目标没有达到，所以还有心情殷勤她一下；现在结了婚了，性是想要就可以要到了，所以就懒得应付她了。

现在，周宁早上是绝对不会跑到校外为她买叉烧包了，就连打热水也早就赖掉了。

学校给他们一个月只有一坛煤气计划，不能用来烧水，但周宁早上起不来，下午四点半到七点的打水时间正好是他打麻将的繁忙季节，自然是不会放弃了来打水的，都是杨红自己下楼去打水，提上七楼来。杨红叫他打水，他就说："天气这么热，用冷水洗洗就行了。"周宁自己身体力行地用冷水洗澡，反倒觉得杨红要用热水是太娇贵了。

周宁一结婚就从奴隶变成将军了，敢情是革命成功了，可以放心地坐天下了。打天下的时候冲锋陷阵，为的是圈一块地成为己有，一旦得到了土地所有权，就只管尽情使用，也不费心管理，反正地是死的，又不能逃到别处去，他已经在地里耕耘过了，就算是在地的四周插上了标记，有法律在那里保护着，别人不敢来觊觎这块地了。如果真的有那么一个不怕死的、不要脸的，要来抢走这块地，那时再起来保护不迟。

有了这一番认识，杨红就发现自己以前对周宁的很多感觉只是一种美丽的误会。周宁从来不问"你有没有高潮"，并不是因为他宽容，刚好相反，是因为他根本没想过有让女人达到高潮的必要，性是他一个人的事，女人只是一个工具。你叫他留在家里，他就认为你是想做爱，说明他自己就是这样的，家是用来干吗的？就是用来做爱的，不做爱根本不用待在家里。至于他睡不着就要做爱，不管你睡没睡，也不管把你吵醒你待会儿还睡不睡得着，就不用分析了，明摆在那里的，自私。

顺着这个路子一想，有些本来就刺耳的话就更刺耳了。有时周宁要开着灯做，但杨红不肯，觉得害羞，要把灯关掉。周宁就说："开着灯才知道是在跟你做。关了灯，跟谁做不是一个样？"

这些话都让杨红生气，免不了要责问周宁："你把我当作什么？"

等到下一次周宁半夜三更回来，不管她睡没睡着，又来求欢的时候，杨红就决定不理他。为什么你的觉就那么重要，我的觉就要服从你的呢？你急于睡觉，也是为了明天上牌场更有精神，至于我被你吵醒后睡不睡得着，你一点也不关心。就算你求欢不是为了吃安眠药，也只是因为床上放了这样一个东西，使你不做不行，这样的人，还有什么爱情可谈？即便有爱，也是爱你自己。没有爱的性对杨红这样的女人来说是毫无意义的，跟被人污辱没有两样。

所以周宁用手来搂杨红的时候，就发现杨红一点也不像从前那样，顺从地钻到他怀里了，而是依然背对着他。周宁有点意外，但他记得自己曾旁敲侧击地告诉过杨红，男人最怕的就是向老婆求欢时被拒绝，那是最伤男人的自尊心的了。现在杨红这样对待他，心里有点不舒服。他再试一次，用的力更大一点，只听杨红冷冷地说："睡觉吧，我困了。"

周宁愣在那里，伸出去的手半天缩不回来，于是也赌气地扭转身，背对杨红躺下。

两个人第一次在床上闹别扭，心里都很生气。周宁觉得杨红呼吸平稳，似乎睡着了，心里更生气，看来她对两人闹矛盾一点也不在乎。于是自己也尽量把呼吸弄平稳了，躺在那里一动不动，时不时地，还发出一点轻微的鼾声，间或还磨磨牙，表示自己也不在乎，睡得可好呢。

杨红当然也睡不着，担心这样一弄，周宁过一会儿要疼痛起来，心想，这是何必呢？与其弄到他疼痛起来再做，不如现在就做了，做止痛药也不见得比做安眠药好到哪里去。她想，如果周宁再伸手来搂她，就不再别扭了。但她听见他已经开始打鼾了，而且像每次熟睡了一样，在睡梦中磨牙了，心想：见鬼，我还在那里为他担心，他却已经睡得像死猪了。这个人到底是没心没肺还是狼心狗肺？

杨红有个习惯，夜晚睡不着的时候，就老是想去上厕所，有时就搞成了恶性循环，越上厕所越睡不着，越睡不着越要上厕所。现在这样躺在床上，睡又睡不着，去上厕所又不想让周宁知道她睡不着，好像她很在乎似的，所以只好一直在那里隐忍着，搞得一夜没睡好。

3

第二天早上，杨红起床后，就像往常一样，去做早饭。但她没有问周宁想吃什么，因为不想率先找他说话，免得他觉得自己在向他求和，本来也不是自己的错嘛。不过她还是往锅里放了两个人的面，站在走廊上，一边等着面煮好，一边思索，待会儿怎么样叫周宁吃面才不会让他觉得她在求和。听人说，夫妻之间谁先让步谁占下风，以后次次都得你开口求和，不然他说一句"上次是你来求我跟你和好的"，不把你噎死，也会噎得你半天喘不过气来。

周宁起床后也不跟杨红说话，拿了漱洗的用具就去了水房。过一会儿，又去了趟厕所。等杨红的面快煮好的时候，周宁再一次从杨红身边走过，下楼去了。

杨红煮好了面，用两个碗盛了，端进房来，见周宁还没回来，以为他又到六楼上厕所去了，就等在那里。过了一二十分钟了，还不见周宁回来，心里开始纳闷。再等一二十分钟，还是没回来，杨红才明白，周宁不会回来吃早饭了。杨红勉强吃了几口，觉得毫无胃口，就把碗放下了。

到了吃午饭的时候，周宁还没回来，杨红觉得有点不对头了。周宁平时都会回来吃饭的，他是个要强的人，在别人家打牌也不会在别人家蹭饭。但今天他早饭都没吃，现在已经是下午两点了，还没露个面。杨红知道周宁的胃是饿不得的，一饿了就会泛酸发疼，读书时就常常捧着个胃，像个捧心的病西施。谈恋爱时，有时在湖边坐得太晚，周宁就会心不在焉，四下张望，问他，他就老老实实地说是肚子饿了，两个人就跑到校外的小摊子上吃羊肉串。

杨红也顾不得求和不求和了，就跑到楼下去叫周宁回来吃饭，心想，伸手不打笑脸人，我叫他吃饭，他总不会给我一个下不来台吧？结果找遍了每一家牌局，都没有看到周宁。打牌的人也诧异，说，正在纳闷，怎么周宁今天没来打牌，你去某某家找找看。杨红不想说我刚从某某家那边过来，周宁也不在那边。杨红只好忍住泪，回到家里。

家里也没有周宁的影，杨红心里像被刀扎了一下，泪水很快流了出来，不敢相信自己在这里曲意逢迎的时候，周宁却端着个大架子，离家出走了。她不知道他去了哪里，还回不回来，也不知道他心里在做什么打算。离婚？她觉得自己的头简直要炸裂开了。结婚还不到两个月，就要离婚，而且还是周宁提出来的！如果说离婚已使她无法承受，那么由周宁提出离婚就简直让她名誉扫地，只有死路一条了。

杨红不明白自己做错了什么，要得到这样的报应。昨晚也就是没有让他做爱，这就值得闹到离婚的地步吗？他一定是早就有什么不满装在心里了，或者早就跟什么女人搭上关系了，不然他怎么会为了这么一点事就兴师动众要离家出走呢？难道是因为自己的不正常？是不是担心以后会没有孩子？前几天，周宁还问过她，说别人都在问我，你结婚一个多月了，老婆有喜了没有。杨红支吾了几句，因为自己也不知道是有了还是没有。别人看到“老朋友”没来就知道是有喜了，但自己的“老朋友”那样颠颠倒倒的，虽然没来也不知道是不是有喜了。也许自己永远都不会有喜？

杨红想到这点，就觉得周宁肯定是为了这事。他从来不说，却原来都藏在心里，借了这一点由头，正好发难。以后闹到法院，他把这事一讲，自己还有什么脸见人？杨红差不多都能听见日后别人在怎么议论她了：“你知不知道呀，才结婚一个多月，杨红的丈夫就不要她了，因为她那方面不正常的，不能生小孩，是只不下蛋的鸡。不孝有三，无后为大……”

杨红就这样坐在那里，边流泪，边胡思乱想，觉得连活下去的勇气都没有了。哭累了，就躺在床上，睁着眼望着天花板，后悔自己昨晚惹出那么大的麻烦。她就这么呆呆地躺在那里，不想吃饭，也不想动，有时生自己的气，有时又生周宁的气：你难道不知道女人是需要哄的吗？你搂我，我不动，你不能再搂吗？杨红肯定自己不会老在那里跟周宁闹别扭，只要他多试几次，自己肯定是会一翻身扑到他怀里去的。周宁试这么两次，就停了手，只能说明他是醉翁之意不在酒，本身就是想找个借口。

杨红又想，也许周宁是自尊心太强了，不愿意一再求她哄她，但你既然不准备求女人哄女人，你干吗要变成一个男人呢？你干吗要做女人的丈夫呢？你不知道女人在丈夫面前有时是像女儿一样的吗？她们会没来由地发发脾气，使使小性子，只要你肯和颜悦色地说两句，她们不都是又投到你怀里来了的吗？你看人家毛姐的丈夫，逢到毛姐生气，就是在那里耐心地哄，被毛姐关在门外，也不会离家出走，都是站在门边耐心地等，有几次杨红都觉得毛姐过分了，跑去帮老丁的忙，哄毛姐把门打开。

为什么周宁就不能有这点男子汉的胸怀呢？是我不如毛姐年轻漂亮吗？应该不是呀，只能说明周宁爱我爱得不深，他的爱不够他在我面前低个头，转个弯，求个和。那这样下去怎么得了？自己不是一辈子得小心翼翼，连娇都不能撒，不然周宁就要离家出走？杨红不知道该怎么办，去找周宁吗？又不知道他在哪里，难道他回了老家周家冲？那他把 E 市的工作就这么丢了？他以前说过，我不要他了，他就回老家去，但现在不是我不要他呀，是他不要我了！

杨红不知道自己是怎么样熬到天黑的，总之是泪也哭干了，眼也哭肿了，一天没吃什么东西，胃疼得难受。之所以还有力量在那里扛着，是因为周宁没有把他的东西拿走，也没有把门钥匙扔在家里，说不定他还会回来，至少会回来拿一下东西。

4

其实周宁也是一夜没睡好，好不容易熬到天亮了，见杨红也不跟他说话，知道她还在生气，也不好意思叫她给自己做早饭，就到水房漱洗了一下，又去上厕所，来来回回从杨红身边路过了两三次，希望杨红会跟他说句话，像平时那样问一声早饭吃什么。结果杨红只是一声不吭地在那里煮面。周宁觉得她是真的生气了，板着个脸，仿佛嫌他住了她的屋，吃了她的饭一样。周宁也是一个有骨气的人，不愿看着别人的脸色吃饭，于是把心一横，也不跟杨红打招呼，就下楼去了。

周宁赌气出去，也没有心思打牌，又不知道到哪里去，只好漫无目的地在校园里逛了半天，就走到他跟杨红以前约会经常去的湖边，找了一处阴凉地躺下，不知道这件事该怎么了结，只希望杨红会想起这个地方，来湖边找他。

周宁想，杨红大概是在生我打麻将的气，可能忍了好久了，才会来这么大一个爆发。但是这怪我一个人么？我把牌场开到家里，你不高兴，绷着个脸，搞得我在朋友面前没面子。我带你去打牌，你又不肯去，去了也是一再要走，搞得别人三缺一。你叫我不去打牌，我就不去，结果你又说我可以去。等我去了，你又不高兴，搞得我每次打牌都是一心两用，又要顾牌场，又怕你在家生气，没有哪一场牌是安安心心地打到底了的，搞得牌友都笑我怕老婆。女人怎么这么变化无常、出尔反尔呢？周宁想，两个人之间为打牌发生这些矛盾，主要还是因为杨红没什么爱好，如果她像自己一样，也有一些爱好和特长，她也会忙得分身无术，就不会需要他天天陪在家里了。

周宁想来想去，拿不准杨红昨晚发那个脾气，究竟是为什么。打牌也不是一天两天的事了，照说杨红也早已习惯了。是因为洗碗的事吗？应该也不是，因为自己昨天洗了碗的。所以昨晚那场脾气，只可能是一种暗示，想叫他自己明白他是一个不受欢迎的人了。本来嘛，一个男人，不能养活自己的老婆，反而要靠老婆来养，哪个女人会不生气？

周宁有点委屈地想，我也不是故意不去挣钱，是学校那边要搞到九月才报到，我有什么办法？我去打麻将，不也是想挣一点钱，至少付自己的饭钱，减少你一点负担吗？当然到目前为止，我还没有交过钱给家里，但牌场上的事，谁说得准，赢了钱，你不能不留钱防输。再说我交钱给你，你就知道我打的是带彩的麻将了，那还不把我吃了？

饿到中午，周宁实在有点撑不下去了，就跑到学校食堂里，跟来买饭的人换了一点饭菜票，买了一点饭菜，也不敢在食堂吃，怕别人看见会说他被老婆赶出来了，就把饭端到湖边去吃，边吃边流眼泪，幸好自己打牌还赚了一点钱，不然连饭都没得吃。想到这里，周宁免不了又把自己贫穷的一生回想了一通，越想越觉得自己身世可怜，怪只怪自己命不好，生在一个穷山沟的穷人家里。如果自己有大把的钱，会像今天这样躲在这里吃饭吗？自己可以到首饰店去买一个沉甸甸的金戒指，拿回去戴在杨红手指上，保证她马上就不生气了。听人说，就算女人跟男人有仇，跟珠宝是没仇的。可惜自己没有钱，像现在这样，就算想转个弯，把矛盾化解了，杨红也只会认为他是来蹭她的饭的。

周宁又把杨红对他的好想了一遍，觉得杨红实在是个好人，以杨红的长相和家境，找个比他有钱有势的人真是易如反掌，但杨红屈尊俯就地跟他好了这么久，真的是不容易了。周宁想，我也是一个知恩图报的人，受人滴水之恩，当涌泉相报。即便杨红不要我了，等我有了钱，还是要加倍报答杨红的。想到杨红可能会不要他了，周宁又悲从中来，少不得又流了一阵泪。

到了晚上，情侣们一对对地在湖边出现了，看到周宁，都有点诧异，又有点同情。周宁想，望什么望？老子谈恋爱的时候，你们还不知道在哪里摸风。你们也不用太开心，等你们结了婚，也会有这一天的。周宁看着那些目光灼灼的男生，知道他们心里都在转什么念头。跑到湖边来的男生，多半都是女朋友还没让他们得逞的，不然谁还跑到这里来？还不早就找个僻静地方把女朋友就地正法了？周宁再看那些女的，觉得她们跟杨红当初一样，傻得可爱又可恨，以为男朋友约她们来湖边就是为了看那几颗到处都能看见的星星，听她们叽叽呱呱地讲些不相干的事。

夏日的晚上，湖边蚊子也多起来了。周宁想，我不能在这里待一夜，待在这里真的要让蚊子抬走了。我也不能到别人家去借宿，让别人笑话，而且大家都是一间十平米的房子，容纳不下我。人一到晚上，如果还没有一个归宿，就特别心酸。看到别人家的灯火，就想：有个家多好啊！

到最后，周宁也想好了：不管杨红要不要我，我今天先回去试探一下，就说是去拿箱子的，今天太晚了，在你这里借住一个晚上，明天再买汽车票回老家去。如果杨红挽留一下，那就说明她心里还有一份情；如果她不挽留呢？周宁昏昏地想，那就没办法了，只好回老家去了。如果杨红都不要我了，我还留在这里干什么呢？

周宁回到家里，见屋子里漆黑一团，不知道发生了什么事，以为杨红已经回老家去了。周宁闷闷地开了灯，看见杨红躺在床上，闭着眼，但是两眼红肿，知道她在家哭过了，就走到床边问了一句：“吃了饭没有？”杨红听他一问，也不知为什么，觉得伤心得要命，就再也忍不住，呜呜地哭起来，像小猫一样贴到他怀里。

两个人搂成一团，哭了好长时间，杨红哭得抖抖索索的，周宁也一直跟着流泪。杨红没问周宁去了哪里，也不讲自己以为他离去是如何伤心的，不想让他知道自己那些担心，免得他以后拿出来当个笑话，更不想让他今后有恃无恐，得寸进尺。

周宁见杨红愿意伏在他怀里了，也松了一口气，看来还没有到回周家冲的地步。他没问杨红昨晚为什么生气，明摆着的事嘛，女人供养一个男人时间长了，讨厌一个穷男人，也是可以理解、可以原谅的。她现在愿意在我怀里哭，说明她对我还是有一份情的，自己以后要多赚一点钱，分担这个家庭的负担，这样杨红就不会生气了，自己才能挺起腰杆来做人。想到“做人”两个字，周宁马上觉得自己的腰杆挺起来了，于是付诸实行，搂着杨红，做起人来。

5

这一场风波把杨红和周宁搞得疲惫不堪，两个人都睡到第二天中午才起来。起来后，杨红去做了饭，两个人也不管是早饭还是午饭，都狠狠吃了一顿。周宁实在是太累了，下午又睡了一阵。晚上杨红对周宁说：“听说今晚学校放一部俄国电影，叫《黑比姆白耳朵》或者是《白比姆黑耳朵》，听说挺感人的，我们去看吧。”

两个人就像从前谈恋爱时那样，周宁一手拿两个小凳，另一只手牵着杨红，走去看学校的露天电影。杨红被周宁牵着，就觉得很安逸，脑筋不用想任何问题，就这么傻乎乎地跟他走，不管他把自己领到哪里去，只要牵着手，不走丢就行。

电影放映场就是学校的一个操场，前面有个舞台，有时在那里表演节目，周末就在舞台上拉起一个大银幕放电影。操场后面是个小山坡，长着一些树，都挺高的。愿意坐在操场上的人就去早一点，一排一排地摆了小凳子，坐得密密麻麻的。杨红和周宁不喜欢夹杂在人群中坐在操场上，嫌挤，再说又众目睽睽，不好搞小动作，一般都是远远地坐在后面小山坡上，因为旁边有树，像隔出一个个小空间，他们就叫那里是“包厢”。

周宁找到一个包厢，把两个凳子仍像以前那样一前一后地放好，让杨红坐在前面，自己坐在后面，伸开两臂，搂着杨红。结婚后，这还是他们两个第一次来看露天电影，仿佛回到了热恋的日子，都有点心潮澎湃的感觉。

电影是讲一个孤独的老人和一条狗的故事。看到最后，老人心脏病发作，但无力打电话求救，是那条狗奋力推开门，跑到外面带来了救援的人。当救护车载着老人离去的时候，那条狗一直在车后追着跑，很感人的那种。俄国影片煽情靠的不是大哭大喊或感人对话，而是靠音乐和画面。

杨红看着银幕上那一地黄叶、一片阴沉的天空、一个孤独的老人和一条忠诚的狗，加上耳边是一种带着淡淡的哀伤的音乐，觉得心里堵得慌。突然周宁把嘴凑到她耳边，动情地对她说："我们两个人要白头到老，不要像这个可怜的老人一样，一个人……"杨红忍不住，猛点着头，流下泪来。

回家后，周宁说："不早了，我们都去洗澡吧，好早点睡。"杨红见周宁没有出去打麻将的意思，高兴极了，连忙跑到女厕所里面的浴室里用冷水冲了个澡。

等她冲完回来时，周宁早已等在家里了。杨红笑他："你这么快？走到浴室了没有啊？"

周宁邪邪地说："你放心，肯定洗干净了的，你不信可以检查。"说着就走到杨红跟前，拉起她的睡裙，朝上一翻，就像剥笋一样，把睡裙从她头上脱下来了。杨红捂着胸，红着脸，小声说："你搞什么鬼？灯也不关，窗帘也不拉上。"

周宁说："七楼，谁看得见？看见了也只有羡慕的份。"说着就一把抱起杨红，往床边走。杨红担心自己太重，小声说："快放下，看扭了你的腰。"周宁说："我的腰有劲得很，过一会儿我扭给你看。"

周宁把杨红放在床上，几下就褪去她剩下的衣衫，也不关灯，就在灯下看她。周宁还是第一次这样细细打量杨红裸露的躯体，不禁赞叹道："你好白啊！真的像用牛奶洗过一样。每一个地方都这么有弹性，跟我以前想象的一样。"杨红被他看得浑身燥热，挣扎着要去关灯，被周宁按在床上，动弹不得，只好闭着眼，红了脸，像喝醉了一样，感觉周宁的眼光像电吹风一样，扫到哪里，哪里就一阵热。

周宁用刚刮了两天的胡子摩擦杨红的脸，又从她的脸摩擦到她的耳根和后颈。杨红一边躲闪，一边举起双手，想挡住周宁的进攻，被周宁抓住双手，两边分开，固定在头边，继续用他的胡子擦杨红的颈子，又一路向下，吻她的前胸……

周宁知道今天有的是时间，就一改平日狂轰滥炸的作风，只轻柔地、缓缓地动作。杨红感到自己体内的什么东西被周宁钩住了一样：他向上，自己也不由自主地想跟着他向上；他向下，自己会欣喜地迎接他的到来。那是一种她从来没有体会过的默契，好像就希望他永远这样温柔地动作，把自己托在一个荡漾的湖上，每一个微微的波浪都在体内引起一种无法描绘的涟漪。

周宁动了一会儿，觉得自己有点太激动了，就停下来，伏在杨红身上，又怕压着了她，就拿个枕头放在杨红头边，自己枕在上面，好让自身一半的重量离开杨红的身体。

喘一会儿气，周宁就对杨红说："现在我们是真正地结合在一起了，你中有我，我中有你。你能不能感觉到我？"

杨红说不出话，只点头。周宁又附在她耳边说："我们要这样结合一辈子，永远不分离。"杨红又点头，然后张开嘴，吻住周宁，不让他再说。

6

第二天醒来，杨红看着仍在熟睡的周宁，觉得心情特别好，心想，如果这种安逸的家庭生活一定要以一场家庭矛盾为代价，那也是值得的。如果没有前天的那场别扭，也不会使两人认识到彼此的宝贵。当然，那场电影也起了很大的作用，有电影里那个老人在那里做对比，他们俩才能感受到拥有一个家的幸福。

杨红想，待会儿周宁起来肯定要来问她昨晚的感受，好像不知道这种事是做得说不得的。如果他要问，就一个吻堵住他的嘴。不过那样的话，可能又把他撩拨起来，把她拖到床上去了。杨红这样想着，就觉得自己有点变坏了，好像有点渴望周宁把她拖到床上去一样。

杨红想起电视连续剧《渴望》里面的一句歌词："恩怨忘却，留下真情从头说，相伴人间万家灯火。"

真是写得太好了，只要真情在，什么恩恩怨怨都是可以忘却的，重要的是两人相伴一生。尽管周宁以前为打麻将冷落了我，尽管前天两人闹了那一出，但都是可以忘却的，因为有真情，一切可以从头再来。以后就像昨天那样，如胶似漆，形影不离。

杨红做早饭的时候，就一直在哼唱《渴望》的插曲，连毛姐都一再问她："今天怎么这么开心？"

不过杨红的好心情并没持续多久，因为等周宁起了床，吃过早饭，第一件事就是到楼下几个牌场去视察："好几天没去了，我去看一看。"听口气有点像一个跟后妃缠绵了半宿、未理早朝的君王一样，既得意，又内疚。

杨红愣在那里，搞不懂周宁怎么可以变得这样快。“判若两人”这个词恐怕就是为周宁造的，因为昨天的周宁和今天的周宁就完全像是两个人。哪个才是真正的周宁呢？是昨天那个在她耳边说要白头到老的周宁呢，还是今天这个连碗都没洗就跑出去视察牌场的周宁呢？杨红赌气扔下没洗的碗，跑进屋，坐下，心里一片茫然。

就那样呆呆地坐了很久，杨红才觉得恢复了思维的能力。她不相信昨天周宁说的话、做的事都是在骗她。她也不相信周宁今天就变成了另外一个人。周宁还是那个周宁。只能说自己误解了周宁的话，或者说听出了本不存在的一些话外之音。周宁说要跟她白头到老，就是要跟她白头到老，因为他不想跟电影上那个老人一样孤独一生，但他并没有说他要跟她如胶似漆。他是要以他的方式跟她一起白头到老，也就是说，他去打他的麻将，而她呢，则在家里等他，晚上有兴趣了，就过夫妻生活，永远过这种生活，这就是他说的白头到老的含义。

看来要一个男人愿意跟你白头到老并不难，难的是要他愿意跟你如胶似漆地白头到老。

杨红的生活很快又恢复到以前的样子，周宁除了吃饭睡觉，大多数时间都是在牌场上度过。晚上回来，有时就倒头大睡，有时也会拉过杨红亲热一番，但都是匆匆忙忙，连杨红的衣服都懒得脱，只把杨红的短裤扯下一边，另一边就让它挂在腿上，使杨红觉得很滑稽。

唯一不同的是，周宁已经尝过女人高潮的滋味，就不时地追问：“来没来？”“怎么还没来呢？”

这种口气，在杨红听来，就好像在责问她一样。她也想高潮快点到来，倒不是为了自己，因为像周宁这样敷衍了事，她是不可能投入的。她希望高潮快点来，周宁就可以快点完事。但她觉得自己的头脑清醒得可怕，根本没有上次那种喝醉了的感觉，这个样子，是根本不会有什么高潮的。慢慢地，连杨红自己都没有觉察到，她已开始伪装高潮了。没什么大不了的，周宁好哄，只要自己把呼吸弄急促一些，再把肌肉收缩几下，周宁就会大喜过望地说：“你终于来了！”然后就迫不及待地交货了。

当周宁沉入梦乡之后，杨红常常还睁着眼，躺在那里，倒不是因为身体上有什么“半天吊”的感觉，而是心理上有一种“全天吊”的感觉。这就是爱情？这就是婚姻？杨红有点搞不懂为什么女孩会想结婚了，男孩想结婚似乎还有个动力，女孩呢？结了婚，就再也得不到男人的追求了。女孩应该把婚前的日子拖得越长越好，那样就可以让男孩殷勤得久一些。当然也可能适得其反，男孩受不了太长的折磨，就逃跑了。难怪杂志上说有些女人把做爱当作控制男人的法宝：你不答应我这个，我就不让你做爱。

女人以性换情，是因为男人以情换性。

杨红想到这里，不由得一阵心酸，心想，自己连以性换情的权利都没有。你不肯做爱？他就离家出走了。

情诗般的男人

1

百无聊赖的杨红，在生活中找不到如胶似漆的爱，却在另一个地方找到了：小说里。

杨红就跑到校图书馆、市图书馆去借原著来看，这几个地方都借不到了，就到书店、书摊上买来看。看着看着，就不局限于电视上放的那些东西了，不管是什么书，翻几页，只要有“她”字的，包管跟爱情相关。如果连翻四五页，还没有一个“她”字，就弃之不顾。光写几个男人的书有什么可看的？还不如看菜谱。有女人的地方才有爱情，没有爱情的书，女人懒得看。

每晚的电视连续剧也还是照看不误，即便已从书上知道了情节，但毕竟只是文字，人物形象都是自己想象出来的，看看电视，心里就有一个具体的人物形象。虽说有时演员一出场，与自己的想象相去甚远，把人吓得一跳，但有那么几个演员，还是有看头的，称得上风度翩翩，特别是融入了感人的剧情，演员也变得好看了，人是因为可爱才美丽的嘛。就算剧情已经被电视剧编导删减窜改得不成体统，但有声有画，比光看文字来得实惠。剧情可以从书中弥补，所以看电视看原著是相得益彰，不可偏废。

听说这种爱情连续剧的观众可分为三类：第一类是看进去了，就看不出来，把自己当作剧中人物，爱的是剧中人，恨的也是剧中人，流的是自己的泪，伤的是自己的心；第二类是看进去了，还能看出来，进去时，看戏流眼泪，替古人担忧，出来时，联想自己，对照古人，唏嘘不已；第三类是看不进去，强看，边看边加评语，把个连续剧连同编剧、导演、演员、摄影等等，评得一塌糊涂，批得体无完肤，一边在骂骂咧咧“屁大一点儿事，在那里扯，扯，一扯几十集”，一边又把这扯出来的几十集全都看了。

杨红就属于这第二类观众。她爱看电视上那些情深意切的男主角，看到那些缠绵悱恻的情节，就感动得泪眼朦胧。但她不会为这些男主角坠入情网。这一点跟她小时候一样，如果某个男主角就在身边，又那样情深意切地爱她，可能免不了要打动她的心。但那些男主角都离得远远的，八竿子都打不着，怎么会爱上他们？杨红一般都是对照剧情，检查自己，越对照越觉得美好的爱情都被作家写到书里、电视里去了，差不多写尽了，写绝了，写得人间没有了。

杨红一看就看到半夜，有时周宁都从麻将桌上回来了，杨红还舍不得放下书睡觉。周宁知道叫她不看也没用，杨红做什么事一旦入了迷，比他还厉害。

周宁有时睡前也把杨红的书拿起来看几页，当作催眠曲，一般都是翻个几页就哈欠连天，说比《政治经济学》还催眠。

周宁有“性”趣的时候，也不催杨红，就让她在那里看书，自己爬上床，在杨红身边躺下，把手伸进杨红的睡衣里，在她身上四处游走。杨红推他的手，说：“别捣乱，让我看书，还有一点没看完。”

周宁说：“我又没叫你不看，我做我的事，你看你的书，别理我就是了。”说着，仍然在那里“上下其手”。杨红被他摸得气喘吁吁，看不下去，就丢了书，闭上眼。

周宁就把书捡回来，塞到杨红手里，极恳切地劝她：“接着看，接着看，看书要专心致志，心无二用，千万不要半途而废。”

杨红喘着气，骂他：“你这样捣乱，我还怎么专心致志？”这正是周宁要的效果。周宁暗自笑着，手更不老实，等杨红忍不住来求他。

杨红问他：“为什么书里电视里的男人就那么缠绵多情，现实生活里的男人就光想着这事呢？”

周宁一听这话，又看见杨红闭着眼，仿佛灵魂出窍的样子，就觉得自己身上硬的东西软了，软的东西都僵硬了，便收了手，平躺在床上，眼望着天花板，恨恨地说：“你们女人一看书就看得走火入魔，不知道又把我当作了哪个云轩、飞鹏之类的小白脸了。扫黄真应该首先把琼瑶什么的给扫了。这些年，我们男人不知道帮她书里的小白脸做了多少床上功夫。男人真可怜，要跟这些无孔不入的情敌斗，不知什么时候就戴了文学绿帽子。”

杨红认真地说：“我是问你正经话，为什么现实生活里的男人就不像书里的男人那样缠绵多情呢？”

周宁懒洋洋地说：“那还不简单？因为电视里的小白脸都是下半身不顶用

的嘛，只好把工作重心转移到上半身来。你看他们那种娘娘腔，就知道他们是阳痿不举、举而不坚、坚而不久、见花就谢。说不定下了银幕就沿街找那些电线杆子上贴的专治阳痿的广告看呢。”

“你一说就说下流了。像《乱世佳人》里的白瑞德，能文能武，他也是下半身不行？”

周宁说：“我不晓得什么白瑞德、黑瑞德，反正生活里是没有那样缠绵的男人的，所以作家才写在书里哄你们这些傻女人，赚你们的眼泪。”

杨红特别喜欢《乱世佳人》里的白瑞德，情那么坚，心那么细，郝思嘉爱的是卫希礼，他还是那么痴痴地爱着郝思嘉。郝思嘉夜晚做噩梦惊醒，他会在那里慢慢开解。这么好的男人，就只能是作家编出来的？

杨红固执地说：“可是艺术是来源于生活的呀，如果生活里面没有，书里怎么会有呢？”

周宁打个哈欠，说：“谁知道，可能是来源于生活的反面吧。我认识几个H大作家班的人，多半是丑得没人要，闲得无聊，在那里神编乱造，把自己想象成一个千人追、万人爱的主角，满足一下自己的虚荣心。不写这些东西打发时间，还能干什么？”

2

杨红听周宁提起H大作家班的事，追根究底的毛病又犯了，就跑到校图书馆翻看以前的校报、省报，终于在一张省报上找到了H大某届作家班的报道。

H大办的作家班，只收颇有名气的作家，让他们装模作样地修几门课，就发个大学文凭。H大办班的目的是司马昭之心——路人皆知，主要是利用作家的名气和笔杆，为学校打开知名度。

作家都是清高的，不会为个文凭折腰。男作家报名读作家班的，动机都比较高雅，主要是挖掘素材和灵感，顺便也挖掘一下H大的女生们。男作家看到H大女生都黄口黄面的，就把骑士风度发扬光大，义不容辞地要为性无知的女本科生启蒙，为性饥渴的女研究生效劳。女作家来H大作家班的动机比较单纯，主要是接触一下男作家，如果不幸碰上几个为她们坠入情网的男本科生男研究生什么的，也只好舍命陪君子。

杨红看过其中几位作家的作品，都是些唯美纯情的，故事缠绵悱恻，文字清丽动人。男主角都是德才兼备，多情如白马王子；女主角更不得了，那份美丽，恨不得让女主角自毁容貌，以平民愤。

但杨红一看作家们的近照就大失所望，不晓得是不是因为摄影师没有使出黔驴之技。在杨红看来，大部分作家都是其貌不扬，对有的人，用这个词还有词不达意、隔靴搔痒的感觉。如果不是出于对作家的尊敬，杨红差不多要说有几个是形象猥琐。看着那些照片，杨红心里就想，是不是H大招生简章上对外貌有这么一条要求，而自己没看见啊？

看了这些作家的近照，就把杨红看得泄气了。怪只怪有些作家爱以第一人称创作，在那里一路“我”“我”的，杨红就以为那都是他们自身的故事。即使不是以第一人称写的，也只怪他们写得太逼真，让杨红认为作家还是在写他们自己，只不过为了达到无处不在的观察效果，把“我”换成了一个名字。这样一想，杨红就觉得周宁说的有些道理，美好的爱情都是作家编出来的，而且是由其貌不扬的作家编出来的，源于生活的反面，正因为人间没有缠绵悱恻的爱情，作家才异想天开地编出来——与其说是赚女人眼泪，不如说是赚出版社稿费。

受了这个致命的打击，杨红对看小说也失去了兴趣，注意力又转到现实生活中来，并开始向文学的反面——哲学方面发展，由具体走向抽象，由个性走向共性。

想到自己的生活，杨红就很哲学地想，恩怨或许真能忘却，真情也许仍然存在，但一个人的个性却是很难改变的，或者说人的共性是很难改变的。也许女人生来就是“情诗”，而男人生来就是“淫诗”。虽然男女都觉得自己在爱，但因为对爱的理解不同，女人很难感觉到男人的爱，总觉得他们不爱，或是爱得不够。而男人总觉得女人的眼睛有毛病，明摆在那里的爱，她们却看不见，在那里无事生非，要证据，要表达，等到男人兴致勃勃地来表达了，她们又说那不是她们期待的表达。

不知不觉地，杨红就把自己上升到一个哲学家的高度了，看问题的时候，就很能抽象一下了，不光看到男人的个性，也看到男人的共性，感觉已不再是“周宁是首淫诗”，而是“男人都是淫诗”。

站在一个哲学家的高度，就像飘飞在半空中一样，有点居高临下看世界的味道。杨红现在就能心平气和地看到：地上有个杨红，正在为丈夫不跟她如胶似漆生气，不过，你看看你的周围，很多女人都在为她们的丈夫不跟她们如胶似漆生气呢。男人就是这样的啦，他们不是不爱女人，只是他们的爱是阵发性的、间歇性的、局部性的、具体的、粗犷的、如火如荼的、上来得快也下去得快的，有时候甚至是自私的。改造他们是不容易的，生他们的气是于事无补的，为他们难受是要伤自己的身体的，跟他们离婚是很麻烦的，再找一个是不能保证一蟹好过一蟹的……

据说男人生来就是哲学家，他们看女人，往往可以从一个抽象的高度看到一些共性，所以他们会说“天涯何处无芳草”。芳草是什么？就是女人，不是张家的大小姐，也不是李家的二闺女，只是女人的代名词。只要是女人，他们就有可能去爱，去娶，去性。得不到这个女人，还有那个女人可以代替。善于看到女人共性的男人即便是说自己的妻子或女朋友，也喜欢以一些泛指的词开头：“你们女人哪……”、“女人嘛……”

而女人呢？据说就比较容易把注意力局限在具体的男人身上。爱上了张家的老大，就只能嫁张家的老大，换成李家的老二就觉得日子没法过。虽然李家更富有，但因为他不是张家的老大，跟他就觉得被玷污了、被玩弄了、被糟蹋了、被污辱了、被蹂躏了。如果是张家的老大呢，就“一路上有你，苦一点也愿意”。女人跟一个男人在一起的时间越长，就越容易把他具体化，等结了婚，差不多就把那个男人据为己有了，像毛姐一样，开口就是：“我们家老丁哪……”、“我那个死鬼老丁呢……”

女人要达到哲学家的高度，需要经历好些个具体的男人，所以如果你听到一个女人说“男人都不是好东西”，你可以推断出她已经遇到过好些个不是好东西的男人了，不然她舍不得用这个“都”字。当然有些书呆子女人，看多了书，从书本中看出这一点；或者一些谈虎色变的女人，被吓破了胆，从他人经历中看出这一点。这些女人不在此列。

杨红现在突然以一个哲学家的眼光来看待男人和女人，主要是一种精神胜利法，想给自己吃一帖安慰剂。既然普天之下的男人都是这样的，那么自己也就不是世界上唯一一个运气不好、嫁了“淫诗”的女人了。也许这就是为什么我们一再要求大家要经常想到世界上还有三分之二的人在受苦的原因，也许这也是为什么雷锋同志在生活上要向低标准看齐的原因。

老早就有人说过，中国人不患贫，只患不均。穷不可怕，可怕的是别人都不穷，只有自己一个人穷。苦不可怕，只要大家都在受苦，我的苦就不算什么了，就可以欣慰地说：“人生就是一场苦难。”既然人生就是一场苦难，那还等什么？还不赶快去苦？不苦就不算经过了人生。

哲学家杨红很快就为自己的理论找到了一些例子，看看自己这栋楼的夫妻，虽不是新婚，但也都结婚不久，也没见谁成天卿卿我我，如胶似漆的，多半都是自己忙自己的，有一些也跟周宁一样，忙着打牌下棋，还有一些经常吵吵闹闹。大打出手的也不罕见。

杨红开始还怕别人看见周宁不在家陪她要议论，总把门关着，后来发现对这一点反而没人过问。杨红向毛姐抱怨周宁爱打牌下棋时，毛姐还说："暑假里，无事干嘛。你叫他干什么呢？"

想到这些，杨红只好叹口气，在心里说：男人都是"淫诗"。既然是"诗"，就多少有点诗意，不是全然没有情，但他们的情是有很强的目的性的。既然是"淫"诗，转来转去就脱不了那个性字，主题结构，平仄韵律，修辞造句，花言巧语，都是围绕一个性在转。

情诗一般的女人遇到淫诗一般的男人，都会有一段时间无法理解，都要经过一番痛苦才能擦亮眼睛。等到她们认识到男人都是淫诗的时候，她们就觉醒了。觉醒之后，有的就反叛了，有的就堕落了，有的就绝望了，有的就认命了。反叛的女人就变得痛恨男人，处处跟男人作对，用自己的姿色做武器，惩罚那些淫诗般的男人；堕落的女人就蜕变成一首淫诗，只认性，只认钱，以性换钱，以钱换性；绝望的女人就看破红尘，或超脱人世，或封闭自我，既不要淫，也不要诗；认命的女人就变得明察秋毫，大智若愚，随遇而安，处变不惊，该淫的时候淫，该诗的时候诗。

杨红知道自己不敢反叛，不甘堕落，不想绝望，所以只有认命。

不过高度概括都是有高度风险的，你一用这个"都"字，就不可避免地会挂一漏万，以偏概全，就肯定会有人跳起来喊冤，说："我就不是那样的！"杨红刚刚对男人做了一个概括，说他们都是"淫诗"，就马上感到了自己的偏激，因为她突然发现了一个情诗般的男人。

3

这个人就是住在杨红右隔壁的陈智。因为三十多了还没女朋友，是个大龄青年，被人唤作陈大龄，原名陈智反而被人忘了。陈大龄是一九七七年恢复高考后第一届大学生，现在是H大数学系的副教授，因为没结婚，所以不能住家属区，只能挤在青年教师宿舍里。但因为他工龄长，职称高，所以又享受特殊照顾，可以不必跟人合住，自己一个人住了一个单间。

陈大龄人生得高高大大，象棋下得好，提琴拉得好，为人也很热心，无论谁家搬家、买电器，都会拉他去帮忙。七楼的女人都叫他“七楼的苦力”，因为七楼的女人都爱拉他当差。七楼女人的丈夫们，不是工作忙，就是打牌忙，而陈大龄一般都在家，随叫随到，所以女人们拧个被子，提个水，牵个电线什么的，都爱找陈大龄帮忙。

外人想不出陈大龄为什么至今没有对象，唯一合理的解释，就是他那方面不正常。杨红现在已经是过来人了，因为见识过男人了，所以也觉得陈大龄那方面可能不正常，不然怎么可以熬到三十多岁还不结婚?

杨红对这个陈大龄是未见其人，先闻其声。刚搬来不久，一天清晨，杨红还没睁眼，就听见有人在拉一首什么曲子。那个曲子正配她当时的心情，如果是一首进行曲，她恐怕只能跳起来做早操。但那支曲子，很优美，有点哀伤，淡淡的，不像《江河水》那样哀伤到她要哭出声来。

杨红没学过什么乐器，也不懂音乐，但她喜欢边听曲子边加入自己的幻想。她不管原作者写曲子的时候是怎么想的，她只管古为今用，洋为中用，都当是为自己写的，想在脑子里幻画出一幅什么图就幻画出一幅什么图。那天她在心中幻画出的是一处林中空地，地上绿草青青，不知名的小花，五颜六色，点缀其中。林中彩蝶翩跹，一缕缕阳光从树缝里透进来，形成一支支光柱。不知为什么，这幅美丽的图画总是罩着一点愁云惨雾，很淡，但驱之不去。

正当她静心聆听的时候，就听有人敲了敲隔壁的门，睡意蒙胧地说：“大龄啊，还才八点呢，放假，都在睡觉。”

杨红听见琴声戛然而止，一个男人应道：“对不起。”

后来隔壁的陈大龄就改为晚上拉琴。杨红被周宁撂在家里的时候，就爱把电视的声音关了，一边织毛衣，一边静静地听他拉琴，心中随音乐在那里幻画出种种美丽的场景，把自己置身其中，就能暂时忘了生活中的烦恼。

周宁刚搬进来时还找陈大龄下过一回棋，去陈大龄家没多久就跑了回来，说：“这个陈大龄不是人。”

杨红吓了一跳，问：“怎么啦？”

周宁说：“他的棋简直是下神了，说不定是柳大华的徒弟，连闭目棋都会下。我不是他的对手，难怪别人都不跟他下。”

杨红问他：“为什么你不愿跟一个下得好的人下呢？不是可以进步得更快吗？”

周宁哼一声：“谁下棋是为了求进步？不都是为了娱乐么？找个明知下不

过的人下，不是像追求一个追不到手的女人一样吗？白费力，还丢脸。”

杨红饶有兴趣地问：“那你追我是因为你觉得追得到手啰？我那时可是学习尖子呢。”

周宁搔搔头，嘿嘿一笑：“我成绩不好，是因为我不努力嘛。如果我像你们女生那样，肯花工夫，又会死记硬背，我还上H大？我上北大清华都有余了。”周宁一看杨红的脸色，就知道自己这招没过好，马上嬉皮笑脸地说：“哪个男人找老婆是看她成绩好不好？又不是选学习委员。我主要是被你的细腰大屁股搅昏了头，什么都顾不上了。”杨红少不得要拧周宁儿把算是惩罚。

后来杨红因为老是帮别人做菜，把每月一坛的计划煤气提前烧完了，有一天正做着饭，就没煤气了，只好在煤气坛下面放个盆子，泡上热水，又奋力地摇煤气坛，想把一顿饭凑合完。正好陈大龄从走廊上路过，对杨红说：“嗨，小姑娘，那样很危险的，爆炸了，我们都壮烈牺牲了。”他把他自己那坛煤气拎过来，帮杨红换上，说：“你拿去用吧，我一个人，很少做饭，用不着。”陈大龄后来干脆把自己的煤气证也给了杨红，让她用。

杨红千恩万谢，陈大龄只说：“我是吃小亏占大便宜，放长线钓大鱼的人，今后要吃你做的菜的。”杨红就经常端一点菜给陈大龄送过去。陈大龄也不客气，吃完了，会把碗洗了，还来放在杨红门前的碗柜里，附一张小纸条，写上“谢谢”，然后加一句评价。如果是一碗扣肉，就写上“横看成岭侧成峰”；如果是一盘炒豆，就来一句“大珠小珠落玉盘”。杨红看了，觉得开心，比周宁光会说“好吃，好吃”多一分情趣。

杨红经常看见陈大龄带他两三岁的侄子玩。有时看见他们在楼下的滑梯那里玩，小孩子一遍遍地滑下来，在陈大龄面前张开两只小臂膀，陈大龄就一遍遍地把他抱上滑梯，让他再滑，两个人一玩几个小时。有时也看见陈大龄在水房外放一个大水盆，装满了水，里面漂着各种塑料玩具，陪他侄子玩水，两个人都很投入很开心的样子。还有几次，杨红看见陈大龄坐在水房边通向顶楼的楼梯台阶上，抱着熟睡的侄子，一动不动，生怕惊醒了小孩子。看见杨红，就轻声解释，说小孩玩累了睡了，走廊上凉快，又没蚊子，就让他这样睡一会儿。

杨红听别人说，一个人年轻的时候不觉得，但到了三十岁左右，身上的父性母性就觉醒了，就开始想要个孩子了。她觉得这话印证在陈大龄身上了。然后又自然而然地想到自己，虽然离三十岁还远，但也开始想到孩子的问题，主要是奇怪，不知道自己怀没怀孕。“老朋友”确实是没来，但自己一直就是这样颠颠倒倒的，不能说明是怀孕了。如果怀了孕，至少是会呕吐一下的吧？是不是自己根本不会有小孩?

担心了几天，杨红就忍不住了，有天晚上就问周宁：“如果我不会生小孩怎么办？”周宁大大咧咧地说：“不会生就不会生，还少个麻烦。反正我哥已经有了一个儿子，周家有人传宗接代就行了。”

“可别人会怎么说？还不说我是只不下蛋的母鸡？”

周宁看杨红那么在乎别人的议论，就说：“别人问你，你就说是我不会生。只要你不说是因为我阳痿，说什么都行。对了，去把《家庭生活大全》拿来，看看男人不生有些什么原因。”

虽然周宁为她找好了借口，杨红还是觉得心情沉重。有人说不会生孩子的女人只能算半个女人，那自己到底是半个还是一整个?

连杨红自己也没觉察，从那以后，自己心里就把“做爱”这个词换成了“做人”。

4

杨红开始只把陈大龄当作一般朋友，没有多在意。她对他刮目相看，是在毛姐向她学说了陈大龄的爱情史之后，或者说，陈大龄的“无爱情史”之后。

毛姐是H大财务处的办事员，三十多岁了，因为还在熬职称，所以也只能住十平方米的小单间。毛姐这个人很有个性，关心他人比关心自己更重，路见不平，拔刀相助，算得上是一个侠女。

但如今天下太平，江湖萧条，哪里有那么多不平让她拔刀相助?她路上能见到的最大不平就是上公共汽车乱挤，她也没刀可拔，有刀拔也不知道拔出来该戳谁，因为不分男女老少，都在乱挤。于是毛姐就把这“路见不平，拔刀相助”和平演变为“路见不婚，撮合相助”。因为毛姐把自己可介绍的人称为手中的“牌”，男的叫“黑桃梅花”，女的叫“红桃方块”，条件好的叫“主牌”，条件不好的叫“副牌”，不想帮又推不掉的叫“底牌”，所以又可说是“路见不婚，抽牌相助”。

毛姐为人撮合多年了，从自己还没有男朋友时就开始，坚持数年，不改初衷，被丈夫老丁冠之为“生命不息，撮合不止”。毛姐的丈夫老丁，就是当年毛姐手中的一张牌，结果不爱指定的约会对象，反而爱上了介绍人，成了毛姐的丈夫。这是毛姐做媒生涯中唯一一件违反职业道德的事，被人提起，仍有几分惭愧，只说：“还不是被他那身警服照花了眼。”

毛姐敬业，三句话不离本行，说到某个人，不提他哪个系、哪个院，只以撮合没撮合、成没成来形容。

“这个小王呢，就是我上次给他介绍的一个商校的老师，他没谈成的那个人。”

“老林你可能不认识，就是我介绍给体校那个小魏，人家没要他的那个。”

有一天，毛姐和杨红两人在水房洗衣服的时候，不知是她们当中哪一个提起了陈大龄，毛姐也是职业性地介绍：“陈大龄呢，其实人还不错，年轻的时候，为了供他弟弟上学，把自己的青春给耽误了。这个人就是一个人过得太久了，憋坏了，有点不正常了，我给他介绍过好几个女朋友，他死都不肯见面，害我把手里的红桃Q方块Q都得罪了。后来，他对我说：‘毛姐，你的好意我领了，不过我真的不需要你为我介绍，我相信爱情是可遇不可求的。’”

杨红听到这句，觉得心里有一种异样的感觉，与其说是心动了一下，不如说是心停了一下，因为心一直是在那里动着的。这个异样就是你感觉时间停滞了一下，身边的事物消失了一下，眼前亮了一下，灵魂哆嗦了一下。杨红虽然马上回过神来，但心里一直在念叨：爱情可遇不可求，爱情可遇不可求……这不正是自己心中一直想着但不能形成文字的话吗？爱情应该是在不知不觉中来到你身边的，它来了就来了，它没来就没来，你想要它来、不想要它来，都由不得你。爱情不是一个可以计划可以安排的事情，不能说“好了，我从明天起，爱上某某某”，也不能说“算了，我从现在起，不爱某某某”。说当然是可以说，言论自由嘛，但你做得到吗？如果你做得到，你就知道那其实不是爱情，只是感情、同情、激情或者是矫情。

陈大龄大概是毛姐撮合生涯中唯一不服从安插的一张牌，所以毛姐对他有点偏恨：“你看这个人是不是有点迂腐？三十多了，还在那里爱情可遇不可求，再这样‘遇’下去，一辈子就过完了。我跟他说，我知道你是在等一个你爱的人，但是你可以先找个老婆过着再说嘛。等遇到你爱的人，再爱她不迟。”

毛姐体己地拍拍杨红，说：“我们都是过来人了，谁不知道男人心里都是想着那桩事的？别说禁几年，禁几天都叫他们受不了。”

杨红想到周宁，就点点头，表示赞同。

毛姐解释说：“我不是教唆陈大龄以后搞婚外恋，我是知道他等不到他想要的人的。哪有什么可遇不可求的爱情呢？就算有可遇不可求的，也都是发烧烧糊涂了的，新开的茅厕三天香。过几天不发烧了，多半发现两个人其实不般配，后悔都来不及。你知不知道啊，杂志上都说了，自由恋爱的，以后离婚率比经人介绍的高得多。你想，我们帮人介绍的，见多识广，一眼就看得出谁跟谁相配。而且我们是旁观者，头脑是清醒的，我们给配好的，都是千挑万选，认真衡量了的，不比那些自己遇到的保险？”

杨红有点心不在焉，只有气无力地哼哼哈哈着。毛姐说：“你知道陈大龄说什么？他说，毛姐，我不愿这样草率结婚的，如果结了婚，再遇到我等了半辈子的人，我怎么办？那样一段情，我会拿不起也放不下。娶我爱的人，我对不起老婆；不娶我爱的人，我对不起她，也对不起我自己。你听没听说过世上最令人伤心的就是‘恨不相逢未娶时’？”

5

从那以后，杨红对这个陈大龄就有点肃然起敬，心想，世界上还真的有人这么痴痴地等啊，而且是个男的。她想，如果是个女人，这么等着也许容易点，女人怕的是孤独，是别人的议论。但一个男人，能这么等，就太不简单了，别人议论不说，光生理上的痛苦，就够他受的了。

杨红觉得陈大龄那方面应该没有什么不正常，因为他的脸虽然刮得光光的，但下巴青青的，如果留起胡子来应该是马克思一样的络腮胡子。他说话声音浑厚，带点喉音，一点也不娘娘腔。七楼的女人，仗着自己是结了婚的，都喜欢开玩笑地拍他一下，拧他一把。陈大龄一般都是一边笑着，一边就灵活地闪开了，脸上是一副大人不计小人过的神情。

杨红觉得陈大龄单身的原因应该是曲高和寡，因为他的一切都带着点曲高和寡的味道。棋下得好，所以没人跟他下；琴拉得好，可惜别人嫌他吵；对爱情要求太高，所以至今单身。他要等待的爱人，肯定是不同凡响的，肯定也是太出色了，出色到曲高和寡的程度了。两个曲高和寡的人凑在一起，就正好成了知音。我的曲子只有你听得懂，你的曲子只有我听得懂。

杨红自觉不自觉地就爱把陈大龄拿来跟周宁比。陈大龄比周宁高，比周宁白，鼻子高高的，眼窝深深的，很洋气，头发又浓又黑，即便刚洗了头，也是满头黑发，不像周宁那样，平时看着头发不少，一洗头就显得不多了。陈大龄的背是倒三角形的，肌肉结实；而周宁则是长方形的，有点瘦精精的。杨红想，陈大龄心目中的爱人应该也是貌若天仙，肯定也会拉琴的，只有那样才配得上他。

杨红一直想问问陈大龄那天清晨拉的是什么曲子，但都不好意思跑上门去同他谈话，怕别人误解，也怕陈大龄误解。

有一天晚上，到了陈大龄天天拉琴的时间，杨红没有听到陈大龄拉琴，正在纳闷时，听到有人敲她的门。她开了门，看见陈大龄站在门外，身上有些石灰水印，人很疲乏的样子。

“我想借你的煤气灶煮个面条，食堂关门了，快餐面也吃完了……”

杨红打断他的话：“你客气什么呀，本来就是你的煤气，你用就是了。”想了想，又说，“你不熟悉我油盐酱醋放在哪里，不如我帮你煮吧。”

陈大龄也不客气，说：“好，那就麻烦你了，装修房屋，搞得满身是石灰水，我先去洗个澡。”

杨红煮了面，顺手炒了一点榨菜肉丝，放在面上，双手端着一大碗面到隔壁陈大龄家去。她用脚踢踢门，听见陈大龄应道：“等一下！”

杨红被面碗烫得受不了，问：“还有多久？如果太久，我就端回去，等会儿再来。”

陈大龄应着：“来了来了！”猛地拉开门，杨红见他背心才穿到一半，肌肉结实的胸脯正对着自己，脸一红，手一抖，碗一歪，把面汤泼了一些在手上。陈大龄慌忙接过面碗，放在桌上，又跑到水房打了一些冷水来，叫杨红把手放在冷水里浸着，说：“过一会儿，擦些牙膏，就不会疼了。”

杨红把手放在水里浸了一会儿，又把陈大龄递过来的牙膏擦了一些，真的不疼了，就笑着说：“你还懂得这些婆婆经呀？”

陈大龄说：“上山下乡时从那些农村婆婆那里学来的，不过她们连牙膏都买不起的，只把手浸在水缸里。用牙膏是我摸索出来的。你坐呀，别站在那里。”

杨红就在一把椅子上坐下，听陈大龄讲他以前的经历。陈大龄讲一段，杨红就追问：“还有呢？”陈大龄忍不住笑着说：“你就像个孩子，听一个故事，就催着讲下一个。”

原来陈大龄的父母都是搞音乐的，父亲拉提琴，母亲弹钢琴。不过“文化大革命”中，父亲被赶到乡下去劳动改造，后来就死在那里。陈大龄从插队落户的地方考上大学，读完了就分在H大。弟弟陈勇也读的H大，现在在英文系教书。只不过弟弟已经结了婚，有了孩子，而陈大龄还是单身。

讲了一会儿，杨红问陈大龄：“你那天拉的那个怪好听的是个什么曲子呀？”

陈大龄自嘲地说：“我拉了好多曲子呢，我以为个个都好听，原来只一个好听啊？”

杨红脸一红，说："我不是这个意思，我是说有一个特别好听的。"然后就把她自己听那个曲子时在心里幻画出来的景色描绘了一番。

陈大龄听着听着，突然把碗放下，说："我拉几个，你告诉我是哪个。"说完就拿出提琴，调了弦，想了想，就先拉一个跟杨红的描绘不同的曲子。

杨红听了一会儿，觉得不像她上次听到的那首，就说："好像不是这个。"

陈大龄说："你要闭着眼听才行的，你看着我的脸，什么好音乐都变得难听了。"

杨红想反驳一下，但又不好意思夸奖他的外貌，就依他说的，闭上眼。陈大龄拉了另一首曲子，杨红一听就觉得是上次听到过的那首，不等他拉完，就睁开眼，说："就是这首。"

陈大龄也不吃面了，只一个劲儿地问："你听过这个曲子的？"

"那天听你拉过的。"

"那你知道这是什么曲子？"

"就是不知道才问你嘛。"

"你学过提琴？"

"没有。"

"那你父母是搞音乐的？"

"不是。怎么啦？"

陈大龄笑着说："那你不得了，太有音乐天赋了，而且音乐语汇跟陈刚、何占豪可以一比了。"

杨红见他又是"天赋"又是"语汇"的，有点搞糊涂了："我不懂你在说什么。"

陈大龄说："你不知道么，这个曲子是陈刚、何占豪写的小提琴协奏曲《梁祝》里面的《化蝶》一段啊。"

6

陈大龄解释说："《化蝶》一段讲的是梁祝死后，化为蝴蝶，翩翩起舞，从此不分离。你心里想到的那些景色，基本上就是作曲人想要表现的意境。"然后叹口气说，"我现在是没有这个本事了，一拉琴，很多精力都放在指法、弓法上去了，不能潜心体会曲子要表现的东西。"

杨红见他这么懊丧，就安慰他："你不体会曲子要表现的东西，怎么会拉得这么好呢？你拉不出曲子要表现的东西，我又怎么能看到作曲家要表现的东西呢？”

陈大龄笑起来：“让我先把我们的姓名写在纸上，免得我们两个这么互相吹捧，飘飘然起来，不知道自己姓甚名谁了。”

杨红不好意思地说：“其实我也是胡思乱想出来的，有时，同一首曲子，我在不同的时候听，可以想到不同的东西。”

陈大龄说：“那是因为你天性就跟那些优美的音乐相通，有些人，生来就是诗情画意，多愁善感的，内心就是一首诗，所以听到跟自己性情相通的音乐或者读到类似的诗词，就会引起共鸣。你是不是特别容易被一些凄美的音乐和诗歌打动？比如苏轼的‘十年生死两茫茫’之类的？”

杨红惊得目瞪口呆，她记得小时候，有一次父母谈论一篇纪念周总理的文章，文章的题目叫作《料得日后断肠时，定是年年一月八》，父亲说这个题目是套的苏轼的《江城子》里面的一句。

陈大龄看杨红愣在那里，就说：“音乐比诗歌更容易引起共鸣，因为诗歌还有个识字的问题，而音乐没有。音乐的语汇是天生就懂的，虽然也可以学，但终究不像自己悟出来的自然。像你这样多愁善感的女孩，最容易被哀婉的音乐打动，因为你们心底，有一种很深的忧患意识。遇到高兴的事，比一般人少一份欣喜；但是如果遇到伤心的事，就比一般人多十分伤心。”

杨红就想到自己真的是这样，遇到高兴的事，还老想，这是不是真的？然后又怕乐极生悲，怕欢喜必有愁来到，总是克制着，不敢太高兴。遇到伤心的事呢，就反反复复纠缠在心里，无法开解，无力忘却。杨红觉得陈大龄真是看到她心底去了，就问：“那我这种性格是不是不好？”

陈大龄安慰她说：“性格没什么好不好的，要我看，你这是最诗意的性格，这个世界，人人都只来一趟，但你这一趟就比别人经历得多，因为你比别人体会得多。不过如果你不想伤心，自己就想开点，少去咀嚼痛苦。”陈大龄拿起琴，说：“让我再考你几首。”说罢，就拉了一首快的。

杨红听了一会儿，不知道曲子在讲什么，也没有看到像《化蝶》一样美丽的景色，就老老实实地说：“我说我是撞上的吧？这首我听不出名堂了，只觉得一群蜜蜂在那里飞来飞去。”

陈大龄哈哈笑起来：“又被你说中了，这首就叫《蜜蜂飞舞》，学琴的人练习指法时常用这个曲子，不是你特别喜欢的那种。”

这下，杨红也猜出兴趣来了，说：“那你再拉一首慢的，如果我猜出来了，我就跟你学拉琴。”

陈大龄说：“那我一定要选一首你肯定能听出来的。”

杨红听了这话，有点不自在，心想，陈大龄的意思是他很愿意我跟他学拉琴？但她马上又在心里暗骂自己一句，看你想到哪里去了。

陈大龄开始拉一首曲子，缓缓的，很优美。杨红不由自主地盯着陈大龄的手，看他长长的手指灵活地在琴弦上移动。她特别喜欢看他揉弦的动作，修长的手指落在琴弦上，手腕轻轻地动着，速度由慢到快，幅度由小到大，提琴的声音就变得柔柔的。他运弓的右手也很好看，弯出一个美丽的弧线，手腕轻轻地带动手臂，叫人觉得他的手腕一定是柔柔的，很有韧性的那种。

杨红无缘无故地想到，这样一双手，如果搂着他心爱的女人，也一定是柔和的，带着怜惜，好像怕把她揉碎了一样。但是他的搂抱，又肯定是有韧性的，不论谁都不可能把那个女人从他怀里抢走。他肯定不会像周宁一样，平时都不记得碰你，但疯狂起来就不管是挤着你哪一块，压着你哪一方，拼命地挤，拼命地压，好像不挤扁不压碎就不甘心一样。有时腮骨勒在你脸上，差不多可以把你的脸挤碎，真怕哪天就被他破了相。

杨红见他沉醉于演奏，就偷偷看他的脸，发现他因为垂着眼，有点半闭着的样子，睫毛好像能遮住眼睛。他拉琴的时候比较安静，不像电视上那些演奏家，挤眉弄眼，摇头晃脑，捶胸顿足。他常常是垂着眼睛，身体随着音乐的节奏，微微波动，好像沉醉于音乐之中。如果叫他一声，肯定能把他吓一跳。

陈大龄拉完了，问杨红：“听没听出这首讲什么？”

杨红的脸一下子变得通红，心虚地说：“没注意听，可不可以再拉一遍？”

陈大龄笑着说：“我说了的，要闭着眼听的，你不信。再来。”

杨红心想，为什么要我闭上眼，难道他知道我睁开眼会在那里看他？这个人好像能看透别人心思一样，可怕可怕，在他面前说话做事要小心。杨红闭上眼，认真地听了一遍，说：“反正我不是真想学琴，乱说一通吧。这首没听出什么，只觉得有水有树，仙境一样。”

陈大龄说：“你这回不跟我学琴不行了，因为这首是圣桑的《天鹅》。”

杨红使劲摆手，笑着说：“不算，不算，这个不算，我没听出天鹅。”

陈大龄也笑着说：“但是你听出了里面的水啊，这只天鹅是在湖上游着的。”然后停了笑，说，“真的，我教琴也教了好长一段时间了，还从来没有遇到过多少能听出曲子的意境的。你小时没学琴，真是浪费了。现在的家长不得了，个个都逼着小孩学琴，有的小孩根本不想学，被逼得无奈，勉强学，终归是很难学好的。家长问起来，我还不好说他的小孩没天赋。”

杨红笑着说：“你知道被逼着学是学不好的，你还逼着我学？”

陈大龄说：“我还不是跟别的家长一样，望女成凤嘛。”

杨红叫起来说：“你才多少岁呀，就想当我的家长？”

两人问了一下彼此的年龄，发现陈大龄比杨红正好大出一轮。

7

杨红从陈大龄那边回来后，还有点晕晕乎乎的，想到自己竟然还有一点音乐天赋，心里头很高兴。不过自己真的没心思学琴，只想听人拉琴。一到晚上，陈大龄拉琴的时候，杨红就把电视关了，连灯也关了，闭着眼睛，坐在那里静静地听。陈大龄好像也特别喜欢优美哀婉的曲子，拉的大多数是这一类的。

杨红想，我不能再到陈大龄家去了，免得他起误会，以为我喜欢他。不过如果陈大龄有什么事请我帮忙就好了，那样就可以跟他说说话，而不会感到心虚。早上在这么想，中午陈大龄就来敲她的门，问她：“你可不可以帮我一个忙？”

杨红心里一惊，他怎么好像能听得见我心里说的话？不过她想起，生活中确实有这种事，别人借了你的东西，好久没还，你正在家里念叨，说怎么这么久还没还来，别人马上就还来了，搞得你以为别人在门口偷听了你的话，其实只是巧合。

杨红说：“别这么客气，你需要我做什么，尽管说好了。”

陈大龄犹豫了一下，说：“是这样的，今天下午有一个从前的学生要来，女的，她主要是想证实一下我究竟有没有女朋友。你能不能在我那边坐一会儿，就在那里织毛衣，什么也不用说。”

杨红笑起来：“你要我冒充你的女朋友啊？你如果不喜欢她，怎么不直接跟她说明了呢？”

“女孩子都是又敏感又爱自责的嘛，何必要搞得她在那里追根究底，硬要在自己身上找几个毛病出来呢？”

杨红有点担心：“这样撒谎不太好吧？”

陈大龄笑笑，露出又白又整齐的牙：“你怕撒了谎遭雷打呀？你不是我的朋友吗？你不是女的吗？不算撒谎的。”

杨红答应了，又问：“那我要不要打扮一下，免得丢了你的人？”

“打扮什么，越居家越好。别说什么丢我的人的话，我只怕委屈了你，让她说你这么年轻漂亮，怎么找了这么一个老家伙。先打个招呼，别到时候你一赌气，就把真相给说出来了。”

快四点的时候，陈大龄就把杨红叫过去，让她坐在那里织毛衣。四点钟的时候，一个挺漂亮的女孩来了，杨红看了一眼，就觉得自己太水货了，别人一看就知道自己是冒充的，不过那个女孩倒没看出破绽。陈大龄含混地介绍说“这是杨红，这是李晶晶”，李晶晶冲她点个头，就不再理她，只跟陈大龄说话。

刚好这时门卫刘伯上来叫陈大龄下去听电话，陈大龄客气地对李晶晶说：“你坐一会儿，我马上回来。”就跟刘伯下楼去了。

李晶晶问杨红：“你们家怎么不安电话？”

杨红没想到自己还有说话的任务，根本没准备，而且一听“你们家”就自然而然地想到她跟周宁的家去了，就说：“刚参加工作，手头也不宽裕，再说集体宿舍也不让安电话。”

李晶晶听了，有点疑惑不解的样子，又问：“陈师母刚参加工作？陈师母跟陈老师不是同学吗？”

杨红也不知对这个问题陈大龄的版本是什么，只好支支吾吾地说：“也算是吧。”李晶晶好像并不真的在乎他们俩是不是同学，只要这一声“陈师母”被杨红应了，就能说明问题了，所以很快便站起来告辞，说：“我还有点事，陈老师回来你跟他说我先走了。”

陈大龄回来，杨红对他说：“你说不用讲话的，现在我应了她那声陈师母，那不是我在骗她吗？真的替她难过。”

陈大龄安慰她说：“当断不断，必为其乱。这种事情只能是快刀斩乱麻。她过了这一段就好了，再说她会觉得这只是个先来后到的问题，比较容易接受。不是她条件不好，只是迟到了嘛。”

“她到底哪点不好呢？我觉得她跟你挺般配的。”

陈大龄忍不住笑起来，说：“你现在的口气听上去跟毛姐一样，看别人都一对一对挺般配的。只要是好人你就会爱上他？不一定的嘛。像你跟周宁，一个班那么多男生，别的肯定也不错，为什么偏偏爱上他？爱情这种事，总要讲点心动的感觉吧？”

杨红想到自己跟周宁的爱情，不知道自己感受的算不算心动，无意当中，就说：“其实我小时候立志是嫁一个会拉琴的人。”说了这句，杨红突然觉得脸发烧，怕陈大龄误会到别处去了，赶快声明说：“那都是小时候瞎说的，其实周宁也算是一个拉琴的，只不过他现在不爱拉了。”

陈大龄就问周宁拉什么琴，听说是二胡，就说自己以前也学过一段时间的二胡，因为提琴是西洋乐器，学提琴怕别人说崇洋媚外。但后来觉得二胡的声音太悲怆，一拉就恨不得哭，所以还是学了提琴。

陈大龄说：“也不知怎么的，就觉得二胡的声音太愁苦，表现的是一种家里揭不开锅似的愁苦。而提琴呢，虽然也可以是哀伤的，但只是一种淡淡的哀伤，或者说是情感上的哀伤。也许这跟中国人的生活经历有关。西方文学艺术中的哀伤，主要是爱的哀伤，但中国近现代文学中，就有很多是直接描写人们在生死线上的挣扎，没有那番经历，是很难体会那样的愁苦的。”

陈大龄就把他插队落户的故事讲给杨红听，说他去的地方是一个非常贫穷落后的地方，那种贫穷不仅是物质上的，而且也是精神上的，感情上的，因为贫穷落后跟愚昧无知是手挽着手的。那里男尊女卑的思想非常严重，丈夫对妻子都是呼来唤去，非打即骂。女人想的也是“嫁汉，嫁汉，穿衣吃饭”。很多小女孩，连小学都不能去上。

杨红听着，就想起周宁的故乡周家冲，心想，跟他家乡那些打骂妻子的男人相比，周宁大概已经算是非常疼爱女人的了。杨红说：“有时真的很想为那些地方的人做点什么，特别是为那里的女人做点什么。”

陈大龄说：“那你可以参加讲师团啊。现在每个系都要抽出人来，组成讲师团，到乡下去宣讲党中央的精神，我也报了名。我倒不太懂党中央的精神，只想去那里教教书，教教琴，也算帮助那里的小孩子。不过 H 大很滑稽的，走的那天还要披红戴花，让全校师生在学府大道上夹道欢送，搞得我几乎不敢报名了。更滑稽的是，学校还分给我一室一厅的房子。我在这里的时候，不分给我，我下乡去了，反而分给我。其实我这个人，住什么房子无所谓。在那样贫穷的地方待过，我现在无论住什么样的房子，过什么样的生活，都觉得很幸福。物质生活上我是典型的不求上进，满足于比上不足，比下有余。”

杨红吃惊地问：“你分了一室一厅了？那你要搬走了？怎么你早没说？”连她自己都听出了自己声音中的惊讶，赶快住了口。

陈大龄微笑着，看了她一会儿，才轻声说：“我又不是搬出地球去，我还是在这个学校里的，就在五区，从这里的校门出去，沿着滨湖路，骑车不过十多分钟就到了。”

“那你要去讲师团多久？”

“去一年，如果愿意，待长点也不会有问题。”

杨红觉得心乱如麻，又怕他看出了她心里的不舍，慌忙告辞回家去了。

8

那天晚上周宁回来，杨红把陈大龄参加讲师团的事告诉了他，说：“我也想报名参加讲师团，我可以到你老家去教书。”

周宁说：“你别说起风就是雨了，你到那种地方去，过不了几天就会哭着要回来的。陈大龄也是吃饱了饭无事干，肯定是想分学校一室一厅的房子。”

杨红觉得周宁无缘无故地就不喜欢陈大龄，就说：“人家陈大龄才不是你说的那种小人，住什么房子他根本不在乎。”

周宁就哧地一笑：“他不在乎，那就别搬过去，怎么还装修得热火朝天的？总之他那人不太正常的。楼下小龚为了不去讲师团，专门出钱请医生给他开骨结核的证明。大刘呢，就赶快让他老婆怀孕了。只有陈大龄这样的人，癫癫狂狂的，才会想起跑那种地方去。像你这样没受过那种苦的人，说想去还可以理解。像我这种尝过那番苦的人，一旦逃离了那个地方，就再也不想回去了。陈大龄下过乡，那个罪还没有受够？真的搞不懂这种人。”

杨红说：“可是我总是要去的，听说年轻的，没下过乡的，都要轮着去的。”

周宁睁大了眼：“你也要去的？什么时候？你去了，那我怎么办？过一个星期就坐汽车去看你？乡下的路，颠颠簸簸的，只怕是颠到了骨头都散架了，想做都做不动了。”

杨红觉得他想来想去，最后都落脚到“做”上去了，也就不再在周宁面前提讲师团的事了，今年自己是去不成了的，系里把课都排好了，以后再说吧。

杨红就在那里扳着指头，算陈大龄还能在H市待多久，一算就吓了一跳。如果九月初就走，那就只有十天左右了。想到这一点，杨红就觉得心里很难受，又很惶惑，我这是怎么啦？爱上陈大龄了？我是结了婚的女人，怎么可以爱上丈夫以外的男人呢？真的不能再跟陈大龄来往了，这样下去会出事的。

但她又忍不住想跟陈大龄来往，就在心里说，只是一般同事，一般朋友。他要下乡去了，我送点东西总是可以的吧？杨红就挖空心思，想送一件又实用又贴身的东西给陈大龄。最后就想到做一个被套给他，这样他洗了被子就不用缝，一装进去就可以用，而且又是天天要用的，还贴身。想到贴身，杨红又觉得脸红了，为什么我要送他贴身的东西？真是不可救药了。

鬼使神差地，杨红就跑到街上去买了布，回到家就裁好了，用缝纫机缝好，怕拉链会夹了陈大龄，还专门用了暗拉链，从里面拉上，这样就不会划破陈大龄的皮肤了。还剩了一些布，杨红就做成两个枕头套，又用另一个颜色的布剪成提琴和蝴蝶的图案，绣在枕头上。一切都做好了，就拿到陈大龄房间去，看他喜欢不喜欢。

陈大龄自然是赞不绝口，说杨红太费心了，又说提琴的颜色、蝴蝶的颜色与枕头的颜色深浅相配，绝了。说完就掏出钱来，一定要杨红收下。杨红把钱扔在桌上，说："这是对你参加讲师团的鼓励，不收钱，连学校都要鼓励你的嘛。"

陈大龄就一再坚持，说："学校鼓励是学校鼓励，你刚参加工作，钱也不多，我工作时间长了，比你宽裕，心意我领了，钱是一定要给的。"说着，就抓住杨红的手，把钱硬塞在她手里，又把她的手握拢，不让她把钱丢桌上。

杨红被他抓着手，突然涌起一股冲动，好想贴在那个胸膛上，闭上眼睛，就贴那么一会儿。但她只是傻傻地站在那里，像被人施了定身法一样，心里乱糟糟地想，以前就觉得世界上只有两种男人：一种是他碰你一下，你就恨不得冲十遍澡，甚至把他碰过的那块挖掉；另一种是如果他碰你，你不会反感，因为他是你的男朋友或者丈夫，他碰你是合理合法、天经地义的。现在看来还有第三种男人，就是你看到他，明知你不该碰他，他也不敢碰你，但你就是渴望被他抱在怀里……

陈大龄见杨红突然不跟他争着退钱了，发现她正愣愣地看着他的胸脯，便很快撤了手，有点不自然地走到一边去，讪讪地说："那我就不客气了，这个被套和枕头套我从今天起就开始用。"他抖开一看，有两个枕头套，就笑着说："怎么有两个枕头套？我用一个就可以了，剩下的那个你用吧。"说完，又觉得不妥，赶快声明，"我是说，你拿回去用，不是……"

杨红见他这么泰然自若的人也有不自在的时候，觉得很开心，忍不住笑起来。

陈大龄红了脸，自嘲地说："算了，不说了，越描越黑。"

杨红见他这样，越发大胆，追问一句："听说口误都是内心世界的反映。"

陈大龄的脸更红了，眼光逃向一边，说："弗洛伊德的话你也信？"

杨红见他窘成这样，发了慈悲之心，岔开话题，问他："听别人说，你为了供你弟弟读书，连婚都不结？"

陈大龄缓过气，镇定起来，笑着说："这个版本还不错，让我弟弟做了替死鬼，怎么没人把我树立成心灵美的典型？"然后解释说，"其实供我弟弟读书跟结婚没有关系，用不着二者必居其一的。我的工资，加上我教琴的钱，养活一个妻子一个弟弟肯定不成问题。我只不过是没遇到合适的人罢了。你还听到过什么版本？”

杨红咯咯笑着说：“算了，我不说了，说了你会气死。”

“是不是说我那方面不正常？”

“你怎么知道？”

陈大龄若无其事地说：“人人都在那里传嘛。难怪我找不到女朋友，都是他们把女孩给我吓跑了。”

杨红真诚地说：“其实就算你那方面不正常，还是会有人爱你的，女人不是只要那方面的，女人要的是感情，如果二者必居其一，很多女人宁愿要感情。”

陈大龄饶有兴味地看着杨红：“很多女人包不包括你呀？”

杨红埋下头，不知该怎样回答，心想，他可能只是一般性地问问，也可能是问我会不会为了感情嫁他。

幸好陈大龄很快转移了话题：“以前还想，是不是要摆个擂台，现场表演一下武功，免得别人说我不正常。听你这一说，也不用摆擂台了，别人说我不正常应该是件好事，这样就可以试出来谁是真的爱我了。”

恨不相逢未嫁时

1

俗话说，好事不出门，坏事传千里。杨红想，如果俗话说得对的话，那自己跟陈大龄交往的事肯定是坏事了，因为周宁很快就听说了这事。

有一天晚上，还不到十点，周宁就从牌场回来了，走到陈大龄门口，就听见杨红的笑声，心里很不舒服：笑得这么开心，好像跟我在一起还从来没有这么开心过。周宁见门是半开着的，又觉得好了一点，就象征性地敲敲门，不等回应就走了进去，也不跟陈大龄打招呼，只对杨红说："你回来一下，我有话跟你说。"

杨红见他把脸拉这么长，就有点尴尬地对陈大龄说："我过去了，以后再聊。"

周宁见杨红也进了自家门，就把门关了，不高兴地说："以后别到陈大龄家去，别人都在说闲话。"

"说什么闲话？"

"说什么闲话？当着我的面，当然只说你们两个经常在一起啰，但背着我，谁知道别人怎么说？"

杨红觉得很奇怪，平常大家见了面，都是客客气气，礼貌周全的，看不出是谁在背后议论她。杨红不快地嘟囔一句："这些人真是管得宽。"又问周宁，"别人一说你就相信了？"

周宁仍然绷着个脸："本来不相信，但今天一看你真的是在他家，你叫我怎么不相信？你跑他家去干什么？"

"他给我看一把他父亲做的提琴。怎么啦？男女之间说说话都不行？难道你这么不相信我？”

周宁烦躁地说：“我相信你不会做对不起我的事，但是陈大龄那个人，我就信不过了。三十多岁的男人了，还没结婚，脑子里还不整天都在想女人？现在有你这块送上门来的肉，他还有不吃的道理？”

杨红见他这样说陈大龄，有点生气：“你不要以小人之心度君子之腹，你自己想着这些事，就以为别人也想着这些事。”

周宁无奈地摇摇头：“我是男人，我还不比你了解男人？男人都是湖北省的首府，他们都是带着枪走来走去的，很多时候枪都是上了膛的，只愁找不到个靶子。你现在这样跟他来往，不是在撩蜂射眼，引火烧身，找上门去做个靶子？”

杨红听他说到带枪，觉得很形象很好玩，忍不住笑起来。

“你笑什么？我是在跟你说正经话。”周宁有点不快地说，“外人都看得出来，说他看你的那个眼神，说好听些，是温情脉脉，说得不好听就是色迷迷的，恨不得一口把你吞了。”

杨红不以为然：“我有那么迷人吗？”

“你没有听说过‘当兵三年，老母猪变貂蝉’？他禁久了，什么女人对他来说都是美女。”周宁想想，这样说，杨红会不高兴的，所以又加了一句，“更何况像你这么年轻漂亮的女人呢！你穿着这种衣服，在他面前晃来晃去的，这楼上到了晚上又没有别的人，你不怕出事？一个男人从十几岁就开始觉醒，像他这样三十多岁还没尝过女人滋味，肯定想女人快想疯了，什么事都做得出来的。我怕你上他的当，吃他的亏。”

杨红看看自己身上的松身连衣裙，说：“我穿什么了？又不透明，又不紧身，又不袒胸露背，出什么事？”

周宁盯着她看一阵，说：“你这样云遮雾罩的，更容易让男人产生联想，挑起他们的冲动，想看看里面究竟藏着什么。再说，电扇风一吹，你的两个奶耸在那里，腰一弯，大屁股上三角裤的轮廓都看得出来，他还不想跳起来摸两把？”

杨红觉得他说得恶心至极，就生气地说：“男人都是这样的吗？那你也是这样的啰？那你看到别的女人的胸就想跳起来摸两把？你牌桌上又不是没有女人，那里又不是不吹电扇。”

周宁看杨红把斗争大方向转移到自己头上来了，就速战速决：“我们那不同，大家只是牌友，一大桌人在那里，绝对不可能发生什么事的。像你们这样孤男寡女的，就算没发生什么事，别人也觉得发生了什么事了。我不跟你扯远了，你自己当心就是，就算我不怕戴绿帽子，你自己刚参加工作别人就在那里说你作风不好，偷人养汉，你不怕学校不要你？”

这就真的点了杨红的死穴了。杨红心想，既然周宁天天在楼下打麻将都知道有人在议论，看来是有不少人在议论了。特别是“偷人养汉”这个词，粗俗到不能再粗俗的地步，杨红听了，简直是从生理上产生反感。但奇怪的是，你越讨厌这个词，你越无法摆脱这个词。如果这话被传到系里，系里会怎么看她？现在她又有什么办法证明自己的清白？

杨红打定主意再不到陈大龄那里去了，奇怪的是，陈大龄好像也听到了周宁跟她的这番谈话似的，也不来请她做什么事了。两个人在走廊上碰到也只客客气气地点个头，算是打了招呼。

杨红在外面走廊上做饭时，老是忍不住看陈大龄的房门，看他在不在家。如果在家，即使没机会跟他说话，心里也是安逸的。如果不在家，就老是想，他现在在干什么呢？会女朋友去了？没看见他有女朋友啊。也许只是没带回来过？一想到陈大龄有了女朋友，杨红就觉得心好痛，好像心被人切了一块去了，空空地疼。

杨红想到周宁说的话，就在心底疑惑，不知道陈大龄看她的眼光是不是真的是温情脉脉或者色迷迷的。她希望周宁说的是对的，但她回忆仅有的几次交往，发现自己很少有勇气正视陈大龄，多半时候都是坐在桌边，手里拿着个随手抓起来的小玩意，无意识地玩着，眼睛盯着自己的手。有时抬头望他一下，也是慌乱得马上就把目光移开了，根本不足以断定陈大龄的目光到底算不算温情脉脉。

不过经周宁这一点拨，杨红还真的对自己上心了。趁没人的时候，就关了门，拉上窗帘，脱了连衣裙，在穿衣镜前打量自己。胸的确有点高，腰也真的有点细，屁股算不上大，但因为腰细，所以有点显大。侧面看一看，腰弯弯的，虽然不是有意的，也觉得屁股是翘着的。

再在走廊上碰到陈大龄的时候，杨红就开始注意他的眼睛，结果很气馁，他的眼睛太深邃，眼神太清澈，目光太无邪，根本没有周宁热情上来时的那种目光，只能说明自己在陈大龄眼里没魅力。

杨红惊觉地想，我这个人真的是有点不正派，怎么会希望陈大龄对我的身体感兴趣呢？从前都是希望别人注意我的心灵的，现在这种想法之肮脏，完全够得上“勾引”两个字了。到底是因为我结过婚了，还是因为迷上陈大龄了？

总是不由自主地希望陈大龄能注意到我的身材，只恨陈大龄不能稍微黄一点，色一点，真的像外人说的那样，用色迷迷的眼光看我一下。

周宁每天晚上都回来几趟，真的像查岗一样，不过每次回来，都看到杨红一个人待在家里，就放了心。

有天晚上，杨红就问周宁："对你们男人来说，什么样的嘴巴算性感？"

周宁想了想："你还真把我问倒了，我还真不知道什么样的嘴巴算性感。"又想一想，说，"大嘴巴性感？你问这个干什么？"

杨红不答话，又问："那怎么样才算媚眼？"

周宁不知道她葫芦里卖的是什么药，就说："我也不知道，可能是一种让男人骨头发酥的眼神吧。"

杨红就望一眼周宁，问："我这算不算一个媚眼？"

周宁在意地看了杨红一阵，呵呵笑起来："你一个近视眼，又戴着眼镜，看没看清我都成问题，还对我抛个什么媚眼？"说着就搂住杨红，"你不用对我抛媚眼的，我一碰到你的身体，就受不了。"说完，就一把把杨红扳倒在床。

周宁做完后，准备去牌场，开玩笑地说："待会儿输牌，别人就知道我刚才干什么了。"

杨红就一个人坐在那里发呆，心想，我是完全没有希望的了，又不会抛媚眼，嘴巴又不性感，身材对陈大龄又没吸引力。想想也是，陈大龄从来没结过婚，怎么会要一个结过婚的人呢？他知道世上最伤心的莫过"恨不相逢未娶时"，说明他要把自己完完全全地给他所爱的人，说明他是很重视一个人的第一次的，他肯定想娶一个未婚姑娘。

但杨红不知道要怎样才能把陈大龄从自己心里赶走，想着他，就觉得自己不是一个正派女人，不想他又很难做到，真是度日如年，不知道要怎样才能熬过每一天，只希望快到开学的时候，忙起来了，或许会好一点儿。

有一天，周宁问杨红："这两天陈大龄有没有来麻烦你？"

杨红本想解释陈大龄从来没麻烦过她，但她知道周宁听不进去，就简单地说："没有，怎么啦？"

周宁面露得意之色："我找他谈过了，看来他还是个知趣的人。"

杨红觉得脑子一炸，指着周宁，半天说不出话来："你找他谈什么？"

"我叫他别打你的主意。要找女人叫毛姐帮他找一个。"

杨红气急败坏地说："谁说他打我的主意了？你这样去跟他谈，他还以为是我在自作多情，对你说他追了我呢。"

2

杨红觉得不跟陈大龄解释一下不行了，陈大龄对我根本没有意思，却被周宁诬蔑，肯定认为是我为了开脱责任，在周宁面前说他对我有意思。那他还不在心里耻笑我，觉得我也不拿镜子照照自己？

杨红趁陈大龄在家的时候，跑去敲他的门。陈大龄开了门，见是杨红，热情地请她进去坐，照样让门半开着，看不出有什么异样。

杨红也不坐，只急急忙忙地解释说：“听说周宁来找过你了？对不起，他这样做太没有道理了，他听别人一议论，就在那里疑神疑鬼。你不要以为是我对他说你在追我，我根本——”

陈大龄笑起来，打断她的话：“看你急成那样！我知道你不会说我追你，你对自己太没有信心，借你一个胆子你也不会那样想。”

陈大龄说着，像往常一样，从冰箱里拿出一个纸杯冰激凌来：“知道你喜欢草莓的，买了几盒放在这里，这几天没机会叫你来吃。”说着，替杨红揭开盖子，递给她，“就算你说我追求你，也没什么呀。追你不丢人，别人最多说我品德不好，不能说我品位不高。你德智体任何一个单方面都值得我追，更不要说你三方面全面发展了。”

杨红端着冰激凌，愣愣的，不知道该怎样理解陈大龄的话。听他的话，似乎承认他是在追她；看他的表情，又似乎只是在安慰她；听他的口气，完全是在开玩笑。

杨红抱歉地说：“不管怎么说，他找你兴师问罪是没有什么道理的，我代替他向你赔礼道歉。”

“又大包大揽的，把什么过错都拉到自己头上。”陈大龄很专注地看一会儿杨红，脸上仍带着那种让杨红捉摸不透的微笑，说，“其实，周宁不为难你，只来找我，倒让我很敬佩他，觉得他算得上是一条真汉子。你想，大多数情况是：如果一个女人听说自己的丈夫有了外遇，第一件事就是去找那另一个女人的麻烦，怪人家把她的男人抢走了；而如果一个男人听说自己的妻子红杏出墙，却总是拿自己的女人开刀，打打闹闹，砍砍杀杀的，觉得自己的女人不守妇道，丢了他的人。但周宁不是这样，他说他相信你是无辜的，是上了我的当。所以我一点也不记恨他，对他只有敬佩和感激。”

杨红听得迷迷糊糊的，觉得自己又犯老毛病了，因为不知道该怎样理解这个“感激”，就纠缠于这一个词，忘了整段话的含义。杨红问：“他跟你说了些什么？”

陈大龄犹豫了一会儿，说：“他叫我别跟任何人说的，不过你也不是任何人，跟你说没关系。”然后，轻描淡写地说，“他叫我离你远点，说他看得出来，你已经被我打动了心，再这样下去，不知道会发生什么。他说他很爱你，没有你他真的是活不下去的。他说爱情也应该有个先来后到，我既然迟到了，就该心甘情愿地接受惩罚。他还说我现在还是单身，可以有很多选择，而他只有你一个，我不应该去抢他的女人。”

杨红记起周宁跟她说话时那种趾高气扬的样子，没想到周宁是去求陈大龄放他一马的，不知道他们俩谁在骗她。

“他真的是这样说的？”

陈大龄说：“我为什么要骗你？我觉得周宁真的是很爱你的，只不过每个人爱的方式不一样，也许他爱的方式不是你所期待的，所以你没有体会到。”

陈大龄看杨红很委屈的样子，又说：“周宁爱玩，你可能不喜欢。你可以把心里的想法告诉他，不要等他来猜。有时男人是很大意的，有些细节他们注意不到。你可能觉得只有心心相印才算爱，其实你给他指出来，他愿意改，也是爱嘛，应该说是更难得的爱。心心相印的人，他那样爱是因为他不那样爱就难受，是主观上为自己，客观上为别人。愿意改的人，主观客观都是为了别人，不是更难得？”

杨红听他这样说，感到他在一点一点地把她推开，就不快地说：“你现在听上去像个妇女主任。清官难断家务事，你自己没结过婚，你有什么资格说这些？”说完就告辞离开了，心里想，这次把陈大龄彻底得罪了。

很快就到了陈大龄搬走的那一天。杨红听见外面走廊上人来人往的脚步声，一个人躲在房间里，不敢也没有力量出来帮忙。七楼的女人都在那里跟陈大龄缠缠绵绵地告别，说你这一走，谁帮我们拧被子，牵电线？陈大龄则谈笑风生，邀请七楼的女人去他家洗衣服，说已经买了洗衣机了，下乡的时候就把门钥匙给了她们，让她们随时去洗被子，不用拧了，也不用牵电线了。

杨红见陈大龄也没有来跟她告个别，知道是因为自己上次把他得罪了，心里一遍遍想着，他走了，不会再到这里来了，我永远也不会听到他的琴声，也看不到他了。

杨红站在窗边，看到搬家的车开走了，看不见了，才悄悄走到陈大龄住过的房间，看见里面空空如也，打扫得干干净净，想起前两天自己还站在这里，吃着冰激凌，跟陈大龄说话的情景，有点恍若隔世的感觉。就这样一间十平米的房间，跟自己的那间没有两样，但仅仅是能够站在这里，就曾使自己那样向往，好像是人世间最美好的生活一样。她在房间里四处找寻，想找一点什么东西做个纪念，但什么都没剩下，只在窗台上找到一支圆珠笔，在手心里画了画，写不出东西来了，就没来由地落下泪来。

“正好你帮我检查一下，看我把房间打扫干净了没有，听说学校房管科的人严厉得很，不干净的要罚款。”

杨红听见陈大龄在身后说话，吃了一惊，赶紧擦了擦泪，转过身，故作平静地说：“很干净，不会罚款的。你怎么还没走？搬家的车早走了。”

陈大龄看了她一会儿，说：“我待会儿骑车过去。我给你买了支笔，还录了一盘磁带，你看喜欢不喜欢。”

杨红接过来，是一个漂亮的小笔盒和一盘录音带。

陈大龄解释说：“那个被套，你不肯收钱，只好送点东西给你。你是个很诗意的女孩，肯定喜欢写点东西，送支笔给你，也显得我趣味高雅。这盒录音带，都是你喜欢的曲子，没事的时候听听，可以打发时光。拉得不好，多多指教。”

杨红回到自己房间，打开笔盒，想找到一封信、一首诗什么的，但什么都没有，只有一张小纸条，上面写着陈大龄的新地址和电话号码。再细看那支笔，上面有“随缘”两个字。那盘录音带，陈大龄在上面写了曲目，最后一首注明作曲者是“陈智”，曲子叫《海的女儿》。

杨红发了一阵呆，慢慢意识到，这两样东西，是陈大龄在婉转地告诉她，她的心情他是明白的，但是两人没有缘分，所以要她随缘，不要强求。如果说“随缘”还可以理解为暗示她跟陈大龄之间也有一段缘的话，那么《海的女儿》已明白无误地告诉她，她是没有希望跟他在一起的了，只能像安徒生童话故事里那个海的女儿一样，怀着一腔无法言说的爱，在自己心爱的王子跟另一个女人结婚的那天早上，化为泡沫，永死不得复生。

杨红把录音带放进录音机里，快进到《海的女儿》，按下放音键。听着那哀婉动人的音乐，杨红想，尽管他没有接受我的一份情，但我对他没有怨恨，反而感激他用这么体贴的方式告诉我。像他这样出色的人，一路之上，肯定有很多女孩为他倾倒，献上她们的心。但陈大龄不是一个滥情的人，不是一个泛情的人，甚至也不是一个多情的人，而是一个专情的人，一个深情的人。他要把他的心完完整整地留给他唯一的爱人，他不会随便接过一颗心，拿在手里把玩揉捏，让那颗心流血，从中享受残忍的乐趣。他会生出一腔同情，怜惜地把那颗心放回原处，尽可能地减少伤害的程度。他让我冒充他的女朋友，现在又用这首曲子来让我明白，不是最好的证据吗？

杨红听着《海的女儿》，觉得自己轻轻地飞起来了，飞出自家的窗口，飞过月光如水的校园，飞到陈大龄的家，轻轻地落在他的窗台上，隔着玻璃，看他熟睡的脸。她能看见他静静地躺在床上，睡得很安详，一只臂膀向外伸着，仿佛在等待他心爱的女人来躺在他臂弯里。杨红知道自己是不可能做他臂弯里的那个女人了，就满足于这样悄悄地守候在他的窗口，没有语言，没有动作，甚至也没有眼泪，就这样静静地、不倦地看他熟睡，一直到皎洁的月光慢慢退去，第一抹曙光悄悄来临……

3

杨红不敢去碰那个写着陈大龄地址的纸条，怕自己一不小心会跑到那个地址去找陈大龄，后来她干脆把那个纸条撕掉扔了。但是那上面的地址和电话号码就像粘在她脑子里一样，怎么样都无法抹去。楼下门卫处有公用电话，她肯定是不敢去那里打电话给陈大龄的。但那时候私人开办的电话服务点如雨后春笋一般地冒出来，沿街都是，使她不敢上街走动，因为走在路上，看到一个电话服务点就想拨那个号码。

杨红觉得自己对陈大龄的这种感觉跟对周宁的那种感觉很不相同。以前都是周宁急着跟她见面，她自己并没有十分渴望，如果没时间，不见也是可以的。好像那份情是被动的，是对周宁爱她的一种回报，或者是在那些真情敌假情敌面前要强。但对陈大龄，是理智上知道不应该见，心里却偏偏想见。也没想过见到了要干什么，就是想见到他，说不说得上话都可以，只要知道他在身边就行。就像以前陈大龄住在隔壁时一样，两个人并没有很多时间在一起，但杨红只要看到他屋里的灯光，知道他在家，就很开心。

最终杨红还是去了一趟那个让她魂牵梦萦的五区，不过不是去陈大龄家，陈大龄是五区三栋，杨红去的是五区四栋，紧挨着的一栋楼，是毛姐家。毛姐也是刚刚搬到五区，说五区是家属区，有学校的闭路电视，又可以装电话、洗衣机、热水器什么的，现在家里也算初具规模，叫杨红过去看看。

杨红看到那个地址就觉得亲切，虽然不是去陈大龄家，但就在陈大龄家旁边，也很有爱屋及乌的感觉。到了陈大龄那栋楼前，杨红特意看了一下陈大龄的窗户，发现是黑乎乎的，有点失望。离开毛姐家时，又看一次那个窗口，还是黑乎乎的，心里就觉得很沉重。

当她准备骑车回家时，发现她的自行车轮胎没气了，只好推着走了好长一段路才找到一家修车的。修车的人说太晚了，你先打打气，骑回去再说，明天一早再来修。

杨红打了气，一路骑回来，轮胎什么事也没有，就觉得很奇怪。去的时候轮胎好好的，怎么一出来就没气了？现在也没修，又好了，好像有人故意把气放了一样。

杨红走进家门，开了灯，发现周宁正坐在桌边，气呼呼的样子，心里明白了一大半，就问："是你把我车里的气放了？"

"知道就好，我做个记号，免得你否认。"周宁生气地说，"你跑到五区去干什么？"

"毛姐约我去玩。怎么啦？"

周宁从鼻子里哼出一声："哼，毛姐？你不要拿她做掩护了，你的车明明是停在陈大龄楼下的。"

"那两栋楼是挨着的，哪里有空位停哪里，为什么说是停他楼下的？"杨红也生起气来，"你跟踪我了？"

"我跟踪你干什么？我去打麻将，三差一，回来见你不在，就知道你去了他那里。跟你说，在这种事情上，做丈夫的是有第六感的。"

"那你这个第六感刚好错了。已经跟你说过了，我是在毛姐家，你不信可以打电话问她的。"

周宁又一哼："你还不早跟她串通好了？现在叫我去打电话，怕别人不知道我戴了绿帽子？"

"那你当时怎么不上楼去，抓个正着？"

周宁火了："你怎么知道我没上楼去？我不过是为你保个脸面罢了。他屋里是黑的，谁知道你们两个黑灯瞎火的在干什么？"

杨红耐住性子又解释了一遍："我是在毛姐家里，现在我们两个人就下楼去给她打电话，好不好？"

周宁不吭声了，杨红也不说话了。过了好一阵，周宁突然问了一句："你这是为了什么？"

杨红以为他问为什么去毛姐家，也气哼哼地说："你每天在外面打麻将，把我一个人丢在家里，我就不能出去散散心？”

还没说完，杨红就见周宁跳起来，一拳砸在穿衣镜上，镜子被砸得破碎不堪，玻璃哗啦哗啦地散了一地，周宁的手也流血了。杨红一边找药水和纱布，一边问：“你这是干什么？”

周宁嚷嚷着：“找他散心？哼，他让我戴绿帽子，我就要他戴红帽子！”他冲到走廊上，拿起家里切菜的刀，就气呼呼地冲下楼去了。这一切来得太快，杨红不知道他要干什么，也不懂究竟什么是戴红帽子，只是凭直觉知道他是去找陈大龄的麻烦的，于是也跌跌撞撞地跑下楼，见自己的自行车已被周宁骑走了。她欲哭无泪，不知道该怎么办，最后想起应该给陈大龄打个电话，告诉他一下。

杨红敲开门卫的门，告诉他自己要打个电话，很紧急。门卫刘伯见杨红脸色惨白，也不敢怠慢，马上把电话机给她。杨红拨了陈大龄的号，就听见那个熟悉的声音：“喂？”

杨红一时竟不知道说什么才好，又听见电话里问：“杨红吗？”

杨红不知道陈大龄是怎么知道是她的，只结结巴巴地说：“对不起啊，陈老师，我，我跟周宁闹了点矛盾，起了误会，他……他现在拿着刀，找你去了。”

那边陈大龄关切地问：“他没把你怎么样吧？”

“没有。”

“那就不用着急了。我把灯关了，等他来时，敲门我不开，他就会以为我不在。不会有什么事的，你放心好了。”

杨红还想解释一下或嘱咐他小心，就听陈大龄说：“他可能快到了，我现在要挂电话了。你别担心，不会有事的。”

杨红打完电话，就顺着到五区的路，深一脚浅一脚地跑去，头晕晕乎乎的，也不知道自己跑过去有什么用。两个男人打架，自己劝得住么？也许报警更好？但报了警，不就弄得满城风雨了吗？

早就知道周宁的爱是有毁灭倾向的，他做的那些梦，都是他这种偏激思想的见证，为什么自己以前就没当回事呢？也许是因为那时觉得自己是绝对不会不要周宁的，那么周宁的梦就没有机会变成现实。

可是现在自己也没有说不要周宁啊。自己跟陈大龄之间，从前没有什么，今后也不会有，最多就是自己对陈大龄有过那么一份感情，但他都没有接受，也许过几天自己就会忘记了。但周宁在那里捕风捉影，疑神疑鬼，这不是要闹出冤假错案了吗？今晚这一闹，明天H市的大报小报就会有一条轰动新闻了，说H大青年教师杨红因红杏出墙，招致丈夫嫉妒，杀死其情人陈智，云云。

杨红在心里骂周宁，既然你认为我去了陈大龄家，那就是我在勾引他，为什么你不当场就拿刀把我砍了，而要去找陈大龄？你这是一个什么逻辑？你杀了我，也算积个德，帮我了结一切痛苦，好过我活着做海的女儿。

杨红又在心里怪陈大龄，你还说什么周宁是条真汉子，敬佩周宁不找我的麻烦，现在好了，你自己要做这个真汉子刀下的冤死鬼了。

杨红想到陈大龄，心里就生出许多愧疚。陈大龄什么也没做，还一直帮周宁说话，现在却落得这个下场。如果周宁真的把陈大龄伤害了，我怎么办？杨红想：如果他死了，我也不要活了；如果他没死，只要他不嫌弃我，我就跟他一辈子，照顾他一辈子。但是周宁呢？也许他会坐牢。不过像周宁那样爱面子的人，宁可死也不愿意坐牢的。想到周宁可能会死，杨红又觉得心里很痛，毕竟周宁是爱她的，不爱她也不会这样跑去找人拼命。但这关陈大龄什么事呢？都是一场误会，早知会这样，今晚就不去毛姐家了。

杨红恨不得一脚就跑到陈大龄家，把周宁拖回来，或者挡在陈大龄前面，用自己的身体护住他……

4

等杨红上气不接下气地快到五区的时候，她看见了周宁，推着车，在往回走。杨红跑上前去，一迭声地问："你把他怎么样了？你把他怎么样了？"

周宁不吭声，把车给了杨红，自顾自地往回走。杨红想去陈大龄那边看一下他有没有出事，但周宁一把抓住她，说："我没有把他怎么样。我劝你别去，不然他没有好果子吃！"杨红被他用一只手拦腰推着，像被押解的犯人，又怕自己硬要去看陈大龄会火上浇油，反给陈大龄惹麻烦，只好推着车往回走。她看看周宁，见周宁浑身上下干干净净的，没有血迹，心想，可能是没发生什么，大概陈大龄关了灯，没开门，周宁以为他不在家。

回到家里，杨红又问了一遍："你把陈老师怎么样了？"

周宁辛酸地问："为什么你只关心我把他怎么样了？你为什么不问我怎么样了？"

"你这不是好好的吗？我关心你把他怎么样了，也是怕你做了什么可怕的事，会坐牢嘛。"

周宁的火气似乎都退了，可怜巴巴倒像个受害者：“你怕我坐牢？你恨不得我去坐牢，你好跟他在一起。”然后又怨恨地问，“你看中了他什么？他哪一点比我好？他老得可以做你的爹，真是老牛吃嫩草。他不打麻将，是因为他是学数学的，打得太好，别人不愿跟他打。我爱你这么久，他才爱你几天？为什么你被他一勾就勾到他家去了？我想不通！”

杨红不知道要怎么解释才能说服他，只好说：“他没有勾我，我也没去他家。如果你认为我对你不忠，你不要我就是了。”

周宁听了这话，泪流满面，用手指着杨红，抖抖的，好一会儿才说出话来：“杨红，这就是你狠得住我的地方！你知道我没法不要你的，你知道我不管是戴绿帽子还是戴红帽子都不会不要你的，所以你说得这么坦然。叫我不要你，你不如叫我去死！”

杨红听了这话，忍不住就走上前去，搂着周宁，轻声说：“你为什么要生这些闲气，吃这些醋呢？都跟你说过了，我是到毛姐家去了，你又不相信。”

周宁要杨红以她父母的性命发一个毒誓，说她跟陈大龄什么也没做过。

“为什么要牵扯到我父母？”杨红郁闷地问。

“因为拿你的性命发誓没有用，你现在心里只有他，你不怕死的。但是你不会拿你父母的性命当儿戏。”

杨红被他说中心思，心里发虚，但仍然硬着头皮说了一句：“你不要乱讲，凭什么说我心里只有他？”

周宁盯着她看了一会儿，无奈地说：“你们两个，‘情色’二字都写在脸上，别人都看得见，只你们两个自己不觉得。我跟你们在一起不是一天两天了，我还不知道你？以前我告诉你寝室里的男生做了你的春梦，你都是厌恶不堪的，但是我叫你小心陈大龄的时候，不管我说得多恶心，你不仅不厌恶，还满脸都是向往，你对他动了淫心了，你当我不知道？”

杨红觉得自己的脸一阵冷，一阵热，肯定是由白变红，又由红变白，想不到自己心里的一点想法都完完全全地写在脸上。但陈大龄的脸上也写着这两个字？自己为什么一点也看不出来？

杨红真不明白周宁在想什么，如果他知道她心里只有陈大龄，叫她发这个誓又有什么用呢？为了不再给陈大龄惹麻烦，杨红只好起一个毒誓。起多毒的誓她都不怕，因为确实是什么也没做过。

周宁看杨红肯起这样一个誓，相信她的确什么也没做，擦了眼泪，抱住杨红，一边扯她的衣服，一边在她耳边低声说：“你不要怪我小气，我真的怕你离开我。”

杨红也不反抗，也不挣扎，只求息事宁人。但周宁不让关灯，说：“这样你可以看清是在跟我做，不是在跟那个男人做。”

杨红就在灯下瞪着眼，却什么也看不见，只觉得自己是前所未有的干涸，周宁的每一个动作都带来疼痛，不知道是身体的痛，还是心里的痛。但她坚持着，没有让泪水流下来。

周宁沉沉睡去之后，杨红却睡不着，心想，其实周宁更关心的是她跟陈大龄身体上做没做过，而不是心里爱不爱。周宁就像一个收藏字画的土财主，附庸风雅，买了毫无使用价值、自己也看不懂的字画回来，放在家里，又不欣赏，只用它来遮挡壁上的一道缝。等到有欣赏的人要来买走时，又当成宝贝，死死抱在怀里，舍不得松手，宁可人画俱焚也不会成全懂画买画的人。

杨红觉得陈大龄不是这样的人，如果他看出自己的妻子更爱别的男人，他会放她走的，他会成全她的，他要的是爱情，不是女人的躯体，不是面子，不然他应该早结婚了。但是一个女人做了陈大龄的妻子，又怎么会去爱别的人呢？他对自己的妻子，肯定是捧在手里怕飞了，含在嘴里怕化了。他不会把妻子丢在家里，自己出去玩，他肯定是如影随形，如胶似漆。他的心像头发丝一样细，肯定用不着他的妻子说出来，就知道她想什么、要什么的。杨红觉得自己好嫉妒陈大龄那个未来的妻子，不晓得她前生做了什么好事，可以修到陈大龄这样的丈夫。

杨红看看熟睡的周宁，辛酸地想，如果我真能在床上把周宁当作陈大龄，可能我这一生也不会痛苦了。实际上在周宁说那话之前，她从来没有想象过跟陈大龄做爱的情景，甚至从来没具体想到过陈大龄也是一个带枪的人，最出格的想法也就是被他搂在怀里，但也就到那为止。

现在经周宁这么一提醒，反而把想象力丰富起来了，就不可遏制地想到，不知陈大龄做起爱来会是什么样的，肯定是柔情似水的，他的吻肯定是连最冷漠的女人也会被融化的，他修长的手指肯定会在女人的身体上弹奏出一支支温柔的乐曲，他的冲撞肯定是富有韧性、恰到好处的，做完了也肯定不会倒头大睡的。他会让女人躺在他臂弯里，温柔地爱抚女人。或者女人会把他汗涔涔的头捧在怀里，为他擦去汗水，用手指梳理他满头的黑发……

杨红这样想着，觉得自己的身体变得软绵绵的、湿润润的，第一次有了一种渴望，希望现在就能把自己刚才的想象付诸实施……

她突然悟出这样一个道理：其实女人要知道自己爱不爱一个人，也很简单，只要在想象当中跟那个男人做一场爱，就知道了。女人骗得了自己的心，骗不了自己的身。但她又想到，这个办法只适用于结过婚的女人，如果没结婚，女人又怎么想象得出那种场景呢？等到结过婚，再怎么想象也是徒劳了，因为你已经没有选择的权利了。

杨红很牵挂陈大龄，看样子周宁是没把陈大龄怎么样，但她不敢肯定。想去打个电话，又太晚了，门卫已经睡了，而且周宁也会乱怀疑一通。只有等到明天再找机会。

她不知道自己是怎样睡过去的，只知道在梦中，她真的跟陈大龄在一起了，她叫陈大龄把她脸上写的“情色”二字擦掉，陈大龄就吻在她的脸上，然后一只手搂着她，另一只手就伸到她背后，摸索着去解她乳罩的挂扣。不过不尽如人意的是，梦做到这里，杨红就醒了过来，无比遗憾地想，不知道这梦做下去会是什么结局，会不会像周宁寝室的那些男生一样，一直做到高潮到来？也许女人是不会做那样完全彻底的春梦的吧？女人毕竟是情诗，要做个淫梦谈何容易！

她又想到陈大龄，从周宁的例子来看，男人隔三岔五地就会有那么一股激情要爆发，不晓得陈大龄这许多年是怎么熬过来的。周宁说男人没老婆的时候就会周期性地发春梦，说是“池满则溢”，那陈大龄会不会发春梦？他的春梦里有没有我？她觉得一个未婚女孩的爱和一个已婚女人的爱真是不同。女孩只把男人当神来爱，而女人是把男人当人来爱。当她把陈大龄当一个人而不是一个神来爱的时候，心里就涌起无尽的关爱，渴望能用自己女人的特长，来帮他一把，就算只是他池满则溢的对象，也是心甘情愿的……

5

一直到第二天下午，周宁出去打麻将了，杨红才有机会去给陈大龄打电话。她拨了电话，生怕他不在家，但马上就听见他在那边“喂”了一声。杨红听到他平静的声音，放了心，但还是问道：“他昨天没把你怎么样吧？”

“没有。他敲门，我没应，他又敲了几次，就走了。”

“他就敲了几下门？”杨红有点不相信。

那边陈大龄轻声笑起来：“怎么？你好像很失望，是不是希望他把我砍几刀？”

杨红不好意思地说：“那怎么会呢？我是说，看他怒气冲冲的样子，好像不砍倒个把人不罢休一样。看来只是虚张声势，纸老虎而已。”

陈大龄严肃起来："不能这么说，愤怒是一种值得尊重的感情，他也是爱你爱昏了头。可能他骑车过来的路上，被晚风一吹，就清醒了。"

杨红说："一直在担心，怕他把你怎么样了，现在打了电话才放心了。"

"我没什么，就是为你担心。不过我昨天就知道你没事，所以比你少着急几个小时。"

杨红吃惊地问："昨天你怎么知道我没事？"

陈大龄的笑声有点窘："他昨天离开后，我怕他一时冲动会伤害你，就骑车跟出来了，一直跟到你楼下，等在下面，怕万一有什么响动可以跑上去。还好，没听见什么打闹的声音。我等到你们关灯了才离开。今天早上还给刘伯打了个电话，托他上去看看你有没有事，他说你没事。"

杨红想到昨天夜晚陈大龄等在楼下为她担心的时候，自己正在跟周宁做那事。陈大龄说等到关灯才离去，不知他当时有没有想到这一点，很可能他以为他们关了灯，开始做那事了，两个人就和好了，才放心回去。这个念头折磨着她，使她觉得昨晚自己一下背叛了两个男人，心背叛了一个，身背叛了另一个。

陈大龄在电话里嘱咐说："他脾气不好，做事比较冲动，你不要跟他发生正面冲突。他要来找我算账，你也不要强行阻拦，免得自己吃亏。而且你越阻拦，他越觉得你向着我，就越生气。你也不要报警，他是个爱面子的人，一旦报了警，他不砍我也不好意思了。"

陈大龄用开玩笑的口吻说："你放心，我不会傻乎乎地站在那里让他砍的。这几天我都穿运动鞋，逃跑起来快一些。再说，他没我壮，不一定打得过我。当然我不会伤害他的，伤害了他，看你为他难过，还不如让他伤害我……"陈大龄突然收住了口，问："昨天到底是为什么事？"

杨红把昨天的事大致讲了一下，脱口说："幸好昨晚你窗口一直是黑的，不然我肯定会上去找你，那就被他抓个正着了。"

陈大龄说："昨晚到我弟弟那边去了。我不知道你会过来，不然我会等在家里的。"

杨红觉得心里一热，她想，其实陈大龄也是爱我的，只不过克制着自己罢了。他叫她"随缘"，是不是叫她追随他俩之间的那段缘呢？还有《海的女儿》，是不是说他自己心里有一腔无法言说的爱呢？或者是说他们两人心里都有一腔无法言说的爱？

"杨红？你没挂电话吧？"陈大龄见杨红半天没说话，轻声问。

"我在听呢。"杨红欣慰地说。

“可能我有点啰嗦，不过还是想再嘱咐一句：虽然他一直以来都没有伤害你的企图，但是防人之心不可无，你一定要小心。”

杨红觉得心里暖暖的，陈大龄说话的口气，像个父亲，又像个丈夫，在殷殷嘱咐一个需要保护的女儿或者妻子。

杨红欣慰地说：“你真的不用担心，我知道保护自己的，就是把你连累了，很过意不去。”

“怎么用连累这个词呢？”

杨红看见有人向门卫处走过来，知道他是来打电话的，赶快说：“我现在要挂了，免得有人听见去告诉他，又给你惹麻烦。”杨红觉得自己现在说话做事都有点“偷情”的味道了，鬼鬼祟祟的，说话不提周宁这个名字，只“他他”的。

“好，那就挂了吧。你有事就打电话给我。保重！”

杨红听到“保重”这个词，感动得眼泪都快出来了，就这么两个字，就能让她感到自己的生命在他心目中是多么宝贵。她还从来没用过这个词，不过这一次，好像只有这个词才能表达自己的心情，于是说：“你也保重！”就挂了电话。

杨红打完电话往回走，爬上楼梯的时候，步履轻盈，心里欢快地想，周宁这一闹，反而把事情闹好了，因为以前她跟陈大龄两个人可能都在那里猜来猜去，不知道对方究竟有没有情，有多少情。发生了这件事，两个人才知道自己在彼此的心目中是这么重要，算得上患难见真情。杨红心情奇佳，就想哼点什么歌曲。

等她回到家，却发现周宁端坐在家里，就惊讶地问：“你不是去打牌了吗？”

周宁说：“不打牌了，在家陪着你，免得你会跑掉。”

杨红心里有点紧张，问：“那你刚才怎么说去打牌？”

“好给你一个机会，去给他打电话。”

杨红目瞪口呆地望着周宁，想解释什么，但又觉得好像被当场捉住，人赃俱在一样，说不出一句话。

周宁平静地说：“你不用紧张，我不会把你怎么样的。你打个电话是人之常情，不要说是他，就是毛姐，你也会去打个电话的。你现在放心了吧？我早就告诉你了，我没把他怎么样。”周宁见杨红脸色仍然白煞煞的，就安慰说：“你不要怕我，无论你做什么，我都不会把你怎么样的，我宁可把我自己怎么样，也不会把你怎么样。”

周宁把杨红拉到自己怀里，眼睛却望着不知什么地方，仿佛自言自语地说：

“我也不会把他怎么样。昨晚也是气急了，气糊涂了。昨晚到了他门口，就看到他的自行车，知道他在家。但他关了灯，我敲门他也不开，我就知道是你打过电话给他了。实际上就是他开了门，我在他面前也举不起刀来。我知道如果你在那里，你第一个就要冲上去护住他，宁可你自己死，也舍不得让他死。我伤害了他，你一辈子恨我，那我还有什么意思呢？还不如自己死了好。”

杨红忍不住哭起来，自己也不知道在为谁哭，在为什么哭，只觉得这一段时间憋得太久了，有很多的泪存在那里，今天要痛痛快快地哭一哭。周宁也不动，也不说话，就让杨红在他怀里哭，只用手在她背上有一下无一下地抚着。

杨红哭够了，也不动，就呆呆地让周宁搂着她，心想，周宁的逻辑真的是有问题，自己的女人爱了别人，他不把她怎么样，反而要去把那个什么也没做的男人怎么样，或者把他自己怎么样。如果周宁把她打一顿，骂一顿，事情可能就简单多了，那她就可以义无反顾地离开他，从此不再牵挂。像他现在这样，自己真是不知道该怎样做了。

6

接下来的那几天，周宁就真的守在家里，寸步不离地跟着杨红，搞得杨红不知道他是在改变他自己，好挽回她的心，还是在监视她。两个人再也不提那晚的事，更不提陈大龄这个名字。实在需要说到陈大龄，也只“他他”的，反正两人都知道在说谁。

杨红做饭的时候，周宁就站在旁边看。吃饭的时候，两个人也不说什么话。吃完了饭，周宁就把碗拿到水房去洗，虽然还是丢三落四的，但不用人吆喝，就知道把忘了洗的东西再拿去洗。杨红看他这样，心有点酸酸的，心想，他这样做，也只是想挽回那一段情，但是这一切为什么要来得这么晚呢？为什么要等到覆水难收的时候才想起挽回呢？也许挽回的含义就是覆水难收，挽而不回？

两个人也没心思做什么事，只把电视开着，也不知道是谁在看，或有没有人看。杨红把新学期要教的课拿出来备，但也只是摊开本书在眼前，什么也做不下去。眼睛盯着书，心里就想，前不久自己还憧憬着有那么一天，周宁会待在家里陪着她，跟她如胶似漆，觉得那就是幸福婚姻的顶点了。现在他真的守在家里了，却又觉得无比尴尬，两个人连望一眼都很快又把眼睛调到一边去了。扪心自问，现在真恨不得他马上就出去打牌。

杨红实在忍不住了，就对周宁说："你不用守在家里的，我不会到哪里去的，我有我做人的原则。"

周宁说："我不是在监视你，我是想陪着你。如果我一直陪着你，你的心就不会跑他那里去了。"

杨红不知他说得对不对，陈大龄对她的吸引，应该说不会因为周宁陪着他就消失不见了，但如果周宁一直陪着她，可能她就没有机会深入了解陈大龄。

周宁推心置腹地告诉杨红："其实上次我找他谈的时候，他就对我说过，说杨红是个重感情轻物质的女孩，她这样的女孩，在物质上对你没有任何企求，可以为你受一辈子苦，受一辈子累。但在感情上，她对你要求又很高，她会希望你理解她，爱她，跟她如胶似漆。你牌打得太多，冷落了她，她现在是一忍再忍，忍一次，就把心里的情放下一分，等到她把这份情全部放下来的时候，你再想挽回就会来不及了。我那时没有听他的，我想我们那里祖祖辈辈都是这么过下来的，这楼上人人都是这么过的，我以为只要他不来勾你，你就不会跑的。"

杨红忍不住问："他还对你说什么了？"

周宁不快地说："说到他你就来了兴趣，他说什么你还会不知道？我不用在中间帮你们当传声筒。不过我也向很多人打听过，想找他几桩风流韵事来说给你听，看你还爱不爱他。好像还没人说他有什么不检点的地方，多数都只说他这人有点怪。四楼的老王还说他人格有魅力，女人很容易被他吸引。怎么说呢？站在我这个位置，我不喜欢他，但我承认他是个真君子。我去找他谈的时候，他一口就承认是他对你动了心，不关你的事的，说每次都是他过来叫你到他那里去的。那次他还答应了我，不再来找你，我相信他做到了的，因为我天天晚上回来查你们。"

杨红见他们两个，一个称对方是真汉子，一个称对方是真君子，大有英雄识英雄，惺惺惜惺惺的架势，觉得怪怪的，好像如果其中一个是女的，两个人就会结为夫妇一样，她倒成了一个搭桥引线的角色。他们两个对她的感情，也是由对方嘴里传出来的，不像两个情敌，倒像两个情友，你为我歌功颂德，我为你涂脂抹粉。有时杨红一恍惚，就觉得是他们两个设了局在骗她一样，只是想不出他们骗她的目的是什么。

白天还没什么，到了晚上，情况就尴尬了。杨红觉得自己再也没法跟周宁做爱了，不光是觉得对不起他们两个，也觉得对不起自己。但周宁仿佛不在乎这一点，很早就洗了澡，毫不掩饰地躺在床上。

杨红只当没看见，假模假样地忙东忙西，等到磨磨蹭蹭地挨得实在是不能再晚了只好爬上床的时候，周宁就搂着她，要做。杨红不肯，周宁就阴阴地说："你想为他守身如玉？你早就不是黄花闺女了，多做一次，少做一次，有什么区别？"

杨红看他眼里冒出来的光，不知道是激情，还是杀气，也不敢抵死反抗，只好让他去折腾。周宁就使出浑身解数，一边做一边问："你们两个到底做没做过？他是不是这样的？你跟他做的时候，是不是希望他这样？"

杨红愤怒地骂他："无聊至极！我们根本没做过。"

周宁欣喜一下，又问："那在你想象当中，是不是希望他这样做呢？"

杨红觉得有点心虚气短，仍然骂他："无聊！"

周宁皱起眉头："这下没说'至极'了，看样子在想象当中是做过了。"说完，就报复一般地乱砍乱杀一阵。

折腾了一会儿，周宁见杨红只闭着眼，木着脸，就无奈地说："其实男人跟男人没多大差别的，做起来都是一个套路。只不过你们女人就可以在一个人那里看到天堂，在另一个人那里看到地狱。他比我高明的地方就是他知道你的心思，知道怎么讨好你，而我不知道。"

杨红感到心痛，其实女人要的，也就是这么一点，就是想他知道你想要什么，想他用你希望的方式爱你。知道不知道女人的心思就可以决定你的爱是把她托上天堂还是把她打入地狱。连心爱的人的心思都不知道，又谈得上什么爱呢？心心相印是天生的，不是教得会的。可以教你一事，不可以教你万事；可以教你一时，没办法教你一世。从前痛苦的是找不到一个心心相印的人，现在是找到了却不能跟他在一起。

想到这一点，杨红就不由自主地流下泪来。

周宁看到杨红流泪，自己也软了，就从杨红身上滚下来，用毛巾替她擦泪，道歉说："对不起，我也不知道为什么要说这些，其实我自己说这些话，就像拿刀在我自己心上划道子一样，划一道，就钻心地痛一阵。但是我忍不住就说了，就像小时候一样，腿上摔坏了，本来已经结了疤了，快好了，又忍不住要把那层疤揭去，看一看伤口，结果就又流血，再结疤。"

杨红流着泪问他："既然你觉得我的心已经不在这里了，你为什么又管我跟他做没做过呢？"

"我没法不管，只要是男人，就容不得别的男人碰他的女人，不然他就不是男人，他就根本不爱她。你现在是我的女人，他要是碰了你，我肯定是要叫他戴红帽子的。你想让他多活几天，你就不要去找他。如果你不是我的女人了，那就是另外一回事了。”

“那我们离婚吧。”杨红说出了这两个字，自己也觉得吃惊，曾经以为离婚是自己一生中绝对不会发生的事，曾经因为想到周宁会跟她离婚而觉得羞愤难当，但现在，能毛发无损地离婚已经成了最美好的事情了。

“你不要把离婚两个字放在嘴里当歌唱，我不会跟你离婚的。”

杨红冷冷地说：“你知道我心都在他身上，你还这样死抓着不放，我不知道你在想什么。”

周宁幽幽地说：“你当然不知道我在想什么。对你来说，你的头管得住你的心，如果你的头发个命令，叫你逃跑，你的心可以拿脚就跑。我的头是管不住我的心的，我知道你心里只有他，我的头也叫我逃跑，可是我的心跑不了。”杨红觉得周宁现在变得很深奥难懂，什么头啊心的，他的逻辑令她跟不上。

周宁抓住杨红的手，用劲握着，握得杨红生疼：“你以前说过的，只有碰上一个比我更爱你的人，你才会不要我的。你不能食言。他不可能比我更爱你的，他没有像我这样爱痴了，爱傻了，爱疯了，他克制得住自己不来找你，做什么事都有礼有节的，只能说明他还没有爱疯，所以他爱得没有我深。我知道你的心跟他跑了，我还爱你，他会不会做到这一点？像他那样的人，肯定不会的。如果他知道你的心跟别人跑了，他第一天就会离开你。”

杨红被他说得哑口无言，大脑一片空白，呆在那里。他们两个谁爱她更深一点？她真的没想过这个问题。

“你现在就可以把我杀了，去跟他在一起。你不愿脏你的手，你告诉我也行，我会自行了断。我连方法都想好了的，就从这个楼顶上跳下去，肯定不会有痛苦。”

杨红听到这个话，又见他的眼神可怕，不知道是疯狂，还是灵魂出窍，吓得用手死死抓住他，哭着问：“为什么你要这样？为什么你要这样？”

周宁也陪着她流泪：“我愿意这样吗？我也是个爱面子的人，我愿意活得这么没骨气、没脸面吗？明明知道你的心已经跑了，还舍不得松手，还要低三下四地求你不要离开我，明知道我越爱你、越求你，你越瞧不起我，我还是要求你，我有一点办法我会这样吗？”

周宁狠狠地换一口气，让自己平静下来，接着说：“这几天，我从早到晚都在想这件事，我知道你们巴不得我高尚地走到一边去，让你们无牵无挂地在一起。我也想这样做，想在你心中留个好印象，想叫你一辈子感激我，但我做不到。凭什么我就该走到一边去？凭什么你跟他在一起就会比跟我在一起幸福？”

杨红动了动嘴，想说什么，但又不知道在这种时候究竟能说什么。

周宁捧起杨红的头，一字一顿地说：“不管是谁，如果他不想受苦，他就不要跟一个他爱的人结婚。你看一看我，你就知道，如果你爱他，你就不要跟他，你跟了他，没有好日子过的，永远担心他离开你，只怕你有眼睛哭瞎的那一天。你跟一个你爱的人结婚，就会是我这样的下场，爱得没骨气，没脸面，被自己所爱的人耻笑。他这样的人，总会有女人为他动心、跑上门来送给他的，你不能担保他永远不会看上别的女人。但他这一生，只能爱一个女人，只能救一个女人，就有无数个女人为他痛苦，其实如果我把他杀了，也算为你们女人除害。”

7

好在这种尴尬的生活没过几天就结束了，因为E市中专九月初开学，那边派了一辆中巴来接周宁。周宁什么也不肯拿，只用他那个樟木箱子装了几件换洗衣服就算是全部行头了。临走前，周宁又叫杨红起一个毒誓，保证不会跟“他”来往。

杨红自己都不知道自己会做什么，不敢拿父母的生命当儿戏，只闪烁其词地说：“要做的人，起了誓也没用；不做的人，也用不着起誓。”

周宁也不再逼她，只说：“你们两个有来往，我总会知道的。我知道了，就不会放过他。还是那句话，你要跟他在一起，容易，告诉我一声，我自行了断。”说完这句，就赴刑场一般，大义凛然地下楼坐车去了。

周宁走了，杨红就觉得轻松多了。这几天，周宁人盯人的战术把她搞得筋疲力尽，觉得这“如胶似漆”四个字是很有对象性的，如果来自于一个你不想跟他如胶似漆的人，其感觉跟“失去自由”没什么两样。她想，前一段时间，自己想跟周宁如胶似漆，恐怕那时候周宁的感觉就是这样，觉得是被妻子盯了梢了。看来这如胶似漆非得是来自心心相印的双方，不然就是折磨。

杨红犹豫着，不知道该不该打电话给陈大龄。陈大龄这些天没给她打电话来，她知道那是因为他打过来不方便。陈大龄可能怕周宁在家，而且这边又是传呼电话，刘伯在楼下吆喝一声，抵得过半个高音喇叭。

杨红不知道自己该怎么办。跟周宁离了婚去跟陈大龄生活在一起，那周宁会不会真的去把陈大龄杀了？看他那晚的表现，似乎只是虚张声势。但现在他这些话，像是经过了深思熟虑的，说得振振有词，理直气壮，更令人害怕。一个性格暴烈的人有了道义在那里支持，就很可怕了，因为他不管干了什么可怕的事，都不会觉得内疚，以为他是在为民除害。或者真的像他说的那样，从楼顶上跳下去，那自己这一生，还能安安心心地活下去吗？

那就跟周宁一起，把陈大龄忘了？杨红相信陈大龄不会做出偏激的事，但像他那样的人，可能会永远无法把这段情从心底抹去。周宁这样的人，激动起来跳得很高，但落下去也快。而陈大龄这样的人，心是不容易被激动起来的，但一旦激动起来了，恐怕也不容易平静下去，可能会永远在心口隐隐作痛。陈大龄会不会为了这事，一辈子不结婚了？那该是多么痛苦的一生，真的是生不如死。

杨红知道自己是永远不会忘掉这段情的。陈大龄的魅力，的确是来自他的人格，来自他对爱情执着专一的追求，他对女人的关爱同情和照顾，他对受苦受难的人们拔刀相助的侠义心肠，和他那种平易超脱的物欲。他的长相和才华只是命运赐给他的外在魅力，没有那些，她还是要被吸引的。而光有外在，她倒并不一定会被吸引。

她开始被他吸引，是在她从毛姐嘴里听到他爱的宣言的那一天，并不是在第一眼看到他的那一刻。周宁说得不错，即使他有了妻子，也还会有很多女人被他吸引的，有的可能会不顾死活，走上前来向他表达，但大多数都不会，因为那只是女人对真善美的东西的一种天生的热爱，不一定要据为己有的。

杨红想，从前没有陈大龄的时候，自己还可以认命，平静地面对周宁的淫诗性情。现在已经知道世界上实际上还是有情诗一般的男人的，那自己还能自欺欺人地认了命，跟周宁过一辈子？

想到这些，杨红就免不了要审视这两个男人之间的关系。如果没有我，周宁和陈大龄可能会是很好的朋友，因为他们两个实际上是互相欣赏的，欣赏的原因就是对方那种英雄救美的骑士风度。陈大龄称周宁是真汉子，因为周宁不为难自己的女人，只找那男人算账；周宁称陈大龄是真君子，是因为陈大龄危难关头，会为了一个女人，把责任都揽到自己头上。杨红甚至想，即便这个夹杂在中间的女人不是她，而是一个别的什么女人，他们两个还是会如此这般的，因为这是由他们的性格决定的。在这一点上，她真的是比不出谁高谁低。

杨红没想到陈大龄一生逃避的那种“拿不起又放不下”的情，偏偏被自己遇到了，看来人生最伤心的，真的是莫过于“恨不相逢未嫁时”。早听说过这句话，现在才知道为什么用这一个“恨”字。这一番恨，贯穿全身，弥漫脑海，铭心刻骨。不知道究竟是恨谁，好像谁都恨：恨周宁太汉子，要把他的命拴在她身上；恨陈大龄太君子，不来带着她远走高飞；恨机遇，恨缘分，恨命运，最恨的还是自己，结婚的决定是你自己做的，没有谁逼你。但不跟周宁结婚就不会住进这青年教师宿舍，不住进这里又怎么可能遇到陈大龄呢？这好像又搞成了先有鸡还是先有蛋的问题，无人能答了。

杨红想起周宁的警告：不要嫁一个你爱的人，因为你爱他，你就会担心失去他。但杨红觉得光是这一点担心，不足以吓得她打退堂鼓，人不能因噎废食。爱陈大龄，并不是因为想到过能跟他白头到老才爱的。爱了，就爱了，没有想过为什么，没有想过今后，爱是不知不觉之间就发生的事情。白头到老本身并没有什么意义，白头到老有意义，是因为跟你白头到老的人是一个你爱的人。跟一个你爱的人生活一天，也好过跟一个你不爱的人白头到老。陈大龄或许会沉醉于自己拉琴下棋而冷落我，但我愿意守在旁边，听他拉琴，看他下棋。陈大龄或许会爱上别的人，但我不会怪他，怪只怪我自己的吸引力不够大不够长久。

周宁说他的爱超过陈大龄的爱，虽然初一听，让杨红觉得有道理，细细地想，其实两种不同的爱是无法比较多少的。周宁的爱激烈似火，像瞬间可爆发的山火，烧起来，你无处藏身，离近一点，都会被烤焦。但这场火很快就可以熄灭，把你丢在冰天雪地里，要等到夏天才有可能再来一场山火。陈大龄的爱，柔情似水，像浩瀚无边的大海，静静的，深深的，海浪奏出的音乐使你被吸引，被召唤，你不知不觉地就走了进去，而你一旦走进去，就再也走不出来。

火的爱和水的爱，怎么能比得出谁多谁少呢？

周宁的爱，是情者的爱，只要是为情，可以不管不顾，为了能得到自己向往的爱、能保住这份爱，就什么都做得出来，哪怕是毁灭他人，或毁灭自己，也在所不辞。陈大龄的爱是智者的爱，他会考虑自己的爱对人对己会带来什么后果，如果自己的爱只能给所爱的人带来痛苦，他可以克制自己，放弃这份爱。

情者的爱和智者的爱，怎么能比得出谁多谁少呢？

这实际上不是一个爱情多和少的问题，而是一个爱的方式的问题。不同的人爱起来有不同的方式：你可能喜欢某一种方式，而不喜欢另一种方式；你可以赞美某一种方式高尚，而唾骂另一种方式自私。那只是你自己的喜好而已，是以某一种道德为基准所作的衡量。其实在生活面前，这两种不同的爱，是无法比出大小多少、高低贵贱来的。

火有火的爱，水有水的爱，情者有情者的爱，智者有智者的爱。一个人爱的方式往往不是他决定得了的，他的生活经历、生活环境，以及气质和性格注定他只能以某种方式去爱。被一个人以你不喜欢的方式爱上，你从中得到的痛苦可能会大大多于幸福。想让一个人改变他爱的方式，也许只能是徒劳的。改变是可能的，但改变往往只是暂时的。很多人在追求的时候可以变得面目全非，连他自己都认不出自己。但等到追到手了，或爱情趋于平淡了，他改变自己的动力化为乌有，他就会回到老样子上去。

杨红觉得自己的爱更接近陈大龄的风格，是智者的爱。爱到极处，反似不爱。

爱到极处，你一颗心，不再装着自己，只装着你爱的人，你就会担心自己的爱会给他带来痛苦。他的一颦一笑都牵动你的情怀，让你不断猜测，我使他幸福吗？我使他痛苦吗？你会不断问自己：这一颗心，你拿得起吗？拿起来了，你捧得住吗？捧住了，你捧得久吗？捧了一生，你知道你捧的方式对吗？是不是太紧？太松？太长？太短？太冷？太热？到头来，他会不会慨叹：爱上你，是我一生的错？或者会不会有一天，他后悔：早知如此，何必当初？

爱到极处，你已经爱得失去了自我，心里只有他，如果他不幸福，你又怎么可能幸福呢？你担心自己不能使他幸福，你就有可能把自己当他幸福路上的绊脚石，为他坚决地搬开，好让他自由地前进。

杨红想，陈大龄那么爱小孩，如果自己以后不能生小孩，那不是害了陈大龄？杨红专门查了那本《家庭生活大全》，知道自己即使不算不正常，也比一般女人少很多怀孕的机会。别人是一年十二个月，月月有那么七八天有怀孕的可能，而自己是一年只有四五个月会有那么个机会。而且自己又不是黄花闺女了，这对陈大龄太不公平了。别人会说他等了这么久，等来一个二婚的女人。他的父母肯定会坚决反对，他的朋友会耻笑他，那我能给他带来什么呢？我有什么地方值得他爱呢？陈大龄当然不会计较这些，但正因为他不计较，我才应该为他考虑到。

杨红记起在陈大龄家看过的一张照片，上面是他们家四个人演奏《梁祝》时照的。陈大龄拉小提琴，陈勇拉中提琴，陈勇的妻子杨慧中拉大提琴，而陈大龄的妹妹陈韵拉倍大提琴。两男两女，男的风度翩翩，女的亭亭玉立，照片不能传达音乐，但杨红想象得出，一定是美丽动听的。杨红想不出自己在那张照片中能占个什么位置，自己什么乐器都不会，就会听。杨红想，如果我真的爱他，我其实应该放开手，让他找个更好的人，像他弟媳那样，既美丽又懂音乐的人，一个跟他有共同语言的人，一个能跟他琴瑟合鸣的人，夫妻俩你拉我奏，那才配得上他的生活。

想到放开手，杨红甚至有一种英勇就义的豪迈感，觉得自己在做一件伟大而光荣的事情，一件有利于陈大龄的事情，虽苦实甜，虽死犹荣。这样想着，杨红觉得都能看到陈大龄跟他心爱的人带着他们的小宝贝在草地上散步的情景了。而放开了陈大龄，也算是成全了周宁，他爱的方式虽然不合她的理想，但是她能留在他身边就能让他幸福，也算救了一个人。

8

杨红在做这种思考的时候，都是理智占上风的时候，自己的感情已经是排到了最末位，或者在末位以外。但理智能压倒感情，并不等于理智也能扼杀感情。一旦感情占了上风，马上又克制不住地想见陈大龄，或者听听他的声音。有好几次拨通了电话，一听见陈大龄那边“喂”一声，又不知为什么，赶快就挂上了。

开学后，杨红教的是走读部二年级。开始还以为系里看重自己，一上去就教二年级，去了以后才知道，走读部收的都是不到分数线但有后台的头头脑脑的小孩，成绩不好，还特别挑剔。杨红才上了一次课，就被学生联名写了一封信告到系里，要求把她换了，说她太年轻，没经验，他们的钱不是白交的。

系主任就把杨红叫到他办公室，很严肃地说：“这是你的头三脚，一定要踢好。你假期中可能没有好好备课。别人反映你跟数学系一个老师关系暧昧，有没有这事啊？”

杨红的第一感觉，这是周宁在搞鬼，知道她最怕组织了，就把组织搬出来吓唬她。但她又想，这些天，周宁跟她寸步不离，应该没有机会找系里，而且他那种爱面子的人，恐怕还是趋向于自己拿刀解决问题。到底是谁这样恨她，恨到要置她于不名誉的地步呢？

“我跟人无冤无仇，不知道谁会这样乱讲。”

“别人向系里反映，是为你好，不忍心看一个有前途的青年毁在作风问题上。”系主任说，“我们有组织原则，不会告诉你是谁反映了情况。谁说的不重要，重要的是作为一个人民教师，自己的一言一行，都要为人师表。你现在因为第三者插足，跟周宁闹矛盾，这事要是让学生知道，影响很坏。”

杨红只觉头皮一炸，一个“第三者插足”，把她轰得目瞪口呆，惴惴不安地说：“根本不是什么第三者，是我跟周宁感情不和。”

系主任打断她的话：“不要拿感情不和做借口。当初你申请结婚时，我们就警告过你，说周宁跟你不合适，他成绩太差，我们不会让他留在系里的。那时你不是很坚决，为了感情连留校都差点放弃了的吗？现在说跟周宁感情不和，怎么样讲都是没道理的，才两个多月，感情就没了？这是典型的第三者插足。听说还是副教授，这样的人留在讲台上，对学生起什么影响？杨红啊，你年轻，不懂事，他这种伪君子，就专门找你这种人下手。"

系主任看杨红眼泪汪汪，好像急于辩白什么，又接着说："杨红啊，你留系，我是冒着风险为你说话的，我相信，你是共产党员，业务水平高，为人正派，是一棵可以造就的好苗子。现在你弄成这样，叫我在大家面前怎么交代？我们准备联系一下数学系，让他们那边调查一下，做出严肃处理。"

杨红听到这最后一句，已经吓傻了，慌忙说："请你们千万不要联系数学系，这事跟陈老师没关系的，都怪我经常去找他，给他惹了这些麻烦。我保证把这事处理好。"

杨红从系里出来，第一件事就是想跟陈大龄打个电话，警告他一下，但这一次，不知道该警告他防范谁。手持菜刀的周宁好防范，这个空泛的"系里""院里""别人"，是防不胜防的。杨红知道如果把这事告诉陈大龄，他肯定要把一切揽到他头上，结果是把两人都赔了进去。如果不吭声，再也不去找他了，这些闲话就不攻自破了，反正自己也是决心对他放开手的。

晚上，杨红到楼下食堂的热水房打水的时候，看见陈大龄正端着个碗，站在食堂门外。他看见她，就笑吟吟地走上来，跟她打招呼，又像以前那样，帮她装满一桶热水，问她："今天上课了？还顺利吧？"

杨红惊恐地四处张望，唯恐有认识的人看见她跟陈大龄在一起，怎么看都觉得不知什么地方就藏着几个周宁的心腹在暗中监视，又或者是系里派来监视她的，反正人人可疑。

"让我自己来吧。"杨红说着，就去抓桶，又责怪地问，"你怎么会在这里？"

"知道你都是这时候来提水……"

杨红见有人正朝这边走来，小声说："别到这里来了，别人看见就麻烦了。"

"五区那边没食堂，我不能过来吃饭么？你这么害怕，是不是周宁威胁你什么了？"

杨红低声说："他那个人，你还不知道么，那次没事都闹成那样，要是知道我跟你在一起，那还不闹翻天？"

陈大龄爱怜地看了她一会儿，说："你自己提，就不能装这么多了，让我给你倒掉一些，免得洒出来烫到脚。"他慢慢往外倒水，叹口气："这种事情，光害怕是没有用的。真的到了需要的时候，可以求助法律的。你害怕成这个样子，我真的不放心你还跟他待在一起……”

“你别担心，他不会伤害我的，我是怕他……”

“伤害我？早就跟你说了，他不能把我怎么样的，你不用为我担心的。”陈大龄又叹口气，“就是怕你这样高风亮节，为了保护我就舍了自己。周宁也算把你摸透了，知道你们这些共产党员不怕死，为了救群众，是会自我牺牲的。”

杨红噘起嘴：“你还有心思开玩笑。”

陈大龄帮她提着桶，走到她楼下：“你不能一辈子生活在害怕之中，谁威胁你，你就怕谁，那只能是助长他们的暴虐。你这点又不像共产党员了，共产党员是敢于跟困难做斗争的……”

杨红看见楼下的小龚也提着桶走过来，赶紧从陈大龄手里接过桶，说：“我上去了，你保重。”说完，就匆匆忙忙上楼去了。

接下来的几天，杨红为了挽回学生的心，每天花很多时间仔细备课、做实验。这样的忙乱也帮了她一个忙，胡思乱想的时间明显减少了。

有一天，她听到校广播电台说九月十号教师节那天学校要为讲师团将士饯行，心里突然一紧，知道陈大龄马上就要下乡去了，好像陈大龄此去就不会回来了一样，想都没想，就骑车到滨湖路上的一个电话服务点给陈大龄打电话。

拨通了电话，杨红又有点希望陈大龄不在家，也许那样更好，能跟他说什么呢？听到他的声音，自己所有的决心都会灰飞烟灭。但事与愿违的是，她听到了电话线那端那个她想听又怕听到的声音：“喂？”杨红又呆在那里了，不知道说什么才好。

陈大龄轻声问：“是杨红吧？你怎么样？没事吧？”

这句平平常常的问候却让杨红喉头发紧，好不容易说了一句“我挺好的，你呢？”就说不下去了。

陈大龄那边听出了她的哽咽，急切地问：“你没事吧？有事一定要告诉我，周宁没把你怎么样吧？”陈大龄等了一会儿，听不见杨红的回答，又问：“杨红，你还在听吗？不要挂断，你这些天没消息，我一直都不放心……”

杨红听见他温柔的声音，关切的话语，眼泪突然涌了上来，就在众目睽睽之下，抽泣起来。陈大龄听见了，焦急地说：“杨红，你在哪里？告诉我，你是不是在滨湖路上？不要离开，就等在那里，我马上过来。”杨红听见这话，自己也不知是为什么，马上挂了电话，逃一般地离开了电话服务点，连钱都忘了付。

教师节前一天，系里给杨红一封学校的邀请信，让她代表系里参加学校为讲师团组织的饯行，说必须参加，在进门处要登记的，不能缺勤。别的老师告诉她，这是为明年选派讲师团做准备，被邀请的人都是明年应该去的人，像你这样没下过乡的，肯定要去。杨红本来是想躲避一切能碰见陈大龄的机会的，但系里说了，又觉得从道义上得到了一个借口，就理直气壮地去了。

地点是学校的工会大礼堂，杨红去的时候，发现在进门处真的有人叫她在一个本子上登记，还发给她一张进餐券和一张舞会入场券。杨红进了礼堂，就找个不起眼的地方坐下，四处张望，想看看陈大龄在哪里。

礼堂里有很多人，各个系都有代表上去表演。一直到陈大龄上台去演奏小提琴时，杨红才看见他。他拉的是《梁祝》里面《化蝶》那一段，杨红听着听着，就黯然想到，难怪有人愿意一起化了蝶，飞离人世。死了，就没有伦理道德责任义务这些约束了。可是自己好像连死的权利都没有，死了，周宁怎么办？父母怎么办？而且，拉着陈大龄一起去死，不是害了他吗？

陈大龄拉完了一曲，下面鼓起掌来，要求再拉一曲。陈大龄就说下面我拉一首自己写的曲子，叫《海的女儿》，副标题是“不能言说的爱”，只是表达自己的一点感受，也希望其他人永远不需要体会这样一种爱。这番话说了，礼堂里变得鸦雀无声，不知道是大家都体会过这种爱，还是这番话本身就有震慑人心的力量。

陈大龄演奏的时候，杨红就像每晚从录音机里听这个曲子一样，觉得自己又轻轻地飞起来了，飞出自家的窗口，飞过月光如水的校园，飞到陈大龄的家，轻轻地落在他的窗台上。不过这一次，陈大龄没有在床上，她知道他飞去了她的家，他们俩在路上错过了……

进餐的时候，杨红看见陈大龄就在她旁边的一桌，陈大龄也看见了她，走上来跟她打招呼，问她拿到舞会入场券没有，听说她拿到了，就嘱咐说：“待会儿吃完饭别走了，在舞场等我，我有话跟你说。”

杨红乖乖地点点头，心里却一直在猜测陈大龄要跟她说什么。不过，不管他说什么，她都愿意照办，如果他要她跟周宁离婚或者要她跟他私奔，她也在所不辞。她现在只需要一个人帮她做决定，因为她知道自己无论做什么决定，以后都会后悔。她也知道自己的这种思想，近乎于推卸责任。但有时候，一个决定太重大，以至于当事人宁可借助他人甚至非理性的力量来做这个决定，因为决定带来的痛苦已是难以承受，如果再加上对自己错误决定的悔恨，就必然要被压垮了。杨红甚至想过用抽签的办法来决定自己的取舍，但抽来抽去，每次都觉得应该再抽一次。

饯行宴的菜很丰盛，但杨红没有心思吃饭，只不时地看陈大龄，每次都会跟陈大龄的目光碰上，好在大家都忙着吃菜闹酒，没有人注意到。她见他那桌的人不停地敬他酒，就很担心，怕他喝醉了。吃到一半，杨红觉得陈大龄已经有点喝多了，虽然他只是两颊上染上了一层桃红，但杨红知道，喝酒不上脸的人更容易醉。又坐了一会儿，杨红实在按捺不住了，就走到他那桌，说："陈老师不能再喝了，我替他喝了吧。"

众人见一员女将横刀破阵，都来了兴趣，吆吆喝喝地说要敬陈老师的女朋友一杯，杨红也不申辩，随便他们怎么想，能在别人误会中做一回陈大龄的女朋友也是一种幸福。

一桌的人都一个接一个地上来敬酒。陈大龄急得直拉杨红的手，杨红对他笑笑，说："你别担心，我先天性不醉酒。"就毫不客气地一一饮干了，饮一杯，就看陈大龄一眼，见他担心地望着她，就对他笑一笑，无声地说一句"我不会醉的"，心里却想一醉方休。

9

杨红觉得自己没有醉，但走路有点飘飘的。飘啊飘的，就飘到了舞场，好像陈大龄也是飘飘地跟着她，把她安置在一个椅子上坐下，就飘走了。过了一会儿，陈大龄又飘了回来，端了一杯浓茶，叫她慢慢喝了解酒。他就坐在她对面，怜惜地望着她，说："你不该走过来帮我的，我也是先天性不醉酒的。你一过来他们就不会放过你了。"

杨红目光散乱地望着陈大龄说："其实我想醉，醉了就什么都不知道了。"

"你没听说借酒浇愁愁更愁？"

杨红反问他："你没听说恨不相逢未嫁时？"

陈大龄深邃的眼睛盯着杨红，杨红一下觉得酒全醒了，立即住了口。舞场上响起一首轻快的圆舞曲，杨红不敢正视陈大龄的眼睛，说："你跳舞去吧，我自己坐一会儿。"

陈大龄笑着说："你不跟我跳吗？又在转什么念头？是不是觉得自己像海的女儿，配不上王子，应该让王子去找那边的那个公主跳？"

杨红被他猜中了心思，不好意思地问：“你怎么知道？”

“因为你对自己太没信心嘛。其实你很漂亮，回头率应该是很高的，不过你可能以为男人看你是在批评你裙子不漂亮。”

陈大龄不由分说地拉起杨红，旋了两旋，就把她带到舞池中央。陈大龄的一只手轻轻地搂在杨红腰上，整个手掌只有拇指接触她的背，但杨红觉得就是那一个指头也很有力，给出的信号足以让她知道下一步是该进还是该退。而且陈大龄的手臂好像可以托起她，所以她一点不用思考，就让他带着她波动旋转。

陈大龄微笑着说：“这些天躲着我，在转什么念头？是不是觉得自己不会拉琴，应该让姓陈的找个会拉琴的，天天吹拉弹唱当饭吃？”

杨红又被他说中了心思，不知道答什么，只望着他傻笑。

“其实共同语言并不是两个人都会拉琴，或者两个人学同一个专业。共同语言是因为两个人对生活对爱情的看法是一致的。都会拉琴不代表什么，你没听说过‘同行相轻’？我弟弟跟弟媳两个人经常为拉琴的事发生争执。不过，只要两个人感情在，过一会儿就和好了。”

“为什么我心里想什么你都知道？”

“因为我老在那里揣摩你的心思嘛。其实我并不知道，我只是想，如果我是她，那么我在这种情况下会怎么想，然后我就把我想的说出来，从你那里得到了验证。”陈大龄带杨红旋了几圈，说，“我能猜到你的心思，可能是上帝造我们两个的灵魂的时候，用的是同一个模子。先造了一个，后来又忘了，就又造了一个，所以我们两个的灵魂是一个版本的。”

杨红很喜欢这个比喻，只是很遗憾：“那上帝为什么不让我们两个早点遇到呢？”

“也不迟啊。遇到了就是幸福，无所谓早或迟。”

杨红无奈地说：“相遇的时间是很重要的，迟了，就一切都完了。”

“遇到了，就不会完，不论是分是合，是生是死，你我都知道世界上还有一个跟自己一样的灵魂的，你我的灵魂永远不会孤独。”

杨红黯然想到，光是灵魂不孤独有什么用？就恨不得两个人能在一起，从头到脚，从里到外都不孤独。就像现在这样，能看见，能听到，能摸得到。

乐队开始演奏《请跟我来》。一阵音乐过后，一男一女唱道：

男：我踩着不变的步伐
是为了配合你的到来

在慌张迟疑的时候
请跟我来

女：我带着梦幻的期待
是无法按捺的情怀
在你不注意的时候
请跟我来

合：别说什么
那是你无法预知的世界
别说，你不用说
你的眼睛已经告诉了我
当春雨飘呀飘的飘在
你滴也滴不完的发梢
戴着你的水晶珠链
请跟我来

陈大龄解嘲地说：“跳舞真是个好东西，平时想搂不敢搂的人这时可以轻轻搂一搂了。”

杨红朝他怀里挤一挤，说：“跳舞真是个好东西，平时想抱不敢抱的人现在可以使劲抱一抱了。”

两人默默地跳了一会儿，杨红觉得这歌词好像很能代表她的心情，只要陈大龄说一声“请跟我来”，她就跟他到天边，到地角，但他为什么不说呢？杨红问：“你说有话跟我说的呢？”

陈大龄温柔地看着怀里的杨红，说：“我知道你一定是在那里翻来覆去地想我们三个人的事情，一直到把自己想糊涂了为止。”

“你怎么知道？”

“因为我自己也是这样翻来覆去地想。”

“你想出办法来了吗？”

陈大龄没有正面回答：“有时我希望你能为我做出一个决定，不论你怎么样决定，我都会欣然接受。如果你叫我带你离开周宁，我会立刻带着你远走天涯，不管别人说什么。如果你希望我离开你，让你们安静地生活，我会立即从你的生活中消失。如果一定要看见我结了婚你才安心，我也会的，因为我没有什么好等的了。你说什么都行，只要你开心就好。”

杨红不说话，但是两眼开始模糊，陈大龄又接着说：“但是我知道你不会为我做出任何决定的，因为你不想伤害任何人，所以你只能伤害你自己。你每次打通了电话，突然挂断，都让我很担心，我每次都是骑着车，顺着滨湖路每个电话服务点找你，最后找到你打电话的那个，才知道你向回家的方向走了。我还是不放心，我会骑车到你楼下，又不敢上去找你，只好请刘伯上去看过你没事才回家。”

陈大龄担心地看着杨红：“你这样折磨自己，叫我怎么放心跟讲师团走呢？”

杨红哽咽起来，紧紧贴在陈大龄身上，贴得太紧，都能感觉到他的冲动了。杨红仰起脸，含泪望着他。

陈大龄苦笑一下：“我要是真的不正常就好了。这一下，我在你心目中的光辉形象全部坍塌了吧？”

杨红摇摇头，悄声问：“你知不知道我现在在想什么？”

陈大龄拉着杨红转了个圈，不露痕迹地把距离拉开了一点：“我知道你现在在想什么，我还知道你如果做了现在想做的事，今后会想什么，你会永远在心底开道德法庭的。”

“你怕我会审判你？”

“我不怕你审判我，开个全市公审大会审判我我也不怕。我是怕别人议论的人吗？对我来说，爱情是无罪的，没有任何法庭可以审判它。我怕的是你不审判我，而把一切都揽到你自己头上，把自己当作一个坏女人，不留情地审判自己。即使没有人知道，你也会一辈子审判你自己的，因为按你的道德观，爱情只能有时间上的继起，不能有空间上的并存。”陈大龄叹口气，“还是跳舞吧，跳舞就可以让你这么名正言顺地在我怀里待一会儿，就待一会儿。”

杨红担心着，犹犹豫豫地问：“那你过一会儿……疼……疼起来怎么办？”

陈大龄不解地看着杨红，看了一会儿，有点不好意思地低声笑起来。“看来你对男人这本书真的没读几页。”他低下头，附在她耳边，悄声说，“不是每个人都会疼的，而且世界上也不是只有一种办法的，男人可以自行解决的。”看杨红听到“解决”两个字，就惊恐地睁大了眼，陈大龄便说：“真的不忍心污染你，不过你的脑筋里已经有太多的负担，不想再把这个也加在上面，只有告诉你。”他斟酌了一下，小心地说：“男人自己就可以解决问题的，也许，怎么样说呢，像挤牙膏一样？”

陈大龄笑着说："难怪你每次看我的时候，脸上都是悲天悯人的神情。你不用为这个担心的，这本来不是什么秘密或坏事，不过中国人一向把这当个坏事，不提罢了。不能说得更清楚了，回去找几本书看吧。我明天就要走了，你要答应我，从今以后，不要胡思乱想，要开开心心的。"

"我没办法不胡思乱想，我不知道该怎么选择。"

陈大龄怜爱地说："傻丫头，你不用做出任何选择的。三个人不一定就要成为一个三角的，三个人可以成为一个星系。你看地球，它带着自己的卫星，绕着自己的恒星，不是转得挺好的吗？你也可以做一颗行星，你可以带着你的卫星，绕着你的恒星，自由地旋转。卫星不会因为行星不是绕它旋转就觉得痛苦的，每颗星都有自己的轨道，痛苦的是没有轨道，而不是谁绕着谁转。"

杨红就痴痴地听他说，觉得他说的都是自己心里想到但不能形成语言的东西。

陈大龄把杨红往自己怀里拉了拉，低声问："你相不相信，世界上有一种爱情，是超越了情欲和婚姻的？超越，并不是不想要，其实是很想很想要，超想要，越来越想要，但是如果因为种种原因要不到的话，也不会影响这种爱情的。"

"我相信。因为我们的灵魂是一个版本的。"

杨红闭上眼睛，她能看见陈大龄描绘的那个绚烂的星系，自己就是那颗卫星，绕在陈大龄身边，而他，正绕着一颗明艳无比的恒星幸福地旋转。杨红尽情享受陈大龄怀里的那份温暖和他的男人气息，心想，天下没有不散的宴席，但是希望天下有不散的舞会，那就可以这样待在这个怀抱里，直到永远……

打包记忆

1

杨红乘坐的飞机平安抵达美国洛杉矶机场。

踏上美国的那一刻，杨红并没有感觉到激动或兴奋。想起很久以前，第一次乘火车出J省的时候，在心里惊呼：我终于到过J省以外的地方啦！想起更久以前，每次学校组织出去春游，都会有两三天激动不安，连觉都睡不好。而现在，到了一个新的国家都不觉得激动了，反而有点怀念熟悉的家园，有点怪自己：我跑到这个陌生的地方来干什么？这里的一切跟我有什么相干？

杨红惊觉地想，完了，我真的老了，记得朱彼得说过，当你踏上美国的那一刻，如果你想的是尽快回国的话，你就知道你老了，至少是心态老了。因为激动跟年纪是成反比的，年龄越大，越不容易激动；而怀旧跟年纪却是成正比的，年龄越大，越怀念从前，越怀念故乡。

杨红想，朱彼得说的话不能算数，他是那种语不惊人死不休的家伙，为了一鸣惊人，什么话都要反着说，成语也好，格言也好，他一定要窜改得面目全非了才安心。就说这“叶落归根”吧，谁都知道是拿来赞美那些在海外漂泊多年的华人，老了之后，心心念念地回到自己的故乡的。但被朱彼得一改，就变成终生逃离之后无可奈何的回归了。

他说小树刚长出来的时候，都是拼命地往上长，拼命地把枝丫向四面八方伸展，离身下的土地越远越好。如果不是被根抓住，恐怕会长得飞起来。那时候，树叶对根没有什么感觉，不觉得是根在为自己提供生长的养分，反而觉得根是在羁绊自己。要等到树叶老了、黄了，失去生命力了，才会倦倦地落下，回到根的身边。但离根不值得唾骂，归根不值得赞颂，因为离根和归根，只不过是树叶生命中的两个过程、两个阶段。

杨红不知道自己这趟出国算不算离根。出国之前，老有人问杨红：出去了还回不回来呀？连老院长都担过这种心，曾专门把她找去，语重心长地告诫她：祖国培养你这么多年，你要对得起祖国啊。半年过了，就马上回来。今年下半年就要开始卖江北新修的那些房子，明年春天要搞干部调整，你不回来，这些都没你的份的。

杨红自己也给人做了十来年的政治思想工作，但仍然很佩服老院长的方法和技巧。现在你要说服一个人，光说些大道理是没用的，大帽子底下开小差。不跟他的切身利益挂上钩，他就算嘴里被你说动了，心里也不会动的。像劝你回国这事，祖国要端出来，不然你的爱国之心不会被震动；新房子的事也要端出来，不然你的爱家之心不会被震动；干部调整的事更要端出来，不然你的爱权之心不会被震动。这样三件事一摆，你不被说服？

杨红觉得别人这些担心都是多余的，不就一个半年的访问学者吗，哪里就会赖在美国了？宁为鸡头，不为牛后。到了别人那里，是为别人打工，怎么比得上待在自己的学校当研究生导师好？杨红当时当地就对老院长担保：你放心，我肯定会回来的，我绝对不会留在美国。对老院长，不能说什么天打五雷轰之类的话，但如果可以的话，杨红也不怕那样说，因为她对自己很有把握，她是绝对会回国的。

杨红就不理解，为什么学校那些干得挺不错的老师，到了美国，就想方设法地留在那里呢？

一听说杨红出国的事，婆婆就转开了念头。婆婆的方言不好懂，都是周宁翻译给她听的。婆婆说："听说美国那边想生多少就生多少，你到了那边，也生几个。我四个儿媳妇，这三个都因为超生被结了扎了，没指望了。你没结扎，我们周家就靠你了。"

杨红听不懂婆婆的话，但婆婆听得懂她的话，因为她说的是普通话。电视里广播里天天用的话，婆婆还是听得懂一些的。所以婆婆对她自己的语言能力一直有点自豪：我听得懂你的话，你就听不懂我的话。

杨红说："就半年时间，哪能生小孩？怀个小孩都要十个月。"

婆婆说："你不会揣一个出去生？"

"生了谁带？"

"送回来我给你带。"

杨红想到婆婆带小孩的方法，有点胆战心惊，望而生畏。周宁几个兄弟加上他们的媳妇都在外面打工、做生意，七八个小孩都放在家里让婆婆带。婆婆带小孩那真叫有大将风度，基本上执行无为而治、自生自灭的政策。

杨红想到这里，不由自主地摸了一下腹部，不知道这次有没有真的像婆婆说的那样，揣了一个到美国来了。

裹挟在机场滚滚的人流里，杨红四下张望着，想找到特蕾西，但很快就失望了。在汉城转机的时候，时间太短，根本没空跟特蕾西说话。后来在飞机上上洗手间时，看见她在同一架飞机上，坐在近水楼台先得厕所的地方。飞机上很安静，乘客都在睡觉，或者戴着耳机看电视听音乐，杨红也没好意思走上去跟特蕾西讲话，只跟她招招手，算打过了招呼。

这一路之上，朱彼得讲过的一些注意事项，好像正在一点一点被实践证明着。换机的时候该怎么怎么样，在飞机上怎样填 I-94 表，下了飞机怎样租个小车推行李，等等等等，事无巨细，都料到了。

不知道是因为人在美国，举目无亲，还是朱彼得的话帮了她很大忙，杨红觉得对朱彼得的印象和感觉都好多了。她觉得朱彼得应该在洛杉矶的什么地方，因为他对洛杉矶机场好像很熟悉。会不会是跟他自己说的那样，是机场的清洁工？听说文科博士在美国潦倒得当清洁工的大有人在。

这样一想，杨红对那些推着清洁车的男人就有点注意起来。

2

入关很顺利，问的问题没超过朱彼得讲的范围，所以杨红也没觉得交流有困难。出国这种事，一旦语言没问题，感觉就慢慢良好起来。

杨红小心翼翼地把护照等文件收好，又随着大家站进另一个队伍，听说这里是美国农业部检查违禁农副产品什么的。听朱彼得讲，过这一关就有点靠运气了。大多数人什么事都没有，箱子都不用打开，问两句就过去了。但也有运气不好的，带了形状特殊的东西，孤陋寡闻的老美没见过，一惊一乍，先没收再说。

特别是“9·11”之后，美国是草木皆兵，觉得男女老少都像是本·拉登派来的人肉炸弹，颇有宁可错杀三千，绝不放过一个的蛮横。海关的工作人员，也并非个个都是精英，有些甚至是做兼职的，朱彼得说他就遇到过一个，是家中学的物理教师，平日里教他物理，周末就来海关把守国门，看见他带的香菇，像牛顿看见坠落的苹果一样研究了半天。

杨红有一点担心，不知道自己箱子里放的那些佐料啊、调味品什么的，算不算形状怪异。朱彼得在班上讲过，说你一出国，就会发现，就算是天涯海角，也改变不了你的一个中国胃。你的胃呀，那真叫爱国，吃什么东西，都比不上吃中国东西让它受用。

朱彼得说很多人刚到美国时，都是穷得吃不起青菜，只能吃鸡腿。吃多了，一听到“鸡腿”两个字就犯恶心。在国外什么都不怀念，就是怀念中国的早点。顺着那个长街，一溜地摆着各种各样的小吃摊，一天吃一样，可以吃一个月不重复。想中国的早点想成了疯，想起那些小吃摊上飞来飞去的苍蝇，都有了亲切的感觉。如果早点不好吃，哪来的苍蝇？所以美国的早点可以说是糟到了连苍蝇都不喜欢的地步！

但朱彼得的另一句话却引起了杨红的反感。他说他在美国每天早上牛奶面包地吃了一年，对移情别恋都能理解了：不管什么东西，你吃久了，就吃厌了。

杨红记得自己反驳他说：“你天天吃米饭没吃厌呢。”

朱彼得强词夺理地说：“那不同，吃米饭是为了饱肚子，没菜也吃不下去的。人们的注意力都是在菜上面的。天天吃米饭，不是吃味道，而是吃习惯，饿了拿来饱肚子而已。菜还是要经常换一换的，不然就吃腻了。”

杨红是顺着他那个移情别恋的路子听的，所以很生气，心想，这话真实地反映了你们男人的心理。男人吃一个女人吃腻了，就想着换个口味。女人有什么腻不腻的？女人大概就如被吃的饭，根本不关他胃口的事。你腻，丈夫也是要吃的；你不腻，丈夫还是要吃的。他有问过你腻不腻吗？

杨红虽然不喜欢那个比喻，但关于中国胃的话还是听进去了的。她知道自己肯定是有一个中国胃的，天天啃面包喝牛奶肯定是不行的。她的胃恐怕还不是一个普通中国胃，差不多是一个方言中国胃，因为川菜、粤菜什么的，她都不爱吃，就爱吃自己家乡的菜，所以她带了很多家乡食品。经过一番精打细算，她带的大多是佐料、调味品之类，这样分量不重，但用的时间长，可以说是带着家乡菜的精华和味道，其他原材料到时候就地取材，像榨菜、辣酱、酸菜鱼底料等等，带了不计其数，不像是到美国做研究的，倒像是来开餐馆的。

还隔着两三个人，杨红这一队的那个官员就在向她招手，嘴里说着些什么，但杨红一紧张，就一句也听不懂了。她身后有几个人指着前边，大概在告诉她官员在叫她。杨红觉得头脑发晕，为什么叫我上前？他有透视眼，看见我箱子里形状怪异的东西了？她迈着沉重的腿，挪向那个官员，心里头惶惑不安，难道我脸上写着“危险分子”几个字？或者我的表情告诉他我带了违禁品？那根本不是什么违禁品啊，看来是遇到一个业余打工的官员了。

杨红先入为主地想着待会儿要怎么告诉官员那只是香菇，英语应该是 dried mushroom。但是酸菜鱼底料用英语怎么说呢？她半天没弄明白官员究竟为什么叫她上前。又被身后的人重复了几遍，杨红才听出官员是请她帮忙，先问她会不会讲中文。

这个问题杨红曾在心里反复自问自答了无数遍。

现在被问到你会讲汉语吗，反而不知怎样回答了。我会讲汉语吗？杨红问自己一句，又顺水推舟一般地回答：“会讲。”

官员听到这一句，很高兴地笑了，沾沾自喜地说：“我知道你会讲。”然后指着桌上一盒东西问杨红，“这是什么？”

杨红恍恍惚惚地觉得又回到了中学英语课堂上了，老师指着一些再明白不过的东西，比如她自己的眼睛鼻子耳朵什么的，嘴角挂着窃笑，一本正经地问学生这是什么。

“这是什么？”官员又问了一遍。

杨红回过神来，认真看了看那个盒子和盒子里盛着的东西。这回可不是中学英语老师惯常指着发问的那些东西了，杨红看了一会儿，觉得用中文都答不上来。盒子里装的是一些貌似香肠又胜似香肠的东西。形状像香肠，但颜色泛灰泛黑，不知是什么东西，只好说：“我不知道。”

“请你问问他。”官员指指站在杨红身边的一个男人。

杨红现在才注意到这个男人，原来自己的这一场虚惊，都是因为这个男人。这完全是个扔到人海里没法认出来的那种人，现在能荣幸地引起美国海关重视，也是因为他带的那盒东西。那人现在当然是急得手足无措，满脸冒汗。杨红还没开口，那人就像见到救命恩人一般，冲着她就叽里呱啦地讲了一通。

杨红一句也听不懂，肯定不是普通话，肯定不是周宁的家乡话，好像连广东话也不是。杨红甚至怀疑那是不是中国话，说不定是越南话、柬埔寨话、泰国话什么的，因为那个男人生着一张马来人的脸，眉骨突出，嘴唇外翻，肤色偏黑，应该是那一带的。

“他说什么？”官员问道。

“我不知道。”杨红说完这句，觉得四周一片安静，不知道哪里出了问题，反而灵魂出窍般地想起朱彼得说过的笑话。他曾问口语班的人，说如果你只能学三个英语单词，你应该学哪三个词？那些年轻的女孩就娇憨地说要学“我爱你”，结果朱彼得说答错了，你们应该学“我不知道”这三个词。真是颠扑不破的真理，现在你能对这个官员说“我爱你”？

杨红又说了一遍：“我不知道。”

官员狐疑地看了杨红一眼，又把她的护照拿起来仔细检查了一番，软中带硬地问：“你是中国人吗？你是从中国来的吗？”

杨红恨不得回敬他一句：那护照上不是写着吗？但自己的英语还没纯熟到可以吵架的地步，只好简单地回答：“是的。”

官员仿佛找到了杨红逻辑中的一个大漏洞一般，举起她和那个男人的护照，一字一顿地说：“你是中国人，他也是中国人。他说话你不懂？”

可能因为他讲得慢，杨红不费力地就听懂了这几句，但她张张嘴，说不出一句话。只在心里责怪朱彼得百密一疏，口语班里没有讲到这一个场景，所以自己没有操练过这方面的回答。

如果不是语言障碍，杨红差不多要给那个家伙上一堂政治课了，不扯远了，就从中国有五十六个民族说起，这些民族大多都有自己的语言文字，中国还有数不清的方言，中国人听不懂中国人的话是很正常的，不要说这个从未谋面的汉子，就是我自己的公公婆婆，我也是听不懂的。

杨红在心里试图将这些话翻译成英语，然后一气呵成地说出来，好说服这个官员，但已经有另两个官员走过来，很客气又很坚决地把她和那个男人带到一间办公室里去了。

3

杨红待在那个小小的办公室里，看几个官员忙进忙出的，不知道他们在干什么，要把她怎么样。杨红也很奇怪这个男人带的究竟是什么。是不是一种特殊炸弹？这么小一盒，能炸出什么效果来？那么是生物武器？杨红这样一想，就很惊慌了，比那些官员还惊慌，因为那盒子里的东西真的是很可疑。刚才她又离得那么近，这会儿好像喉头开始发紧了。

杨红想，我得尽快离开这个地方，就清了清喉咙，又请原谅了几次，对不起了几次，但几个官员都在忙着打电话。最后终于有一个官员打完电话，眉开眼笑地对她说："别着急，马上就没事了。"

杨红见几个官员都静下来等候，知道是自己的救星来了，没来由地就觉得待会儿出现在门口的会是朱彼得，不由得想起他平日里给谁帮个忙，都是嬉皮笑脸地问人："是不是有点无以回报，以身相许的感觉？"

想必女人报答救命恩人的最高规格就是嫁给救星了，所以美女一定要被英雄救，不然就会嫁得窝心；而英雄一定要救美女，不然就无法消受那个报答。而且这对英雄美女最好都是未婚的英雄美女，不然也是白搭。不过，如果英雄救人的时候先看看是不是美女再决定救不救，那就不是英雄而是色狼了，因为命运也不是只让美女落难的。是英雄，就上去救人，救了不求回报，才是真英雄。

杨红知道自己不算美女，但朱彼得好像也算不上英雄，他整个人都给她一种滑稽的感觉。他姓了这个"朱"，就有几分滑稽了，哪有英雄姓朱的？再加上他叫个什么彼得，也是滑稽多于洋气。大家又故意叫他朱彼得，而不是彼得或者彼得朱，也是存心要保持他的滑稽形象。他的穿着打扮、言谈举止都是往滑稽上靠。这样的人如果也算英雄，也只能是搞笑版英雄。

容不得杨红多想，救星就一脚踏进门来了，不是朱彼得，而是一个个子不高的中国人，典型的学生脸，长相没有任何抓得住记忆的地方，杨红的学生中有太多这样的人，分不清他们、记不住他们的名字是杨红最大的头疼。

天降大任于这位救星，他跟那个"生物武器"的主人交谈了几句，就转身对几个官员解释了一下。几个官员和那个救星都哈哈笑起来。携带"生物武器"的汉子也跟着呵呵地笑。杨红没听懂，不知是该跟着笑还是不跟着笑，看几个男人都笑得有点暧昧，就决定不笑。

杨红当然是没事了，当她还心不在焉地听那个年轻的官员长篇大论地解释时，救命恩人就趁机溜走了，好像完全没有心思认识自己解救的美人，使杨红再一次认识到自己老了。

被这样折腾了一通，杨红对美国的印象坏极了，恨不得马上打道回府。但她不知道怎样才能打道回府，因为朱彼得没教，他说他教的东西可以涵盖你从中国上飞机到你在目的地下飞机这一段。对一路上的各种情景，他都按场景分类，编写成小品，让学生演练过了，但如何在中转机场就打道回府，他并没有教过。

杨红凭直觉认为只要朝刚才来的方向走就能走回海关去，也不假思索，就反着大多数人的方向走起来。刚走了一会儿，杨红就看见特蕾西正推着行李，朝自己这边走来。大概以为杨红是特意去找她的，特蕾西很感动地抢上来："哇，你好快啊！一直想跟上你，但我的座位太靠后，等我下了飞机，已经找不到你了。”

杨红看到特蕾西，简直就像看到亲人一样，委屈地说：“刚才要是你在，就不会出那事了。”

“什么事？不急，不急。我们先去办转机手续，把行李托运了，再找个地方吃东西，边吃边聊。”

杨红忘了自己要打道回府的计划，糊里糊涂地就跟着特蕾西办了转机手续。两人在一个麦当劳店买了食物，在一张小桌前坐下，杨红就把刚才的经过讲了一下。

特蕾西越听越带劲儿，听完了，有点遗憾地说：“可惜我没碰上。我这个人，追新闻把新闻都追怕了，新闻见我就逃。你运气不错，这种百年不遇的事都让你遇到了。我可以把你这件事写篇文章发表。让我来想想怎样写比较轰动，比较能触及一些人的痛处，让他们忍不住要跳起来骂娘，只要有人骂，就有人看了。应该提到种族歧视的高度，也要把美国人的孤陋寡闻狠狠抨击一下，或者从美国安检制度造成的风声鹤唳谈起。”

杨红看她兴致如此之高，心情也好多了，就笑着说：“什么烦心的事到了你这里，就变得有趣了。”

特蕾西也嘻嘻笑着：“没办法，搞新闻的人，就是这种幸灾乐祸的脾气。国家不幸诗家幸，旁人不幸记者幸。国家灾难深重的时候，诗人可以写出流芳百世的诗。旁人不幸的时候，记者可以采访到轰动新闻。这两类人，唯恐天下不乱，最怕的是平安无事。你别介意啊，如果这事发生在我自己身上，我也会这样幸灾乐祸的。”

杨红想，如果我对自己的不幸能像记者一样幸灾乐祸了，那我就修炼到家了。她有点疲惫地说：“我不介意，不过我觉得我这次在美国不会很顺，这个头就没开好。美国对我一点都不友好，真恨不得马上就回去。”

特蕾西正色说：“就是因为对你不友好，才要待在这里出口气，斗争到美国对你友好为止。哎，我觉得你应该告他们，要求一大笔赔偿金。就说这事引发了你的抑郁症什么的。”

杨红摆摆手：“算了算了，我没抑郁症，也不想打官司。再说他们也没把我怎么样。”

“没把你怎么样？那就是你不懂依靠法律为自己争取权益了。精神上的伤害是很严重的，是难以计量的。当然正因为难以计量，才可以多敲他们一些。

我告诉你，美国人是很爱打官司的。你该告不告，他不认为你善良，反而认为你不懂法律。听说有个美国妇女，在一家麦当劳店被绊倒，摔伤了尾椎骨，就要求那家店赔了成千上万。你知道她为什么摔倒？是她自己的小孩把她绊倒的！”

杨红简直像听天方夜谭一样，张着嘴合不拢：“那怎么能怪店里呢？”

“当然怪店里，因为他们有责任制止小孩在店里打闹的嘛。”

杨红有点不相信地说：“如果真是那样，那说明美国的法律是很看重人的。”

特蕾西问：“你想不想告他们？说不定你可以拿一大笔钱，或者干脆问他们要个绿卡算了。听说在美国投资一百万，或者办企业招收三十人以上就可以拿绿卡。”

杨红怀疑地问：“你说这事能赔偿一百万？”

“谁知道。所以要试试，不试就永远不知道。”

杨红想了想说：“算了，我看还是多一事不如少一事，我不想牵扯到官司里去。再说，朱彼得也讲过，说在美国打官司，最重要的是要找到证人，我现在到哪里去找证人？那个帮了我忙的人，连谢都没谢他一下。”

“男的女的？长得怎么样？”

“男的，看都没看清楚长相。”

特蕾西笑笑说：“那肯定不是很帅，要很帅的话，就是刀架在脖子上都看得清。救命恩人是男的，那你是不是像彼得说的，很有点无以回报，以身相许的感觉？”

杨红不好意思地笑笑：“我这把年纪了，还许谁？想许别人都不会要。”

特蕾西恨铁不成钢地说：“这就是你太没自信了，你很不错呢，有前有后，虽然生过孩子，但一点没变形。你愿意以身相许是看得起他，他不要是他的损失，那小子损失惨重啊！”开过玩笑，又严肃地说，“看来我应该去追踪一下那个家伙。他知道那人究竟带的是什么东西。嗨，特蕾莎，我们一定要保持联系，你可能是那种招惹新闻的人，走到哪，都会有新闻跟着。我是驱逐新闻的人，天天想遇到新闻，偏偏遇不到。”

杨红问：“真的，还没问你，你到哪个学校，学什么？”

特蕾西说：“我去 M 大，学大传。”

“大船？”

“就是大众传媒。我以后要进 CNN，还要到白宫做实习生，专写总统的风流韵事。”

“总统有风流韵事？”

特蕾西嘻嘻笑着说：“到目前为止还没有，等我去了，就会有了。”

4

特蕾西好像很能适应新环境，到了哪里都是劲头十足，吃美国麦当劳也吃得津津有味。

杨红问：“你觉得好吃吗？我觉得一点都不如中国的麦当劳，我现在就在怀念我们那里的叉烧包了。”

特蕾西耸耸肩说：“可能你是爱国型的，走到哪里，就把自己家乡的文化带到哪里，像早年出去的那些华人一样。他们是至死不改自己的生活习惯的，反倒在异国他乡造出一个个中国城、唐人街。我是国际主义者，爱的是整个人类，四海为家，入乡随俗。”

杨红发现特蕾西有点喜欢借题发挥，扯野马，一扯就扯远了，自己有点跟不上。再说她这话听上去有点不爱国，杨红听了很不舒服。爱国这样的事，大家就是私下对自己，也是一口咬定的。你可以不爱某个朝代、某个皇帝、某个政府，但连自己的祖国都不爱了，你也真是不可救药了。不过，特蕾西活得真是滋润，无忧无虑，毫无顾忌，想说什么说什么，想干什么干什么，自己要是能活到这个份上，那真是活出头了。

“真是很羡慕你们七十年代的人，活得这么轻松，不像我们六十年代的人，活得太沉重。”杨红由衷地说。

特蕾西撇撇嘴：“你只看见强盗吃肉，没看见强盗挨打。我们这一代人，活得比你们艰难。你们那时候多单纯啊，把书读好就行了。找个老公，一谈搞定，男不寻花问柳，女不红杏出墙，安安稳稳过日子，羡慕死了。”

杨红想想自己，就叹口气，说：“那你也是只看见强盗吃肉，没看见强盗挨打。我们哪有你们活得轻松？”

“我觉得还是我们这代人累。你们那代人最怕跟别人不一样，我们这代人最怕跟别人太一样。你只要一路跟风就行，别人穿什么，你穿什么，想都不用想。我们呢？想与众不同，那就得绞尽脑汁了。现在的美女，说是如雨后春笋都还不够气势，简直就如蝗虫一般，一会儿就冒出一大堆。也不知是因为天生丽质的人越来越多，还是因为会化妆会打扮的人越来越多，现在又可以做美容手术，变人工美女。我们要想出个众，吸引几个眼球，比希望工程还难。走在大街上，满眼都是美女，也不知道是天然的还是人工的。人工的多了，就算你是天然的，别人也以为你是人工的。你天天跟这么多美女竞争，不累？”

杨红想了想：“怎么样才算美女？”

特蕾西说：“你们那时候的人大概只看一张脸，而且只要皮肤白，眼睛大，就认为是美，一白遮三丑嘛。不过现在呢，要脸白很容易，要大眼睛也很容易，所以大家的注意力都转到三围上去了。波要大，箩要大，腰要细。这些都是遗传的，爹妈给的。你如果不幸没个好遗传，那就倒霉了，要么挨刀，要么死饿，还要天天锻炼。像我吧，老妈胖，老爹瘦，遗传算是一半一半，所以要靠自己盯住自己，一不小心就胖了的。唉，活得累啊，吃颗巧克力都要做半天思想斗争。今天吃了这顿麦当劳，又得减肥好几天了。”

杨红不懂这“波”啊“箩”的，但跟“三围”连在一起，也就估摸出是什么了，一面想着周宁的审美观还挺超前，一边不由自主地打量了一下特蕾西的“波”，在衬衣下面很气势汹汹的样子。

特蕾西顺着杨红的目光看看，笑着说：“在估摸我的罩杯尺码？告诉你，是假的，我戴的是液体奶罩，里面水水的，不光高耸，而且手感不错，虽然骗不了情人，但在公车上被人轻薄一下，还不至于穿帮。”

杨红有点不好意思地笑笑，替特蕾西难为情，这种事也讲给人听。而且听口气，在公车上被轻薄还比不上穿帮令她难堪。看来自己和特蕾西中间隔着不止几个代沟，就像两个世界里来的人。

“竞争对手多，还不是最累的部分，最累的是竞争的对象还都是些残品。”特蕾西说得有点愤愤不平起来，“现在的男人哪，质量完全没搞上去，有貌的无才，有才的无貌，才貌双全的花心，不花心的阳痿。你想，我这代人，要跟这么多高质量的女人竞争那么几个低质量的男人，那还不累死？人不累死，心也累死了。”

杨红想了想，说：“不过有些男人，没才没貌也可以花心的。”

“就是，最可恶的就是那些没才没貌还花心的男人。”特蕾西点点头，“你说他什么都没有，还花个什么？可这世界就是这样，没才没貌的男人，还偏偏花得出去。你们大学里面可能好一点，外面这几年完全是乱七八糟，男人时时刻刻都可以花，而且现在是越花越光彩。真个是挡不住的花：道德挡不住他，婚姻也挡不住他。”

“你说男人为什么要——花呢？”杨红试探地问。

“谁知道，天性如此，骨子里就这样。前些年，是社会风气不允许，现在真是女的开放，男的搞活，大家都在花，他还不花？人是有从众心理的嘛。”

杨红叹口气说：“有时真不明白，几年、十几年的夫妻，什么原因也没有，男的突然就出轨了。”

特蕾西说：“说没原因，是不对的，什么事情都是有原因的，只能说没理由。有时原因太小，太没道理，就显得没原因了。有段时间我天天采访女囚，很多是为情所困的女人，有的是因为老公要离婚，有的是因为情人变了心，反正是为了个情字，拿自己的性命当儿戏。你要愿意听，我可以跟你讲十天十夜。报上见到的，只是那些比较轰动的，有代表性的，一个故事下面，不知埋着多少类似故事。现在这种事多了，你想博个头版头条都不容易。”

“天天写这些，不把自己写得灰心丧气？”

“何止灰心丧气，简直是前途无亮。我就是把自己写得垂头丧气了才想到要出国的。在中国我是找不到好男人了，我上美国来找找，听说中国的精英男人都到美国来了。”

杨红警告说：“这些精英就不花了？”

特蕾西说：“听说精英们都忙着学习工作，没有多少人有工夫去花，至少不能公费去花，也不会引以为荣。你知道我那时为什么突然离开了口语班？”特蕾西摘下左手上的手链，把手伸到杨红眼前。

杨红看见一道细长的、乌溜溜的伤疤。

5

“这是我切腕留下的。”特蕾西说“切腕”的口气就像是在说“洗碗”一样，脸上的表情，又仿佛是在炫耀一枚国家科技进步奖章，“我的男朋友是我们晚报的记者，才貌都不错，就是花。到北京公干一段时间，就花上了一个北京妞，被我一个好朋友告诉我了。我打电话问他，他承认了，说是因为我不在他身边，他太寂寞。我就追去北京。吵了，闹了，他还舍不得放开那妞，我就来了这一手。当然也没想过切深，流了一些血，但死不了。”

“后来呢？”

“后来？后来就像搞笑电视剧了。他后来跟那妞吹了，又回到我这里。”

“那你还要他？”

“当然不要，这故事好就好在结局，因为我最后把他甩了，终于出了这口气。”特蕾西说，“我去北京前，就知道自己已经不再爱他，一个不忠实于爱情的人，有什么可爱的呢？但我要把他赢回来，赢回来再丢掉他，不然我这一生都会在自己面前抬不起头来。”

“这不跟赌气一样？还差点赔上自己的命。”

“我不过是做得过激一点，说得大胆一点罢了。虽然大家都不愿承认这一点，但大多数人都是更爱自己的面子、自己的自尊的。”

但是特蕾西没心思再说下去了，她还有别的安排，她要到比佛利山去参观好莱坞明星们的豪宅，去中国剧院门前看那些名演员的脚印手印什么的，还要去一条什么街碰运气，因为那条街上，有许多店铺，都是明星们经常光顾的，说不定就能碰上某个明星，让他在自己手上、乳罩上签个名。

“哇，我喜欢布莱德·皮特，还有尼古拉斯·凯奇。可惜尼古拉斯头发都快掉光了。我更喜欢约翰·德普和奥兰多·布鲁姆，年轻，又帅，看着就舒服。乔治·克鲁尼生得那叫一个正！但太老了点。汤姆·克鲁斯嘛，又矮了点。不过能碰上这几个当中的任何一个都是不错的啦。”特蕾西一口气甩出一大串电影明星的名字，圈的圈，点的点，褒的褒，贬的贬，扒拉来，扒拉去，像盘点自家店铺的存货一样。

杨红一个也不认识，一个也没听说过，她即使看外国电影，也只记得剧中人的名字，不知道演员的名字。她只觉得特蕾西谈论这些明星时的口气，就像那些明星都排成一条队，老老实实、卑躬屈膝地等着她挑一样。

“那些明星结没结婚？”杨红小心翼翼地问，不想打击了特蕾西的兴致。

“他们结没结婚干我何事？”特蕾西笑着说，“只是看看而已。我有‘美男情结’的嘛，只要是美男，我都喜欢看。他要跟我来个一夜情，我也不反对，哪里就想到要他娶我了？看来你还是老观念，看男人之前，就在想他会不会娶你。娶，就看他一眼；不娶，就不看。你跟男人之间，就只能有嫁娶的关系，不能有别的关系？”

杨红说：“也可以有同事关系或者普通朋友关系。”

“那也叫关系？”特蕾西好奇地问，“嘿，你有没有过情人？想象不出来，你这样的人有了情人会是什么样。”

杨红红着脸，支吾着：“什么算情人？”

特蕾西笑着说：“看你这个样子，也不会有情人。老老实实一党的干部，一生过得干巴无味，还为自己的干巴无味感到自豪。现在有的干部也蛮花的呢，可能女干部要好一点。嗨，你们干部出去应酬、腐败的时候，吃完了，男的去花，女的干什么？”

杨红听她说得太离谱，不太高兴地说：“我们出去从来没人花。”

“大学领导花的也不少呢，我就曾经报道过一个，把他弄得，那叫一个臭！可能你们学校好一点。我看你现在到美国了，就别把自己当干部了，找个情人，看看天会不会塌下来。不然你一生当中，只跟一个男人，那可真亏了，你没有比较，连他做得对不对都不知道。不过，我警告你，不要一上来就谈嫁娶。现在的男人，最怕你要他娶你了，做情人可以，你要他娶你，那肯定把人家吓跑了。”

“我觉得女人应该自珍自爱……”

“你太幽默了！”特蕾西前仰后合地笑了一通，勉强忍住笑说，“如果不是有点了解你这个人，还以为你在搞笑呢！你这个人很值得采访一下，很有特点，基本是活在你那个空中楼阁里，闭着眼睛不看世界。女人怎么样算自珍自爱？一生只爱一个人？一生只嫁一个人？你怎么知道他一生只爱你一个？一生只娶你一个？哼，我遇到的男人，爱字都是各种时态混着用的，从前爱过别人，现在爱着别人，今后将爱别人。”

特蕾西看看表，抱歉地说：“跟你聊天很好玩，本来还想给你普及一下现代爱情知识，但我现在要瞻仰明星去了。我只有六个多小时，不抓紧就来不及了。你去不去？”

杨红算了一下，离她转乘的飞机起飞还有将近十个小时，不去的话，一个人待在这里肯定很寂寞，就问：“要花钱的吗？”

“当然要花钱，听说有专门的旅游服务项目，可以随团走，也可以自己租个车去游览。我们现在时间紧，可能要包车，了不起一百来块钱吧。”

杨红在心里一换算，吃了一惊，看个电影明星要那么多钱，比进动物园还贵，就脱口道：“算了，还是你自己去吧，太贵了，我不去了。”

特蕾西看她那么坚决，知道劝也没用，就悻悻地说：“那我去了。”

等特蕾西走了，杨红又万分后悔了。不就几个钱吗？一百块也就是八百块人民币，在家里不也常常一花好几百吗？现在一个人被扔在这里，要等十个小时，太难熬了。正在懊丧不已的时候，她看见了一个熟悉的面孔，心里一喜，便快步追了上去。

6

杨红看见的不是别人，正是她在飞机上的邻座，那位坐在 18B 的中年妇女。杨红跟她从 H 市坐到汉城，差不多没讲什么话，因为飞机上实在是很安静，没有人讲话。转机后，杨红没有看见她。现在一个人待在机场，看见她就像一个与组织失散多年的地下党员看到了党派来的接头人一样，分外亲切，立即就走上前去打招呼。

那位妇女的激动也不亚于杨红，两个人互问了姓名，一下就成了好朋友。那位妇女叫周刚，是 Z 大的，去 D 大做访问学者。说起来，两个人的研究方向居然很相近，不过 Z 大比 H 大名气大，周教授比杨副教授高一级，D 大也比杨红要去的 A 大多颗星。若是在平时，杨红对这样的人就有点敬而远之，因为别人样样比自己高一等，自己有压力。不过今天不同了，到了美国，只要是中国人，看见了就很亲切，学术方面谁坐第一把交椅的事以后再计较。

两个女人碰上，很少有侃伊拉克战争或者世界杯的，都是聊彼此的家庭。有人说，如果你要讨好一个女人，那就夸她的丈夫，比夸丈夫还管用的，就是夸她的孩子。千万不要说她丈夫和孩子的坏话，即使她自己说她丈夫和孩子的坏话，你也不要接茬，因为她那样说，一是图个嘴巴快活，二是想听到相反的意见。

不知道杨红知不知道这个真理，反正她就是这么做的，从来不说别人丈夫孩子的坏话，能恭维时恭维，实在觉得没什么可恭维了，就不吭声。今天把这政策照搬，一下子就跟周刚成了好朋友。

杨红开心地说："我们还是家门呢，我丈夫也姓周。你比我丈夫大几岁，我们周怡应该叫你大姑妈。正好婆婆家没女儿，周怡没姑妈，就认你这个大姑妈了。"

两个女人就把座次排排好，把关系摆摆正，一个姑妈，一个舅妈，如果不是周刚的女儿比杨红的儿子大得离了谱，差不多就要违反《婚姻法》，定个娃娃亲了。

大姑妈因为口语不太好，磨磨蹭蹭地掉在后面，才刚刚过了那几关，还没吃东西，杨红就自告奋勇地带她去吃麦当劳。大姑妈畏畏缩缩地不敢上前去买，杨红就勇敢地做起翻译来，问了她想吃什么，就上去为她点了，杨红很为自己的英语自豪，顺便也有点感谢朱彼得训练有方，上了口语班跟没上口语班就是不一样。

大姑妈吃的时候，杨红就陪在旁边跟她聊天。大姑妈跟她的名字倒还有点相配，性子挺刚的，说话直爽，当即就许诺说如果她那边有好的机会，就想办法为杨红在那边找个位置，毕竟学校好一些，今后前途也大一些。再说，姑妈舅妈地住在一起，等两个人都把孩子办来了，还可以有个伴。

“我才来这么短的时间，就有点喜欢这里了。”大姑妈坦率地说，“这里胖人多，而且个个活得很坦然。你看那个卖麦当劳的胖大嫂，比我胖三倍，人家那叫活得滋润！我注意观察了一下，在美国，像我这样的，只能算中等偏瘦，比在中国时感觉好多了。”

杨红打量一下大姑妈，其实她也不算胖，不过比较壮，脖子和四肢都显得结实粗壮，属于那种即使是不吃不喝而且猛跑步也减不了多少磅的人。杨红想不到一个堂堂Z大的教授，还会为自己的胖烦恼。

“你在中国也不算胖吧？”杨红安慰说。

“你不知道，教书呢，倒是没谁管这个，你胖也好，瘦也好，没有人会为这个不评你职称。但我先生在公司工作，经常有应酬，常常有带家属出席的晚会什么的。刚开始我还去去，后来就觉得那种场合瘦女如云，一瘦遮千丑，我在那种地方感到压力太大了，去了丢脸，所以也懒得去了。”

大姑妈用餐巾纸擦擦手，从钱包里摸出一张照片，递给杨红：“你看，我年轻时也蛮不错的呢，一百来斤。生了小孩后，就像吹气球一样，一下子就吹了这么大，收都收不回去了。听别人说，生前越瘦的人，生后越胖。”

那是一张质量不怎么好的彩照，照片上的大姑妈的确很漂亮，瘦瘦的，五官生得很端正。大姑父倒显得一般，有点偏老，两个人看上去像父女。

大姑妈又递过一张照片，是她全家三口刚照的，大姑妈就是现在这模样，大姑父反倒显得比以前有了些风度，两人看上去有点“女大三，抱金砖”的包办婚姻味道。女儿呢，活脱脱是年轻大姑妈的翻版，就越发衬得大姑妈老了。杨红又端详了一会儿，就还给了大姑妈，心里有一点优越感，因为自己虽然也生了小孩，但还没有吹气球。

“谈恋爱的时候别人都觉得我丈夫配不上我，我父亲是Z大教授，我自己也是第一名考进来的，人又生得漂亮，他那时只是班上一个很普通的学生，才貌都不出众。不过他追得很紧，女人怕追，一追就追上了。”大姑妈似乎对自己的恋爱婚姻都有点时过境迁、好景不再的感叹，“现在你看看，他反而显得比我年轻、比我出众了。唉，女人不经老啊。”

杨红也有同样感叹：“不然怎么说女人三十豆腐渣，男人三十一朵花呢？”

“男人到了三四十的时候，有了成熟男人的风度、地位和金钱，而女人到了三四十的时候，人也老了，体也胖了，浪漫也被磨损了，就是不磨损，配着一个气球一样的身材，也不可爱了，这个时候，婚姻很容易出问题。所以我们这个年龄段的女人，活得最难。”大姑妈坦率地说，“以前是我丈夫紧张我，现在是我紧张他。他在外面做生意，经常要接触各种人，有时候跟公司的头出去，别人到什么地方，他也得到什么地方，难免会碰点荤腥。”

杨红不敢相信大姑妈这样的人，对丈夫在外拈花惹草会持这样开明的态度，就安慰说：“也许他在外面挺规矩的。”

“你不用安慰我了，他自己都承认的，他说这是为工作所迫，没办法的。你的客户、你的顶头上司都开了房间，你不开？那他们就会以为你要去揭发他，你还想在那个公司干？洁身自好是要付出更大的代价的。你出污泥而不染，那污泥就要怀恨在心，往你头上泼污水，让你比污泥还污。”

这是杨红第一次听到如此悲壮、如此高尚的宣言，感觉大姑父为了工作，忍辱负重，牺牲色相，肉体肯定被摧残得不成体统，内心肯定是泪流成河。

“你相信他？”杨红忍不住问。

“相信什么？相信他是为了工作才这样的？”大姑妈撇撇嘴，“一半一半啦，形势所迫也有一点，自己想换个口味也有一点。不过他还算有良心，知道保护自己和我。”

杨红目瞪口呆地看着大姑妈，心想，Z 大的教授，都要忍受这样的婚姻，女人的地位可想而知了。

7

杨红昧着良心，才找出一句恭维的话：“你心胸真宽广，如果是别的人，怕是早离婚了。”

“你当我没想过离婚？怎么会没想过呢？谁愿意过这种生活？但是有很多实际问题不好解决，小孩的事啦，房子的事啦，还有这些年的感情，也不是说放下就放得下的。关键是跟他离了婚，我又能找谁呢？像我现在这把年纪，再找也是离过婚、丧过偶的了，两个人带着这么深重的过去，要过得好也很不容易。再说，除非不找在公司干的，否则很可能比我现在的丈夫是有过之而无不及。”大姑妈看看杨红，说，“你丈夫跟你在一所大学，那应该是没有什么问题的了。”

杨红不知该怎么样回答这个问题。女人感谢对方信任自己的方法就是把自己的隐私也透露出来。杨红虽然被大姑妈感动加带动，有一吐为快的冲动，但毕竟是多年的习惯，觉得家丑是不可外扬的，于是只含混地说："差不多吧。"

大姑妈把食物打扫完毕，喘口气，说："所以我对这次出国抱有很大的希望，我准备一到学校就开始为我丈夫和小孩办探亲，如果快的话，他们一两个月内就可以到美国来。我几个朋友帮我打听过，像我这种专业的，在这边还比较好找工作，找到工作就可以在美国安定下来了。"

杨红没有听懂留在美国跟刚才讲的故事之间有什么联系，只觉得大姑妈也是跳跃性思维的人，一跳就从中国男人的不轨跳到中国女人在美国找工作的问题上去了。

大姑妈继续构想着她的宏伟蓝图："待在这边呢，我的丈夫就不用跟着他的老板到处应酬了，他可以老老实实地待在大学里做研究。听我那些在美国的同学讲，他们夫妻之间都过得挺好的，最起码是安安稳稳，绝对没有我在国内所遇到的那些麻烦。你知道的，我们这个专业，出国的多，我那个班，至少有百分之九十的人在国外。其实我年轻时要出国也很容易，但是我丈夫不肯出来，所以就没动那个心，不然早就在美国扎根了。"

杨红有点不甘："但是人并没有改变啊。他出过轨，就是出过轨，到了美国他不出轨是因为他没有机会出轨了，但他骨子里不还是个出轨的人吗？"

大姑妈笑起来："你是个认死理的人，一棍子把人打死。我要这么严格，早就离婚了。你想想，他在中国那种环境当中，他也是没法。说实话，他当初从Z大跳出去从商，还是我的主意，因为两个人都守在大学里，经济上也不那么宽裕。那时候，凡是家里有一个人在公司的，都买了三室一厅了，只有我们，还住在学校分的两室一厅里，想给小孩买个钢琴也买不起。所以有时候我也不怪他，一个人，最好不要遇到这种考验，不然的话，就很可能背叛。出污泥而不染，是很难的。"

杨红突然想起朱彼得关于出污泥而不染的高谈阔论，那话当时听了，只觉得是朱彼得又一个哗众取宠的包袱，但现在想来，却有几分道理。

朱彼得说，那些夸荷花出污泥而不染的人要么是瞎了眼，要么是睁着眼说瞎话。荷花出污泥而不染，其实是因为它有一根长长的茎在那里托着，离污泥还远着呢，如果你把一朵荷花塞到污泥里去，踩两脚，再拉出来，你看它染不染。更准确的说法是近朱者赤，近墨者黑。要想不变黑，就别到墨身边去。

那时有人笑他，说我们现在近了你这个朱，为什么反而变黑了？朱彼得笑着解释说，因为我的中文名字叫作“朱墨”，你们近了我，是既近朱又近墨，你们要变得黑里透红了。

看来大姑妈是治病治根，把大姑父连根从中国拔起，再把他种到美国来，想以这样的方式来挽救她的婚姻。不让大姑父近墨了，他就不会变黑了。不知道美国到底是朱是墨还是朱墨并存，不过她有点像大姑妈批评她的那样认死理。她觉得真正清白的人，就应该在什么地方都是清白的，如果不是，那就不是真的清白。一个人一旦不清白过了，那他就永远是不清白的了。

杨红问：“那你丈夫他现在愿意到美国来？”

“愿意来，来；不愿意来，拉倒。”大姑妈坚定地说，“这个我想好了，如果他不肯来，我们就离，但我的女儿一定要到我这里来。听说美国这边对离婚的女人比中国那边宽容，有些美国人找了拖油瓶的女人还觉得赚了一个。吃起饭来一大桌，问起姓来各姓各的家庭很多，大家见怪不怪，这样小孩就没压力。在中国不敢离婚，怕的就是别人瞧不起，说闲话，孩子在外受欺负。如果没这几个担心了，离婚有什么可怕的？女人又不是养不活自己。”

“这点你说得很有道理，没有男人，女人也养得活自己，但是感情上的空白还是没法填补的。”

“我丈夫他还是不愿意离婚的，他也很念往日的情分，对外面那些应酬，他是能躲就躲，能溜就溜，对女儿也照顾得很好。他也知道，外面那些女人，有几个是真心跟他好呢？不都是为了几个钱，逢场作戏吗？男人虽说四十还是一枝花，但到了六十、七十的，反而不如女人了，生的生病，中的中风，还得靠女人来照顾。风月场中的女人是靠不住的。”

“那他过来能做什么呢？”

“我丈夫有硕士学位，在这边找个工作应该不成问题。”

杨红想到特蕾西，又想想眼前的大姑妈，突然想到人们出不出国、留不留在美国，完全不能用爱国不爱国来丈量。这两个女人，一个出生于上世纪七十年代末，一个出生于六十年代中，一个到美国来寻找好男人，另一个到美国来培养一个好男人，动机都是很女人的。

大姑妈的飞机在三小时内就起飞了，杨红恋恋不舍地把她送走，一个人找了个僻静的位置坐下，回想她们两个人的话。特蕾西是跑社会新闻的，她看见的都是社会的阴暗面，但杨红也知道，那些阴的暗的，正在冠冕堂皇地变成阳的明的，人们已经不以为耻，反以为荣了。这股风正在强劲地吹向大学，杨红自己就参与处理过院里一个在外乱搞被派出所抓住的老师。

不论是特蕾西采访过的那些女囚的反抗办法，还是特蕾西自己的反抗办法，都是杨红不赞成的。杀人也好，杀己也好，都不能把一个变了心的男人杀回来，都不能解决问题。杨红也不赞成女人以花对花，在她看来，女人胡乱地跟男人上床，只能是自取其辱；而且女人青春短暂，以花对花的阶段也是短暂的；况且，等到夫妻俩在那里数数决定谁花得更多的时候，还有什么爱情可言呢？

现在的社会，男人越来越放纵自己，女人也越来越放纵自己。男人越放纵，越觉得自己有本事有本钱；女人越觉得自己有本事有本钱，就越放纵自己。杨红想，像我这样“奔四”的女人，既没有本钱放纵，也不愿放纵，又不甘心自己的丈夫放纵，哪能活得不累？

特蕾西和大姑妈对付这些阴暗面的办法就是跑到美国来，试图找到在中国找不到的好男人，或者拯救一个被污染的好男人。难道美国是女人的天堂？

8

杨红无精打采地看着机场的乘客，有行色匆匆的，有步履沉重的，也有像她一样，坐在那里无所事事的。没有人注意到她，她也没看见一个熟悉的面孔。百无聊赖之中，就想起朱彼得曾经说过，如果你不知道如何打发候机的时光，就把过往那些痛苦的记忆搜罗出来，打成包，丢弃在机场。

那好像是他写的或引用的一首英文诗，他先念了英文，然后随口把它译成了中文，大意是：机场是一个丢弃痛苦记忆的好地方，不想污染你最无忧无虑的童年记忆，就不要将你的痛苦丢弃在生你的故乡；不想被飘浮在空中的忧愁擒获，就不要将你的痛苦丢弃在你常住的故乡，也不要把你痛苦的记忆丢弃在你乘坐的飞机上，那小小的银燕，载不动这许多哀伤。把那些痛苦的记忆打成包，丢弃在机场吧，因为那里每个人都是过客，没有谁会注意到陌生人的惆怅。这样当你再上飞机的时候，你已经与往日的阴影告别，等着你的，将是新的篇章。

朱彼得说他就是这样打发候机时间的。这可能是他说过的最一本正经的话，一说完，就引起全班哄堂大笑。杨红想象不出，像朱彼得这样的人，会坐在机场的一隅，神色凝重地把自己痛苦的记忆打包。痛苦是一种沉重的感觉，痛苦是一种深刻的体验，像他那样即使不算浅薄至少也算得上轻浮的人，能有什么称得上沉重而深刻的体验吗？

杨红现在愿意相信，一个人能把过往的不愉快打成一个包，丢弃在机场。

坐在一个陌生的机场里，没有一个人认识自己，好像思维都跟着大胆起来了。在熟悉的环境中，仿佛思维都是有声的一样，想一想，都会被人听见，都会被人察觉，都会变成笑柄。这里是美国，就算思维被人听见了，因为语言不通，可能都没人能懂。

候机的时间，也是难得的清闲时光，平日里忙忙碌碌，不管是痛苦还是幸福，都没有时间去咀嚼、去提炼、去归档。

人在异国他乡，与故时故日故地的生活拉开了一段距离，你的心境更平和，你的眼光更敏锐，使你能够更客观地看待自己的过去。

杨红想象着自己正摊开一块块布，然后把从前那些痛苦的记忆，分门别类，一点一点地放在布的中央，凑足一个包裹了，就包起来，扎紧，丢弃在这里。她最先要打包的，是有关陈大龄的记忆。不管那是痛苦还是幸福，那都是她一生中最沉重的记忆。

陈大龄自下乡后，就像一个随风飘舞的风筝，从杨红的生活中飘出去了。开始杨红还期盼着，以为陈大龄会从乡下寄一封信给她，告诉他的通信地址，那她就可以写信到他下乡的地方去。那时她每天从楼下门卫那里经过，都希望刘伯会叫一声：有你的信！每次到系里去，也要满怀希望地伸手到信箱里去摸一摸，希望能摸出一封陈大龄的信来。常常是摸出了一把信，但都不是自己急等的那封，有时只好拿那无辜的信出气，把它撕个粉碎。

杨红知道自己可以去数学系打听到陈大龄在乡下的地址，或者去找他弟弟打听。但她都没有做。如果他想跟我通信，他会写给我的。他既然没有写，就说明他不想写。他不想写了，我又为什么还要写呢？我不是想好要放开他的吗？

一直到了第二年，过完新年到系里去时，杨红才收到陈大龄的一张明信片。明信片是年前就寄到了的，但她没想到有人会寄信来，所以根本没去系里取信。

陈大龄的明信片上写着：“祝新年快乐，万事如意”。她心情很激动，拿在手里把玩良久，翻过来翻过去地想找到点什么，又把那卡的图案研究了半天，得出的结论是，陈大龄要么花了心血选了这张绝对不带任何特殊情义的明信片，要么命中注定，他随手一拿，就拿了这么一张干干净净的。明信片图案是一幅风景画，有山有水，但没有蝴蝶，没有鸳鸯，没有相依相偎的小猫，更没有相拥相抱的情侣。

杨红觉得自己应该回一张给陈大龄，虽然新年已经过了，但来而不往非礼也。于是她也到学校书店里，精心挑选了一张同样干干净净的明信片，像应声虫一般，恭恭敬敬地写上“祝新年快乐，万事如意”。她不知道陈大龄乡下的地址，只好也寄到他系里。也不知他什么时候能收到，估计他每次回 H 市都会去系里拿信的。

自那以后，两个人都形成了规律，一年两张明信片，新年一张，生日一张。新年的那张两人差不多是同时寄出，生日的那张总能在生日到来之前的一两天到达。明信片上面，除了应景的问候祝愿，也会有一两个报告生活中重大转折的句子。就是从这些报告中，杨红得知陈大龄从乡下回来后，很快就被调到上海去了，然后读起了在职博士。

这两张明信片就像维系风筝的那根线，一头拴在风筝上，一头握在杨红的手里。每年拉一拉，就知道风筝还在那儿好好地飘着，但风筝什么时候飘回来，就没人知道了。如果有朝一日这根线断了，陈大龄就会消失在茫茫的人海里，永远也找不到了。想到这一点，杨红就不寒而栗。

杨红刚开始还怕周宁会抓住陈大龄这事，跟她没完没了，但后来发现周宁比她想象的要“汉子”得多。周宁没怎么提陈大龄的事，提到也只是一笑了之，说：“你那还不是剃头匠的挑子一头热？人家陈大龄会看上一个结了婚的女人？说你爱他，我信；说他爱你，我才不信呢。了不起也就是找个女人玩玩。虽然俗话说的是‘会玩的玩媳妇，不会玩的玩姑娘’，但那是说结了婚的男人。像陈大龄那样没结过婚的男人，不会玩媳妇的，他嫌脏，怕坏了他的名声。他要找个人玩，也会找个没结婚的姑娘玩。玩得好，结婚；玩得不好，两人拜拜，不欠良心，不留首尾。你看他下乡了，就不理你了吧？”

然后周宁就把自己的理论上升到一个新的高度，扩大到所有女人：女人嘛，不切实际地动动心，也没什么大不了的。她不对身边的陈大龄们动心，也会对书上电视上的某个小白脸动心。女人的春心，总是对那些得不到的男人萌动的嘛，丈夫算个 ×。

再然后，周宁就把自己的理论波及到整个男人：女人就是这样的啦，她看一个电视剧，就可以爱上一个男主角，看一本书，就可以臆造出一个生死恋，你要跟女人心中那些无穷无尽、不着边际的意中人竞争，那你还不累死？你只要盯紧她，不让她给你戴有形绿帽子就行了。无形绿帽子嘛，嘿嘿，每个男人头上都有几顶的啦。

杨红没想到自己刻骨铭心的恋情，到了周宁嘴里就变成了闹剧，有好几次，她都想证明给他看，她和陈大龄之间绝不是儿戏，绝不是周宁所说的剃头匠的挑子。她想说，现在我就跟你离婚，去跟他过。但她有点底气不足，陈大龄的确是下了乡，就没理她了。虽然一年寄两张明信片，也像是一口忽忽悠悠的气，一根若即若离的丝，如果不是自己也紧紧拉着，每年寄明信片回去，恐怕早就断了。

杨红不相信陈大龄只是“找个人玩玩”，但“嫌脏”两个字，却深深地印在了她脑子里。这个概念其实是早已存在她的心底的，只不过她从来没舍得用这么一个粗俗的词。当初她就觉得自己是结过婚的人，配不上陈大龄。为什么结过婚的人就配不上他？不就是一个“脏”字么？一个跟别的男人上过床的女人，在另一个男人心中，不就是被玷污了么？不然男人为什么那么重视那个处女膜？陈大龄也是男人，他能不嫌脏？

杨红觉得自己能理解陈大龄，也不怪他一去无踪影，只怪自己跟他没缘分。

工作繁忙是杨红唯一的救星。她本来就是一个好胜的人，读书时想得第一，工作了想做最好。而且她发现自己只要一投入到工作中去了，就忘了那些个人的烦恼。她有点以小人之心度君子之腹地推测，学校里所有工作积极的老师，都是因为个人生活不幸福。再推而广之，所有有成就的人，都是个人生活不幸福的人。个人生活太幸福了，就会被幸福淹没了。幸福使人慵懒，幸福使人呆滞，幸福使人不思上进，幸福使人沉醉目前。太幸福的人，就没有心思干工作搞研究，也就做不出成果了。

工作了一年后，杨红发现自己可以读在职研究生了，就努一把力，很顺利地考上了系里梁教授的研究生，攻读硕士学位。又工作又读书的日子，就更繁忙更充实了。慢慢地，杨红觉得自己深刻领会了那句歌词：从来不需要想起，永远也不会忘记。

你并没有刻意地去想这个人，甚至可以说你是在刻意地忘记这个人。但这个人的一切，就像烙在你记忆里一样，随时随地都会因为一个最不起眼的蛛丝马迹突然跳到你的心中。杨红听到一个“陈”字，都会立即想到陈大龄。听说谁要去上海，她都要羡慕一通，好像一去上海就是走近陈大龄了。《梁祝》的音乐更不用说，什么时候听到，杨红的眼泪就止不住流了下来。

十年之痒

1

杨红觉得那场舞会应该是自己生命之曲的华彩段落，生活到了那场舞会，就应该打住。那时候打住，自己的一生，虽然大多数时光是平淡无奇的，至少还在结尾处浪漫了一下。当然那一段浪漫在当时也只觉得痛苦：爱上一个人，却不知道他爱不爱你的痛苦；知道他爱你，却无法走到一起的痛苦；想跟一个人走，却又怕另一个人痛苦的痛苦。总而言之，当时是只有痛苦，甜蜜的浪漫是事后回想起来才有的感觉。

也许爱情就是这样，身处其中的时候，感到的多半是痛苦，只有到事过之后，回忆起来，才想到那时我是多么幸福啊，因为那时我身处爱中，应该是幸福的。

既然生活没有在那场舞会打住，那么再往下过，就变味了。就像一部小说，写到两个恋人相爱了，互诉衷肠了，就该结束了。如果故事还没完，你就知道下面有麻烦了，不是外界干预，就是生死相隔，或者因误会分手，或者因了解分手，如果不幸没走这几条路，那就剩下最后一条：平平淡淡，吵吵闹闹，时不时地，就蜕变到滑稽可笑的地步。

最先走了滑稽可笑路子的，是陈大龄留下的两件信物。

那盘磁带因为写着陈大龄的名字，当然是不能放在家里的。杨红就把它拿回老家，放在自己住过的那间房里，藏在一个小盒子里，想象着当自己年老了的时候，拿出来，听一听，回味那美好的时光。

有一天，杨红回了老家，想把磁带找出来听一听，结果发现小盒子里是一堆乱七八糟的带子，不知是谁，把磁盘里面的带子掏了出来，糅在一起，像一堆暗褐色的刨花一样。杨红带着哭腔，问妈妈这是怎么回事。妈妈也不知道，说是不是你侄女在这屋里玩的时候，看见了这盒子，把磁带抠出来了？她老是喜欢抠磁带出来玩，把手都弄伤了好几回。

杨红流着泪，想把带子再绕回去，但绕了半天，也没有成功。很多地方都已经扭得像麻花一样了，绕回去也是没有用了的。

海的女儿没有化成泡沫，化成了刨花。

杨红吸取了教训，把那支笔收在自家写字桌的抽屉里，实在是没有更好的地方可以放。夫妻之间，不应该有什么秘密，如果锁在箱子里，反而引起周宁的好奇。锁，只能锁住君子，像周宁这样的汉子，是锁不住的。也许大大方方地放在抽屉里，他反倒没什么兴趣了。

周宁也曾注意到那支笔，因为盒子很精巧，很漂亮，但他没有注意到那上面的两个字。问了一次，杨红说是学生送的礼物，周宁也就没在意，因为那一段时间，学生确实送了一些小礼物，感谢杨红教学有方。

既然是学生送的礼物，周宁也没多问，杨红也就暗自舒了口气。虽然觉得夫妻之间，已经到了撒谎的地步，实在是有点悲哀，有点讽刺，但杨红那时只有地下党员成功瞒过了国民党特务搜查的成就感，别的都顾不上了。

后来工作一忙，杨红也就没再去查看这支笔。直到有一天，周宁再次提起这支笔时，杨红才发现自己已经永远地失去了它。

杨红已经不记得确切的时间了，总之，是某一年的某一天，那时杨红已经被提为讲师，分到了一室一厅的房子。轮到她点房的时候，她看见可以选择的房屋中还有一套是五区的，而且就在陈大龄住过的那栋，就鬼使神差地点了那套。开始还怕周宁起疑，想了一套答案在那里，结果周宁问都没问。

那一天周宁的兄嫂来H市办事，住在杨红那里。周宁从E市回来，也在家。但他好像为了显示对兄嫂对老婆都是一视同仁一样，那天照例出去打牌了，把兄嫂丢在家里，让杨红与他们六目相对，无话可讲。杨红自然是在那里生着闷气，觉得自己在周宁的兄嫂面前丢了面子。但兄嫂不在乎，大概觉得这是天经地义的，或者只要有个地方落脚就行，就当是旅馆，你还指望旅馆老板留下来陪你？

半夜一两点的时候，杨红被敲门声惊醒了。她那晚是做好了准备把周宁关在外面的，所以也懒得起来去开门。但周宁的兄嫂自然不会无动于衷，就起来开了门。杨红只听见几个人鬼鬼祟祟的说话声，听不清究竟在说什么。她坚持着，让他们去鬼去祟。后来就听见一切复归安静。周宁那一晚都没有回家。当然，那不是他第一次整晚不回家了，打牌的人嘛，谁不是昼伏夜出，日夜颠倒的？杨红哭也哭了，吵也吵了，还是不能改变周宁那一颗麻将心，也就不庸人自扰了。

不过那一次就有点不同，第二天起床后，周宁的兄嫂叽里咕噜地在那里议论了一阵，好像欺负杨红听不懂他们的家乡话一样。最后两个人就告辞了，杨红也没挽留。对周宁的家人，杨红一直是这样：你来了，请坐请坐；你走了，不送不送。

那天中午直到周宁打来一个电话，杨红才知道周宁进派出所了。周宁在电话里请求杨红到派出所一趟，把他领出来。

原来那天晚上，周宁那桌麻将被派出所一锅端了。据说派出所的人阴险毒辣得很，蹲在楼道里听哪家有麻将牌的声音，那时正是年前，天气也冷得可以，派出所的同志能这样蹲在楼道里抓赌，第一说明他们为工作吃苦耐劳，品格高尚；第二，也说明那年的创收工作到那刻为止，还进行得不尽如人意，必须赶在年前，狠狠抓一把。

那些蹲点的片警，听见了谁家有打牌洗牌的声音，就冲进去，一阵吆喝，镇住那些牌迷们，再数一数牌桌上和每个人口袋里的钱，超过一千块就是聚赌，超过三千就是豪赌，格抓勿论。

周宁那天正好随身带着三千元钱，是他从几个朋友那里借来准备给他的兄嫂做生意的。借到手后，没及时给兄嫂，就被邀请到牌桌上来了。再说，腰里揣着三千元的日子，对周宁来说也没几次，所以先放在那里，热热身，过过瘾。

钱当然被搜了出来，一下就把整个赌博的格局提高到了豪赌的档次。周宁有口难辩，幸好平日打麻将时，广交朋友，是人就跟他打，打就打出感情，打出风格，对那些身居要职的、手中有权的，益发上心，尽力呵护。所以这一次抓赌的人中居然有一个是跟他打过麻将的哥们儿，可见周宁交友之广泛。牌桌上结下的朋友，有时比战场上的战友还管用。那小子虽然是执行公务，但也良心未泯，听了周宁的陈述，允许他回去跟老婆告个别，且把钱送回给他兄嫂做生意，再到派出所听候处罚。

周宁一路小跑地回家“报丧”，心里却冒出一个富有诗意的句子：成也麻将，败也麻将。诗得兴起，又画蛇添足地加了两句：抓也麻将，放也麻将。

周宁被关在派出所的那半夜，对自己的麻将生涯做了一番深刻的检讨，得出的结论是：打麻将一定要认准时机、认准对象、认准手气。节前年前不要打，卑鄙小人不要打，手气不好不要打。有了这三个“认准”、三个“不要”，麻将就能打出水平、打出安全感来。一同抓去的还有两个年纪小点的朋友，平时一口一个大哥地叫周宁的。这时待在派出所的小禁闭室里，周宁就把他们几个好一番训：

“打牌这个东西，一定要适可而止，量力而行。像我，一旦被抓了，还有你嫂子来取人；你们这两个，连个老婆都没有，谁来取你们出去？”

只说得两个小弟点头称是，佩服不已。

也是周宁活该倒霉。他原指望第二天遇到一个包青天，最好是一个过往的牌友兼包青天，那就可以神不知鬼不觉地回家，不让杨红知道。哪知第二天审他的是个小白脸一般的警察，说他看琼瑶小说还有人信，说他打麻将那只有鬼才信了。周宁挖遍了记忆也想不出在哪里跟这个人有过任何交情，没办法了，只好打电话叫杨红带罚款一千五百元来取人。

杨红接到电话之后那叫一个恨！差点就要叫他死在派出所。但思前想后，杨红还是带了一千五百元钱，骑车到了那个派出所，去把周宁取回来。你不取他，派出所会找到学校去，你在H大还活不活？

派出所的人早听周宁供过杨红是H大的老师，对她还是毕恭毕敬的，大家都是目光远大的人，谁知道哪天自己的儿女不会转到H大杨红的手下呢，所以事事得留一手。杨红交了罚款，又低三下四地请求派出所不要把这事捅到自己系里或周宁学校里，就很顺利地把周宁的事了结了。派出所也不是要一棍子把人打死，只不过是想一棍子打出钱来，并在打出钱的同时也警告一下打麻将打疯了的伙计们。

临走时，派出所的小白脸把玩着手里的一支笔，盯着周宁，有一会儿没说话。周宁一看，谄媚地说：“那支笔，您喜欢就留着用吧。”那个劲头，让杨红庆幸小白脸方才不是一往情深地望着自己，不然周宁肯定讨好地把老婆送给那个小白脸了。

“真的？那就谢谢了。”小白脸笑笑，很欣赏周宁的冰雪聪明。

出门后，周宁谢过杨红，抱歉地说：“对不起，我把你那支笔送给那个小白脸了。他今天录口供的时候，手里没笔，我就把那支借给他了。看得出，他挺喜欢那笔，不想还我了。”

杨红这才意识到那就是陈大龄送她的那支笔，真是气不打一处来：“你怎么能把那支笔送他？”

“不就是学生送的一支笔么，有什么大惊小怪的？”

杨红有苦难言，只在心里想，日后遇见陈大龄，如果他问起这支笔，自己千万不能把这个故事讲给他听。不过她几乎绝望地想，大概这层担心是多余的，因为遇见陈大龄的可能似乎是微乎其微的。

但杨红绝对没有料到，一九九四年的五月，她居然在青岛遇见了陈大龄。

2

一九九四年的五月，梁教授和杨红合写的一篇文章被一个全国性大会录用，两个人都拿到经费去青岛开会。会议借用的是青岛计生办的招待所，当时有好几个会在那里召开，每个人都以为别人的会议是有关计划生育的。看到一大帮衣冠楚楚的男人和一大群年纪轻轻的女孩在那里进进出出，想到这些人都是研究计划生育的，杨红觉得很滑稽。

杨红第一次参加这种全国性的大会，心情很激动，态度很谦恭，但亲眼看到一些从前只在期刊上课本上看到过名字的前辈，跟他们在同一个餐厅用餐，有时还坐在一桌，发现他们也都是活生生的人，有些人的吃相很不令人恭维，又有一点如梦初醒的感觉，原来写书的、做大学问的也是寻常人呀，并没有三头六臂什么的。这样想着，就生出一些自信，说不定我也能做出学问、写出书来。

杨红住的是一个四人间，同房间的有一位是广东一所大学来的，姓张，比杨红大几岁，但还没结婚，跟杨红很谈得来。另两个不是一个会议的，又多半时间不在房间里，所以没说什么话。

在外开会这种事，都是大同小异的，无非是你讲我讲大家讲。讲到后来，大家的注意力都放到参观景点、逛街购物上面去了。会议结束的前一天，杨红的那个会组织去崂山玩了一天，回来后已是筋疲力尽，所以杨红一到房间就洗了澡，只穿着棉毛衣裤躺在床上，很快就昏昏欲睡了。

蒙胧之中，听到有人在敲门。张老师去开了门，杨红就听到有人问："请问 H 大来的杨老师在不在？"

"在。请进来吧。"张老师说着，就把来人让了进来。

杨红没戴眼镜，但恍惚听见是个男人的声音，有点责怪张老师不跟她打个招呼就把男人放进来了，让来人看到她这个样子。等她戴上眼镜，看清来者是谁时，差不多晕倒了。来人正是陈大龄！

那个她四年来每天都希望梦见但从来没梦见过的人，那个她四年来每天都希望忘记但从来没忘记过的人，现在竟然出现在自己面前了。都说日有所思，夜有所梦，那她是日间思他思得还不够，还是梦过又忘了？多少次想象过再会的场景，有悲有欢，有笑有泪，但绝对不是像现在这样，自己蓬头垢面衣冠不整地站在他面前，旁边还有一个历史的见证人。

两个人就那样望着，不知道有多久，真是相顾无言，唯有泪千行，只不过泪都流到心里去了。

“坐，坐。别站着。”张老师拉过一把椅子，让陈大龄坐下。

杨红蓦地清醒过来，忙不迭地说：“我去换衣服。”她找了一套可以见人的衣服，冲进洗手间，关上门，仍可以听见张老师在跟陈大龄谈话。杨红换好衣服，觉得有点心慌气短，完全没有力量走出去。她背靠在洗手间的门上，闭上眼，倾听那个四年没听见的声音。声音没什么变化，人也没什么变化，岁月好像没有在他脸上留下什么痕迹，他的表情还是那么泰然自若，无懈可击，也许那段情也没在他心上留下什么痕迹？

那晚上的谈话可以说是平淡至极。陈大龄找到杨红的经过也是再简单不过了，因为每个会议的与会代表名单都贴在一楼的墙上。陈大龄看见了杨红的名字，就到招待所的服务处查到了她的房间号码。

张老师说：“这里的保密工作做得可不怎么样，如果你是个坏人，那他们岂不是助纣为虐？”

杨红觉得张老师有点卖弄幽默，故意说些惊人之语，又有点恨自己缺乏幽默细胞。她指望张老师自觉地避开，让她跟陈大龄说会儿话。

张老师好像不但没有避开的意思，反而表现出比杨红更大的兴趣。谈话的重心很快就被她扯走了，虽然陈大龄仍时不时地跟杨红说两句，杨红自己也心急火燎地想加入到谈话里去，但每次都被张老师喧宾夺主地扯了回去。最后，还是张老师快刀斩乱麻地敲定：明天大家一起去栈桥玩。

同房间另外两个人不合时宜地回来了，陈大龄看看表，说：“不早了，快十二点了，你们好好休息一下，明天见。”他没邀请杨红出去走走，杨红也没敢自告奋勇地送送他。现在这么晚了，出去走走也显得太出格了，又都在一栋楼里，送也显得没道理，好在还有明天。

那个夜晚，杨红理所当然地失眠了。回想四年前的那一幕幕，那些在心里反复咀嚼过的细节，今天反而觉得特别不真实。那些事真的发生过吗？还是我自己爱疯了想象出来的？原以为两人重逢会像干柴烈火一样，一发不可收拾地燃尽彼此，或者会如山间小溪一般，绵绵情话，潺潺不绝。等到真的重逢却是这样不尽如人意！

不过杨红很快就原谅了自己也原谅了陈大龄。还能怎么样呢？明明知道我是有夫之妇，陈大龄会放肆地张扬自己的感情吗？他说不定是有妇之夫了，我又能张扬自己的感情吗？他能找到这里来，已经是很念旧情的了。如果像自己这样不善于观察，贴在墙上的名单都注意不到，那根本不会有这次重逢了。

想到随时随地都有可能错过这种机会，杨红觉得心痛难忍，以后走到哪里我都要留意各种蛛丝马迹，不能再错过这样的机会。

杨红知道张老师也没睡着，因为能听见她在床上辗转反侧。看来张老师是对陈大龄动了心了。这可真是一见钟情。杨红想，有人这样被陈大龄吸引，我应该感到骄傲和自豪，至少说明我当时为他动心是正常的，是有道理的。但是张老师怎么可以在这样短的时间里爱上陈大龄呢？只能说是冲着他的外表来的，这不是很肤浅很靠不住的吗？我希望陈大龄能想到这一点，我不希望陈大龄为之动心。我这样想，是为了陈大龄好。但内心深处的一个声音讥讽地说：你无非是怕别人把陈大龄抢走罢了。你自己说过要放开他的，你自己还是一个有夫之妇，你有什么资格吃醋？

我这不是吃醋，我吃什么醋呢？杨红一边对自己辩解，一边觉得心里酸溜溜的。张老师好像根本没看出我跟陈大龄是有过一段情的。也许是因为知道我有丈夫；也许是我跟陈大龄都隐藏得太好，她看不出；也许是陈大龄早已放开了那段情，不用隐藏了，脸上的“情色”二字已经从心里连根拔掉了。

想到第二天会跟陈大龄一起出去玩，杨红不知道自己是悲还是喜。四年过去了，自己看到这个人，仍然是恨不得分分秒秒跟他在一起，就算是一言不发，都是甜蜜的。但明天一起出去的，不仅有张老师，可能还有陈大龄的两个女研究生。五个人在一起，又能怎样？张老师这样明目张胆地对陈大龄示爱，说不定那两个研究生也是有过之而无不及。像我这样既是已婚又没有什么过人之处的，要想拉住陈大龄的心，只有靠他念旧情了。但从今天的情况来看，自己好像一下子被打回到最初的起跑线上去了，要跟其他人平起平坐，重新争取陈大龄的爱。

想到这些，杨红就觉得周宁当初说的话还真有点道理。我要是跟了陈大龄，我会一辈子提心吊胆的，因为总会有女孩来向他示爱，我也会时时担心别人抢走他。虽然从道义上讲，应该为陈大龄有人爱而高兴，但从情感上讲，真的是恨不得全天下的女人都对陈大龄视而不见才好。

最好陈大龄有点什么可以吓退其他人的东西就好了，比如下肢瘫痪了，坐在轮椅上，那别的女人就不会爱他了，只有我，还会一如既往地爱他。但她马上想到这样不好，陈大龄如果瘫痪了，那不管我怎么爱他，他的一生也是不幸福的。也许仅仅是脸上有一道伤疤就行了，那样的话，那些看重他外表的女人就不会要他了，只有我还会照样爱他。

杨红开始想象自己带来的几套衣服哪一套最能显示自己的优点。她不知道陈大龄的那两个研究生长得怎么样，但估计她们的年龄应该不会比自己小多少，因为自己也是毕业了一年就开始读硕士的。张老师还大几岁，三十了。不过她们可能都有一个优点，就是还没结婚。想到这一点，杨红就泄气了。别人对陈大龄有那份心是正常的，倒是自己，已经结婚了，还想着陈大龄，真是无聊。

杨红把自己骂了一通，又为过早结婚后悔了一通，甚至想过明天不跟他们一起去，但终究没能下这个决心，反而焦急地想早点入眠，免得明天眼睛肿肿的难看。

3

第二天早上，等杨红奋力从昏睡中挣扎着醒来时，张老师早已打扮停当，等在那里了。杨红看看表，已经八点了，说好八点半在楼下聚齐的，现在只剩下半个小时，还能干什么？

“你起得早，也不叫我一下？”杨红有点责怪地说。

“睡不着，就起来了。看你睡得挺好的，就没叫你。”张老师仿佛很随意地问，“那个陈老师结婚了没有？”

杨红迟疑了一下，如实说：“我也不知道他结婚了没有。”

“你们不是朋友吗？”

“朋友也不好打听这些事，再说他现在又不在H大了，”杨红问，“要不要我帮你打听一下？”心想这倒是一个借口，待会儿可以问问陈大龄，就说张老师想知道你结婚没有。

张老师有点不好意思地说：“算了吧，别问了，我看他还没结婚。”然后小声解释说，“他昨晚讲话的时候，一直盯着我看，搞得我怪不好意思的。”

杨红觉得心一沉，原来张老师也有这种感觉？张老师不说这话，杨红还觉得陈大龄大多数时候是在看自己，现在经张老师一说，自己也闹不清是不是两个人都在自作多情了。也许陈大龄谁也没看，只是做老师做习惯了，知道怎样让所有的学生都感到老师在对着他讲话。自己不也是这样的吗？上课的时候记得不要老朝着一个地方讲，要照顾到方方面面，各个角落。

等两个人飞也似的跑下楼去的时候，陈大龄和他的两个女研究生已经等在那里了。杨红看了那两个女孩一眼，就觉得心灰意冷。不要以为会读书的女孩就一定相貌平庸，现在有才有貌的比比皆是。

两个女孩看上去都很年轻，打扮上都是竭力向高中生靠拢，清汤挂面的披肩发，显得又淳朴又优雅，可能上海女孩就是洋气一些。杨红觉得自己还烫着个发，梳成马尾，要多土气有多土气。但是当老师的人，总不能也打扮得像个高中生吧？再看看张老师，有点替她难过，到底是大几岁，看上去就是不一样。

女人的每一年都是像里程碑一样写在身上脸上的，尤其抹不掉盖不住的是女人的心态。过一个生日，就自觉不自觉地对自己说几遍：我又老了一岁。然后这个感叹就像刀子一样地在她心上划痕，也在她脸上划痕。女人背着年龄这个包袱，就不由自主地把它抖开在人前；女人不背这个包袱，如果别人看出你的年龄，说你装天真，你更无地自容。

大家互相介绍一通，杨红觉得每个女人都在以敌意的目光打量其他三个女人。杨红是第一眼就从外貌上把自己彻底否定了，再加上自己的已婚身份，早已万念俱灰。

等介绍完毕，那两个女研究生同大家再见，说要去市里购物。有一个女生一语双关地对陈大龄说了一句："三点钟，别忘了我们在火车站等你。"

另一个就开个玩笑："今天我们等在这里，就是想看看陈老师不肯跟我们去逛街，舍命陪的是哪两位君子。"

可能是看到陈老师陪的是这样两个没有竞争力的"君子"，知道陈老师是不会舍命的了，两个人就毫不担心地跑去购物了。

杨红觉得张老师明显地舒了一口气，心想，张老师真是天真。那两个研究生天天可以跟陈大龄在一起，近水楼台先得月，你离得远远的，就算今天能在一起待半天，又能怎么样？

杨红一路想着心事，坐的什么车，走的什么路，都没在意。一直到张老师惊呼一声"好美啊"，杨红才知道到了栈桥了。

栈桥在杨红眼里也不像别人夸耀的那么美，也许是心情问题，反正觉得也就是一个桥，一直伸到水中去，有点雾蒙蒙的，不少人在桥栏杆边搔首弄姿地照相，越看越做作。

这一路都是说些不关痛痒的话，杨红基本不知道三个人到底在说什么，感觉像在梦中一样，一切都是模模糊糊的，话与话之间没有什么逻辑联系，问与答之间也没有什么逻辑联系，好像说话只是为了不冷场。张老师谈锋更健一些，所以一般都是她在跟陈大龄说话。杨红不知道陈大龄是在应付，还是真心享受跟张老师的对话。他永远都是礼貌周全的，他对谁都是礼貌周全的。杨红想到这一点，就有点想闹出个什么乱子，逼着陈大龄放下这种礼貌周全，显露一回他的真面目。

走到一个像桥头堡一样的建筑前，杨红就想，如果他们提议上去，我就不上去，说头疼，看看陈大龄会不会为了我，也不上去。但她很快否定了这个方案。有什么用呢？陈大龄不上去，是因为我说头疼，谁头疼他都不会上去，而会留在下面照顾她的。如果陈大龄不管我头疼不头疼，一意孤行地上去了，我又能怎么样？一头扎到海里去？

这样想着，杨红觉得心里有一种绝望的感觉。陈大龄对我的爱，可能也是他的一种礼貌周全。在当时那样的情况下，他那样的人，除了那样说，那样做，又还能说什么，做什么？他实际上一直都处在一个被动的状态。如果周宁不去找他谈，他可能永远不会说他对我动了心；如果周宁不去找他闹，他也不会担心我，跑来保护我。

既然他从周宁口中知道了我对他的爱，而且又因为这爱引起了周宁的爆发，让我处在危险之中，他只能走上前来保护我，为了我的面子，他只好做那番表白，让我感到我的爱是有回报的。可能换了毛姐，他也会这样做的。

这样就比较好理解为什么他下乡之后，没有用任何方式跟我联系。舞会一别，就是四年。这四年中，他只在新年和我的生日的时候写一个明信片来，内容也是非常严肃、非常公事公办的。我以前都把那理解为他担心周宁会看见，现在想来，那才是真正的他。那一段急风暴雨中的他，只是一个英雄救美的骑士。路过某地，见一个女人因为爱他而陷入绝境，就挺身相救。既然被救的女人选择跟那个丈夫生活在一起，那骑士当然是再高兴不过了，乐得全身而退。

杨红机械地、慢慢地走着，只顾想自己的心思：实际上我当年放开的，只是他的人。在我心里，我一直都没有放开他，我一直在相信、在期待他是爱着我的，就像他说过的那样，超越了情欲与婚姻地爱着我。我这些年之所以能够活得平平静静的，是因为我有他的爱，所以我不孤独，所以我不在乎周宁有多爱我、怎样爱我、爱不爱我。一旦我知道我并未拥有陈大龄的爱，我还能不能这样平静地活下去？

杨红觉得心里真的是如刀割一样的痛，见这一面，真不如不见。不见，还可以闭着眼睛相信他是爱我的；见了这一面，心里所有的憧憬都坍塌了。

杨红想，不论是为了什么，我都应该让他知道我是真正放开了他的。这样他可以毫无牵挂地走自己的路。但她自己都能看到这个美好理由掩盖下的一个丑恶的事实，就是她想通过这样做来向自己证明，也向他证明：是我离你而去，而不是你离我而去。

杨红还来不及想通想透为什么自己这么虚荣，就有了一个单独与陈大龄待一会儿的机会。张老师上厕所去了，杨红本来也可以跟着去方便一下，但她不愿放弃这个机会，于是忍着没去。

陈大龄很关心地问："硕士快读完了吧？"

"快了，明年就毕业了。"

"还准不准备读博士？"

"还没想过。"

"能读还是读一个好，你待在高校教书，以后没有博士学位是行不通了的。"

杨红见他有了这个单独待一会儿的机会，仍然没有重提往日的恋情，心里彻底绝望了。她知道张老师很快就会回来，于是直统统地说："其实张老师很不错的，她挺喜欢你的。要不要我帮你传个话？"说了这话，杨红又很担心，怕陈大龄流露出极大兴趣，那自己只好真的帮这个忙了。再说，这样做，陈大龄会不会认为我很庸俗？

陈大龄照旧是带着那种杨红摸不透的微笑，看着她，然后说："你接了毛姐的班了？她没告诉过你，我不喜欢别人撮合？"

杨红期盼着他会说："你怎么给我介绍别人？你还不知道我爱谁？"现在听了这个回答，有点难受。但又觉得总比"不用你介绍，我已经结婚了"要容易承受多了，看来他还没结婚，也没对张老师动心。

杨红有点激动，一时竟不知说什么好，很想走过去，靠在他胸前，但她不敢，怕他会推开她，告诉她现在太晚了。她希望他能像在那次舞会上那样，不由分说地伸出双臂，把她拉到怀里。那她会毫不犹豫地跟他走，现在就走，再也不回 H 市。经过了这几年，杨红可以很有把握地说，周宁是不会像他说的那样，从楼顶跳下去的。

但是两个人都没有动，相顾无言，也没有泪。杨红觉得陈大龄看她的眼神，是一种父亲式的怜爱，仿佛在说：孩子，我知道你心里在想什么，我知道你有多难受，我也想帮你，可是我帮不了你。

两点多钟，陈大龄要去火车站了。他叫了一辆的士，对她们俩挥挥手，就钻了进去。杨红站在街边，心里很凄凉，泪眼朦胧地看那辆的士挤在人流车流里，渐行渐远，渐行渐远……

4

青岛之行，彻底改变了杨红的生活。她清楚地意识到，四年前的那个舞会，在她心底跳了这些年，跳到青岛，终于曲终人散了。也使杨红把自己跟周宁再一次紧紧地拴在了一起。除了周宁，她又能把自己跟谁拴在一起？自从跟周宁恋爱，杨红就算从男人的视线里退下来了，大家公认她是周宁的女人了，没有别的男人追她爱她了。杨红不知道陈大龄到底有没有追她爱她，充其量也就是被动地承受了一下,所以她这一生就只有周宁这一个男人可以算得上追了一下，爱了一下。

当了老师，后来又成了干部，杨红在男人眼里，就更不是一个可以追的女人了，没有男人以纯男人的眼光看她，也没有男人把她当纯女人来看。她是杨老师，杨副书记，杨副院长。男人跟她说话的时候，都把位置摆得很正，该恭敬的恭敬，该害怕的害怕，有礼有节，不越雷池。

在杨红那个圈子里，人们对婚姻还是很尊重的，已婚的男女，都是已经上了铜板册的，没人再来惹麻烦了。杨红很感谢中国人这种泾渭分明的态度。结了婚的人，不论他或她多么出色，你也不要多看一眼，更不要多想一下。他或她再好，也是别人的人了，想他或她，追他或她都是没有好下场的。既然没有人对已婚的人感兴趣，已婚的人也就不必在那里翻什么花花肠子了。你嫌配偶不好，你也找不到更好的了。

没人可花，是凑合婚姻最大的安全系数。凑合婚姻之所以能凑合下去，不是因为凑合的两个人有多少可以留恋对方的，而是两个人都知道，对方固然不理想，但自己也没有更好的选择了。如果有一个更好的选择等在那里，凑合的婚姻大半是要宣告破裂的。

周宁似乎从没动过离婚或者婚外恋的念头。追女人对于周宁来说，就好比是农民起义军攻打一座城池，打得千辛万苦，是为了进城享受，攻打本身只是一个过程，越短越好，越快越好。谁个没事干，一天到晚去攻城？现在已经攻下一个城池，就该享受了，还攻个什么？所以这些年，周宁基本上是在用城、享受城。如果能打了麻将，回来又有饭吃，晚上还有爱做，就很满足了。建城的事他懒得管，攻别的城他嫌麻烦。

周宁对杨红这座城还是比较满意的，女人该有的她都有，胸高腰细屁股大，看上去舒服，摸上去也舒服。难得的是又做得一手好菜，上下两张嘴都喂得饱。从结婚起，就是杨红做饭，搬出集体宿舍后，周宁连洗碗的差事也自我罢免了，所以基本上是抄着个手，吃现成的。这样的老婆到哪里去讨？当然，既然是女人，就免不了有女人的毛病，比如不让打麻将啦，不让看黄带啦，对婆婆不叫“妈”啦，女婿岳母发生争执不站在自己丈夫这一边啦，等等等等。但周宁知道，女人个个都是这样啦。说不定胸没杨红高，眼光还比她高；腰没杨红细，心眼还比她细；屁股没杨红大，脾气还比她大。

尤其难能可贵的是，广大人民群众都说他这个老婆找得合算，要才有才，要貌有貌，事业上工作上没的说，又能挣钱，又会管家。周宁这个人还是很听得进群众意见的，别人都说合算，肯定是不会亏了。杨红这个老婆，带到乡下老家去，也十分风光，极大地满足了周宁的自尊心。

不过有一段时间，周宁心下很有点想换个老婆，因为杨红在床上太死板。刚到 E 市中专上班的那段时间，周宁跟那些单身汉老师一起，看了不少黄带，长了不少知识，回来后也想如法炮制。但每次都不得其法，最终两人都累得气喘吁吁，却毫无快感。

杨红也听别人说过什么“七年之痒”，但到了结婚后的第七年，正好是周宁调回 H 市的那一年，他在牌桌上认识的一个哥们儿，通过另外几个牌桌上认识的哥们儿打通了关节，把周宁从 E 市的中专调到了 H 市一家挺不错的研究所。

为这，周宁把自己的麻将救国论对杨红大侃特侃了好几回：“你不让我打麻将，那是你没战略眼光。我不打，能认识老万？不是老万，我能调到 H 市来？现在很多生意是在麻将桌上成交的，很多人事调动是在麻将桌上谈成的。你为我搞调动这些年，你认识的那些人有没有为你搞成？还是靠我在麻将桌上认的人。”

所以第七年，周宁是在杨红的眼皮子底下度过的，天天早去晚归地上班，下了班不是被杨红人盯人地锁在家，就是溜出去打牌，然后被杨红发现，抓了回来。吵架也吵，斗气也斗，但出轨还没出。

有人讲起谁谁谁有了婚外恋，周宁总是不屑地说：“这个 × 人真是有毛病。一个联邦调查局监视他，还嫌不够，还要找个中央情报局？跟哪个女人上床不是一样？”说完，还乐呵呵地加一句，“女人三十如狼，四十如虎，只怕他自己的老婆都应付不了，再找一个女人，他那根棍子就那么经捣？一滴精，十滴血，多应付一个女人，不知要少活多少年。”

杨红觉得自己的婚姻大概就是这样了，不浪漫，吵闹不断，但不会有什么大的变化。她没想到，到结婚的第十年，却发现了周宁一件风花雪月的浪漫情事。

5

杨红发现周宁十年之痒的经过就像一部最没有想象力的小说里的情节，“滥”就一个字，好像作者的创造灵感已经完全枯竭，就随手抄袭了一部早已被抄滥的小说，而那部被抄的小说又不知道是抄的哪一本抄得更滥的小说。

二〇〇〇年，杨红剖腹产生下儿子周怡，很快发现又怀孕了，到H市医院去，被那些医生一顿羞辱，无奈之中，只好听妈妈的建议，回到家乡去做人流。妈妈帮她找了熟人刘医生，很顺利地就做了流产。刘医生安慰她，说剖腹产后几个月就做人流是很危险，但也不是没人做过。H市的医生骂得凶一些，可能是想让你留个深刻的印象，以后就会特别注意，也是为病人好。

杨红做了人流，就住在老家休息，有妈妈专心照顾，恢复也快些。周宁那时已调到H市，在一家研究所工作，正在忙着评副高职称。杨红准备等他副高职称一评上，就把他调到H大，因为周宁学历低，在H大来评副高，不知要等到哪年哪月。

H市离杨红的老家不远，坐汽车三个小时就到。周宁就每个星期回杨红的老家看她一次。医生嘱咐流产过后一个月内不得同房，杨红觉得应该严格遵守医嘱，就坚决不跟周宁同房。那次周宁似乎也很体贴，没有死乞白赖地求欢。

有一个周末，周宁说他母亲病了，要回他老家去看看，不能来看杨红和儿子。周宁在家乡待了一个周末，又打电话来说母亲身体仍然欠佳，要多留一两天，研究所那边已经请过假了。杨红想既然婆婆身体不适，那就多待几天吧。周宁从家乡回来后，仍旧每星期来看杨红，与从前毫无二致。

过了一段时间，杨红在老家待久了，觉得挺闷的，加上自己带研究生，也想知道他们的论文进展得如何，正好杨红开工厂的哥哥到H市办事，杨红就决定提前几天坐哥哥的车回H市，把妈妈也带回H市帮忙照顾儿子。

回到H市，周宁还在研究所没下班。杨红把儿子交给妈妈，自己坐到电脑前查电子邮件。电脑是开着的，好几个窗口都没关，杨红随便点开一个，恰好是周宁的电子邮件信箱，周宁好像走得匆忙，也许是没想到杨红会提前回来，连邮箱都没关。

杨红立即就觉得这是一个不好的兆头。旧电影的套路是，妻子提前归来，推开卧室门，看到的是丈夫和他的情人在床上缠绵。现在是网络时代，新套路应该是妻子提前回家，打开电脑，看见丈夫跟情人的电邮，再穿插几张触目惊心的现代春宫图。

杨红按捺着，看了一下收件箱，大多是一个叫“故乡的云”的人写来的。点开了几个，才看出所有信件都是这个“故乡的云”与一个叫“故乡的山”之间的通信。杨红有点鄙视地想，这两个名字也起得太没水平，一个是“故乡的云”，另一个就应该避开这个“故乡”二字，换个别的了。你故乡来，我故乡去，犯了对仗之大忌。

“故乡的云”比较含蓄一些，就用“故乡的云”做信箱名，真名实姓被藏得严严实实的。而“故乡的山”呢，就不知道是直爽，还是网盲，用的是真名实姓，不是别人，正是周宁。

杨红顾不上尊重个人隐私，点开几封，慌忙地读了一下，方才的那一点鄙视就不见了，反而觉得心开始变凉。一封封地看下去，越看心里越凉。虽然名字不对仗，但信写得很缠绵，不时有诗词歌赋穿插其间。信都不长，但语句凝练，有点一句顶一万句的气势。几句话，一个笑脸，有时还有几个英语词，把情书弄得有声有色。

杨红想不到周宁居然有这份文采这份情怀，一下就蒙了。这么多年，都觉得他是首淫诗，是个不理解浪漫情怀的人，所以可以容忍他的不解风情。现在看来，他只是对自己老婆才是一首淫诗，对这个“故乡的云”却是一首不折不扣的情诗，缠绵悱恻，浪漫多情，才华横溢，温柔体贴。

杨红忍着气愤和眼泪，再往下看，发现这两个人已经通信不少日子了。“故乡的云”花了很多篇幅诉说自己丈夫的不解风情、粗俗平庸、自私自利、不求上进，在杨红看来，完全是对周宁的描写。如果自己要控诉周宁，可以一字不改地全篇抄袭。但杨红马上就气愤地看到周宁在那里循循善诱地开解“故乡的云”，道理说得那叫一个通透，同杂志上那些专门替人排忧解难的专栏作家如出一辙，很有洒向人间都是爱的胸襟，如果杨红得到其十分之一，就要感激涕零地评周宁为模范丈夫了。

“故乡的云”很关心地问到山的妻子和孩子，语气关怀备至，信息无比灵通，寥寥几句，就把自己塑造成一个心胸宽广、一心只为心爱人着想的痴情女人。而“故乡的山”呢，语气那叫一个沉重，叫人感到他是一个重情义、负责任，在亲情与爱情之间挣扎的正宗男子汉。

“故乡的云”对现存婚姻似乎已经是毫无留恋，“离婚”二字在字里行间跳跃，好像只要“故乡的山”说个“离”字，“故乡的云”就要斩钉截铁地离了。“故乡的山”语气比较模糊，既看不出他对妻子儿子的眷恋，也看不出他有另起炉灶的决心，好像更看重过程而不是结果，有些句子，其思想境界之高，简直可以与陈大龄的那些名言媲美。

从“故乡的云”和“故乡的山”对周宁故乡的熟悉程度来看，“故乡的云”真的是周宁故乡的一片云，读高中的时候，似乎对周宁有那么一点意思，第一年高考没考上，回去复读，第二年考上了一个师范院校，现在大约在离故乡不远的地方教书。云和山曾约好一起去他们读过书的中学，回味那些甜蜜的往事。

杨红没有从电邮中看到直接的肉体关系的描写，但那可能只是云和山都比较含蓄，以他们两人的文风，可能宁愿用风雅的诗词来暗喻那些云雨的场面。联想到周宁好几次只身返回故乡，杨红断定他们已经做成那事了。生下周怡后，周宁甚至还提议去做个 DNA 检验，当时杨红不懂他的用意，现在看来，周宁是因为自己心里有鬼，所以怀疑她也有外遇。

杨红不知道自己心里在想什么，只觉得乱糟糟的像一团麻，眼泪一直往上涌，喉咙里好像有一声尖叫堵在那里，要么叫出来，要么吐出来。她顾不上跟妈妈打个招呼，就冲出家门，也没怎么想，就跑到以前跟周宁约会时常去的湖边。

看着那湖平静的水，杨红感觉到一种致命的诱惑，很想一头扎进去，了结此生，因为自己这一生，真是活得不值，从来没有得到一份真正意义上的爱。对一个女人来说，只有一个男人爱你，爱得真，爱得深，爱得长久，才说明你值得人爱。可是自己这一生，作为一个女人，有谁真正地爱过自己呢？

杨红此刻有点明白为什么人会想到死。选择离开这个世界的人，其实他们的心可能是很平静的，生与死已经没什么区别了。离开这个世界，不是因为他们太痛苦，而是因为这个世界不值得他们留恋，或者说是因为这个世界不留恋他们，不需要他们，不欣赏他们。活到那个份上，生命已不再有任何意义。生无所恋，死就变得非常有诱惑力。

杨红觉得自己是一个彻底的失败者，连周宁这样一个各方面都不如她的人，都不爱他，这事传出去，自己还有什么脸见人？更何况自己被周宁甩了，是因为一个高考考了两次的女人，是一个结过婚、有孩子、年纪肯定也跟自己差不多的女人，她到底有什么比自己强的地方？

杨红觉得自己对这个世界真的是没有什么留恋的，只有孩子是自己生存下去的理由，但等他长大了，他也会离她而去的，现在的小孩不都是这样的么？朋友同事都只是泛泛之交，别人都有别人的生活，自己在他们生活中什么也不是。自己这一生，永远是孤独的，没人爱的。

杨红不知道自己在湖边坐了多久，也不知道下一步该做什么，直到周宁找到她。

“回去吧，”周宁小心翼翼地拉拉她，“儿子还在家等你回去喂奶呢。”

“让他吃牛奶吧，我要你今天就在这儿把一切都说清楚，回去说不方便。”

周宁摊开手：“你要我说什么？你都看见了。”

“我要知道为什么。”

“我自己也不知道为什么。”

“她哪点比我好？她高考还考了两次，上的也是二流学校，结过婚，有孩子……”

杨红高声说了几句，突然停了下来，发现自己正在重复十年前周宁做过的事：追根究底地要知道为什么自己输在了另一个人手里，自己不过是把陈大龄换成了这个“故乡的云”。

6

那天在湖边，杨红就像审犯人一样把周宁狠狠审了一通，也没审出个满意的答案来。审到最后，审判人和被审判人之间的对话，围绕着一个“为什么”，形成了一个循环：

“你为什么要跟她有这么一手？”杨红问。

“我不知道。”

“你想离婚了跟她去过吗？”

“如果不是你发现得早，可能最后我会跟她去过。”

“那你现在想不想离婚？”

“我不想离，我舍不得你和儿子。”

“那你为什么要跟她有这么一手呢？”

“我不知道。”

…………

一直循环到杨红自己都累了，才强行退了出来。循环的结果，杨红从信息上没有得到多少新东西。“故乡的云”叫刘彩云，是周宁高中班上的英语课代表。“故乡的云”与“故乡的山”在故乡偶遇，两人留了电邮地址。云就给山发了一封电邮，山就回了一封，云和山就互通起电邮来。慢慢地，云就开始追忆往事，山也鼓励她追忆，云含蓄地说出她曾经暗恋山，而山也说他对云有过意思。云的婚姻不幸，山的婚姻也好不到哪里去。同情，安慰，回忆，倒叙，盼望，相见，等等等等，走的是已婚男女网恋的基本路子。

“你跟我在一起的时候，逼死都逼不出一句浪漫的话来，你跟她倒是蛮风花雪月的啊。”杨红恨恨地说。

“大多数都是从网上抄来的，现在网上多得很，你不信我可以指给你看。”

“是不是为陈大龄的事在报复我？”

“不是。你们之间又没什么，有什么值得我报复？”

“那是因为什么？因为我做了流产手术，你熬不住了？”

“不是。你不要乱想，我跟她没做过那事。”

回家后，杨红想进一步细读那些电邮，给自己的问题找个答案，却发现周宁已经把所有电邮都删掉了，问他，他说是为了跟那件事一刀两断。

接下来的几天杨红还不依不饶地审问了周宁，但审来审去，杨红还是没搞懂周宁究竟是为了什么。如果是因为十年前她跟陈大龄的事，她可以理解，甚至不怪他，就算一报还一报，扯平了。如果是因为生理上的需求暂时得不到满足，要找个人发泄一下，她也愿意理解，男人嘛，不就是为了那点事活着？如果是厌倦了她，要找个新鲜的女人，也该找个年轻漂亮的女人。她想不出这个“故乡的云”有什么吸引人的地方，不聪明，已婚，有小孩，听说样子也不比自己强，在一个小城市工作。总而言之，周宁给不出一个理由，杨红也想不出一个理由。

杨红也不知道自己为什么一定要追究这个“为什么”，追出答案又能怎么样？为了防范以后再发生？或者追出一个令人满意的答案就能把这事一笔勾销？那么她心中的标准答案应该是什么？她不知道，她只想知道为什么。她甚至想过去找那个刘彩云，但不知道自己找到她又能怎么样。骂她抢了自己的丈夫？如果别人说“谁叫你管不住你丈夫的”，那自己有什么脸见人？

周宁见她念念不忘，耿耿于怀，就说：“你要是气不平，那你也去找一个吧，我不怪你。我们扯平了，你就不会难受了。”

杨红把周宁提的建议认认真真地思考了半天，找个情人，扯平？她把自己一生中所有可能的情人候选人都拿出来想了一遍，觉得找不到一个人可以用来扯平。

陈大龄早已没来往了，还不知道他当时是怎么想的，更不要说现在。自己现在总不能跑去对陈大龄说，我们做情人吧，我要跟周宁扯平。从前追过自己的那些人，当时就只是请人来传传话，你一说不行，别人就跑了，现在早已是老婆孩子热炕头了。总不能自己跑去找别人吧？有一次同学聚会，有个中学同学，叫张明的，在班上挺调皮的，现在做生意做发了，是他掏钱搞的那次同学聚会。他倒是嬉皮笑脸地说以前在中学就暗恋杨红，但他也没说现在还恋她呀。同学聚会完了，大家也就再没联系了。

杨红悲哀地想，三十多岁的女人了，结了婚，又有了孩子，找个人从肉体上扯平还有可能，从感情上扯平，恐怕是很难了。

从肉体上扯平，杨红觉得不值。在杨红看来，女人跟男人做那事，除非是因为她爱他，不然就是被污辱了。一个女人去跟一个她不爱的男人做那事，那不是自寻倒霉？白白被人亵渎，吃亏的是女人。不光跟周宁扯不平，还把自己在另一个人那里扯亏了。

杨红是不想让她父母知道的，但周宁却把这事捅到岳父母那里去了。他跟杨红的父母摊开一切，说自己绝没有离婚的意思，但现在这事做也做了，杨红不依不饶的，到底要他怎么样呢？您去劝劝她吧。

杨红的父母就来劝她，说他也知错了，也愿意改了，看在孩子的分上，就算了吧。杨红为这事恨极了周宁，这叫自己在父母面前还怎么做人？这种事情，如果没人知道，还可以承受，不为人知的失败只算半个失败，人尽皆知的失败则是双重的失败。一旦外人知道了，那自己的脸就全丢光了，还怎么活下去？杨红狠狠警告周宁：不许你把这事告诉任何人，你走漏一丝口风，你当心……

杨红也不知道周宁应该当心什么，自己有什么可以治得住周宁的？当心我杀了你，还是当心我自杀？杨红知道自己既不会杀人，也不会自杀。除了哭，还是哭；除了吵，还是吵。这口气，就那样窝在杨红心里，想忘记又忘不掉，想干脆离了婚，又怕被人耻笑，也怕自己再也找不到一个丈夫，怕儿子没爸爸要受人嘲笑。

从那以后，杨红看见周宁，就从生理上厌恶，当他来求欢的时候，杨红就感到连鸡皮疙瘩都冒出来了。有好些天，杨红都坚决不从，一直到周宁那玩意儿无数次地起落，憋得无可奈何，痛得他直抽冷气了，杨红才勉强让他爬上身来。

杨红很快就发现，在别人称为“三十如狼”的年龄，自己的身体却又回到了新婚时的状态，可能比那时还糟糕。那时的干燥，只是觉醒前的沉睡，一旦觉醒，就会湿润温软；而现在的干涸，像断了源头的河流，看不到重新流淌的迹象。杨红觉得自己那地方，就像一截被抽了真空的橡皮管子，任周宁怎么左冲右突，都难以进入。

这是杨红没想到的。自己从思想上讲，还是愿意把婚姻维持下去的，但自已的身体，却毫不留情地把周宁拒之门外。

周宁的十年之痒，就成了杨红的紧箍咒，一有空就拿出来念叨一下，一直到有一天，周宁也爆发了：你这人是怎么回事？我已经认了错，也保证不会再跟她来往了，你还要这样没完没了。叫你去找一个扯平，你又不去找。你到底要我怎么样？

杨红愣住了，她觉得自己再说一句，周宁就会提出离婚，或者从这个家跑出去，那是她不愿意要的结果。于是，杨红不再提那事，但在心里，却觉得有个疙瘩越结越大。有时候，无缘无故地就觉得心口发闷，好像一口气梗在那里，上不能上，下不能下，隐隐地发疼。

心　病

1

杨红乘坐的飞机终于到达T城，这是她本次飞行的终点。按朱彼得的说法，他这头驴子就只能踢这么远了。剩下的，因为有太多的事情，他已经没法一一重复了，该你们自己去各显神通了，能放电的放电，能发嗲的发嗲，总之是魅倒谁是谁，只要有人把你们从机场接到你们的住处就行了。不过不要搭乘顺风车，是人不是人的就跟着他走，当心被卖了，当然卖了还不是最可怕的，比被人卖掉还可怕的是卖不出价钱，传出去他这个当老师的没脸见人。

朱彼得也顺便警告了一下，虽然防人之心不可无，但也不要自我感觉太过良好，以为那些来接你们帮你们的都是来追你们的。海外的中国人，很多人记得自己当初有人来接机的时候是多么感激涕零，到如今那挂鼻涕都还没甩掉，所以一旦自己有了车，便来接新同学。说不定人家根本没把您当异性，或者只把您当异性的恐龙青蛙什么的，那就不要自作多情了，更不要像防强奸犯一样防范人家。当然，该怎么感谢就怎么感谢，不要一激动，就觉得无以回报，要以身相许，反过来非礼人家。

经过了这一路旅程，杨红觉得只要自己正确对待朱彼得的话，还是能从中获益匪浅的，关键是要去粗取精，去伪存真，不要被他那些油滑部分所迷惑，如果能做到这些，他教的东西基本上还是有用的。

杨红已经跟A大的牛小明联系好，他会来接她。杨红认识牛小明，是因为两人都认识H大毕业的魏成。而魏成说来还是杨红的学生，读本科时杨红教过他一段。后来魏成去了A大读博士，跟牛小明曾经是室友。

魏成的导师是卡森教授。有一年魏成陪同卡森教授到中国访学，H大这边正好是由杨红接待的，师生重逢，自然是分外亲切。后来杨红跟卡森教授一直有电邮来往。去年卡森教授提出请她来 A 大工作半年，发给她邀请信，讲好半年付给她三千美元。H 大每年都有派送教师出国进修的计划，只要你能联系到接收单位和经济资助，学校会资助三万元人民币，工资照发。

等到杨红跟魏成发电邮，想请他在 A 大那边帮忙找住处时，魏成却告诉她，他现在在上海，找到了工作，还找到了一个女朋友，不准备回 A 大把博士读完了。不过恭喜她有出国的机会，他已经把找房子的事托付给朋友牛小明了。

这样，杨红就跟牛小明交换起电邮来。不知道为什么，她没有提及过自己的婚姻状况，可能是下意识地知道男人对一个未婚女人会帮得更热心一点。再说牛小明也没问过，难不成自己跳出来说自己是结了婚的？

不知道牛小明是不是上了这个当，把她当成了未婚女青年，反正他很热情，先后为她找了好几处地方，还把这些地方的优缺点一一列出来，让她自己斟酌。后来又答应到机场来接她。好家伙，早上五点啊！听说从 A 大到机场要开一个多小时，那等于是半夜三点就要起床。如果不是上了当，那就只能说他是活雷锋了。

在机场取行李的转盘前，牛小明不费吹灰之力就认出了杨红，可能因为那次航班上只下了这一个中国女人。既然牛小明走上前来问她是不是杨红，那么杨红也不费吹灰之力就认出了牛小明。

牛小明看上去三十多岁，四方脸，长相、气质、风度都算一般，属于这样一种男人，就是如果没有小白脸的勾引，没有帅男的干扰，一个糊里糊涂地嫁给了他的女人，还是可以安安稳稳地跟他过一辈子的。用有些女人刻薄的话说，就是如果她跟他被大风暴抛到一个孤岛上，岛上没有第二个男人，而他真心实意地爱她的话，她还可以忍受的那种男人。但绝不是女人一见就浑身发软，不顾一切就想扑到他怀里的那种男人。也没丑到女人看了会恨恨地说：就算这世界上只剩下你一个男人，我也不会嫁你。

值得女人说这种话的男人，一般是坏男人，而不是丑男人，因为女人对男人长相的感觉会随着对他人品的感觉而变化。男人人品好，女人慢慢就会觉得他不那么丑了，不然怎么会有男人敢大喊大叫地唱“我很丑，可是我很温柔”呢。女人敢不敢这样唱？她肯定不敢，因为男人对女人外貌的评价不会因为她的人品而改变，最多遗憾地加个“就是”：哎，人倒是个好人，就是长得……

过去这些年，杨红已把自己从男人的眼光里撤了出来，也把男人从自己的眼光里摒弃出去。在她看来，结了婚的女人，就像卖掉了的房子一样，已经从房屋广告上被撤下去了，即使是到了复印前一分钟才卖掉的，来不及撤下去，也会在上面打上一个圈，写个“已售”。再漂亮，也没有人来下订金了。或许那些买主从那房子外走过的时候，会说一声：嗯，我以后就买这种。但他们不会硬生生地花高价把那房子从原房主手里买过去。

杨红不知道到底是因为到了美国，自己就不觉得自己是党的干部了，因而在思想上放松警惕了，还是因为特蕾西那些很有煽动性的说教，抑或是周宁放过那个口风，说你可以找个情人跟我扯平，总之，杨红发现自己又有点把自己放回到房屋市场上去了。此刻，她就在暗自思忖，不知道是不是自己有点自作多情，牛小明对我好像多看了几眼，那表情有点像是在说今天起这么早还是值得的。

杨红不由得想起别人有关海外中国留学生男女比例失调的说法。

不知道这牛小明是不是一个三十大儿还没寻到老婆的人，反正他帮忙帮得挺上心的，哼哧哼哧地帮杨红把两个大箱子放进车里，杨红理所当然地想坐在前排，结果牛小明已经把一个箱子放在了那里，杨红只好坐在后排，心里有点失落，难道他怕我在路上非礼他不成?

牛小明仿佛看出她的不快，笑着解释说，几年前，A 大有个男生，接一个新来的女生，路上被她误会成非礼，在高速公路上突然抓他的方向盘，差点就造成车毁人亡事故，所以 A 大男生是一人遭蛇咬，人人怕井绳，一般都让新生坐在后排。当然牛小明没有说，那个女生的版本是完全不一样的，说不是她去抓他的方向盘，而是他来抓她的车头灯。究竟是谁抓谁的什么，一直没弄清。男生信男生版，女生信女生版。但有一点已经形成传统，那就是，男女瘦瘦的不亲，胖胖的也不亲——新生一律坐后面。

车一路开着，杨红觉得越开越到乡下去了。刚开始还看见公路两旁的高楼，甚为壮观，每个窗子都亮着灯，显出美国人浪费的气派，气派的浪费。高速公路也很热闹，一个方向有六七条道，因为天早，车都开着灯。只见顺自己方向的是一溜溜红色的尾灯，逆自己方向的则是一条条金黄的长龙，很有诗情画意。

开了一会儿，就有点像杨红织毛裤边织边收针一样，走一段，一条车道就合并掉了，再走一会儿，另一条车道又合并掉了。这样一路合并，等开了半个小时后，就只剩下两条车道了。路两旁也不再有路灯，两边密密的树林看上去有点阴森森的。虽然天已经在慢慢亮了，但还是有点迷迷蒙蒙的。杨红突然想到自己就这么跳上一个从未谋面的男人的车，被他载着，向一个自己一点儿也不了解的地方开去，只觉一股寒气从脚底升起。如果不是朱彼得打过预防针，自己恐怕也要冲上去抓方向盘了。

大约开了一个半小时，杨红感觉是从繁华的 H 市，经过小康的老家，再经过破败的银马，当人烟终于稀少到跟周家冲差不多的时候，牛小明欢快地告诉杨红：“到了！”

2

杨红对 A 城的第一印象，就只能用“苍凉”两个字来形容。汽车从东向西穿过整个 A 城，杨红没看见一幢超过六层的楼房，路上也很少见到行人。虽然道路两旁风景还不错，但也没见有人在那儿打个太极、舞个剑什么的。牛小明说 A 城是个大学城，大学就是城，是个读书的好地方，因为除了读书，没别的事可干。

牛小明先把杨红带到自己住的地方，搞得杨红有点怀疑他的动机，不过牛小明解释说，现在还不到八点，时间太早，打搅别人不好，不如先在我这里待一会儿，吃个早点，然后再跟你室友打电话。

牛小明住的是 A 大的房子，是一栋红砖房，三层楼。牛小明住了个一室一厅，室友回国探亲还没回来。屋子里是单身汉特有的脏乱差。牛小明给杨红找把椅子坐下，就笨手笨脚地煮起面来。杨红一见，忍不住走上前去，说我来吧。她问了一下怎么使用炉灶，油盐酱醋在哪里，就顺顺当当做出两碗面条，还把带来的榨菜炒了炒，放在面上。见牛小明的厨房乱得可以，又忍不住顺手收拾了一下。

杨红见牛小明吃得那样狼吞虎咽，心里有点同情这些海外留学的男生，自己不会做饭，又没老婆，白天夜晚都是饿，这日子过得真是凄惨。不过她也找到了一个报答别人的办法，当然不是消除他们夜晚的饥，而是解救他们白天的饿。当即就打定主意，以后谁帮我，我就做好饭好菜请他吃。

总算挨到快九点了，牛小明说，我来给你室友打电话吧。说了两句，牛小明就放下电话，不解地问：“她说她七月份就已经给你发过电邮，说她已经把房间转租给别人了，你收到她电邮了吗？”

“没有啊，转租给别人了？那我怎么办？”杨红急得眼泪都快流出来了，她最怕的就是来到美国没有一个落脚的地方，只要有地方住下来，好不好都无所谓，住的地方都没有，那就真的是无家可归了。这次出国可以说是事事不顺利，看来本命年就是流年不顺，早知道这样，就应该听老人的话，买根红腰带勒在腰间了。

“会不会你查电邮时没注意到？来，你到我电脑上再查一下看。不过就算她没发，也没办法了，因为跟她完全是君子协定，没签租约的。我来帮你想别的办法吧。”实际上，不签租约是杨红要求的，因为她不知道自己能住多久，一旦周宁探亲签证办好，她就不能与人合住，而要另找地方了。

杨红就在牛小明的电脑上打开自己的电邮账号，从头到尾地查看，并没有看到这样一个电邮。杨红那段时间做了流产手术在老家休息，看不到电邮，就把密码给了周宁，叫他在H市查，可能周宁看不懂英语，删了，或者看懂了忘记告诉她。但也有可能别人根本没发电邮，这一切都是牛小明搞的鬼。

牛小明安慰说：“别急，我在A大论坛上看到几个找室友的，我帮你打电话问一下。”他打了好几个电话，似乎没有什么合适的，不是别人已经租出去了，就是离学校太远了，杨红没车，A市公共汽车也不方便，都是一小时一趟，所以几个地方都不行。牛小明说：“现在这个时候不大好找，因为已经开学了，房子的事差不多早已搞定了。”

杨红焦急万分，只知道问：“那怎么办？那怎么办？”

牛小明安慰她说：“别急，实在不行，在我这里住几天。我可以在客厅睡。”

杨红想，这一切，是不是都是牛小明的阴谋，就为了达到这个目的？她犹犹豫豫地问：“这怎么住？”

牛小明笑着说：“没什么，这里男女合住一个屋子的多了，早已形成了合住道德规范，室友之间绝对不谈恋爱。”

杨红越听越觉得玄乎，怎么扯到谈恋爱上去了？难道他把我当小女孩了？那等他发现我婚龄都十几年了，不是要把我赶出去？

不知牛小明是不是看出了她的担心，改口道：“既然你不敢住这里，我来给博导打个电话，看她那里可不可以挤一下。”

牛小明拨了一个电话号码，寒暄几句，一路哈哈地笑着，不像在跟一个博导说话，倒像是在跟一个哥们儿油嘴滑舌。不过没几句，他就把杨红的临时住处搞定了：“好了，她答应了。博导人挺好的，以前我做学生会主席的时候，没少往她那儿带人。”牛小明拿起车钥匙，见杨红仍然狐疑地望着他，便说，“女的，你不用害怕了。来，我带你去她那儿……”

路上，牛小明告诉杨红，博导名叫薛海燕，在这里读博士，因为侃起人生大道理来，很有一套，所以大家开玩笑地叫她“博导”。

听牛小明说，海燕以前在国内一个挺有名的大学教英语，有一段时间，兼职为当地一家四卦杂志撰写《海燕信箱》栏目，专门为人排忧解难那种，人气很旺。后来她说怕误人子弟，坚决金盆洗手了。即使到现在，也是不肯误人子弟，不过一旦说几句，就令人豁然开朗，高山仰止。

牛小明说博导这人能轻而易举地让人对她打开心扉吐苦水，但她对自己的事却三缄其口，所以大家不太知道她的情况。不过她有好几个学生也在A大读过书，听他们讲，博导下过乡，进过厂，喂过猪也喂过人，一九七七年高考考得很好，但不知为什么，没被大学录取，可能是因为她父亲是“四类分子”，也可能是哪位工作人员把表弄丢了，反正是个无头案。后来因为供弟弟妹妹上大学，单位又管卡压，一直拖了十年才进大学门，自学成才，没读本科，直接考上了研究生，毕业后在大学任教。她出国留洋时，已经不年轻了，中途又改专业，所以现在还没毕业，正在读统计系的博士。博导的丈夫好像是在外州一个什么地方工作，不常回来，她跟女儿在这边。

牛小明说：“博导的女儿安吉拉长得很漂亮，像巩俐，不过我室友说她像刘亦菲。”

杨红不知道这刘亦菲何许人也，但巩俐还是知道的，就说：“那博导年轻时肯定很漂亮。”

牛小明嘿嘿一笑，说：“年轻时我没看见过，不好乱说。不过我室友说她比巩俐洋气。”

博导住的地方离牛小明的住处很近，都是A大的房子，一样的红砖房，是个两室一厅。杨红跟着牛小明上了三楼，看见有个女人站在楼梯口，正对着他们笑，知道这大概就是博导了。博导看上去三十多岁，身上的衣服好像是匆忙中随便套上去的，头发也是胡乱地束在脑后，给人的感觉是刚才还在床上，接了牛小明的电话才匆忙披挂上阵的。但杨红觉得她看着挺顺眼的，骨子里透出一股优雅，五官生得找不出一点毛病，尤其是她的脸，几乎没有皱纹，额头光洁，鼻梁挺拔，的确很洋气，笑起来露出珍珠般又白又整齐的牙，使她的笑很有感染力。

看见他们两个上楼来，博导就笑着说：“靓仔把美女接回来了？”

靓仔笑得一朵花似的，当仁不让地受了这恭维，倒是杨红有点不好意思，心想我哪算得上美女，想谦虚一下，又觉得博导是开玩笑的，自己当真反而惹人笑话。

两边都是一阵谦虚客套，一个说打搅了打搅了，给你添麻烦了，另一个说打搅什么，正好家里揭不开锅，急着把这房间租出去好买米下锅呢。

搬完了东西，牛小明又坐了一会儿，就告辞要走，说明天可以带杨红去银行开户、办 SSN 什么的，明早会打电话过来。海燕就笑牛小明：“你这追功还不错。我本来想讨好一下新室友的，既然你捷足先登，我就改日吧。”

牛小明对“追求”的指控也不辩驳，只呵呵笑着说：“你要是跟我较劲，我肯定输，女生都说如果你是男的，她们就嫁定你了。”

博导也不客气：“是女的，她们就不嫁了？我告她们性别歧视。”

牛小明走后，杨红客气地说：“薛老师，真是给你添麻烦了，本来你跟你女儿可以一人住一间的，现在……”

海燕笑着打断她：“你叫我薛老师，搞得我一惊一乍的。别叫我老师，不然别人以为我沽名钓誉，说我是A大的老师，早就不是老师了，叫我海燕就行了。你有英语名字吗？”

杨红不想用特蕾莎这个名字，就说：“没有，你有吗？”

“在国内搞英语的，肯定有，不过来了这里，反而不用了，行不更名，坐不改姓，就用薛海燕这名。主要是很多老美不知道怎么发这个“xue”音，折腾他们一下。教授们读不出我的名字，先要诚惶诚恐地请教我，心理上就输我一把了。”海燕笑着说，“那我就直接叫你杨红，不叫你杨院长了，免得把你叫老了。你这名字好，一听就知道苦大仇深，根正苗红。”

杨红笑着，心想，怎么这儿的人都像朱彼得一样，嘴里没个正经的，忍不住说：“你说话很像我国内的一个口语老师，他也是爱开玩笑，刚开始还有点不习惯。不过我这一路上，还多亏他教的那些口语。”

海燕微笑着看了她一会儿：“可能你当了一辈子党的干部，一本正经惯了。现在的人怕严肃，都喜欢搞笑两句。我这个人，喜欢信口开河地胡说八道，知道的人就不会当真。”

“说话没人当真，那多不好。”

“说话说到没人当真的地步，就很解放了。我没有思想负担，只管乱说，信哪句，不信哪句，是你的事。我们两个，一个正经，一个搞笑，说相声挺好呢。你住这里，是我近朱，你近墨，我们互相影响，潜移默化，要不了多久，我们都是黑里透红，说话都是半真半假了。”

“嗨，你这话又像我口语老师说的，他说我们近了他，就会变得黑里透红了。”

海燕呵呵笑着说：“你这个口语老师，怎么像我的应声虫一样？”说罢，又细细打量她一阵，“你好像对你这个口语老师入了迷呢，三句话不离口语老师。我作为泛情老前辈，要对你猛喝一声：同志，危险！再不悬崖勒马，您就掉情网里去了。”

杨红被她这样一说，觉得脸有点发烧，辩解说：“哪有这种事，我一个结了婚的人，哪会动那些念头。”

“爱情这东西嘛，不可预见，不可预防，掉进去了，就掉进去了。不过采不采取行动，又是另一回事了。”

看杨红很窘的样子，海燕就把话岔开了，说你如果想一下就把时差倒过来，今天就坚持着，白天不要睡觉，一直到晚上再睡。如果今天白天你睡了，晚上就睡不着，就得倒好些天时差了。杨红觉得她说得有理，就坚持着不睡，先跟周宁打个电话，回头就坐在客厅跟海燕聊天。

“怎么，打了个电话就变得忧心忡忡了？”海燕问。

杨红试探着问：“听说你丈夫在外州，不经常回来，那你们夫妻不在一起——”

海燕笑起来：“是不是老公在电话里说个想你，让你担心了？怕他熬不住了出轨？”见杨红默认了，便安慰说，“没什么，男人会自行了断的嘛，叫他打飞机好了。”

杨红想这打飞机大概是跟陈大龄说的挤牙膏一个意思，就低声说：“可他说那做不得的，做了男人就废了。你不知道，他这人有个怪毛病，想做不能做，那块就疼。我都想过了，万一他办探亲签不到证，我就回去算了，免得——”

“别傻了，你怎么把自己当成一剂药？你有自己的生活，自己的事业，不能因为怕他出轨就从早到晚跟着他。出轨不出轨，主要是思想上的事，因为男女都可以自行了断的。疼不是什么毛病，很多男人都会这样的，打一架飞机下来就没事了。你丈夫不愿打飞机，可能是听那些老人的瞎叨叨。其实从生理角度讲，自行了断跟做爱没什么区别，都是想个办法达到高潮而已，不同之处是心理感受。现在既然夫妻不能在一起，自行了断也挺正常的。告诉他，没事，有人还说男女性爱只是自行了断的不完美的代用品呢。”

“男女性爱只是自行了断的不完美的代用品？怎么会这样？”

“可能自己更知道自己想要什么吧。这话可能也太过火了点，完全不考虑心理感受。不过什么事都是因人而异，就像有的人更喜欢同性而不喜欢异性一样，可能对有些人来说，就宁愿自行了断，至少不用担心怀孕或者染上性病吧。人上一百，形形色色；林子大了，什么鸟都有。”

3

第二天早上，杨红不到七点就醒了，昨天撑到晚上八点才睡，一觉睡了近十一个小时，真的一下就把时差倒过来了，脑子里很清爽的感觉。

杨红躺在床上，隐约还记得昨天夜里做的那些梦，一时是送儿子上幼儿园，一时又跟周宁吵嘴，很多时间是在坐飞机，最奇怪的是居然梦见了陈大龄。谁说日有所思，夜有所梦？从前天天想着他、希望梦见他的时候，没怎么梦见他，现在差不多不怎么想到他了，反而梦见了他。还是那个舞会，好像又在讨论挤牙膏的事。梦境是模模糊糊的，不记得究竟说了些什么。不过这会儿醒了，心里却忍不住想到，不知陈大龄现在结婚了没有？如果真的跟海燕说的那样，有的人宁愿自行了断，那他是不是那种人？他会不会还是孤身一人？

七点钟，海燕和女儿都起床了。过了一会儿，杨红见自己反正是睡不着了，也起来到厨房做早餐。

“安吉拉走啦？”杨红问。

“走了，她校车七点半到我们这楼下，我八点有课，都起得早。你这么惊醒，以后恐怕睡不成懒觉了。”

“没事，我一向起得早。”杨红打量了一下海燕，见她穿了一件枣红色的衬衣，黑长裤，心想她也真厉害，一般人穿枣红色的衣服，怎么也显得土气，她就可以把那件土气的衣服穿得洋气、穿出韵味来。

海燕笑着问：“怎么，在估我这衣服的价？不用估了，我的衣服没有一件超过十五块钱的。反正自己穿什么自己看不见，穿那么漂亮干吗？便宜了过路人。”

如果海燕昨天不说，杨红真看不出她整整大自己十岁，走在外面别人肯定以为两个人差不多大。杨红忍不住问：“你这是怎么保养的？脸上一点皱纹都没有。”

“权当是别人的脸吧。”海燕见杨红不解地望着她，就解释说，“别人的脸嘛，关我什么事？给它个不闻不问。自从在哪本杂志上看到说再高级的护肤品，其基本成分跟最一般的护肤品没有两样，就再也不买高级护肤品了，乐得省几个钱。现在读书一忙，有时候连脸都顾不上洗，哪有时间保养？俗话说，笑一笑十年少，愁一愁白了头。心情愉快是最好的护肤品，心情不愉快，抹多少护肤品都没用。不过这是我偷懒的借口，你不要信。”

杨红想起在洗手间的确没看见什么护肤养颜的东西，虽然海燕叫她不要信，她还是相信海燕显得年轻是因为心情愉快。

海燕说：“我蒸了馒头，你随便吃。校车来了，我得走了。”

海燕走后，杨红等了一会儿，牛小明就过来带她去办各种手续，先到A大的外国学生学者办公室去报到，然后去银行开户，再去超市买了些食物和日用品。中午，杨红请牛小明吃饭，算是报答，下午她就自己坐校车到系里去见卡森教授。

跟卡森教授和他带的几个博士生谈了谈，杨红的情绪就低落下去了，因为她发现自己先前制订的几个雄心勃勃的计划都无法实现。第一个计划是趁这次出国机会，做出一点成就，发表一两篇文章。结果发现卡森教授根本没有安排她独立做什么研究，只是让她在四个博士生中随便挑一个，看对哪个的研究项目感兴趣，就跟他或她一起干。杨红知道这意味着自己只能是帮忙做做实验了，就算日后写出文章，自己的名字也只能排在三名之外。

第二个计划是把自己的英语听说能力提高一下，结果发现那四个博士生全都是中国人。杨红跟他们讨论他们的课题的时候，发现他们都不肯说英语，从头到尾都是用中文跟她谈。杨红说我们可不可以用英语？几个博士生都说，那多别扭呀！

四个博士生中，除了一个是杨红学生的学生，其他三个都来自比H大有名的学校。四个人似乎都没把杨红当回事。杨红介绍了一下自己的情况，那几个就说：“噢，在H大读的在职博士。”那含义杨红也懂，意思是H大不是什么了不起的学校，她的博士又是在职读的，所以不算什么。虽然杨红的导师很认真，她又是他第一个博士生，逼着她整整读了七年，论文也发了不少，但有了“国内”“H大”“在职”这三点，别人就不把她当回事了。

杨红觉得自己的一腔热情都化成了水，这样不受重视，不知道这半年怎么熬过，回到家就很闷闷不乐。到了吃晚饭的时候，海燕见杨红躲在卧室里不出来吃饭，就打趣说：“怎么，情场失意啦？”

杨红打起精神说：“哪有什么情场，是系里的事。系里的人都很瞧不起我。觉得挺没意思的，不想待在这里了。”杨红把今天跟卡森教授和几个博士生谈话的事跟海燕学说了一下。说到别人不把国内的在职博士当回事，竟有点伤感，仿佛就要落泪一样。

“也许别人没那个意思，别为这种事烦恼了。你没听说海外是藏龙卧虎之地？连每星期三来这楼下卖菜的老妈以前都是北航的老师呢，不然怎么说出了国才知道自己学校不好呢？”

杨红听了这话，有点吃惊，情不自禁地说：“我口语老师也是这么说的。真的，我想起来了，今天在外国学生学者管理办公室一扇门上还看到这样一句话：循规蹈矩的女性很少创造历史。记得口语班结束时，口语老师给每个人送了一张卡，我的那张上面，是他亲笔写的，就是这句。他见过这句话，说明他在这个学校读过书。你认识一个叫彼得朱的人吗？”

“这句话我知道，是哈佛大学历史学教授劳蕾尔·撒切尔·乌尔里克说过的，她挺有名的，这句话经常被人引用。”

那就是说朱彼得不一定是从这里看到的了，杨红有点失望，不过仍问道：“这话好像不对呢，居里夫人不是创造历史了吗？居里夫人不算好女人？”

“循规蹈矩可能只是说符合旧传统观念的女人，也许居里夫人也是不符合旧传统观念的女人呢，她不待在家里相夫教子，却去做科学家，在某些人眼里，也不算循规蹈矩吧。你的口语老师送这句话给你，大概是觉得你太循规蹈矩、太怕与众不同，希望你不要拘泥于旧传统，要走自己的路，让别人去说。你口语老师很关心你呢，可能看你活得很累，想搭救你吧。”

杨红不好意思地笑笑：“我还以为他在讽刺我呢，要么说我不是好女人，要么说我干不出什么事业来。”

“不要老是把人往坏处想嘛，其实世界上大多数人都是善良的，也许不是个个都能为了他人利益牺牲自己利益，但至少是明哲保身，但求无过，真正想恶意伤害他人的毕竟是少数。像你的老板卡森教授，也许他并不是瞧不起你，只不过觉得半年时间太短，而他又只付你三千美元，不好意思让你干太多活呢。你想，他瞧不起你，就干脆不邀请你，有什么必要辛辛苦苦地邀请你到这里来，再来瞧不起你？”

杨红想想，也觉得有道理：“你说得也是，卡森教授还提议说可以给周宁也发个邀请信，让他跟我一起来，是我们怕两人同时签不到证才没答应。他说等周宁和儿子办来了，就开车带我们出去旅游。”

“所以说，不要老把人往坏处想。动机这种东西，本来就是看不见摸不着的，你可以把它往好处想，也可以把它往坏处想。即便别人动机是好的，你认为是坏的，也就没法欣赏那一份好的用心了。你可能习惯于把人往坏处想：一方面是怕上当，因为防人之心不可无嘛；另一方面也可能是对自己太不自信，心想，我何能何德，值得别人对我这样好，肯定是别有用心啰。像你的口语老师，写那句话给你，可能是一片好心，希望你成为居里夫人吧。”

“我哪做得了居里夫人，你才是做居里夫人的料，听牛小明说，你一生很坎坷，可能你有居里夫人的才气，没有居里夫人的运气。”

海燕笑起来：“哈，我不是居里夫人，是老李夫人，也不错嘛。其实坎坷不坎坷，就看你怎样看了：你走惯了平路，走段山路就觉得坎坷；如果你一直走着山路，也就不觉得了。是不是我走路有点瘸，让牛小明觉得道路坎坷了？”

“你又开玩笑了，不过你经历了这么多坎坷，怎么可以这样开心呢？”

“那你要我天天哭不成？”海燕说，“可能是因为我很能推卸责任。听人说，生活中有两种悲剧：一种是命运悲剧，也就是命运造成的，社会造成的，个人无法改变的；另一种是性格悲剧，是由于个人的原因造成的。有的人能比较好地承受前一种悲剧，有的人能比较好地承受后一种悲剧。我可能是不太在乎前一种悲剧的人，因为我总能安慰自己，命运对我不公嘛，我有什么办法？‘文化大革命’十年，我不能正正规规地上学，那怪我吗？所以我就像谌容说的那样，减去十年，一下就年轻了十岁。”

杨红说：“我也希望我能够这么乐观。”

“你本来就没什么值得悲观的嘛，读了博士，当了书记，生了儿子，买了房子，还有汽车，可说是要啥有啥。用不着为了别人的看法瞧不起自己。看得出来，你是个争强好胜的人，老想做第一，在你那个圈子里，你也可能的确是第一。但是一个人不可能永远做第一，因为人总是不断地想进入一个更高的圈子，更大的圈子，总有一天，你会发现你不再是第一。承认自己不如别人，是件很痛苦的事，但是每个人迟早都要面对这个事实，那就是你不可能永远是成功者，你不可能永远是第一名。那时候，就要阿 Q 一下，自己安慰自己，不然怎么活下去？”

“有时也这样安慰自己，但又怕放弃了努力，结果一事无成。”

海燕点点头，说：“你说得对。不努力吧，又怕一经努力就是可以成功的；努力奋斗吧，又怕能力有限，所做的努力到头来都是白费。格言说，凡事都有个度，过度或者不及都不好。当然格言就是这样，说了跟没说一样，因为并没告诉我们，这个度究竟是多少。实际上，度是因人而异的，一个人的一生就是在摸索这个度，什么时候该努力争取，什么时候该含笑放弃，什么时候该改变现状，什么时候该安于现状。虽然前人根据自己的经验总结了他们的度放在那里，但后人生活在不同的环境中，别人的度不一定适合自己，每个人都得自己去摸索。过早放弃，就错失良机；过晚放弃，有可能害人害己。只能是做最坏的思想准备，向最好的方向努力了。”

“朱老师在班上也老这么说，那时候有人担心签不到证或者没学校录取，他就总是说这句话：做最坏的思想准备，向最好的方向努力。”

海燕说：“到底是你们朱老师引用我，还是我引用他？”见杨红真的在思考这个问题，便笑起来，“跟你开玩笑呢，大家都在引用名言。”

4

杨红找到了一个很好的练英语口语的对象，那就是海燕的女儿安吉拉，小姑娘十四岁了，上八年级，小学一年级时来的美国。虽然海燕在家里坚持跟她说普通话，安吉拉也听得懂，但不肯说，多半是说英语。杨红觉得小孩子的英语特别好听，特别纯正，所以总是找机会跟安吉拉说英语。安吉拉也当仁不让地做她的老师，一口一个“姐们儿”地纠正她的英语：“姐们儿，是‘见到你很高兴’，不是‘见到你很虱子’。”

最有意思的是每当牛小明打电话来的时候，安吉拉接了，就会叫一声：“姐们儿，你男朋友给你打电话。”

杨红听了，忍不住笑，说：“他不是我的男朋友。”

安吉拉辩解说：“我说的是男性的朋友，他不是男的吗？他不是你的朋友吗？我又没说你们在约会。”

杨红私下里问海燕：“十四岁的小孩就懂这么多？”

“这算什么，她班上很多人都开始约会了。现在的小孩，什么都知道，比我们那时候厉害多了。我二十多岁了还不懂为什么书上说使用避孕套时，要趁男人的那玩意儿还没完全软缩之前就拔出，以免避孕套遗留在女方体内，心想，那不是套在男人身上的吗？怎么会掉在女人体内呢？结婚后说给我丈夫听，他死都不信，说不可能吧，这么无知？但我的确就是那么无知，从小就听我妈念叨，说一失足成千古恨，但究竟什么是失足，她却没说，搞得我草木皆兵，以为被男人碰一下就是失足了。安吉拉她们就不同了，上七年级的时候，老师就在课堂上教她们怎么避孕了，事前避孕药，事后避孕药，女用避孕工具，男用避孕工具，什么都讲，还给每个人发了根香蕉，再发一个避孕套，大家学着怎么套套子。她从学校回来，还给我普及性安全的知识呢。”

杨红听得面红耳赤：“有这种事？”

“不过老师会在事前发个通知给家长，让家长决定自己的孩子参加不参加这种课。有的华人家长不让孩子上这种课，我是让安吉拉上的。现在小孩子发育早，成熟早，也很开放，早点进行性教育也有好处。这些事，说穿了也没什么，越捂着藏着，小孩子越想知道。别的小孩知道，你的小孩不知道，反而坏事。”

“那你担心不担心安吉拉？”

“担心当然担心，就看担心什么了。在这里最重要的是安全性关系，不要弄得怀孕或者染上性病或者碰上坏人。安吉拉学校里专门开过这种课，教了一些保护自己、防止性病、反对吸毒的知识，我也经常跟她探讨这些事。这里对是不是处女处男的倒不怎么计较，一个人如果上大学了，还是处女处男，反而被人笑话，觉得你肯定是没吸引力。”

“那也太过分了吧？”

“同伴压力嘛，特别是十多岁的孩子，听说别人都有约会，都不是处女了，自己也慌了。有不少人也的确不喜欢约会处女处男，说我要的是享受性，不是当老师，教你怎么做爱。我有个老师，讲她二十五岁时还是处女，非常自卑，晚上经常对室友撒谎，说我今晚有约会，夜里不回来了，然后就在图书馆待一晚上，第二天回来装出非常疲乏的样子，编造一些昨晚的艳事，讲给室友听。后来她遇到一个从中国来的访问学者，四十多岁了，两个人从做语言同伴开始，最后坠入情网，第一次做爱的时候，我这位老师生怕对方看出她是处女，磨磨蹭蹭地不肯就范，一会儿说饿了，叫男朋友去买饼干，一会儿又说太干燥，叫男朋友去买润滑剂，等那男人把什么都弄来了，两人终于做了，男的才发现她竟是处女，喜极而泣，而我那老师还以为男人在嫌弃她，解释了又解释。”

“真不敢相信有这种事。”杨红想，这世界真是颠颠倒倒，自己那会儿生怕别人不把自己当处女，可这里又生怕别人把自己当处女。说来说去，那块膜并不重要，重要的是人们怎么看待它。当别人都在以尽早失去童贞为荣的时候，你不失去，也成了坏事。不过想办法失去好像比想办法保持简单一些，不是说骑自行车都可以弄破的吗？

杨红感叹地说：“可是国内好像还是很在乎女人是不是处女呢。我带的一个女研究生，因为男朋友发现她不是处女，要分手，弄得她精神崩溃休学一年。她讲起来也是很无奈，说跟以前的男朋友谈恋爱时，不几天男朋友就要求发生这种关系，她不肯，男朋友说她不爱他，没想过永远跟他在一起。我那学生为了证明自己的爱，就同男朋友发生了这种关系。后来两人吹了，因为男朋友觉得她太随便了，既然能跟自己发生关系，那也能跟别的男人发生关系。”

“国内可能有点搞夹生了，很多人已经不再把这当回事了，但有些男人还在计较，有点半殖民主义半封建主义的。把自己放开了，对女的却放不开；对别人的女朋友放开了，对自己的女朋友却放不开。双重标准，一膜两制，搞得女人很难做。其实你那个学生不必为这一两个男人伤心，如果爱情不能超越那一块膜，也算不上爱情了。那样的男人，不要更好，早丢开早省心，相信世界上不仅仅是这一种男人。”

杨红很愿意跟海燕聊天，因为跟她聊聊，心里很多包袱就不知不觉地放下了。但海燕总是很忙，除了修课，还要教本科生的课，所以没有多少时间跟杨红聊天。两个人虽然住一个屋，但真正见面的时间主要是做饭吃饭的时候。海燕没课的时候，就钻到自己卧室里，说是“做床上功夫”去了，因为她爱躺在床上看书，即使用电脑也是坐在床上，把手提电脑搁在腿上。杨红有点担心是自己挤在这里，搞得她没地方用功，但海燕说她一直就这样，不躺下就觉得没进入看书的状态，而这电脑就叫手提电脑，造出来就是搁腿上用的。

杨红也试着“做床上功夫”，觉得还真不赖，看书不行，一躺床上就睡着了，但用电脑挺好。人靠在被子上，电脑放在腿上，上个网、查个电邮什么的，真的比在办公室用台式电脑惬意。以前在国内时，从 H 大只能上教育网，在家里才能上外面的网，而且很慢。现在用的是宽带，上网很方便，所以很多事都是电邮联系。

杨红打开电邮，看见有大姑妈和特蕾西的电邮，想了想，就先点开了特蕾西的。

特蕾西不愧是搞新闻出身，下笔成章；又不愧是现代网人，下笔成脏。特蕾西是用中文写的，说她如果用英文，就风格尽失。别看特蕾西平时说话不带脏字，写起电邮来，时不时地就冒出几个，说是受了现代网文的影响，不骂骂咧咧的不过瘾。还说知道杨红不爱听这些重点词，但她不能为了一个读者就坏了自己的文风，所以叫杨红拿双筷子，把不喜欢的字拈掉。

特蕾西一上来，先把 M 大的中国男生扫一竿子：“我的天啊，M 大的男生质量巨烂，至少有百分之八十是典型的学生型男生，一米七上下，如果你把眉清目秀定义为眉毛不浓，眼睛不大，那他们就是正宗的眉清目秀。也不知是这个长相的男生特会读书，还是 M 大特爱录取这种长相的男生。困惑 ING。”

然后书归正传，说在 M 大的学生网页上找到了萨曼莎的行踪，就跟她联系上了。不过她说以前猜测萨曼莎是凭着她父亲的关系出国的，但事实证明萨曼莎是自己考出来的，她的 GRE 居然考了 2100 多分。当然 2100 分不算什么，但考虑到萨曼莎的出身，就令人气愤了，她NND，有权人的子女居然生着脑子，什么世道!

萨曼莎显然已经从朱彼得的铁扇公主的位上退休了，她现在的男朋友是一个韩国哥哥，有几分像裴勇俊。不过萨曼莎说她在国内时，就决定不追朱彼得了。因为她曾自告奋勇地送上门给他吃，他没吃，给了个很好的台阶让她下了。萨曼莎没讲是个什么台阶，只说绝不是因为自己没魅力。

特蕾西“哇”了几声后，就豪情万丈地宣称：“看来这彼得值得一追，我现在要开始追彼得了。现在而今眼目下，能坐怀不乱的，除了阳痿的，就是纯情的了。TMD，不管是阳痿，还是纯情，都值得一追，不追到手，如何鉴别他是阳痿还是纯情？这个悬案不搞清楚，叫我如何在新闻界混？”

特蕾西说，萨曼莎知道彼得在N州，但不知具体地址，所以特蕾西制定了下一步行动计划，就是谷歌出朱彼得的下落，哪怕“谷”地三尺，也要把他“谷”出来。“谷”出来之后，再根据射程，制定下一步方案。远有远的追法，近有近的追法，不远不近有不远不近的追法。

杨红读着特蕾西的电邮，一路拈掉了好些自己不喜欢的字，但对大意还是基本了解的。出乎她的意料之外的，一是朱彼得居然能做到坐怀不乱，二是特蕾西仿佛已经忘了她自己在飞机上编的“朱杨恋”的故事，完全把杨红从故事里铲除掉了。可能她以前认为朱彼得是个坏男人，所以把他让给了杨红，现在一听说朱彼得是好男人，就冲上去争做故事主角了。

杨红想，好男人也好，坏男人也好，都跟我没关系。十多年前，自己才刚刚结婚，好男人陈大龄就不敢要我，现在自己都是“奔四”的人了，婚龄也十几年了，哪还会有男人要我？好男人嫌我不够纯洁，坏男人嫌我不够风流。

不过，杨红心里觉得，朱彼得对她还是有点特别的，说不清楚，一种感觉而已。在口语班的时候，有时大家都在写东西，她忽然一抬头，就发现朱彼得在看她，一种很奇怪的眼神，像是温柔，又像是梦幻，见她抬头，他也不避开她的目光，而是充满挑战地望着她，直到她再次低下头去，好像是她在偷看他一样。

当然，眼神这种东西，是没有什么真凭实据的，你觉得别人在看你，说不定他是在看别的什么东西。很可能朱彼得也是做惯老师了，知道怎么使每个学生感到老师一直关注着他或她。

杨红在网上找了个美国地图，查到N州、M州和自己所在的州，发现N州和M州倒是很近，而自己这个州离N州有几百英里，心想，特蕾西编的故事还是有可能发生的，不过女主角不是我，而是特蕾西。她觉得特蕾西跟朱彼得很相配，两个人都能侃；两个人都有一些惊世骇俗的理论，都是语不惊人死不休；两个人年纪也相差不远，特蕾西二十七八，朱彼得大概三十二三；最要紧的是，两个人都未婚。如果他们两人结成夫妻，那倒很热闹，不知谁侃得过谁。

5

大姑妈的电邮是关于家属探亲的，她说她已经把材料交到学校去了，很快就会拿到探亲的表。大姑妈也催问杨红办得怎么样了。

杨红简简单单给大姑妈回了个电邮，说我还没开始办，因为周宁这学期带着一个实习，要到十一月才走得开，而且我不知道是办周宁一个人，还是连小孩一起办来。听人说丈夫孩子一起办，签证官会怀疑有移民倾向，有这事么？

杨红决定去问问系里的老罗。老罗是个访问学者，也是卡森教授邀请来的，也是持J签证。老罗来了一年了，最近又延长了一年。老罗的夫人肖娴半年前过来探亲，他俩应该知道J签证办探亲的事。杨红知道他俩肯定在系里，因为老罗是个书呆子，加上没买车，整天整晚都待在办公室实验室里，肖娴一到晚上也跟着去系里，在那里上网，找人聊天。

肖娴跟杨红差不多年纪，可能比杨红还大几岁，因为没生过孩子，也不把自己当妈妈级人物看，打扮得挺青春的。肖娴和老罗都是国内C大来的，老罗是教授、博导，肖娴是艺术系的办公室副主任，两个人在国内都混得不错，但听说也在考虑留美或者移民加拿大的事。从外观上看，老罗跟肖娴就完全不是一个级别的。肖娴长得很漂亮，就是鼻子矮了点，从侧面看不如从正面好看。老罗人不高，四十出头，可那头顶秃得差不多了。像所有过早谢顶的人一样，老罗也不甘心这么早就剃个光头，所以就让那一圈头发懒懒散散地长在那里，使杨红想起小时候听来的笑话，说有人把秃顶的人叫作“金光县发光区一圈子人民公社几根根大队的毛金贵同志”。

肖娴是个爱交际的人，早就把A城大大小小的去处打听清楚也逛遍了。教堂啊、学生会啊什么的，只要组织活动，肖娴都去参加。以前肖娴都是一个人去参加这些活动，现在有了杨红了，就无论是什么活动，都要拉上杨红。

这段时间肖娴正忙着准备生孩子，说待在这里闲着也是闲着，不如生个小孩玩玩。听说杨红有个儿子，非常感兴趣，催着杨红把儿子的照片给她一张，说天天看男孩，就会怀儿子，然后就详细打听杨红当初是怎么样怀上儿子的，采取的什么体位？上面？下面？左边？右边？什么时候做的？排卵前期？排卵后期？每周多做几次？还是少做几次？每次都把杨红问得面红耳赤，嗫嗫地说不出话来。

杨红向老罗打听了一下办家属探亲的事，老罗说："我也是差不多一年前办的表，很多都不记得了，情况也可能变了，你还是到外国学生学者办公室去问比较好。"

肖娴看到杨红，说："你来得正好，我正想打电话给你，我在中国学生会的论坛上看到这个广告，这个活动肯定有意思，你想不想参加？"

杨红看了一下，是A大东亚中心中文教研室组织的一个晚会，本周星期三晚上七点，在豪威尔活动中心，先由学中文的学生表演节目，然后包饺子，吃饺子，现在还缺几个会包饺子会做饺子馅的人，所以发个通知在中国学生会的论坛上，紧急呼吁广大中国同学支持学校的汉语教学活动，推广中国文化，云云。

肖娴说："我们两个也去吧，你会不会包饺子？"

杨红也很感兴趣，说："怎么不会？你看这里还说了需要人辅助中文教学的，就是上课时坐在课堂里，老师讲完了，就帮忙辅导学生，这也不难，我们也参加吧。我正想找机会学英语呢。教美国人学中文，不是可以跟他们学英语吗？"

肖娴说："我闲着没事干，也参加吧。你回一个电邮，说我们两样都想参加。"

杨红当即就给那个叫柯克的联系人发了一封电邮。柯克很快就回了信，说十分欢迎，又讲了一些具体事项，还问到时候要不要派车来接。肖娴说学校有车到那个豪威尔活动中心，不用接了。杨红就回说不用接了。

把这事办好了，肖娴才告诉杨红，说你还记不记得上次在教堂碰到的那个中国人玛丽，她就是在东亚中心搞的晚会上认识杰森的，去那个晚会的美国人，不是学中文的，就是对中国文化感兴趣的，所以对中国女人也感兴趣。玛丽比杰森至少大十岁，可是两个人爱得要死要活的，为这事，玛丽的丈夫都动手打她好几次了，每次都是邻居叫警察来解围。有一两次，还把玛丽的丈夫抓警察局去了，后来玛丽自己跑去把她丈夫领回来，说邻居弄错了，她丈夫没打她。

"那玛丽干吗不离了婚跟杰森在一起？"杨红像所有旁观者一样，一眼就能看到解决办法，也搞不懂为什么当事人就看不见这一点。

肖娴撇撇嘴："她是学生家属签证，离了婚就没身份了。"

"杰森不是美国人吗？跟美国人结婚不就有身份了？"

"谁知道，可能杰森没有结婚的意思吧。美国人嘛，讲的是爱情，哪就谈到结婚了？二十啷当岁的美国小伙子，哪里知道中国人有身份问题要考虑？"

玛丽的故事还没聊完，周宁就打电话来了。周宁这段时间电话打得挺勤的，而且大多是这边晚上十点左右打，像查岗一样。两口子拉了一会儿家常，周宁就邪邪地说："真的很想你呢，早知道旱起来这么难熬，走之前就多做几回，狠狠涝它一下。好多年没做过春梦了，昨晚做了一个，在床上画了个地图。"

杨红总不习惯跟周宁讲这些，就把话岔到一边，交代周宁一定要送儿子上幼儿园，不要一听他哭就由着他。打完电话，杨红就有点心神不定了。刚才周宁提到夫妻之间的事，又勾起杨红的担心。七月初做的人流，现在已经一个多月了，"老朋友"还没来，是不是怀孕了？如果是，那怎么办？美国可以做人流吗？听说美国很反对人流的，如果不能做，那又怎么办？

杨红心里有事，就放不下，到了晚上，就睡不着，然后就一趟一趟地上洗手间。海燕在客厅看书，怕开着灯安吉拉睡不着，看见她十分钟不到就上了两三次洗手间，问她："睡不着？掉情网里了？"

杨红犹豫了一下，决定向海燕打听一下人流的事，就说："哪里有什么情网。是有点担心怀孕了。"

海燕说："怀孕有什么好担心的？是大喜事呢，这里又没人管你生几个。现在就业情况不好，很多人都在抓紧机会生孩子，你没见这块好些个大肚子。"

"可我是要回去的，哪里能生？"

"不生，就做掉啰。"

"美国能不能做掉呢？"

"怎么不能，不过是要花几百块钱罢了。"

杨红听到几百块钱，有点心疼："要几百块？那不是几千人民币？"

海燕笑起来："刚来的人都要在心里换算一下。不过你医疗保险说不定可以使用。你还没肯定是不是怀孕呢，急什么？"

杨红想了想说："我做流产已经一个多月，但我老朋友不那么规律的，所以不知道究竟有没有怀孕。"然后就把自己的情况说了一下。

海燕笑着说："你那叫什么不规律？你规律得很。古书上就有记载，两月一次的叫'并月'，三月一次的叫'季经'，现在有科学家正在研究如何将'月刊'改为'年刊'呢。你一不小心就走在了时代前列，高瞻远瞩，优秀得很。"

杨红不相信自己半辈子埋在心里的耻辱就这样简简单单地被解释掉了："真的？就这么简单？"

"那你还想搞多么复杂？是不是为这事一直担心自己不正常啊？"

"还真被你说中了。早遇到你就不担这些年的心了。"

“这不是遇不遇到我的问题，因为这并不是什么很深奥的知识，很多人都知道。只是你太爱面子，很多事习惯于藏在心里，怕人知道，不敢问人，早问早就放下包袱了。其实怕人知道本身就是个很大的包袱，背在身上很沉重。美国人这方面比较单纯一些，他们不把家丑当家丑，而是当国耻一样公开讨论。夫妻有矛盾，就找婚姻顾问、心理医生咨询，事无巨细，全抖搂出来。酗酒啊，恋物啊，就跑到这样的讨论班去，大家都在那里畅所欲言，说出来了，就轻松了，一是不再害怕别人知道了，二是发现还有那么多人跟自己一样，大家彼此彼此，你不笑我，我不笑你，别人能克服我也能克服，别人能戒掉我也能戒掉。”

杨红觉得她说得有道理，就心悦诚服地说：“我这个人就是太爱面子，怕别人笑话，很多事憋在心里，很难受。”

“有事不要憋在心里，憋着，不光是心理上累，连身体都会有反应的。我有段时间，跟我老公关系不好，离婚又怕别人笑话，在一起又吵吵闹闹，心情烦闷，动辄胃痛，当时不知道什么原因，很久了，才发现完全是因为生闷气造成的。不生气，胃不痛；一生气，胃就痛。”

杨红想到自己这四年来心口痛的毛病，很有同感：“其实我也不是不知道这个道理，就是想不开。”

“遇到想不开的事，就想想最坏的可能是什么。对最坏的可能做个思想准备，剩下的就不怕了。听说那些等候宣判的囚犯，最痛苦的就是等候的日子，一旦判决书下来了，哪怕是死刑，心里也不像等候的时候那样焦急了。像怀孕这种事，最坏的可能就是怀了，又不准备生，要花这几百块钱。钱嘛，是身外之物，生不带来，死不带去，花了再挣回来就是了。”

夜晚躺在床上，杨红老半天没睡着，倒不是担心做流产的事，而是想到自己这一生中，可能犯了一个天大的错误，就是那时候没有跟陈大龄去。那时候担心的，是怕周宁有个三长两短，但那个担心很快就被证明是多余的，因为周宁早就不记得他说过跳楼的话了。真正阻拦自己走向陈大龄的，是自己的两块心病。一块就是自己不是黄花闺女了，另一块就是自己可能是个不正常的女人。现在看起来，这两块心病都是自己臆造出来的，陈大龄也许根本不计较我是不是黄花闺女，而我也没什么不正常的。如果那时候——

杨红不愿再想下去，也许这就是海燕所说的性格悲剧，说到底，还是自信心太弱，自尊心太强。怕自己不能使陈大龄幸福，怕他会瞧不起自己，怕自己配不上他，还没迈步，就心有余悸，最后却发现自己的担心都是捕风捉影、毫无根据的。这也可能就是所谓“度”没有掌握好，该争取的时候选择了放弃，落得终生遗憾。

杨红想起再过两个星期就是自己的生日了，不过这一次是不可能收到陈大龄的明信片了，因为他不知道她在美国的地址，他会寄到H大去。要不要写封信给他，就算是告诉他我的新地址？还是算了吧，现在告诉他也来不及了，因为寄封信到中国得十五天，等他收到信，生日就过了。

不知为什么，想到陈大龄的时候，杨红老有一种筋疲力尽、遍体鳞伤、奄奄一息的感觉。爱过，痛过，悔过，一颗心好像已经碎成了片，每一片都浸透了爱，挥之不去，永远都没办法清除，却没有力量把这些碎片糅合起来，变回那颗完整的心，再猛烈地跳动。现在想到陈大龄，只有一点还牵牵挂挂：不知他结婚了没有？

偏向虎身依

1

星期三下午五点钟，杨红和肖娴约好了一起剁饺子馅，主要是剁些大白菜、韭菜等，肉馅是从超市买来的，不用剁。肖娴建议用绞肉机把白菜什么的绞一下得了，但杨红不肯，说绞出来的菜馅不好吃，因为水分都被绞没了。

两个女人剁着馅子，嘴也没闲着，肖娴问杨红有没有想过移民的事，说我们老罗正在准备移民的事呢，如果美国不好办，就先办加拿大移民，听别人说加拿大公民可以自由出入美国，还可以在美国工作。

杨红还从来没想过移民的事，就好奇地问："你跟老罗在国内都挺不错的，为什么要移民？"

"老罗这个人呢，做学问还可以，搞人际关系就不行了。现在的事你又不是不知道，出个书，搞个项目，做点成果，没关系你就办不到。其实我们以前不在C大，而是在S大，学校名气大多了。但那边风气更不正，老罗提职称，加工资，每次都不是水平不够，但就是有人凭关系就可以把他挤下来。最后没办法了，才调到C大，勉强把职称什么的解决了。不瞒你说，也是花了钱，请了客送了礼的，不这样没办法。"

"那这里就没这些事了？"

"老罗说这边好多了。在这里，你的文章写得好，就能发表；写得不好，发不了，是你自己没用。老罗来这里后发了两篇文章，前不久在德拉华那边开会，老罗的海报还得了一个奖。"

杨红听肖娴一口一个"老罗""老罗"的，突然很羡慕她，有这么一个丈夫，在外打天下，不像自己，事无巨细，都得自己去奋斗、去争取。要钱花？自己去挣。提职称？自己去拼。想出国？自己去找机会。一切的一切，都得自己去做。不是说女人一定得靠男人，但至少是夫妻两个人共同奋斗，而不是像自己这样，白天在外面要跟老罗这样的人比着搞成果出论文，晚上回到家要跟派出所的人比着抓赌，还要跟那些云啊风啊的抢丈夫。以前没请保姆的时候，还要跟肖娴这样的人比着做家务。有时候，奋斗得太累太累，真的想有个肩膀靠一下，哪怕是暂时喘口气也行。

有时杨红也奇怪，到底周宁能为这个家做些什么？没有周宁，我到底会失去什么？她想不出什么别的理由，唯一的理由就是儿子会没有爸爸，以后在外面要被人耻笑辱骂，说他是没有爸爸的野种。如果自己离了婚，带着孩子也很难再嫁；即使再嫁，未来的丈夫也肯定对儿子不好。想到这些，杨红就觉得周宁还是有很大用处的，至少使这个家完整。周宁的哥哥是离了婚的，孩子判给了他哥哥，结果那孩子现在完全不成器，读了个初中，就辍学了。杨红想，我的儿子可不能那样。

馅子剁好了，两个人望着几大盆饺子馅发愁，这么多，怎么带着去坐校车？杨红想了想，说："我来给牛小明打个电话，看他能不能送一下。"这段时间，牛小明几乎成了杨红的车夫，带她到这里那里办事，随叫随到，每次帮了忙，杨红就做饭请他吃，有时还做了菜让他带回去。海燕一直笑说牛小明是杨红的"情人第一号"。

杨红拨了牛小明的号，却听见一个女声："喂？"杨红一下就愣住了，就听那边又来一句"喂？"杨红急急忙忙地说声"对不起，拨错号了"，就挂上了。

检查了一下电话号码，再拨一次，听到的还是那个声音，杨红只好用英语问牛小明在不在。可能是英语太不地道，就听那边直接用中文问："找牛小明有什么事？他现在在下面打网球，要不要留个口信？"杨红赶紧说不用了不用了。

肖娴说："算了，我们还是去坐校车吧，怪我上次多事，本来那个柯克说了派车来接的。"

正要出门，海燕从外面回来了，看见她们两个，就笑吟吟地说："我送你们去吧。看你们两个，穿着旗袍高跟鞋，却又提着大锅小盆的，这不是丑化我们中国美女的形象吗？"说着，就拿起一个大锅子往外走，"走吧，别迟到了。"

杨红有点不解，好像自己没对海燕说过晚会的事，不过也许是说过又忘了，这记性是越来越糟糕了。

在车里，海燕说："东亚中心的中文教研室管着全校的汉语教学呢，我在那里做过好几年助教，教老美汉语。现在那里的负责人是骗子，不过他把自己的名字翻译成很漂亮的中文，叫作诗文德，化腐朽为神奇，厉害吧？”

杨红问：“怎么这里还有很多人学中文吗？”

“其实应该叫汉语，因为中国是有很多民族、很多文字的，大家通常说的中文其实只是汉族人的语言文字。汉语现在很吃香呢，不少人在学汉语。很多人是高瞻远瞩，想到有朝一日跟中国人做生意什么的用得上；有的完全是因为喜欢中国文化；有的是完成一门外语的要求；有些是华人子弟，从小会听会讲，但不会写，也来学学；还有些是讲广东话福建话的，来学学普通话。当然也不排除有些人只是凑热闹。”

海燕开车把杨红和肖娴送到豪威尔活动中心，进去叫了几个美国学生帮着搬东西，然后对杨红说：“估计今天是不用我接了，肯定有帅哥靓仔送你们回来，不过万一没人送你们，就打个电话给我，我来接你们。”说罢就开车走了。

杨红和肖娴站在大厅里，正在张望，一位风度翩翩的中年男人迎了上来，用纯熟的中国话说：“我是诗文德，你们好！欢迎！”

原来这就是诗文德教授，高鼻子凹眼睛，英俊潇洒，穿的是一件古朴的灰色长衫子，偏大襟那种，真像是满腹经纶，有诗有文有德。杨红见他普通话说得这么好，便用汉语回答说：“您好，我是杨红，她是肖娴。”

诗文德用汉语介绍说他在台湾待过一年，在北京待过半年，喜欢京剧，会打太极拳，还懂一点书法，又说等会儿要请她们两位给学生示范怎样包饺子。杨红一听，心里就有点慌了。包饺子不成问题，但要教这些老外，就不光是个包的问题了，还得用英语讲解，那自己恐怕是不行了。正想推托，诗文德教授已经忙别的去了。杨红就坐在那里，心焦地打着腹稿，看怎么样才能把包饺子的方法用英语传授给这些老美。

一会儿就有热心的美国学生上来找她俩说话，一个个都夸奖她俩的衣服漂亮，表情之热切，态度之诚恳，使杨红恨不得立即就把身上的旗袍送给她们。还有几个凑上来与她俩切磋中国话，语调之滑稽，又使杨红觉得他们的老师应该是一位山东大汉，普通话吐字还算准确，但声调完全是山东方言一般。

有个叫 MORGAN YOUNG 的还把自己的中英文名字都写在纸上，问她这名字好不好。杨红一看是“杨墨耕”，不由得连声叫好，说你的姓跟我的一样。这一下，就围上来一群，个个把自己的中英文名字写出来，向她讨教。杨红把他们的中英文名字一一对比，发现这个取名的人，的确不错，ANDREW RODECO 就叫“若岸舟”，CATHERINE CO× 就叫“高爱玲”，中文名跟英语名的发音相近，又很优雅动听，就问："你们的中文名是谁取的？"那些老外咬文嚼字地回答说："丘老西。"杨红就想，这个丘老西看来中英文水平都不错。

杨红打量着那些着中国装的老美们，很有点忍俊不禁。这林子倒不大，可是什么样的鸟都有。女生比较单一，主要是旗袍，有几个人穿得不伦不类，上面是偏大襟的小褂，下面却是牛仔裤，大约实在是找不到配套的了。

男生就有点像在搞传统男装大荟萃了：有中山装配长围巾，像当年演唱《我的中国心》的张明敏；有一身黑色长袍马褂的，如果不是《白毛女》里面的黄世仁，至少是他的狗腿子穆人智；有一身素白雪纺唐装的，飘飘然如陈真、霍元甲；还有的一身短打，腰间扎着三英寸宽的红腰带，英气逼人。这些装束，就算放在今天的中国，都要引得路人注目，堵塞交通，现在在这里，每套中装的上面都探出一个高鼻凹眼的头来，就越显得搞笑。看来中国的传统，真的要在外国才找得到了。

杨红跟肖娴俩边看边笑，很久没有这么开心了。

聚会开始后，诗文德教授上去讲了话，不过这次，就不知道是照顾听众，还是他自己中文底子不够，他讲的是英文。杨红努力想把他每句话听懂，但自觉听力还是不行，只能听出个大概。

接下去有各个年级的老美用中文表演节目，虽然中文说得实在不敢恭维，但态度之虔诚也令人感动。杨红看了这些表演，就在心里得出一个结论，美国人不大在乎别人怎么想，他在那里表演，就兢兢业业地演，不去看台下的人有什么表情。表演完了，大家照例一通热烈鼓掌，他也不去分析别人鼓掌是真的叫好，还是出于礼貌，都很开心很自得地接受了，得意地笑着，好像他的表演刚得了第一一样。

杨红不由得对肖娴说："看人家美国人脸皮多厚，活得多自在？刚才那个舞刀的，连刀都飞出去了，捡回来照样舞，还有那个女生，裙子掉下去一半，台词又忘了，如果是我，肯定是捂着脸逃下场去了。"

肖娴听着，心思却不在说话上，她指指台上，说："嘿，这个人的太极要得真不错呢。我看他像个中国人。"

杨红顺着她的手指向台上望去，只见一位身着白色对襟褂裤的男人，正在表演太极拳。他一头黑发，长而飘逸，加上身上的衣裤也是宽松而飘逸的，在刻意调暗了的偏红色的灯光下，犹如一位天外来人，飘飘洒洒。杨红不懂太极拳，但这个人的表演却有一种让外行都能入迷的美。就像当年陈大龄拉琴一样，他那揉弦的动作，把她这个外行都迷住了。也许无论做什么，熟练到挥洒自如的程度了，就会产生一种摄人心魄的美。

这个人就是这样。只见他全身似乎非常放松，但松而不散，运行自如，柔中带刚。他的身体疏松自然，不偏不倚；他的动作轻柔自然，圆活不滞。他的腰，仿佛是一个轴，左右摇摆，上下相随，周身组成一个整体。杨红特别喜欢看他的双手，运行过程中是缓缓的、徐徐的、柔韧的，但到了转换方向的那一刻，又有着完全意想不到的、看似绵软却很刚劲的暗力。这个人似乎永远处于运动之中，动作衔接紧密，如春蚕吐丝，绵绵不断，又如长江之水，滔滔不绝。

观众似乎也都迷醉了，场上没有人说话，好像连大气都没人出，都在聚精会神地看表演。表演结束，音乐也恰到好处地结束，灯光转亮的那一刻，杨红觉得自己的呼吸几乎都停止了，因为她认出，那个白衣人，虽然他头发留长了，虽然他脸上是一本正经的表情，虽然他实在没有理由出现在A大，但他的确是朱彼得！

2

晚会还在如火如荼地进行，但杨红却好像已经从里面游离出来了。她的目光只在追逐着朱彼得，她自己也不知道是为什么。特蕾西的预言似乎在逐渐成为现实，虽然不是像她说的那样，朱彼得上门来负荆请罪，但在这个地方，在这样的场合下遇到他，真的有点叫人觉得背后是有什么原因的。

杨红想，朱彼得应该是知道我到这个学校来的，因为在口语班大家都做过自我介绍，把这些基本情况都用英语说过。朱彼得是不是听在耳里，记在心里，也到这个学校来了呢？不过杨红想不出朱彼得这样做的动机，她还没有自作多情到相信朱彼得是爱上了她才到这里来的地步。这一切只能是巧合。无巧不成书，但书从哪里来的，还不是从生活中来的吗？更何况按朱彼得的理论，现在已经是生活模仿艺术的年代了，艺术中这种巧合是太多了，所以生活模仿一下，也不奇怪。

肖娴显然是被这位太极大师迷住了，附在杨红耳边说："你刚才听见没有？他打的是陈式太极呢。"

杨红不知道这陈式太极是什么，甚至不知道太极还分这式那式的，但这个"陈"字，又让她想到陈大龄，莫非朱彼得跟陈大龄有什么关系？只知道陈大龄有一个弟弟，叫陈勇，应该比朱彼得大多了。而且朱彼得不是明明姓朱吗？现在杨红只想知道，为什么朱彼得会在A大出现。她心里想着，嘴里就说了出来：“朱彼得怎么会在这里呢？”

肖娴盯着她问：“你认识这个人？”

杨红笑了笑：“他是我在中国时的口语老师，我也不知道他在这里呢。”

“既然认识他，还等什么，走，我们过去跟他说话。”肖娴蛮有兴趣地说着，拉起杨红，就往朱彼得那边走。

杨红犹豫着，拽着肖娴的手，不肯过去：“算了吧，大家都在看表演，我们不要这么串来串去的。再说，我以前跟他关系也不大好。”

肖娴瞟一眼杨红，笑着说：“是不是追了没追上，怀恨在心？”

杨红啐她一口：“你看你，说话哪像个结了婚的人？你现在还会对别的男人多看一眼？”

“为什么不？看一眼犯法？再说，我不看别的男人，老罗还不一样看别的女人。不看吃亏。”

杨红想，这里又来一个以花对花的。她不相信老罗是那种花心的男人，肖娴也总说老罗是“三心牌”老公，留在家里放心，带到外面省心，看在眼里伤心。所以肖娴总是说，我不担心我老公花心，他长那样，谁看得上啊？

杨红想，世界上的事是不是就这样？花得出去的男人就肯定花，不花的是因为花不出去，是因为没人看得上。杨红觉得自己既不喜欢一个花心的老公，又不喜欢一个丑得没人看得上的老公。能不能有一个男人，又有人看得上又不花？杨红觉得陈大龄应该是这样的人，虽然有很多女人喜欢他，但他不会花。不过她知道陈大龄也有一个毛病，就是见不得女人为他受苦，如果有女人因为爱他而受苦受难，那他就很可能冲上去解救她。一个女人受苦没事，娶她做老婆，就把她救了，十个八个女人都在受苦呢，他把她们都娶了？

节目表演完了，开始包饺子了，杨红和肖娴一下成了注意的中心，一大帮老美都拿着一张饺子皮，瞪大眼望着她俩，好像生怕错过了一条重要指示一样。杨红和肖娴推来让去地好一阵，最后杨红没办法，只好挺身而出，举起一块饺子皮，边包边讲。

说了怎么把皮子摊开，说了怎么放馅子，就要说怎么捏拢了，杨红一急，就想不起用英语怎么说了，只好做个样子，说：“就像这样。”她听见离得远的人在问：“像哪样？”她脸一下红了，正在难堪，突然听见朱彼得在她身边小声说：“就用个‘折起来，捏紧’吧。”杨红便像传声筒一样说道：“然后，折起来，捏紧。”

那些老美学了这一招，已经是急不可耐地要亲身实践了，一边嚷嚷着“容易得很”“过瘾”，一边风起云涌地伸出手来，抓的抓皮子，舀的舀馅子，也不管什么招式不招式了，都大胆创新地包起来了。

杨红怕他们包得不紧，待会儿一煮都露馅，想再交代一下。朱彼得小声说：“算了，别管他们了，这又不是烹饪学校，重在掺和，贵在搅和。”

杨红也不再做什么示范，知道现在就是用高音喇叭喊，也没人听了。

朱彼得站在旁边，微笑着看她，脸上并没有惊奇的样子，只说：“嗨，特蕾莎，很高兴见到你。”然后又转向肖娴，“嗨，肖娴，欢迎你，欢迎你们两位美女，让我们晚会生色不少。”

杨红很尴尬地觉得自己的脸红了，有点发烧，小声回答说：“朱老师，想不到你在这里。”

朱彼得笑着说：“你想不到的事情多着呢，只要跟我沾边的，你恐怕都得用这个词。”

他这种逗弄小孩一样的口气，使杨红有点不高兴，因为在他面前，她老有点占下风的感觉，老觉得你捉摸不透他，但他捉摸得透你，而且他又不把捉摸出的东西说出来，看你自己在那里出洋相。杨红赌气地想：你能有多少我想不到的东西？你指望我次次大吃一惊，我偏不。

朱彼得望着杨红，开玩笑地说：“不过你要做什么，都是我料到了的。我一打那个广告，就知道你会来。”

“你就是那个柯克？”杨红诧异地问，“你不是叫彼得吗？”

“我知道你恨彼得，所以用个别的名字，不然怎么能把你骗来？”朱彼得仍旧笑着说，“其实我一直叫柯克，是我以前的英语老师给我起的。彼得这个名字只在国内办口语班的时候用用，听上去没柯克那么老气横秋。国内那帮家伙喜欢搞笑嘛，彼得听上去不是很搞笑吗？你们叫我朱彼得，不也是为了搞笑？不过拜托拜托，你现在不要叫我朱彼得了，这边没了那个语境，再叫朱彼得，别人听着就不搞笑了，搞不好说我这口语老师太差劲，把学生教得这么不伦不类的。来来来，练习一下，叫我一声彼得。”

杨红笑着，却叫不出来：“我还是叫你朱老师吧，你在这儿不是老师吗？我听他们都叫你丘老西呢。”

“我在这里做讲师，你要愿意，叫我丘老西也行。”

肖娴倒是一下就喜欢上彼得这个称呼了，马上就用上了：“彼得，你太极拳打得真好！”

彼得转向她。“你懂太极？”见肖娴摇头，彼得释然了，“不懂就好，你们都不懂了，我就懂了。如果你懂太极，我现在就得溜了。”

肖娴咯咯笑着说：“你别谦虚了，我看你很内行的。”

“不是谦虚，你没见我在中国教英语，在美国教汉语？到哪儿都是在外行面前充内行。”彼得转向杨红，“是不是啊，特蕾莎？”

杨红笑着说：“不光这，你在中国打扮得像美国人，在美国打扮得像中国人。”

彼得看看自己身上的白色中式衣裤，笑着说：“不这样怎么能哗众取宠？这年头，想引人注目不容易啊。”

“真的，你这太极跟谁学的？”肖娴问，“可不可以教我？”

“跟谁学的重要吗？重要的是我这是正宗陈式太极，如假包换的。”彼得说，“你要学，简单呀，我办了个太极班，本来是哄那些老美的，既然你感兴趣，你可以来学啊，每星期三下午五点半，在本森活动中心三楼。”

肖娴高兴得不得了：“好呀，先说明了，我不交学费的呀。”

“不交就不交，你可以拿别的代替嘛。”

杨红拉拉肖娴，叫她别再在这个话题上多说，因为彼得明显地是在占她便宜。但肖娴不怕，故意问：“拿什么别的代替？”

彼得笑笑：“你不是义务帮助汉语教学的吗？我们不付你报酬，你不交学费啰。”

肖娴对这个答案似乎有点失望，只问杨红：“你学不学太极？”

杨红看看彼得，觉得他正专注地看着自己，眼神很柔和，很特别，有点温情脉脉的意思，心想：我是不是又在自作多情了？见肖娴等着她回答，便说：“好啊，我也学。”她看见彼得意味深长地笑着，仿佛在说：“你又上我圈套了。”

彼得指指厨房，问：“两位美女可不可以帮我煮饺子？包可以让他们乱包，但煮不行，煮开花了、煮得不熟都不行。”

杨红和肖娴一口答应下来，跑到厨房去煮饺子，听见彼得在外面交代大家一定要捏紧，不然馅子会漏出去的。又听见这里那里都有人在叫柯克“丘老西”的。彼得一路夸奖这个太棒了，那个非常出色的，好像没有一个不是白案大师。

彼得把学生包好的饺子一盘盘端进来，又把杨红她们煮好的饺子一盘盘端出去，只叫了一个学生帮他，其他人不得进入厨房，免得手忙脚乱之中烫伤了谁。过一会儿，他就跑到杨红和肖娴身边，问她俩累不累、饿不饿，要不要先吃点。肖娴开玩笑说：“你不见我们忙着帮他们捏紧，两手不空？喂一个吃吃。”

彼得就真的用叉子叉个饺子，吹两下，喂了一个到肖娴嘴里。等他换把叉，要来喂杨红时，杨红脸红心跳地躲一边去了。彼得也不客气，一转手喂到自己嘴里去了。等彼得走到外面去，肖娴就小声嘀咕：你这个口语老师，泡女人真有一套，温柔得杀死人啊，再这样搞两下，我要把持不住了。

杨红虽然没说什么，但心里觉得彼得有点过分了。

彼得已经脱去了外面的白衫子，露出里面穿的白色短袖T恤，自我标榜说："里面打了底子的，这白衫子有点透明，怕露了两点。"他光着肌肉鼓鼓的手臂在那里走动，又离得近近地接递饺子盘，搅得两个女人心慌意乱。杨红站在炉子跟前，一直烤着，脸红得不行，汗水把旗袍都湿透了一块，贴在背上，很难受。幸好旗袍不透明，不然只怕彼得又要挖苦她了。

3

晚会结束后，等杨红他们把锅碗瓢盆什么的都洗刷干净时，已经快十二点了。杨红想起要跟海燕打个电话，叫她来接，看见彼得有手机，就问能不能借来打个电话。

彼得问："这么晚了，还有约会？不说跟谁打就不借。"

杨红说，我得跟我室友打个电话，叫她来接我们两个。

"那就不用了，她女儿明早要上学，现在肯定已经睡了，别吵醒她们。我这个太极大师送你们回去不比她来接好？"彼得建议说。

肖娴立即表示赞成。

杨红本来想说"想不到你认识我室友"，但忍住了，不要让彼得说中，说跟他相关的事都得用个"想不到"。杨红暗自思忖，彼得对我室友这么熟悉，说不定海燕也认识彼得，那我提起彼得的时候，海燕怎么没说她认识他呢？

彼得开的是一辆灰色的车，跟海燕那辆一个颜色，安吉拉说过，那颜色不叫灰色，叫金属钛色，杨红挺喜欢那颜色，气派，又禁脏。彼得用遥控开了车门，两个女人不知谁该坐前面，就一起钻到后座上。彼得问了一下肖娴的地址，决定先送肖娴，回头再把杨红放在她楼下。

初秋的夜晚，凉爽的风从天窗吹进来，很柔和，不放肆，给人一种醉醺醺的感觉。彼得在前边什么地方按了一下，车里就响起了《梁祝》的音乐。杨红觉得心里有一股暖暖的东西在流动，不知道是因为音乐本身的感人力量，还是这音乐使她想起了陈大龄，抑或是彼得恰好也喜欢这音乐。

听了一会儿，杨红就觉得这音乐有点不大对头。不像是小提琴的声音，比小提琴低沉。刚想问一下是什么乐器，就听见连音乐节奏都变了，变成了很鲜明很强劲的节奏，像是探戈或者什么类似的音乐，嘭嘭啪啪的，有点离《梁祝》太远了。这样的前奏过去，就听见了一阵口哨声，吹着《梁祝》里化蝶那段。杨红有点生气，这是谁？怎么可以把这么凄美的音乐搞成这个样子呢？更令杨红生气的是，彼得也跟着音乐，吹起口哨来。方才杨红对他产生的一点好感，就在这口哨声中烟消云散了。

杨红坐在车里，一声不吭，心想，彼得这个人是不可救药的油腔滑调，什么高雅美好的东西，到了他那里，就会跟这首《梁祝》一样，调子没变，但演奏的乐器变了，节奏变了，表现的意境也随之变了。这首用口哨吹奏的《梁祝》，很能代表彼得这个人的特点。不能说他人不好，正如不能说这曲子不好一样，但他没个正经，把什么东西都搞滑稽了。

彼得仿佛没有觉察到杨红的沉默寡言，继续听着他的口哨《梁祝》，吹着他的口哨《梁祝》。把肖娴送到家后，彼得不用杨红指点，就轻车熟路地开到杨红楼下，找了个空位停下。杨红不等他转到她那边帮她开门，就自己推开车门钻了出来。彼得也不尴尬，只站在一边，微笑着说："绅士想献点殷勤，都不肯给一个机会啊？"

"还不习惯。"杨红淡淡地说，"你把后备箱打开一下，我把锅子什么的拿出来。"彼得要紧不忙地掏出一支烟，点上，也不开后箱，只缓缓地说："你在生气，这我看得出来，赶快交代，你在生什么气。"

杨红有点不好意思，我算什么人，可以生他的气？就算他把《梁祝》丑化了，我也没资格生气，又不是我的《梁祝》。再说那盘CD应该也不是彼得灌制的，怎么能因为他放了一下就责怪他呢？

"谁说我在生气？"杨红笑着说。

"我说你在生气。"彼得嘴上的烟，随着他说话一动一动的，令杨红又有点生气，这个人浑身上下都是一股痞气，抽烟不说，还让烟沾在嘴上，吊儿郎当的。但他一身素白地站在那里，夜风习习，吹得他那宽松的白色衫裤飘飘的，又很有诗意和仙气。月光洒在他脸上，轮廓分明的脸该高的高，该凹的凹，有点雕塑美的意味。杨红只好在心里承认这是一个矛盾统一体。在他身上，好的坏的美的丑的都有，搞不清该怎么评价他，还是不评价的好。

"让我来猜一猜，"彼得眯缝着眼，自信地说，"肯定是因为我刚才放的那音乐，因为你本来好好的，一听了那音乐就不吭声了。按你的个性，你是不喜欢听到《梁祝》用口哨吹出来。”

杨红被他说中，也不再扭捏，尽量用平和的口气说：“我不明白，《化蝶》这样悲伤的音乐，怎么会有人想到用口哨来演奏呢？”

彼得笑起来，夜色中越显得牙白，杨红很惊讶，抽烟抽成这样，居然会有这么白的牙，这个人真是让人难懂了。周宁的牙永远是黄黄的，因为抽烟，连手指都是黄的。

“口哨能不能表现悲伤，我就不说了。”彼得说，“就说你那个《化蝶》吧，那一段不仅仅是化蝶，而是《梁祝》的爱情主题，是贯穿全曲的。呈示部的引子和再现部的化蝶用的是同一段音乐，首尾呼应。梁祝的故事不仅仅是化蝶，梁祝途中相遇，结为兄弟，同窗三载，十八相送，都是青春活泼，欢快动人的。你想，当祝英台女扮男装到学校去上学的时候，她春风得意的劲头，就算在无人之处吹两下口哨，也没什么不可以的吧？这盘 CD 上，不同的艺术家用不同的乐器演奏这段爱情主题，可说是仁者见仁，智者见智，不是能使人从更多的侧面来诠释这个故事吗？”

杨红被他说得一愣，既没想到那是《梁祝》的爱情主题，也没想到过祝英台调皮的一面，总是一听《梁祝》就首先想到化蝶和死亡。

“即使是化蝶，也是美丽多于哀伤。”彼得说，“《梁祝》的故事，之所以感人，正是因为它那种哀而不伤的基调。化作蝴蝶，翩翩起舞，终生不分离。所以化蝶不是死亡，是超越死亡。连死亡都可以超越，还有什么不能超越？那是一种绝望中的希望，给人绝处逢生的鼓舞。小提琴协奏曲《梁祝》，也成功地表现了这种基调，你听它的时候，会感动，会陶醉，甚至会流泪，但你不会痛哭，不会颓废。”

看惯了彼得的油滑，他这种神态令杨红有点胆战心惊，感觉他有点灵魂出窍。这个连生活都不能严肃对待的人，突然侃起死亡，反而叫人有几分肃然起敬。而且说到超越，使杨红不能不想起陈大龄说过的话。

她感到彼得跟陈大龄有几分相似，难道彼得真是陈大龄的弟弟？他们两人长得并不像，陈大龄皮肤白皙，是人们常说的“晒白皮”，就是晒不黑的那种。晒了太阳，皮肤会有一阵发红，但红过了，又变回白皙。彼得呢，好像是特意在太阳下晒过了的，像杨红在这边看到的很多美国人一样，是所谓的健康色。肤色相差这么远，应该不会是兄弟。

从风格上讲，陈大龄优雅；而彼得，怎么说呢，用个好听的词就是潇洒，用个不好听的词就是吊儿郎当。但他此刻神情严肃，甚至有点肃穆，就可以称得上潇洒了。他们两人给人一文一武的感觉，也许是因为陈大龄拉提琴，而彼得打太极。但两个人又都不是只文只武。陈大龄在篮球场上奔跑起来也是虎虎生风的，杨红曾经站在走廊的窗子边看陈大龄在楼下操场上打篮球：他带球上篮的时候，如离弦的箭、脱缰的马；跳投时那手腕一动，球就像从他手里滑出去一样，连篮圈都不碰，就悄无声息地进去了。而彼得讲课的时候，引经据典，侃侃而谈，朗诵英语诗，可以即席翻译成汉语，应该算很有文采；即便是表演太极的时候，都有一种诗意的文质彬彬。说他们相似，只是一种感觉，说不出原因，说不出根据。也许是他们的身高相似，也许是他们都用了超越这个词。

杨红不知说什么好，只小声说："我不知道这些，以为那段就是《化蝶》。"

"不知道的事，就生起气来？"彼得歪着头，"这样不问青红皂白地生气，不是会弄出很多冤假错案，还把自己弄得很不开心？"

杨红觉得他又在居高临下逗弄人了，无心恋战，就说："不早了，我得上去了。"

彼得一边打开后备箱，一边说："你不能用你的好恶来要求这个世界，别人有别人的审美观，不能因为别人的审美观跟你不一样就觉得别人是丑恶的。"

杨红不知道该说什么，她心里觉得他说得对，但嘴里却不想说出来，只伸手到后车厢里去拿自己带去的锅子什么的："谢谢你送我回来。"

彼得站在那里，挡住不让她拿，嬉笑着说："还在生气？那你拧我两把解气吧。你们女人不是爱拧人的吗？"

杨红哭笑不得，心想，我又不是你老婆或者女朋友，拧你干什么："哪有那么多气生？我觉得你说得对，说得很好，我受益不浅。到底是我老师嘛，肯定比我懂得多。一日为师，终身为父，我怎么能拧你？"

"终身为父？那好，让爹帮你把东西拿上去，算是将功补过。"彼得说着，就拿着东西率先上楼去了。

杨红跟在后面，心想，看来彼得对海燕住的地方也非常熟悉，但这些天从来没见他到海燕这里来过。杨红不知道他们两个葫芦里卖的是什么药，决定找个机会问问海燕。

4

第二天早上，还没等到杨红问起有关彼得的事，海燕就问：“昨天你没打电话来叫我接你们，是柯克送你们回来的吧？”

“是他送的。你知道柯克就是彼得吧？”

“那还能不知道？我是天上知一半，地上全知的嘛。”海燕笑着解释说，“我跟柯克以前是同学，都在东亚中心做博士，我因为要养家糊口，中途转了专业，他拿了博士学位才离开。我们一直是好朋友，这次他在东亚中心的这份工作，就是我为他联系的。怎么啦，要指控我知情不报，还是要吃了我？”

“哪里，只是很奇怪，为什么我提到彼得的时候，你没说他在 A 大。”

“我哪里敢说？你一来就言必称彼得，完全是彼得综合征的典型症状，我还来加重你的病情？”海燕一本正经地说，“我这是为你好嘛，你是有丈夫的人，又是宁死不离婚的那种，不想搞得你恨不相逢未嫁时嘛。”

杨红被“恨不相逢未嫁时”弄得一惊，不过马上想到这句也算名言，人人引用得，就淡淡地说：“你说什么呀？我跟他绝对没那个可能。不过我有个朋友，倒是对他感兴趣，正在打听他的下落呢。”

“那我不管，反正我没把你跟彼得两个凑到一块，是你自己撞上门去的。”

杨红知道她在开玩笑，就一笑置之，抽空给特蕾西发了个电邮，告诉她彼得在 A 大。

只一会儿，特蕾西就回了一个电邮，只有很简单的几句：

“谢谢你与我分享彼得，我他妈太忙了，以后再谈。”

大姑妈又写来一封电邮，说她已经把探亲表用快件寄出去了，估计再过几天丈夫女儿就可以去签证了。大姑妈现在正在找工作，已经向两个地方申请过了。然后又问杨红探亲的事办得怎么样了。

杨红想把丈夫儿子一起办来，但周宁说两个人一起办，签证官会认为有移民倾向，会搞得一个也签不到。再说儿子签出来，如果没幼儿园上，就得有个人在家看着他，那不是明摆着该我待在家里看小孩？不如放在国内，要么晚点办出去，要么就在国内待半年。很多人都是这样的，谁谁谁母子俩一起去签，到现在没签出，而谁谁谁先签老婆再签女儿，两个都签到了。

问题是儿子留在国内谁带呢，杨红想把儿子送到老家让妈妈带，周宁不同意，说那还不让你妈把他惯坏了。周宁要把儿子送回自己的老家，杨红又不放心，说你妈带小孩像喂猪一样的，儿子放那里不是活受罪。为这事打了几次电话了，每次两个人都弄得气鼓鼓的。有几次杨红听见周宁那边把电话都摔了，本来也想把电话摔了，举起电话又忍了，因为电话是海燕的。

打完电话，杨红就觉得很烦闷，两个人都不喜欢对方的母亲，也不喜欢对方家里的其他人。夫妻是同林鸟，夫妻与对方家里的人，同林鸟都算不上。看来“血浓于水”这话不错，夫妻不是血亲，而是姻亲，跟对方和对方家里人像油和水一样，永远都不可能融合在一块。

杨红记得哪本书上说的，幸福的婚姻都一样，不幸福的婚姻各有各的不幸。她不知道幸福的婚姻到底什么样，但她看见的不幸福的婚姻，倒差不多是一样的。她自己的婚姻一塌糊涂，但却经常为别人的家庭矛盾做调解人，因为她是院党委中为数不多的女干部之一，遇到院里教职工有家庭矛盾的，很多时候都是叫她去做工作。

可能真是旁观者清，杨红看别人的家庭矛盾，倒是心明眼亮的，也许因为不是自己的事，看明没看明都无所谓，糊涂官断糊涂官司，因为夫妻吵嘴、婆媳不和这种事，常常是公说公有理，婆说婆有理，很少能分出个谁是谁非。杨红的绝招就是绝不发表个人意见。丈夫说完，就叫他站在妻子的立场想一想；妻子说完，就叫她站在丈夫的立场想一想。说到夫妻两个没大事了，就脚底涂油——溜了，等他们到床上去解决余下的矛盾。

俗话说，医者不自医，说人前，落人后。这些话应验在杨红身上了，她能调解别人的家庭矛盾，却不能调解自己的家庭矛盾。懂道理不等于讲道理，讲道理不等于时时处处讲道理。道理都是绑在刺刀上的——专对别人，不对自己。

做了这些年调解工作，也在自己的婚姻里蹚了这些年浑水，杨红有一个体会，就是如果婚姻只有夫妻两个人参与，还可以少吵几架，吵了架也比较容易和好，像俗话说的，“两口子打架不记仇，晚上共个花枕头”。但一旦有双方的家人参与其中，事情就很麻烦了，夫妻两人常常有个站什么立场的问题。媳妇跟公婆不和，丈夫在中间难做人；女婿跟丈人丈母闹矛盾，妻子在中间难做人。根据杨红的观察，如果夫妻两个是同一条战线的，小家庭还能飘飘摇摇地挺过去，如果妻子或丈夫是跟自己的父母一条战线的，那小家庭就十分危险了。

杨红知道系里有个女老师，平时看上去温文尔雅的，但一跟婆婆吵架的时候，就敢骂婆婆“老不死的”。好在她丈夫是向着她的，总说自己妈妈不对。老人忍得住，就跟儿子媳妇在一起待几天，忍不住了，就逃到女儿那里去，女老师跟她丈夫仍然是一个坚固的家庭。

但杨红和周宁就不同了，两个人都是向着自己父母的，周宁觉得婆媳矛盾都是杨红不对，杨红觉得翁婿矛盾都是周宁不对，所以每闹一次矛盾，隔阂就加深一次，夫妻之间的距离就拉大一次。

杨红跟周宁的父母语言不通，也不爱上他家去，去了想叫声“妈”，总也叫不出口，就那么支支吾吾地混过去。公公婆婆都觉得这个儿媳妇搭架子，没有另外三个儿媳孝顺懂礼。不过婆媳矛盾不那么明显，除了生小孩时公婆到H市住了几天外，杨红一年也就见公婆几次，还没发生过重大纠纷。

周宁跟岳父母呢，就比这糟一百倍。周宁的矛盾主要是跟岳母之间的，因为岳父修养好，道行深，对什么都是睁一只眼闭一只眼，要得江湖深，给它个不吭声，而且从来不插手家务活。不干活的人一般只有一个毛病，就是不干活。那些干活的，毛病就多了，菜可能炒咸了，汤可能熬浓了，跟其他人之间的矛盾也就多了。

周宁跟岳母的矛盾很深，但起因却是一件小得不能再小的事：吐痰。

周宁经常咳咳吐吐的，走到大街上，不管你是哪条街，哪条路，照吐不误。杨红一跟他上街就胆战心惊，怕被人抓住了罚款，又丢钱，又丢面子，但你怎么劝，他都不会听：“你没听说不吐不快？你不让我吐，让我吞下去？”

周宁就真的可以咳一口痰在嘴里，不吐也不吞，就那样含在嘴里跟杨红说话，说得杨红汗毛倒立，细胞跳舞，鸡皮疙瘩乱冒，直犯恶心。

杨红说：“你可以找个垃圾桶吐，或者吐在纸里。”周宁就抢白她：“哪里有垃圾桶？吐在纸上包回去？你别恶心我了。”

周宁因为吐痰，被罚过好几次款，但那并没有吓倒他，只不过让他在有人执勤的地方少吐几口，在没人执勤的地方多吐几口罢了。

你总不能为这样的事跟他离婚吧？填写离婚理由的时候，你写什么，写因为他随地吐痰？你又不是居委会抓街道卫生的老奶奶。杨红想，如果我院里哪对夫妻为吐痰的事闹离婚，我肯定有一百条理由把他们两个劝得不离了。

就为个吐痰的问题，周宁跟岳母就结下了不解之仇。周宁在家里倒是不随地吐痰，他比较爱护家里的小环境，不太在意外面的大环境。大环境你怎么爱护？你不吐，别人也会吐的。少你一口痰，大环境也不会就好了起来，何必把自己憋得难受？

但家里地上铺了地毯或者瓷砖，吐在上面连周宁都觉得实在是难看。在外面吐一口，没人看见，就没人知道是谁吐的，没人知道是谁吐的，就等于你没吐。但家里其他人不会随地吐痰的，如果地上有痰，肯定是周宁吐的。这不一下就查出来了吗？所以周宁一般是吐在厕所里或者厨房的水池里。杨红为他吐痰在厨房的水池里，不知跟他做过多少斗争，但都是吵起架来，他不吐，架吵完了，他又开始吐了。

后来杨红的妈妈来看杨红，在她那里住了一段时间，见周宁随口就把痰吐在厨房的水池里，想到洗碗洗菜都是在同一个水池里进行的，有些担心，忍不住就批评了几句，哪知这下却伤了周宁的自尊心，觉得岳母在嫌弃他，马上就把脸拉长了，再不跟岳母讲话。这事在杨红看来，完全是周宁不对，自己就算昧着良心，也没法跟他站在一边，所以忍不住要把周宁批评一通，但杨红的介入只使得周宁与岳母的矛盾更深。

周宁虽然已经在H市扎了根，但心里一直觉得别人是把自己当周家冲的人的，所以只要有人提到“乡下人”“农村人”，他就像有人摸了他的老虎屁股一样，要跳起来为乡下人和农村人鸣冤叫屈：“乡下人怎么啦？乡下人不是人哪？你们的祖先不都是从乡下出来的？”

为这事，杨红不知对他解释了多少遍，赔了多少不是，说我自己也是从一个小镇上来的，我妈妈现在还在小镇上，大家都是所谓“乡下人”，没有谁在歧视你、看不起你。但周宁不信这种鬼话，他把杨红和杨红的家人一律划在歧视乡下人的城里人中，几乎每一件事都可以上纲上线到城乡矛盾上来。

周宁的不做饭，已经被杨红在无可奈何的情况下认可了。自从搬出集体宿舍，杨红也不硬性规定他洗碗了。自己单家独户地住在一套房子里，门一关，就是一个独立的环境，没人看见，没群众监督了，还要他洗碗，做给谁看呢？所以杨红宁可自己三下两下就洗了，免得叫周宁去洗弄出更多麻烦。但父母来了，杨红就像一个闭关锁国的政府突然迎来了联合国调查团一样，就有点在乎形象了，至少让父母看见周宁还是做一点事的吧？不然父母不是要大担其心，觉得自己的女儿在受苦受难？

杨红就跟周宁商量，可不可以在父母来的这几天，由他来洗碗？周宁还是识这个大体的，知道杨红爱面子，就一口答应，只盼岳父母不要长年累月地住在这里就行。

岳母已经觉察到女婿不是那么听女儿话的，而且也不喜欢听批评，为打麻将的事说到周宁没把碗洗干净，或者还剩下了锅瓢盆也没洗，岳母也不在周宁面前提起，怕他生气，就趁周宁不在时把它洗了，也算帮帮女儿。不过大家住在一个屋顶下，保密工作也不可能做得那么好，有几次，岳母正在洗周宁落下的锅盆，就被周宁看见了，周宁立即就火了，怒气冲冲地说：“妈，我是乡下人，做事不如你们城里人过细，您嫌我洗得不干净，您就直说，叫我重洗，不用这么偷偷摸摸地帮我，让杨红看见，又该骂我了。”说着，就抢上前去，把岳母推开一边，叮叮当当、磕磕碰碰地洗将起来，把个岳母撂在那里，脸上讪讪的，下不来台。

杨红也不知道，为什么这种小事会使周宁生那么大的气，而且使他从此改变对妈妈的态度。到最后，但凡岳母来的时候，周宁就整天整夜在外面打麻将，算是躲着岳母，不需杨红问起，就自动解释说：“我跟你妈处不好，她在这里，我就不想待在这个家里。你不愿意我出去打麻将，你就叫她少到这里来。”

讨厌彼此的家人，也许还不是最可怕的，最可怕的是周宁已经敢大张旗鼓地讲出来了，这说明他已经不在乎杨红知道了。那含义就是：我就是讨厌你母亲，你能把我怎么样？这一点常常使杨红感到透心凉。

想到这些，杨红不禁长叹一声。杨红想，我和周宁对彼此的家人一个个都是讨厌仇恨，对彼此的处事为人，一举一动都看不顺眼。既然对这个人的一点一滴、一亲一戚都否定了，那不是把这个人也否定了吗？但两个人全盘否定了对方，又还是守在一起，煞有介事地扮演着一家人。

5

杨红决定不管周宁同意不同意，要办探亲就大人小孩一起办：签到证了，两个人一起来；签不到，两个人都不来。不然，把儿子一个人留在中国，周宁肯定要把他送到银马镇去。

现在最重要的是尽快把儿子办过来，周宁来不来，倒不再重要。以前急着办周宁来，主要是怕他熬不住了出轨。海燕说得对，出轨不出轨，主要是个思想问题，如果他想出轨，就是天天守着他，他也是要出轨的。他不想出轨，他有要求的时候也不用出轨，他可以自行了断。杨红在电话上跟周宁谈了自行了断的事，把周宁吓了一跳，说：“这出了国的人就是不同，怎么一下子学得这么低级下流了？你室友是什么人？你跟她住太危险了，早点搬别处去吧。”

杨红觉得这些天不跟周宁在一起，自己反而过得很自在，心口也不发闷发疼了。但这些天不跟儿子在一起，就总是牵肠挂肚，做梦不是儿子生病，就是自己把儿子弄丢了，哭着喊着四处找儿子，醒来了知道是梦还止不住泪。

星期四早上，杨红要到东亚中心那边去辅助汉语教学，就特意走早点，顺路到外国学生学者管理办公室去打听办探亲的事。外国学生学者管理办公室的工作人员给了杨红一张表，上面列着办探亲需要的东西：第一，要买医疗保险，没保险她就会被暂停，连工资都没法领，更不要说办家属；第二，要有一定的银行存款；第三，要有她邀请人的信。

邀请人的信是现成的，就是当初卡森教授发给杨红的邀请信。银行存款也够，跑去开个银行证明就行。现在就是医疗保险还没买，学校为外国学生学者联系了保险公司，按团体价格买保险，可以便宜很多。买保险在网上就可以办好，不过一定要用信用卡付账。杨红刚来不久，还没有信用卡，得找个有信用卡的人先付一下，再写支票给他。杨红想，彼得肯定有信用卡，待会儿上完课就请彼得帮一下忙。

杨红跟的是初级汉语班，彼得教的，每星期应该上三次课，本来系里也没人管杨红上班不上班，但杨红自己不好意思一星期跑出来三次，所以跟肖娴商量了一下，决定杨红就星期四跟一次，一次就跟两个初级班的课，一个班一节，总共两节，剩下的都由肖娴去跟了。肖娴乐呵呵地答应了，说跟彼得的班，没问题，跟多少都行，如果是跟别人的班，打死也不跟，反正又没报酬。

上课的时候，杨红就坐在教室后排，先听彼得讲课，等到学生讨论或者做作业的时候，她就四处走走，辅导学生。这活儿说简单也不简单，中文方面就有一个繁体字的问题，虽然学生用的课本是简体字，但为了照顾两岸三地的学生，每篇都附有繁体字对照，学生时不时会就繁体字提几个问题。班上还有几个是从香港台湾来的，以前学的是繁体字，平时也就毫不客气地用繁体字。杨红认倒是认识繁体字，可是写不出来，只好从头学繁体字，免得学生问的时候写不出。除了这以外，用英语跟学生讲解汉语，也挺不容易的，所以杨红得好好准备。不过她挺喜欢这活儿，觉得可以提高自己的英语和汉语水平。

彼得到了美国，就像换了个人一样，上课的时候，穿得非同一般的正式，可能是诗文德要求的。但见中文组上至诗文德，下至助教，即使不是西服革履，也是衬衣领带，衬衣下摆一律扎在裤子里。不知是不是像所有在美的中国学生一样，舍不得花钱理发，彼得的头发也比以前在中国时长了很多，歪打正着地撞对了杨红的胃口。

彼得上课好像也不那么油嘴滑舌了。可能是因为杨红跟的是一年级的课，学生还没学多少汉语，老师上课大多数时间要用英语。不知是彼得的英语还没好到能油嘴滑舌的地步，还是杨红的英语还没好到能听得懂油嘴滑舌的地步，总而言之，杨红觉得他不再油嘴滑舌了。彼得的普通话，下了课就是典型的南方普通话，没卷舌音，没鼻音，但一到课堂上就变了，变得非常标准，哪儿卷哪儿不卷哪儿后鼻音，都弄得清清楚楚，叫杨红不能不佩服他这么收放自如。奇怪的是，无论老师普通话怎么标准，老美说起来仍然像山东方言。彼得说这是因为英语没有四声，只有重音非重音，所以老美没法对付四声。

一旦彼得不穿奇装异服又不油嘴滑舌了，对杨红的杀伤力就很大了。她很快就发现自己很盼望星期四的到来，而一节五十分钟的课，又似乎很快就过去了。坐在那里听彼得讲课的时候，常常会目不转睛地看着他，似乎他一举一动都很潇洒迷人，连他说话时脖子上喉结的跳动，都可以使她盯着看很长时间，觉得很有男人的魅力。有时她仍有那种错觉，就是彼得会用一种特别的目光专注地看她一会儿，眼神称得上温情脉脉，但她马上嘲讽自己：自作多情，自作多情。

这天上完课，杨红就问彼得可不可以用信用卡帮她买一下医疗保险。彼得说："没问题，到我办公室来，你填你自己信息那部分，我帮你填信用卡信息这几栏。"两个人来到彼得的办公室，就打开电脑，找到那家保险公司的网页。

杨红发现有好几个保险计划，不知道应该买哪个，每个计划的说明都是又臭又长，杨红算服了美国人的小题大做了。她看不太懂，也懒得看，就准备来个人不识货钱识货，选个最便宜的买算了，反正自己也不准备在这里看什么病，只是学校要求买，不买就不付你工资，就不给你办探亲，那只好买。

彼得倒是在那里认认真真地看了一下几个计划，最后建议她买第二种，说这种贵是贵一点儿，但保得多一些，特别是保了每年一次的体检，你买这个，就可以免费全面体检一次。

杨红看了一下，这个计划比那个最便宜的要贵一百多块钱，心下有点犹豫，又怕彼得说她小气，就说："体检不体检的，也不重要，我在国内从来不体检的，也没什么，即使校医院安排的体检，我都叫熟人随便帮我填下表算了。"

"这种态度不好，完全是对自己不负责任，"彼得很严肃地说，"女人到了三十岁以后，就应该每年体检一次，乳腺、子宫、卵巢的瘤啊癌啊什么的，早期发现都是可以治愈的，但到了晚期就来不及了。早点发现，或者切掉，或者保守治疗，大多数人都能健康地活下去。"

杨红听他提到女人那几个部位，有点不好意思，心想，这个人脸皮也的确厚，跟一个女人谈这些干什么？

彼得似乎还没侃尽兴，又说："你知道，女人的这几个部位是完全可以不要的，不像心肝肺什么的，你切掉它，就对身体有严重影响。女人的这几个部位，只是用来繁殖的，切掉了不影响身体的日常功能。所以有很多人把这几个部位的癌叫作‘幸福癌’。当然女人自己是非常看重这几个部位的，怕切掉了，自己的女性特征就没有了，男人就不喜欢她了，但是性命第一，如果命都没有了，还谈得上什么女性特征？”

杨红想岔开他这个话题，就敷衍说：“听你的口气，像个医生，不像个老师。”

“业余爱好罢了，不过我真的很想做个医生。等我有了足够的钱，我准备去上医学院，将来做医生。”

杨红见他一本正经的样子，知道他又在搞笑，忍不住笑起来：“你现在还去读医学院？读出来多大了？你早干什么去了？”

“早的时候，还没有这个志向嘛。革命不分早晚，觉悟不分先后，活到老学到老。你不相信我能当医生？那你就小看我了。”

“我看你是想做妇科医生吧？”

“对了，非妇科医生不做。所以你不要得罪我，说不定哪一天，你就转到我手里，请我看病呢。”

杨红觉得他这样说，完全是吃她豆腐，虽然没说看什么病，但刚才一直是在说妇女那几个部位的，现在又说做妇科医生，他这会儿说不定已经在心里描绘她那几个部位的图画了。她不知道心里是什么感觉，好像很讨厌他，好像又不是很讨厌。不过她警觉地想，如果一个女人对一个男人开的黄色玩笑不讨厌的话，那她心里肯定是有点喜欢这个男人了。像彼得这样的人当然知道这一点，说不定他就是用这种方法在试探我，于是正色道：“不跟你开这些玩笑了。”

彼得更正色道：“不是开玩笑，我劝你还是买这个带体检的吧，你舍不得出这个钱，我帮你出。”

杨红见他这样说，就不好再吝啬了：“哪能让你帮我付钱呢，那就买第二种吧。”心想今天真是倒霉，找错了人，如果请海燕或者牛小明帮忙就不会白白多花这一百多块钱了。

彼得仿佛猜到了她的心思一样，说：“是不是觉得我害你浪费了一百多块钱？嘿嘿，对你来说，节约用钱是个原则问题，如果二十英里以外有 1.99 美元一加仑的汽油，就绝不加自家门前 2 美元一加仑的汽油。你有点像好莱坞某个女明星，她可以打着出租从曼哈顿跑到布鲁克林买一种每英尺便宜两美分的窗帘布，买布节约了两毛钱，打的用了二百元，但她说了，节约是一个原则问题，而不是金钱问题，有便宜的就要买便宜的。”

杨红听出他在挖苦她，就一声不吭。彼得一边帮她用信用卡付账，一边笑着说：“完了，完了，又说走了嘴，好心没讨到好报，拍马屁拍到马蹄子上了。”

杨红本来想请他用车带自己去一下银行的，现在也没心情了，写了一张支票给彼得，然后谢谢他一番就离开了。

中午回家吃了午饭，杨红想跟牛小明打个电话，看他能不能带自己去银行开个存款证明，但想起上次那个接电话的女生，又有点犹豫，就向海燕打听怎么牛小明家有个女的。

海燕说："那女孩是牛小明的室友小汪，跟牛小明合住半年了，牛小明早就爱上了她，小汪对牛小明也有点意思，但两个人都碍着一个'合住道德规范'，一直没有挑明。结果前几天有个女的打来一个电话，又躲躲闪闪地不肯留言，小汪怀疑她是牛小明的什么人，言语上就有点酸酸的。牛小明呢，当然是急于解释，赌咒发誓，掏心窝子出来给小汪看，这样反而把事挑明了。他以前老是叫我道义支援他，所以这次赶紧向我报了个喜。"

杨红说："说不定那个打电话的女的就是我，我那天想叫他送我们去那个晚会。因为没想到牛小明那里会有女生，所以一下答不上话来。"

海燕呵呵笑起来："那你无意当中做了个媒了，不过，你以后要用车什么的叫我好了，不要叫牛小明了，免得小汪拈酸。牛小明前一个老婆，就是因为他爱帮别的女人忙跟他离婚的。牛小明是个热心人，别人请到他头上他也不好拒绝。老婆看见不开心也情有可原，换了谁都这样想：如果你对每个女人都这么好，又怎么显得出你爱我？还是我们这些外人给牛小明帮个忙，别找他帮忙了，让他安安稳稳娶个媳妇。"

"牛小明离过婚的？"杨红惊讶地问，"他这个人挺好的，不像离过婚呢。"

海燕忍不住又笑起来："听你这口气，青面獠牙的人才像离过婚的人？离过婚的人都应该是坏人？你没在那个魏成面前贩卖你这套理论吧？"

杨红一惊，连忙问："怎么啦？魏成也是离过婚的？"

"离过，他跟他前妻是在国内就认识的，他没结婚就出来读书，后来跑回去跟她结了婚，结果他前妻在国内有很好的工作，不想到这里来，他没毕业，又不能回去，最后就离了婚。所以这次他就不敢大意，放弃了这边的博士学位，守在他女朋友身边了。"

杨红暗自捏把汗，说："这两个人都帮了我不少忙，如果我在他们面前说离过婚的人坏话，那肯定把他们得罪了，幸好没说。我这话只跟你说说，我没把你当外人。"

海燕拍手笑道："还好我不在乎，不然你又得罪一个人了，因为我丈夫也是离过婚的。等他回来了，你可别在他面前说，不然他会跳起来骂你。"

杨红讪讪的，不知说什么好："我没想到……"

海燕安慰她说："没事，知道你爱憎分明。不过你这观点也太陈旧了，总觉得婚姻破裂就肯定是因为两个人中至少一个人有问题，其实很多时候，两个人都没什么问题，都是好人，只不过是两种不同的人，性格不合，又不肯改变，不能折中，就没法处好。离了婚，对两个人都有好处。现在离婚的人多着呢，谁还会觉得离婚的人是坏人？你身边离过婚的人，有几个是坏蛋的？又有几个人是被人当作坏蛋的？上世纪七十年代美国有过一个离婚高潮，没离的都抬不起头来，觉得自己落伍了。国内现在离婚率也很高，搞不好，哪天就像七十年代的美国一样，不离婚就抬不起头来了。算我们家老李还赶上了潮流，好歹也是离过婚的人。"

6

星期三下午是彼得太极班授课练功的时间，杨红和肖娴也夹杂在那群美国鬼子中间，跟着练习。彼得说过几天中国学生会要搞一个中秋国庆晚会，太极班的人要集体登台献艺，可能这星期要多练习几次。

太极班结束后，彼得对杨红和肖娴说，你们今天别走了，在这里玩一会儿，等我陪安吉拉练完球了，我请你们吃晚饭，算是工作晚餐，我们讨论一下批改作业的标准和第一次测验的事。我这是真正的中国式请客，不是各付各的账，你们说吃什么就吃什么。如果你们不喜欢吃老外的东西，可以上我那里去，我们做中国餐吃。

肖娴赞成这后一个方案："太好了，我正想去看看你住的地方。"

彼得掏出二十块钱，说："那你们现在先到休息室那里坐坐，买点小东西吃，我练完球马上过来。"

两个女人面面相觑，不好意思接钱，说："我们还是去看你练球吧，又不饿，吃什么东西。"三个人来到乒乓室，看见安吉拉已经等在那里了。彼得跟安吉拉练球，杨红和肖娴就坐在旁边的长条椅上看。

肖娴附在杨红耳边说："彼得穿背心短裤还蛮性感呢，什么时候约他去游泳，看看他着泳装是不是更性感。不过现在男人游泳穿个半长的短裤，什么也看不见，如果穿个三角的，那就有看头了。"

杨红说："你好开放，说话像男人一样。"

“怎么，就兴男人欣赏女人的躯体，女人不能欣赏男人的躯体？人体是一种艺术嘛。我们C大艺术系专门聘着裸体模特呢，别人那是全裸，彼得这算什么？半裸都算不上，顶多算个四分之一裸。我总叫老罗也来健健身，他不肯来，放着本森活动中心这么好又不要钱的健身房不用，真是可惜。我敢打赌，彼得肯定天天上健身房。现在男人没肌肉，还谈得上什么性感？”

杨红从来不懂什么叫性感，觉得性感对男人来说，就是英俊的同义词，对女人来说，就是漂亮的同义词。但今天不知为什么，可能是受了肖娴的点拨，或者是第一次以欣赏的心态来看一个男人的四分之一裸体，觉得彼得的躯体的确有一种让她怦然心动的感觉，有肌肉，但又不是像电视上那些健美冠军一样：浑身乱七八糟的肌肉把她搞得糊里糊涂，看了只觉得奇怪，一个人怎么可以搞成那样，搞成那样又怎么还娶得到老婆。但彼得不同，他的肌肉只是使人感到他很结实健康，没有多余或者过分的感觉。她觉得彼得打球的姿势也很好看，脚下灵活，身轻如燕：削球的时候，左右开弓，仿佛长剑翻飞；反拍抽球的时候，手腕一动，球拍一翻，球就以迅雷不及掩耳之势飞到另一边去了。

快练完的时候，海燕也来了，头发湿漉漉的。原来海燕每星期三在成人游泳班学游泳，说她从小就会游泳，年轻时横渡过长江，但姿势不标准，所以现在纠正一下自己的姿势。

“纠正姿势干什么？”肖娴好奇地问，“参加比赛？”

海燕笑着说：“不比赛就不能学了？没什么目的，就是想学会。我这个人，除了正经事不喜欢干，没名堂的东西我都喜欢。我还跟安吉拉一个班在学跳水呢。小时候敢从船上跳冰棍儿，就是脚先头后地跳，但不会头朝下地跳，胆小，现在来克服一下。”

安吉拉见了妈妈，就撒娇地撂了球拍，说：“不打了，打累了，你来吧。”海燕问了彼得，知道安吉拉的确练到半小时了，也不再勉强她，就问杨红、肖娴打不打，见两个人头摇得拨浪鼓一样，便踢掉脚上半高跟拖鞋，上去跟彼得打起球来。这下就把杨红看得眼花缭乱了，看来刚才彼得真是在陪练，没显出真功夫来，现在大概棋逢对手了，乒乒乓乓打得杨红目不暇接。

肖娴大声问道：“你们两个人谁打得过谁？”

彼得趁捡球的工夫说：“一个全市少年女单冠军，一个全地区少年男单冠军，你说谁打得过谁？”

海燕也笑道：“他那个地区还不如我那个市大，你说谁打得过谁？”

打完球，海燕带安吉拉回家，杨红和肖娴就跟彼得到他家去。路上，肖娴说：

“想不到海燕球打得这么好。”

彼得赞赏地说：“她是个全才，不光打球，跳舞啊，弹琴啊，读书啊，做饭啊，样样都很棒，现在是没时间了，有时间她还做衣服呢。‘文化大革命’当中上学读书的人，除了读书，什么都干，所以什么都会。”

杨红好奇地问：“海燕球打得这么好，怎么要你教安吉拉呢？”

“她是直握拍，我跟安吉拉都是横握拍。A大还没几个打得比我好的，她不请我教请谁教？听没听说过易子而教？自己教不好自己的小孩嘛。等你们的小孩过来，我教他们打球，收你们半费。”

彼得住的不是学校的房子，但离学校很近，是个一室一厅。他的房间不像一般单身男人那样乱七八糟，而是干干净净的，东西挺齐全，有点居家过日子的味道。

杨红和肖娴都是做饭的好手，两个人到了那里，不让彼得插手，各显神通，不到一小时，两个女人就弄出四菜一汤，三个人坐下吃饭，谈教学上的事。

杨红吃饭快，一个人先吃完了，坐在沙发上，四下打量。电视柜后面的墙上挂着一幅画，好像是油画，上面是一个端庄的女郎，戴着帽子，帽子上有羽饰，看穿戴，应该是外国人，但看脸相，又似乎是中国人，就凑近去看一看，发现画的下面接近画框的地方有几个字：“梅拉蒂”。

肖娴也注意到这幅画了，就问：“这画上是谁啊？神气得像个公主。”

彼得回答说：“是梅拉蒂，我的妻子。”看到两个女人惊讶的表情，又解释说，“这本来是一幅叫《无名女郎》的俄国名画，我做了一点手脚，把梅拉蒂的照片放大了，把无名女郎的脸换成了我妻子的脸，因为梅拉蒂喜欢这画。我们结婚的洞房里就挂着一幅《无名女郎》，后来一直跟着我们，出国都带着，搬到哪儿带到哪儿。”

肖娴和杨红都问：“你结婚了？我以为你没结婚呢。”

彼得笑着说：“为什么以为我没结婚？我看上去丑得没人要？”说着，伸出手，“你们没见我戴着结婚戒指？”

杨红和肖娴都哧哧地笑着说：“还真没注意呢。”

彼得呵呵笑着说：“看来分量还不够，得换个更大的，免得你们女人注意不到，稀里糊涂地爱上我。”说得两个女人都有些不自在。

彼得看见，就抱歉说：“对不起，忘了你们两个是马列主义老太太，不开这种庸俗玩笑的。”说着，就站起来，走到卧室里，拿了另一幅画出来，“这是真正的《无名女郎》，俄国画家克拉姆斯柯依画的。评论家说无名女郎高傲而又自尊，她穿戴着俄国上流社会豪华的服饰，坐在华贵的敞篷马车上，背景是圣彼得堡著名的亚历山大剧院，展示出一个刚毅、果断、满怀思绪、散发着青春活力的俄国知识女性形象。你看画上这个女人像不像我的妻子？”

杨红比照两幅画看了一会儿，觉得除了梅拉蒂的眼睛不像那个俄国女郎那么大而突出外，其他还真有六七分像。杨红觉得梅拉蒂的画像很熟悉，但想不起来在哪里见过，不知是不是因为以前见过《无名女郎》，所以觉得很熟悉。

肖娴也说：“我怎么觉得你妻子很眼熟呢？就是想不起像谁了。”

杨红忍不住问：“那她……，我是说，梅拉蒂，现在在哪里？”

“她在 N 州。”

“那你怎么跑到这里来教书？”肖娴问，“离多远啊？一个星期都没法回去一次吧？”

“有好几百英里呢。”

“这样不好，”肖娴端起大姐姐的架子，“夫妻分居久了，会影响感情的，听说美国人很少有夫妻分居的，要么在一个地方找工作，要么干脆离婚，因为美国没户口限制，想到哪里工作就到哪里工作。你怎么不在 N 州找工作呢？”

“学文的，你以为美国遍地是工作，想在哪里找就在哪里找啊？”

杨红说：“那怎么不让你妻子到这里来找工作？她学什么的？也学文的？”

“不该让你们两个到这里来的，”彼得愁眉苦脸地说，“来了就打听我的私事，打听了还要指指点点，特蕾莎，不要跟我上政治课啊，不要忘了，我是你老师。一日为师，终身为父，对我多少要有点敬畏才好。”彼得说着，用遥控打开音响：“听听梅拉蒂拉的曲子吧。我不会拉提琴，不过我觉得她拉得不比约夏・贝尔差。”

悠扬的琴声在房间里响起来，杨红一听就知道那是《天鹅》，小提琴拉的，因为陈大龄以前经常拉这首曲子。听着那熟悉的音乐，杨红心里突然冒出一个想法：彼得的妻子会不会是陈大龄的妹妹？觉得她相貌熟悉可能就是因为在陈大龄那里看到过一张有他妹妹的照片。但是他妹妹不是拉大提琴的吗？杨红清楚地记得她当时看了那张照片后的一个感觉就是，四个人，两男两女，男的潇洒，女的漂亮，个子越小的人拉的琴越大。陈大龄妹妹是里面个子最小的，而她拉的是最大的那个琴，这么多年过去，杨红已经不记得那个琴叫什么了，但不管是什么，肯定不是小提琴。

杨红觉得自己又在胡乱联想，一时把彼得当陈大龄的弟弟，一时又把梅拉蒂当陈大龄的妹妹。为什么一定要把所有的人都跟陈大龄扯上关系呢？我这爱屋及乌也太厉害了点。

彼得好像沉浸在音乐声中，不再说什么话，他的眼神很温柔，温柔到有点悲伤的地步了，好像不是在听音响里放出来的音乐，而是在凝望他心爱的女人，从遥不可及的地方，在为他拉这首曲子。杨红想，他肯定是想到他远在N州的妻子了。一个男人，为了谋生，跟自己的妻子两地分居，心里一定是很苦的。也许这就是他为什么想去学医的原因？听说学医的人在美国很好找工作，收入也很可观。看来男人是不喜欢靠女人的，彼得宁可远离妻子到这里来当教练，也不愿没工作跟妻子待在一起，骨气令人敬佩，但有点死要面子活受罪，折磨自己也折磨他人。

杨红记得《天鹅》是支很短的曲子，但这支《天鹅》却一直在放着，她看了一眼音响上的显示是“反复”。彼得似乎发现她注意到了这一点，用遥控关了音乐，有点懒懒地说：“还是音乐好，可以不断反复。如果别的东西也能这样就好了。”

肖娴知道他指什么，就笑着问：“举个例子，你希望什么东西可以反复？”

“很多啦，成功啊，爱情啊，生命啊，所有美好的东西，我们不都希望能够不断重复吗？”

杨红回到家，就给特蕾西发了一封电邮，告诉她彼得有妻子的事，还特别警告她说，有妻子还不是最重要的，最重要的是彼得把他的妻子看得像个宝一样，逢人就吹，一说到他妻子，脸上就是那样一种柔和的表情，眼里就是那样一种挚爱的神色。他妻子也的确长得不错，琴也拉得好，你就别打他的主意了。

不一会儿，特蕾西就回了一封电邮，只有两行字：

何为英雄？明知山有虎，偏向虎山行。
何为英雌？明知虎有妻，偏向虎身依。

7

早上六点多钟，杨红就被电话铃声吵醒了，她以为是周宁，因为只有周宁才在这么早的时候打过电话。她抓起电话，睡眼惺忪地抱怨说：“跟你说过了，八点以后再打电话，我室友她们……”

“红，是我，”杨红听见哥哥的声音，“我把钱凑足几天了，也没见周宁来取，你催他快来拿，我最近要出差。”

杨红放下电话，决定等一会儿再给周宁打，因为现在还早，不想把海燕她们吵醒了。

她没想到 H 大这么早就开始卖房，早知道这样，她出国之前就会把预付金的事安排好了再走。杨红本来已经住着一套三室一厅的房子，也是学校的房，后来出钱买下来了。现在这批新房，修在近郊，是花园洋房式的，虽然远点，但大家都愿意买。现在人人都懂，买房就是投资，多一套房子在手里，不管是住还是卖，都不会亏本。

杨红当然要买，自己在 H 大这么多年，没得到什么福利，这套房，由学校卖给本校的教职工，价钱比较低，也算一个福利吧。买下来，想怎么处理都行。不过这首期就要付二十万，也不是一下就拿得出来的。杨红在银行里的钱可以拿出五万，跟哥哥商量了一下，哥哥说可以周转十二万。剩下的，杨红觉得周宁应该负担一下。

等海燕她们都起床了，杨红就打电话给周宁，问他怎么还没去取钱。周宁开始说平生最恨借钱，所以不想去。等杨红有点发脾气了，才如实禀告，说没去拿钱的主要原因是昨天在高速公路上追尾了，现在车还没修好。

杨红立即想到儿子，听说儿子不在车上，才松了口气，少不得把周宁教训一通，说：“你这不是第一次追尾了，上次追尾，赔了好几千，修了好几千，这次肯定也少不了。你开车不要像救火一样，开那么快，跟那么紧。早到几分钟，晚到几分钟有什么要紧？追了尾，又要修车，又要赔钱，搞得不好，还把命搭进去了，到底哪点好？”

周宁说：“昨天完全是前面那个人不对，他开得好好的，突然停下干什么？”

杨红知道周宁每次都是这样，跟人撞了，从没说过自己不对，都是那个人不对。杨红也从来没看见过哪个撞了车的人说过自己不对的，全都是对方不对，大家从车里跳出来，指着对方的鼻子大骂对方不长眼睛，不会开车就不要开。

杨红说：“你后面撞前面，警察肯定说是你不对。你就不能开慢一点？”

“如果个个像你们女人那样开车，今天爬到明天去了。只怪我自己买不起车，如果是我自己的车，我想开多快开多快，撞了我认赔。”

杨红忍住火气说：“这不光是个赔不赔的问题，撞伤了人呢？把儿子撞伤了呢？把你自己撞伤了呢？”

“你还想得到怕我撞伤了？我以为你只想着别把你哥的车撞坏了。你不用担心，我会把车修好的，以后不开你哥哥的车就是了。”

杨红想到每天还得周宁开车送儿子上幼儿园，把他搞得不开车了，用自行车送儿子，还是儿子受罪，就赶紧换了话题，问周宁可不可以补齐剩下的三万块钱，周宁说："我哪有钱？"

"你怎么会连三万块钱也没有呢？你每个月的工资都没拿出来家用，钱到哪儿去了？现在不交首付，这房子就买不成了。"

"买不成就不要买嘛，又不是没房子住，买那么多干什么？当饭吃？"

周宁一向就是这个态度，他不要求过高级生活，他也不拼命挣钱以求实现高级梦想，好像凡是不能当饭吃的东西都是没用的。杨红只好又把买房投资的理论跟周宁宣讲一遍。

最后周宁说："我手头是真的没钱，这马上要修车要交罚款，而且这段时间都是用我的钱在养你的儿子，你儿子花钱很厉害，光零食啊玩具啊这个班那个班的，就把我工资花完了。"

杨红听了这话，就没法不生气了："你这是什么话？儿子是我一个人的？他不也是你的儿子？"

周宁咕噜一句："只有你们女人才知道儿子是谁的，哪个男人敢拍着胸脯说儿子是他的？"

"那你现在就带他去做个 DNA 检查，免得你疑神疑鬼。"杨红气得顾不上是谁的电话了，砰地摔了。

生了一阵气，又歇息了一阵，杨红才给哥哥再打个电话，把情况说了一下，看哥哥可不可以把钱送去给周宁，因为不及时交钱，房子就泡汤了。哥哥答应马上把钱送到 H 市周宁手里，杨红才放了心。

但剩下的三万块还没有着落，周宁不肯出钱，搞得杨红心里很郁闷，不知该怎么办。

有人说婚姻中夫妻双方闹到剑拔弩张、你死我活、非离不可的地步，大多是为了钱或者情。前者是说经济上的矛盾，后者是说一方或双方有了出轨行为。其他的东西，常常可以大事化小，小事化了，不一定弄到离婚的地步，但一涉及到钱或者情，就有点难以化解了。

杨红回想自己这十几年的婚姻，在钱的问题上，跟周宁也是疙疙瘩瘩。

婚姻的最初六年，杨红和周宁一直是两地分居。两地分居可以毁掉一些婚姻，但可以成全另一些婚姻。杨红和周宁的婚姻，应该是被两地分居成全的一个例子。周宁每两周回一次 H 市，周五下午回，周日下午走。这两天当中，要做爱，要睡觉，要打麻将，要会朋友，两个人没有多少时间吵架。一想到只有两天的时间，杨红就很能忍受了。

知道痛苦马上就会过去，人的忍受力就会大大加强。就像你提着一大桶水上楼，如果你知道只剩下三五步了，你会爆发出一股力量，一下把水提上去。但如果你知道前面是无穷无尽的楼梯，你连这三步都走不动了，马上就要瘫倒。

有尽头的苦难是可以承受的，看不到尽头的苦难随时可以把你压垮。

两地分居六年养成的习惯，就是周宁不把钱交给杨红，杨红也不把钱交给周宁，两个人各自拿着自己的工资，那个时候也算是天经地义的。周宁每两周回来一次，杨红也不好意思叫他交这几天的伙食费。

等到周宁调回H市了，他也没主动提出把钱交给杨红，杨红也不好要，两个人还是这样分管自己的钱。周宁不管买菜做饭的事，结果就搞成杨红包办家庭开支了。好在就两个人，她的工资也够了。

后来周宁先有了意见了，说两个人的钱是分开的，在外人面前都不好意思说，上次不小心说漏了嘴，弟媳都很吃惊，说怎么你们两口子这么生分，连用钱都分“你的”“我的”？

杨红说：“那你说应该怎么办？”

“大家把钱放抽屉里，要用的时候到那儿去拿。”

杨红坚决不同意这个方案，知道周宁“要用的时候”很多，如果他打麻将把钱输光了，两个人连饭都没得吃，所以宁可背“生分”的名，也不肯把钱放抽屉里随便用。两个人继续掌管自己的钱。吵了几次架后，周宁答应每个月交一些钱算他的伙食费，但他老记不住。又吵了几次架后，周宁答应每个月另外再多交一点，算其他费用，但他还是记不住。吵到最后，杨红自己也没脸吵了，他交就交，不交算了，只当嫁鸡喂鸡，嫁狗喂狗。她已经养成了挣钱靠自己的习惯，家里要添东西了，要买房子了，要装修房屋了，都是杨红去想办法。杨红系里有一些创收项目，她自己也经常帮厂矿企业做项目，手头不算紧张。加上后来她哥哥辞了职，自己办厂，经常给她一些经济上的支持，杨红还没到要周宁帮忙支撑这个家的地步。

当然，既然杨红都是用自己的钱建设家园，有时也就不问周宁的看法，自作主张。这样，两个人就难免发生争执，常常是建设了家园，两人反而要吵架。下次，杨红来征求周宁的意见，结果不是两个人无法达成协议，就是周宁自动退出，说反正是你的钱，你想怎么样花就怎么样花。

有一天，周宁有意无意地说：“你知不知道，如果我们离婚的话，这房子、汽车和家里的财产我也有一半。”这句话把杨红镇住了。这些年，周宁一分钱没往家里交，买房没出一分钱，买电器没出一分钱，车是杨红的哥哥买的，也只是暂时挂在他们名下，给他们开，难道这些都有周宁的一半？

“你有没有搞错？”杨红不相信地问。

“应该说你有没有搞错，”周宁说，“你不懂《婚姻法》的吗？婚姻存续期间购置的房产和其他财产，夫妻双方都有份。”

“可是你一分钱也没出啊！”

“法律就是这样的，你有意见，到人大去提。”

杨红不信，后来还问了别人，结果发现周宁说得没错。更令她心寒的是，婚姻存续期间所欠的债务，也是双方都有份的。也就是说，如果周宁在外面打麻将，欠了赌债的话，她杨红也有责任偿还。

这是什么混账法律？杨红愤愤地想，我辛辛苦苦挣的钱，到离婚时却要与他分享，而他在外面欠下的债，还得我来偿还。懂行的人告诉她，这法律是为了保护妇女儿童的权益，可能制定法律的时候，男人的收入普遍比女人高，所以财产共享就可以起到保护妇女儿童的作用。

看来不管你过得怎样，在法律眼里，夫妻就是一个整体。你感情破裂也好，你如胶似漆也好，法律都当你是一个牢不可破的整体。父债子还可能已经行不通了，但夫债妻还却还是受法律保护的。

最令杨红寒心的是周宁似乎专门打听过这些，不然他怎么会知道得这么清楚？他为什么要打听这些呢？只有一个可能，他心里在转着离婚的念头。杨红忍不住问周宁是不是这样。周宁声明说，我没有转离婚的念头，但你总是在转离婚的念头，所以防人之心不可无。而且我说这些，也只是吓唬吓唬你，免得你跟我离婚。

周宁可能的确只是吓唬吓唬杨红，但他没想到自己会弄巧成拙。他这番话，使杨红对离婚又多了一份惧怕，怕两个人要平分财产，还怕突然之间发现周宁在外面已经欠了一屁股的债，离婚的时候她也要帮忙付上一半。

从那时起，杨红就横下一条心，哪怕天天吵架闹离婚，也要坚决制止周宁打麻将，因为她早已知道周宁打麻将是带彩的，她还听说现在打麻将的规格是越来越高了，一场牌下来，进出个几千上万，不算什么了。听说有的人，已经到了懒得数钱的地步，都是拿个尺，量量谁输了几尺几寸高的一摞钱就行了。杨红想，如果周宁这样在外面输钱，那他欠的债自己这一辈子都还不清了。

俗话说：“不讲理的怕不要脸的，不要脸的怕不要命的。”杨红这样一强硬，周宁反而软下去了。杨红禁赌禁得出名，凡是跟周宁打牌的都闻风丧胆。正打着牌，不管周宁在不在其中，只要一听说杨红来了，就个个抱头鼠窜。

据说，有一次周宁在一个朋友家吃饭，正坐在桌边好好地吃着，就听见那家的女主人在门边说："杨书记，找周宁啊？"

周宁这边条件反射地跳起来，丢了碗就蹦到离桌子很远的沙发上去了。一直到女主人进屋来，看到周宁不吃饭了，在装模作样地看电视，问他，他才回过神来："我这不是没打牌么？我怕她干什么？"

8

海燕要到华盛顿特区参加一个学术会议，得去三天，就把安吉拉托付给杨红，说："你也不用做什么别的，她早餐午餐都是在学校吃，就是晚上那一顿，你要帮忙关照一下。我做了一些菜，放在冰箱里，你拿出来热一热就行，再拜托你每顿为她炒个青菜什么的。晚上如果可能，也请你待在家里陪她，如果你要去系里做实验，就打电话叫彼得过来看着点。十四岁了，虽然按照美国法律，可以一个人待在家里了，但没人看着总是不大放心。星期二晚上，安吉拉有个音乐会，彼得会过来载她去，你也可以跟去玩玩，看看她的学校。"

杨红说："你尽管放心，我这一段晚上没什么实验做，如果要做的话，我就叫彼得来。"

星期二的下午，杨红惦记着安吉拉晚上有音乐会，不到五点就溜了回来，想早点做了饭，叫彼得也过来吃。还没到家，就听到有人用口哨吹着《梁祝》的爱情主题曲，还闻到一股香味，进门一看，彼得正在那里忙活，腰上煞有介事地扎着海燕的花围裙，滑稽之中又有几分居家男人的味道。他人高，怕碰到抽油烟机，做个骑马蹲裆状在那儿炒菜，十分搞笑。

"做什么好吃的，好香，辛苦你了。"杨红夸奖说。

"领导辛苦，向领导汇报一下：烤了些鸡翅，还炒了玉米粒和四季豆，煎了一条鱼，还有一个凉拌的西红柿。你看还要做什么？"

杨红一看饭桌，红红绿绿的，冷的热的都有了，就说："你做了这么多，我来做个水煮肉片吧，肉片都切好了的，美国的猪肉好煮，十分钟就好。"

彼得想了想，说："不是打击你积极性，我看算了吧，时间不早了，再说水煮肉片不辣不好吃，但安吉拉不吃辣，就免了吧。"

杨红有点惭愧，因为自己没想到这一点，看来平时对安吉拉关心不够。

吃饭的时候，安吉拉一看桌上的菜，就很开心地叫："太酷了！我都喜欢，谢谢你，小宠物。"

杨红问："她怎么叫你宠物？"

"这你就要问她了，我也不知道，她从小就这么叫，可能把我当她的猫啊狗啊什么的吧。"彼得抱歉地对杨红说，"不好意思，都是安吉拉喜欢吃的东西，不知道你喜欢吃什么，所以没做什么你爱吃的。"

杨红说："没事，没事，我也喜欢吃这些。没想到你还挺细心的呢。"

"又没想到吧？我说了，对我的事，你都要用这个'没想到'。"

"我看这里的男生都不会做饭，你怎么倒有这么好的手艺？"

彼得说："老婆培养出来的，我为我老婆全职做了一年饭，兼职做了好些年，这只是小意思了，什么时候有机会，我在你面前显摆一下，叫你折服。做饭又不是什么难事，那些哥们儿连博士都读出来了，做饭还学不会？男人不会做饭，不是没能力，而是没动力。"

"别人说男做女工，凶也不凶呢。男人给老婆做饭，是不是觉得很窝囊？"

"为什么窝囊？有个老婆，能为她做饭，是男人的幸福。很多男人都是身在福中不知福。我倒恨不得家里放个老婆，我可以天天给她做饭。"彼得说着，神色却有些黯然。

杨红想，看来触到他痛处了，夫妻分居不容易，想到以前朝夕相处的情景，难免情绪低落，就安慰说："不伺候老婆也有不伺候老婆的好处，你现在不也过得挺好的吗？"

"家家有本难念的经，人人有个阿基里斯之踵——致命之处。"

吃完饭，杨红抢着去洗碗，彼得就抓紧时间拖地。杨红发现彼得还真有一套，做饭时就把用过的锅子、砧板什么的都洗了，现在只剩几个碗，很快就洗好了。

杨红见彼得拖地拖得挺卖力的，就抱歉说："我们这地太脏了吧？我来了这么久，还没拖过地。"

"不脏不脏，挺好的，海燕肯定拖过了的，"彼得说，"不过我既然来了，就抓紧时机帮忙拖一下，海燕肩痛，拖地不大方便。"

"她肩痛？怎么没听她说起过？"杨红诧异地问，心想彼得倒是什么都知道。

"她这个人是典型的报喜不报忧，你指望她告诉你她哪点不舒服，那就等到猴年马月去了。她肩痛很久了，好不容易把她押去学校医院看了一下，也没看出个名堂，只说做理疗，但做一次要四十五分钟，她没时间，就不了了之了。

N 州那边有家中国药店卖一种喷雾剂，她用了还挺有效的，下次回去再给她买一些。”

杨红很惭愧自己来这么久，既没注意到海燕肩痛，也没抢着拖地，倒是海燕经常注意到她有什么不适，过来帮她。有次杨红做试验把手划破了一点儿，海燕有很久连碗都不让她洗。

杨红说：“那以后我来拖地。”

彼得满怀感激地说：“那就拜托你了。”

杨红觉得彼得对海燕的那份关爱比一个丈夫对妻子的还有过之而无不及，这么细心，这么周到，令人羡慕，令人嫉妒。想说他们是情人，又觉得不可能，因为从来没看到他们两人单独在一起过，而且年龄也相差太远了，总有十几岁吧。

收拾停当，彼得就开车载三个人到安吉拉的学校参加她的音乐会。学校从外面看，倒不大，都是一层楼的房子。但进了里面，就发现另有一番天地，可能是校门那块不大，往后延伸得倒挺远。教室分成 ABCDE 五个翼，每个翼真的像翅膀一样，飞出去很远。安吉拉去她的乐队排练室集合，彼得就陪杨红参观一下学校。

杨红见很多教室都是开着门的，好像全然不设防，就把头探进去看一看，教室不是很大，但布置得像游戏室一样，很多教室的桌椅都是像开宴会一样地摆成一个一个小组。

“这一个班能装多少人哪？”杨红好奇地问。

“听说不超过二十五个人，教育部有规定的。”

杨红参观了一遍学校，就觉得人家说的那话不错，别人说美国是老年人的坟场，中年人的战场，小孩子的天堂。不说别的，就冲这一个班二十多个人，孩子在这里读书就会舒服得多，现在中国的学校，哪个班不是挤着四五十、五六十人？人太多，老师怎么顾得上每一个？再说，中国的学生负担那么重，放了学有做不完的作业。就那样辛辛苦苦地读上来，就算读到大学了，最后还想出国，那还不如现在就把他弄到美国来。

看了安吉拉的音乐会，杨红的这种想法就更浓了。小小的一个中学，就有弦乐和管乐两个乐队。每个乐队都有几十人，演奏起来像模像样的，在杨红听来，不比专业的差。

杨红对彼得说：“今天看了一下这个学校，觉得小孩在这里读书真好。”

“那就赶快把孩子办过来，”彼得说，“你小孩多大了？”

“四岁多快五岁了。”

“那就很容易了，因为四岁以上在这里就可以进学校的幼儿园、学前班什么的了，不用交学费，每天早晚有车接送，早午餐在学校吃，收入低的连餐费都不用交。有很多中国人，都是为了孩子才留在这里的，有的在这里坚持到孩子进大学就回去了。”

“小孩刚过来那一阵，语言完全不通，会不会很难受？”

彼得笑着说：“肯定有一点难受，不过听说小孩子虽然语言不通，但都愿意上学。老师会找一个懂中国话的小朋友帮助他，安吉拉经常给新来的中国小孩当向导，学校还有英语班，为外国人开设的英语班。听说有的小孩在学校半年都不大说话，突然有一天，就说起话来，满口是流利的英语。你不用操心小孩不会说英语，小孩学一种新语言是很快的，反而是他们的父母，成年人了，很难接受一种新的语言。很多小孩来了一段时间，就觉得自己父母的英语不地道，不愿意他们上自己学校来丢他们的面子。所以做父母的还是操心自己的英语吧。”

“我看安吉拉现在不大说汉语呢，她一口的英语。”

“这里很多小孩都这样，越小过来的，越不肯说汉语，因为小孩成天生活在学校，没有说汉语的环境。海燕留在这里，也主要是为了孩子，因为安吉拉现在回中国去，跟班就很困难了。”

杨红见彼得说起教育孩子一套一套的，就大着胆子问：“你跟梅拉蒂有没有孩子？”

彼得一下就沉了下去：“没有，要是有，我还是这个样子？早就飞起来了。有一段时间努力做人，可是天不作美，”停了一会儿，又打起精神说，“要不怎么人人都说做人难呢。三十而立，过了三十了，可是没有儿女立起来，惭愧惭愧。”

杨红笑着说：“难怪刚才别人误以为你是安吉拉的爹的时候，你一点都不解释呢。”

“那不是因为别人把你当妈咪吗？”

看杨红一下红了脸不说话，彼得笑着说：“知道有了我这一句，你就要仓皇逃窜了。想不到你还是这么容易红脸。现在的人，都是这样信口开河的，你要这样容易红脸，那你的日子太难过了。”

回到家，杨红给大姑妈发了个电邮，问她找工作的事进行得怎么样了，说你也帮我留个心，我今天去一家中学看了看，条件不错，我也有点想留在这里了，不为别的，只为了我的儿子。

此情可待

1

杨红生日那天，系里为她搞了一个小小的庆祝。卡森教授、他的博士生、实验室的技术员等都送了点小玩意儿，虽然只是几美元的小东西，但别人打听到了自己的生日并且记住了，还是让杨红非常高兴的，这些年来，她还是第一次这么风光。

大姑妈发了个电邮，说丈夫和女儿都办好签证了，你也放心地让丈夫儿子一起去签吧，咱们J省签证好办。今天是你的生日，这就算是我的一份贺礼吧。又说，我在D大工作网页上看到一个很适合你的工作，你先看看，如果合适，就把简历电邮给我，我帮你交到人事处去。

周宁也破天荒地寄了一张电子生日卡祝杨红生日快乐，选的是一束红玫瑰，“我爱你”三个词温柔体贴地慢慢从背景中钻出来，音乐也深情款款的。不过杨红不感动，这完全是那个“故乡的云”培养出来的，不是跟她搞那段十年之痒，周宁哪知道这份酸？况且电子卡一分钱不花，想送多少张送多少张。节日、生日不为杨红花钱是周宁的一贯风格，日子他还是记得，但每次都说“就把我送给你了”，那意思就是：本来不做爱的，做一次就算礼物；本来就做的，就再做一次算是礼物。

彼得自己没送杨红什么，但当杨红跟班上课的时候，全班师生为她用汉语唱了生日快乐的歌，又集体送给她一张生日卡，上面有每个学生的中文签名。有的态度认真，但写得歪歪扭扭；有的还没学会走，就在想飞，思谋着写得龙飞凤舞，结果写得鬼画桃符。彼得也在上面留了言，说“感谢你对我的帮助”，杨红知道他在引用她的语言，因为在口语班的时候，杨红在全班同学送给他的卡上就写了这句，而别人写的都是诸如“嘴黄心不黄，好色不好淫”“忘记你我做不到”之类的，结果杨红的留言被全班评为“最搞笑留言”。

海燕送了杨红一套化妆品，说以后找工作面谈什么的用得上。海燕是带着杨红到购物中心里去买的，因为她认识那家永恒之美美容店的老板萨拉，说萨拉以前是北大哲学系美学专业的硕士，研究马克思主义美学。到美国一二十年了，早已不搞美学，搞美容去了，开了连锁美容店，每周只有一天在购物中心里露面。萨拉快五十岁了，但保养加健身，看上去也就三十多岁，是自家店里的活招牌。她不光做生意，还宣传她的美容理论，算得上马克思主义美学与资本主义美容的有机结合。

萨拉为杨红化妆，也教杨红怎么化，边化就边讲解杨红脸型皮肤的特征，应该如何扬长避短等等。萨拉说杨红的脸型轮廓都很不错，高鼻梁、深眼窝，有西方人味道，但皮肤不似西方人那么细腻易皱，不足之处是眼睛不够有神，加上戴眼镜，把灵魂的两扇窗户半遮半掩了，最好是改戴隐形眼镜。化完后，杨红看看镜子，都有点不敢相信那里面的女人是自己了，感叹地说：“化不化妆真是不一样啊。”

等海燕把买化妆品的钱付了，萨拉才推心置腹地说：“其实不化妆最好，因为化妆品多少都是对皮肤有害的，长年累月地化妆，就把皮肤搞坏了。护肤品用一用倒没什么，但也不是多多益善，特别是不要把自己的脸当作一块试验田，今天涂这，明天涂那。一个人看上去年轻不年轻，主要是她的心境年轻不年轻。一个心境苍老的人，不论怎么化妆，心态还是会显露出来的。人们总以为化妆使人年轻，其实这是化果为因，应该说如果一个女人还有心思化妆，就说明她还在意自己的外貌，心境就不算太老；相反，即使你化得年轻，即使你真的年轻，如果你悲观失望，满腹牢骚，仍然会显老。”

杨红知道今年是不会收到陈大龄的生日卡了，因为她还没来得及把自己的新地址告诉他，估计他还会寄到系里去。但生日那天下午，海燕拿着一张明信片，送到了杨红的卧室来。

“嗨，情书一封，刚到的。”

杨红笑起来：“什么人到了你嘴里就变成情人了。哪儿寄来的？”

海燕看了一下手中的明信片，笑着说：“先找个柱子把自己靠稳了我再告诉你。”

杨红笑着，也不找柱子，径直上来抢过明信片，看了一眼，真的快晕倒了，是陈大龄寄来的！上面比平时多几句话，除了祝她生日快乐，还恭喜她到了美国。杨红读了好几遍，仍然不敢相信真的是陈大龄寄来的，他怎么会知道我在美国的地址呢？

吃饭的时候，杨红就忍不住对海燕说：“这是我以前的一个老朋友。真奇怪，我还没告诉他我在美国，他怎么就知道了我的地址？”

海燕耸耸肩说：“可能从网上找到的。”

杨红想到自己曾在网上查找彼得，查来查去查不到，觉得陈大龄肯定花了不少功夫，到处查找，才得到自己的地址，心里一激动，就一股脑儿地把她跟陈大龄以及周宁三个人之间的故事都讲了出来。末了，又自言自语地问：“不知他现在结婚了没有。”

海燕说：“十几年了，肯定结婚了，而且快五十了，老掉牙了，不管他了，多颗卫星而已。不是说女人都有行星情结，男人都有帝王情结吗？”见杨红不解的样子，就解释说，“男人呢，都想跟帝王一样，有三宫六院七十二嫔妃，天天换女人；而女人呢，就想做颗行星，有一个恒星供她绕着转，又有无数的卫星绕着她转。恒星是她的中心，卫星只是壮壮声势而已。对男人来说，哪个嫔妃都一样，但对女人来说，如果没那颗恒星，再多的卫星也没用。”

杨红不由得想起陈大龄的星系理论，跟海燕刚才说的完全不同，于是说：“可是我觉得他好像没结婚呢，不然怎么会一直给我寄明信片？”

“你不也一直给他寄吗？这没什么嘛，两个人相爱过，即使最终没在一起，也不用搞得老死不相往来嘛。”海燕看了杨红一会儿，说，“这么多年了，还没忘怀？”

“可能永远也不会忘怀。”

“你中他的毒太深了，没解药靠你自己是不行了，想给你上服解药，就怕解毒没解好，反而中了新毒。解药都是剧毒的，不毒解不了别的毒。”海燕想了一会儿，问，“你知不知道彼得的妻子叫什么？”

杨红见她把话题扯到一边，知道她对陈大龄的故事不感兴趣，觉得自己有点太忘乎所以，只顾自己陶醉了，便收了思绪，说：“不是叫梅拉蒂吗？”

海燕沉吟片刻，点点头：“对，那是她的英语名字，她的汉语名字叫陈韵。”

“陈韵？”杨红在记忆里搜寻这个名字，虽然有一个最直接的答案，但她不敢相信。

“也就是说……”

“也就是说她是陈智的妹妹——陈大龄的妹妹。”

杨红张着嘴，望着海燕，不敢相信这一切，原来自己的第一感觉是对的：“可陈韵是拉大提琴的，而梅拉蒂是拉小提琴的，我在陈大龄那里看过照片的。”

“我听彼得说他们陈家三兄妹都是拉小提琴的，照片没什么嘛，我还有开飞机的照片呢。”

“你认识陈大龄？”杨红问。

“你不要把故事想复杂了，我不认识陈大龄，但我跟彼得是好朋友，所以知道一些。你刚来时，他觉得你已经忘了这事了，就没有提起。不过我看你仍然是念念不忘，所以告诉你。你可以找彼得谈谈，他是陈大龄妹夫，肯定对陈大龄很了解。”

杨红想，这就真叫山不转水转，石头不转磨子转了，你说世界太小也可以，你说命运安排也可以，总之，除了自己蒙在鼓里，别人都知道。杨红马上给彼得打了个电话，直截了当地说想跟他打听陈大龄的事。

彼得沉默了一会儿，问：“海燕都告诉你了？既然她告诉你，肯定有她的理由。这样吧，我晚上六点开车过来接你，别吃晚饭，我请你。”

晚上，彼得好像招待家人一般，做了好些个菜，弄得满屋飘香。他把杨红接过去，又扎上围裙，忙开了，说还有一两个炒菜，要等杨红来了现炒才好吃。

杨红要帮忙，但彼得不让，说：“今天我请客，你是客人，我来忙。”杨红想问他有关陈大龄的事，他一迭声地说：“不慌，不慌，你不见我现在忙得‘借手不及’？等我忙完吧。”杨红要借给他一只手，他又叫：“不忙，不忙，你不知道我做菜的程序，还是别帮倒忙。”

彼得终于忙完了，端上菜，很丰盛的一桌，但杨红一点胃口也没有。等彼得一落座，杨红就迫不及待地问：“他现在结婚了吗？”

彼得夹了一筷子菜，放进杨红碗里，看了她一会儿，仿佛在估量她能不能承受得住一样，杨红见他没有很快地否定，知道陈大龄已经结婚了。

“他结婚了。”彼得静静地说。

“什么时候结的？”

“什么时候结的重要吗？”

“可是我想知道。”杨红固执地说，感觉到自己已经有了哽咽的感觉。

彼得静静地看着她，那种眼光越发使杨红想到陈大龄。他们两人都有那种眼神，就那么一直望着你，不躲避你的目光，但又不是紧盯着你，那眼神就像一个慈爱的父亲，又像一个温情脉脉的情人，知道你心里难受，也想开解你，但又找不出开解的语言，只能怜爱地看着你，希望分担你的痛苦。

彼得看了她一会儿，终于低低地说：“九五年结的。”

“他有孩子吗？”

“有一个女儿。”

杨红觉得心里的感觉很复杂，不能说全是痛苦，也不能说没有痛苦，好像这一切都是自己一直期待的，又像是自己一直害怕的，像是一个不愉快的梦，又像是很久以前就经历过的历史。她放下筷子，问：“你有没有他们的照片？”

彼得小心地说：“有，吃了饭再看吧。”

“我不想吃，你拿给我看吧。”那声音几乎带着哭腔了。

彼得叹口气，站起身，到卧室去拿来一本影集，放在杨红面前。

杨红一页页地翻看着，大多数是彼得和他妻子的照片，有一些全家福，只看见陈大龄，没看见他的妻子，翻了好几页，还没有看到陈大龄跟他妻子的，就翻得有些急不可耐了，手也有点抖起来。

彼得接过去，帮她找到一张陈大龄全家的合影，放回到她面前。杨红看见陈大龄和妻子女儿的合影，应该是最近照的。他的妻子，个子娇小，模样生得不错，笑吟吟地站在右边，陈大龄站在左边，中间是一个小女孩，生得眉清目秀，更像陈大龄一些。合影照得很中正，甚至算得上呆板，但陈大龄态度安详，一副心满意足的神情。

杨红合上影集，呆呆地看着彼得，问：“他九五年结婚的？那一定是因为我九四年那次在青岛跟他相遇时，让他彻底失望了。”

“别想那么多了，现在你们两个不是都过得很好吗？”

“他们幸福吗？”

彼得字斟句酌地说：“他那个人，你是知道的，当他不能忘情的时候，他会一直忠于他的感情，等在那里。他一旦决定了跟谁结婚，那就是他已经想清楚了，他会竭尽全力地去爱他的妻子和孩子的。我想，他们很幸福。”

杨红顾不得彼得就在跟前，旁若无人地让眼泪流下来，千般自责，万般悔恨，不知道自己为什么会错过这段缘。

彼得不知所措地站在那里看着，一直到杨红痛哭出声了，才走上前来，把她揽进怀里，轻声说：“别哭了，别哭了，你哭得我心都乱了。”

2

杨红不知道自己在彼得怀里哭了多久，等她慢慢平静下来，才意识到这样在彼得怀里哭，有点不对头，彼得是陈大龄的妹夫，是有家室的人，她不知道彼得怎么会上来搂住她，也许是怕她承受不了会倒下去？如果他妻子知道了，不知会作何感想。见她止住了哭，彼得放开她，拿来一些纸巾，杨红擦擦哭红了的眼睛和鼻子，傻愣愣地坐在那里。

彼得重新坐回桌前，说：“吃点吧，我花了时间做的，不吃对不起我。”

杨红也坐回桌前，不好意思地说：“其实应该为他高兴才对，不知为什么，反而哭起来。”

“对，应该为他高兴，来，吃点菜庆贺一下。”

杨红笑笑，开始慢慢地吃起来。好像刚才那一哭，把这么多年积存的眼泪都哭掉了一样。她看见彼得胸前有一大块水渍，知道那是自己方才的杰作，好像一直在那里提醒自己刚才做了什么一样，脸有点红，小声说：“你的衣服都被弄脏了，把它换了吧。”

彼得低头看了一下，笑着说：“挂着块奖章还不觉得呢。”说完便顺从地站起身，进卧室换了件 T 恤。

“他等过我吗？”杨红不抬眼睛地问。

“等过。我跟梅拉蒂谈恋爱的时候，他已经结婚了，是梅拉蒂告诉我的。”彼得笑着说，“梅拉蒂讲给我听，主要是考验我一下，讲完了，必然要问，如果她是有丈夫的人，我会不会这样等她。我说我不等，梅拉蒂就会跳过来拧我，然后我就告诉她，我不等，我会去把你抢过来。”

杨红又觉得心痛：“那他为什么不给我写信，也不给我打电话？”

彼得耸耸肩：“他那一代的人，我也不太懂，可能觉得你有丈夫，他不好拆散你们。如果你想离开你丈夫，你自己会离开的。如果你是在他的影响下离开的，他会一辈子内疚的。所以他能做的，就是等。”彼得想了想，说：“你虽然比他小很多，但你跟他是一类人，你应该能理解他。他现在有妻子，你会不会写信给他，说你爱他？”

杨红想，我也不会的，我也只能远远地、默默地爱着他。她想到陈大龄无论走到哪里，都会让她有办法找到他，他只是在等待她愿意走出婚姻的那一天。而自己那次在青岛却给了他那个错觉，杨红检讨说：“也不知那时候为什么那么爱面子，觉得他一直是在同情我，就抢着为他介绍朋友，好让他知道我已经放开了他。我从来都不敢相信他爱我，他条件那么好，身边有那么多爱他的女人，他怎么会看上我呢？”

“其实女人那种无怨无悔、如痴如醉、飞蛾扑火一般的爱，是很让男人动心的，有时候什么原因都没有，就是因为那份爱，就可以打动一个男人的心。”彼得恳切地说，“其实你为他介绍朋友，也许是件好事，使他终于下定决心。不然老那样等着，对他也不公平。不能成为夫妻有时也是一件好事，至少不会因为家务琐事吵架吧？”

“他们吵架吗？”

彼得说：“不知道，我跟他在一起的时间不多。他们吵架也不会让我看见。不过他也有脾气的，你不要把他当成一个神，都是人，都有人的缺点。你没听说过吗？犯错误是人之常情，原谅人是神之常情。有时为教育小孩的事，他们两个人闹得不愉快也是有的。我大嫂性子急，恨不得一下子就把女儿培养成大音乐家、大书法家、大运动员，太急了，有时会敲女儿几下。大哥是很不赞成打小孩的，有时两人会争几句，然后你不理我，我不理你。”

杨红想象不出陈大龄发脾气或赌气的样子，但她相信彼得的话，因为她跟陈大龄的接触其实是很少的，而彼得既然是他的妹夫，跟他在一起的时间肯定多过她。她在心里安慰自己说：也许没有终成眷属真的是一件好事，如果我成了他的妻子，那跟他闹得不愉快、他不理我的时候，不是比死还难受？

“爱情并不一定都以婚姻告终，也不一定要以婚姻的形式来保持，爱可以是各种形式的。这是我初恋的女人告诉我的，我一直奉为至宝。”彼得说。

“你的初恋不是梅拉蒂？”

“不是，她是我的老师，比我大很多，但你知道的，很多男人恋上的第一个女人往往是比他们大的。我那时是全心全意地爱上了她。她很漂亮，很优雅，尤其可贵的是她很聪明智慧、幽默风趣，有生活的阅历但不看破红尘，经历了很多挫折但不消沉。她很善解人意，乐意帮助别人，我的同学有心事有苦恼，都愿意去找她。她教我翻译课，中英文都非常棒，我从来没见过这样的女人，一下就被她迷住了。上课的时候总是一眼不眨地看着她，心里除了崇拜就是爱慕。”

“她那时结婚了吗？”

“她当时已经结婚了，还有孩子，但我什么都不在乎。我想方设法地接近她，把她那门课学好，引起她的注意。她肯定早就觉察了，因为我那时肯定满脸都写着‘爱你’，我看她的眼神肯定把什么都透露了。我还找机会到她家里去，向她请教问题，帮她干活，爱她的女儿，恨她的丈夫。”彼得摇摇头，自嘲地笑笑，“总之，一个初恋少男能做的一切我都做了。”

杨红好奇地问：“那后来呢？”

“后来，我终于鼓足勇气表白了我的爱，因为是用英语写的，所以胆子比较大，写得很动人，把自己都感动得热泪盈眶。她当然不会接受，她说相信时间会让我忘掉一切。我认为她是担心我们的年龄差异，所以我写了很多信，花了很多时间去说服她。在她生日那天，我送了一张明信片给她，我现在都还记得，那张卡上是两个胖乎乎的熊猫，背对观众坐着，一只熊猫的手抚在另一只的背上，很有点夫妻恩爱、白头偕老的意境。上面写着：爱可以做到一切。”

杨红觉得眼里有点潮润润的，轻声问：“把她感动了？”

“可能感动了，”彼得微笑着说，“她约我见了一面，那是她唯一一次约我见面。我还记得是在学校那个美丽而幽静的湖边，她坐在我对面，就那么静静地看着我，目光如水，像圣母看着她唯一的儿子。我问她：‘你爱我吗？’她微笑着说：‘先给爱下个定义。’我没有给爱下定义，因为我已经知道答案了。不过我还是固执地说了一遍：‘爱可以做到一切。’然后她把我那张明信片还给了我，她把我那句重抄了一遍，不过在后面又加了两句话，所以明信片上面有了三句话：

爱可以做到一切
爱情不是一切
爱有各种形式

“后来呢？”

“后来？”彼得看看那幅《无名女郎》，“后来就遇到了梅拉蒂，爱上了她，再后来，就结婚了。”

“那你现在还想不想那个初恋？”

“那就得先跟想字下个定义了。”彼得笑笑说，“如果说想就是要在一起，要做夫妻，那早就不想了；如果说想就是记得这个人，会为她的高兴而高兴，为她的忧愁而忧愁，那就是还想着。”

杨红突然想到什么：“是不是海燕？”

“是谁重要吗？重要的是明白了爱有各种形式。”

杨红想了想，觉得有一个办法测出彼得究竟更爱谁，就问：“如果你的初恋和梅拉蒂同时掉进水里，而你只能救一个人……”

彼得笑着乱摆手：“好了好了，你饶了我吧，怎么你们女人都喜欢用这种难题考我们男人呢？这是个进退两难的问题，没有正确答案的，救了谁，都会为那个淹死的人痛苦，这不仅仅是对那个女人的热爱，这是对生命的热爱。就算两个女人我都不认识，我还是会因为救不了其中一个痛苦的，那我只好把自己淹死了谢罪。所以如果是我，我事先就教会所有女人游泳，教不了所有女人，至少教会我爱的女人、我认识的女人游泳，那她们掉水里也好，跳水里也好，都能把自己救上来。”

3

“你听没听说过这样一句话，‘爱有各种形式’？”杨红问海燕。

“肯定听说过，某本书上的，但想不起来在哪看见的了。”海燕想了想，“这听上去有点阿Q呢，称得上是失败者的哲学。”

杨红有点失望，看来海燕不是彼得的初恋：“为什么是失败者的哲学呢？我觉得这句话说得很好，有时爱情就是这样。”

“这不明摆着是两个相爱的人做不成夫妻才说的吗？如果做得成，早就选择两人都巴巴地想选择的形式了，还管他各种形式？”海燕看看杨红，笑着说，“看来你不喜欢这个名词，那就换一个，叫二十七度哲学，或者叫平凡人哲学，可能好听些。”

“为什么是二十七度？哲学还有温度？”

“听说二十七度是恒温，人若如此，无悲无喜。有的人生哲学就是尽力使你的生活恒温，无悲无喜。太高兴了，就给你泼泼冷水；太痛苦了，就给你洒洒阳光。彼得把这种哲学叫作平凡人哲学，这个平凡不是用作形容词，而是用作动词，意思是使人的生活平凡化的哲学，跟二十七度是一个意思，就是教人胜不骄败不馁，赚了钱往前看，亏了本往后看，吃不到的葡萄说它是酸的，无所求就无所惧。”

“那你是不赞成这种哲学的？”

海燕说：“怎么不赞成呢？我这一生，失败的时候是大多数，所以把这哲学运用到熟能生巧的地步了。不过这种哲学最好是失败了再用，不然连追求都没有了。”

杨红觉得从海燕那里是不可能问出她是不是彼得的初恋了，就换了个话题：“你觉得彼得是不是为了安慰我，才说陈大龄爱过我、等过我？”

海燕听了杨红的问题，有好一会儿没吭声，然后说：“这个问题其实只有陈大龄能回答，我们说的都只是推测。”

“但是我不能去问陈大龄，他已经结婚了。”杨红说，“就算我敢问他，他也可以因为想安慰我而撒个谎，说他爱过、等过。”

“如果是这样，那你问我也是没用的，我说他爱过等过，你也会觉得我在安慰你。只有你说了算，你认为他爱过你等过你，他就爱过等过，你不相信这一点，那他无论怎样爱过，你也没得到他的爱。

“爱情有点像月亮，它自身是不发光的，没有太阳光的反射，你可能根本看不见它，因为爱是个抽象的概念，需要用别的东西来表达，来象征，来证明。语言是一种表达方式，象征也是一种表达方式。但爱的语言是丰富多彩的，不同的人有不同的语言，两个讲不同的爱的语言的人，也许就没法沟通，就没法理解对方的爱。

“象征的手法也是多姿多彩的，可以用行动来象征，也可以用物质来象征。同样是爱，有的人会用玫瑰来象征，有的人会用汽车来象征。象征的方法不同，两个人也是没法感受对方的爱的。最好的例子，就是男人和女人在表达爱情方面，常常使用不同的语汇。男人可能会用性的冲动来表达他的爱，但女人可能就不认为那是一种爱，所以男女都需要学习掌握对方的爱情语汇，才能体会到对方的爱。

“爱和被爱都是精神上的享受，如果你认为你没有被人爱，那你就没有享受到爱。即便他在那里爱你爱得地动山摇，你也感觉不到丝毫震荡。爱需要体会，有时需要厚颜无耻地去体会。但人往往不能做到这点，因为人害怕自作多情，怕弄错了意思自己没面子，更怕自己不仅弄错了意思，还拿出了回报，那就既伤面子又伤心了。

“对一个你不在乎的人，也许你会厚着脸皮去体会，无中生有地认为别人在爱你，因为你从思想上并不在乎，你从行动上也没有回应，你只是那样认为一下，即使体会错了，也没有什么损失。但如果是一个你很在乎的人，是一个你自己已经爱入膏肓的人，你会变得非常不自信，因为你太希望得到他的爱，你就不敢相信他爱你了。即使他是在爱你，你仍然希望他不断地用语言、行动或者别的什么东西来向你证明。

“彼得是在安慰你还是说实话实际上并不重要，因为这件事已经过去了。他说的是实话，你也不能去跟陈大龄恢复那段爱。爱过没爱过，等过没等过，都不能改变现实。所以，你有什么必要去查证落实他究竟等没等过你呢？你认为他等过，你就被他爱了四年；你认为他没等过，你就没被他爱这四年。

“作为一个旁观者，我相信他等过了的，像他那样的男人，数量不是首要的问题，如果他愿意，他可以有很多女人。他可能更看重爱情的质量，他希望得到一份忠贞不渝的爱，而这个爱，不仅仅是爱他的外貌、他的才华，更重要的是爱他这个人，是爱他的人格，他的生活方式，他对爱情的追求。他是个聪明智慧的人，他当然能体会到你是这样爱他的，即便他失去了他的外貌，即便他永远没有展露才华的那一天，你仍然会爱他，只要他为人处世的方式方法没变，只要他对待爱情的态度没变，你都会爱他。不是这样吗？”

杨红点点头，说不出话，但海燕说的，的确是她的心声。

“女人老觉得男人爱女人，就只能是因为她们的外貌，可能很多男人是这样，但不排除有些男人不是这样。有的男人更喜欢各方面都比较平衡的女人，而不是只有惊人外貌的女人；有些男人更喜欢一个有内涵、跟他们有共同语言的女人；有些男人更喜欢事业上对他们有帮助的女人；有些男人更喜欢贤惠善良的女人；有些男人更喜欢一个各方面都不如自己的女人。人上一百，形形色色，有一百个男人就有一百种爱的理由。我觉得像陈大龄这样的人，既然他自己比较全面，他可能更喜欢一个各方面都不错的女人。既然你各方面都不错，又那么傻乎乎地、全心全意地爱他，他又不是没眼睛，难道会看不出来？你应该相信他爱过你呢。”

“可我觉得他看我的时候，眼睛里从来没有男人看他们心爱的女人的那种眼神，就是别人说的——色迷迷的神情。”

“可能是你太希望他色迷迷了，所以老觉得他不够色迷迷。”海燕笑起来，“什么样的眼神叫色迷迷？你那会儿可能根本没胆量细看他的眼睛，而且也不是每个男人都一天到晚在想着那件事的。男人爱女人爱到一定地步，也会产生敬畏感的，觉得对她色迷迷是对她的不尊重。当然对我这番话，你仍然可以当作我是在安慰你，思维一旦成了习惯，是很难改变的，那就算我白说。”

杨红不好意思地笑笑，说：“其实很多时候还是愿意相信他爱我的，只不过他一下乡就没消息了，觉得只有一种解释，那就是他不爱我。”

“你没有从他的角度来想这个问题，做第三者对他那样的人来说，思想负担是很沉重的。他不一定害怕社会舆论，但他害怕自己的良心。他那样的人，不想给任何人带来痛苦，不想伤害任何人，他不能破坏你们的婚姻，他只能让你自己来做决定。

“而你恰好跟大多数人一样，是摸着石头过河的。你踩着周宁这块石头，用另一只脚去探陈大龄那块石头，如果踩稳了，就把重心移到他那块石头上去，如果他那块石头不稳，你还是会老老实实地待在周宁这块石头上的。我觉得陈大龄做得对，他没有来带你走，而你就的确没离婚，说明没有他，你跟周宁的婚姻还是可以维持下去的。你没有想一想，这样摸着石头过河是对这两块石头的不公平？”

“真的没有想过这个问题。”杨红低下头，说不清心里是什么滋味。

“如果你当时跟周宁是过不下去的，是非离婚不可的，那你就不会管陈大龄是不是在等你，也会把婚离了。特别是在你清楚地知道周宁不会自杀的时候，你仍然没有离，那就没办法了，只能说你是一个不会游泳的人，你要过这条河，就一定得依靠一个男人，既然已经踩在周宁这块石头上了，既然陈大龄那块不稳，你只能死守着周宁，至少保住你的既得石头。所以你的问题不是这两块石头稳不稳，而是你自己不会游泳。你要想不为爱情受苦，只有学会自己游泳，那么，你一旦发现自己不爱周宁，你就会放弃周宁这块石头。即便最终发现陈大龄并没有等你，即便根本没有陈大龄，你仍然可以游过河去。”

杨红想了想，说：“你说得对，我的关键问题是不会游泳。那时周宁追我的时候，我知道我并不爱他，但因为没有别人追，而同寝室的人又都有了男朋友，所以就匆匆忙忙结了婚。爱上陈大龄，是我第一次感受到爱，但我很怕自己配不上他，不敢相信他的爱。跟周宁这么多年在一起，也是因为不会游泳，只能苦苦守在一起，活得太累了。不过，怎么才算会游泳呢？看破红尘？独身？”

“看破红尘也好，独身也好，都不算会游泳，只是站在此岸，看着彼岸，同情那些在河里挣扎的人，但自己不敢下水。我也不知道怎么才算会游泳，但至少要下水，不下水怎么游泳？所以要敢爱，要相信世界上有人会真正爱你的，也许你永远没遇到这样一个人，但那并不表明你不该期待，因为他可能只是在世界上的一个什么地方等着，机缘还没让你遇到他，说不定哪天就遇到了。就算临死也没遇到，也不证明这个人不存在，只是没遇到而已。”

“那就是说，一个人要不怕独身，哪怕自己一个人过一生，也要相信世界上是有人会真正爱自己的？”

“独身不独身就要看个人的情况了，人结婚不一定是因为爱情，就像爱情不一定导致婚姻一样。我只是说人在感情上不应该依附于别人，不能因为没人爱就觉得自己不值得人爱，就活得难受；也不能因为自己爱一个人，可是没得到他的回爱就痛不欲生，失去生活的乐趣。爱情不仅仅是被人爱，爱人也是爱情，没有得到爱，不等于你不能爱人。母爱伟大，就是因为那是强者的爱，是不计较回报的爱，母亲爱孩子，是因为她的孩子值得爱，是因为她的爱能使孩子幸福，是因为她要爱，不爱就不成其为母亲，不爱就难受。明智的母亲会以孩子的幸福作为对自己的报答，只要孩子幸福，她就是开心的，有没有回爱都无所谓。像你这样多愁善感的女人，在感情上常常有很强的依附性，为情而生，为情而活，无情不欢，无情不活。实际上，女人在感情上应该自爱爱人，首先是感情上不依赖于别人，有没有男人爱都能健康充实地活着。就算这个世界上没有一个男人爱你，也无损你之风采。没有人爱，只说明你没遇到那个爱你的人，只说明你遇到的是不懂得欣赏你的人，并不能说明你不值得爱。就是一幅名画，也不是人人都欣赏的，更何况我们这些平凡的女人呢？有人欣赏，是我们的幸运；没有人欣赏，是那些不欣赏的人的损失。女人的价值，用不着一个男人的爱来衡量，你尽可能地完善你自己，至于谁来欣赏，就该欣赏的人去操心了。女人爱这个世界，爱生活，当然也爱男人，爱那个值得她爱的人，爱那个爱她的人。如果刚好两情相悦，那最好，相爱会使双方的生命更丰富美好。如果自己爱对方而对方不爱自己，那个所谓的对方也就没有什么好爱的了。不懂得欣赏你的人，又有什么值得留恋的呢？”

“可是怎么样才知道对方爱不爱自己呢？”

海燕笑着在空中画个大圈：“你这个问题又把我们绕回去了。”

4

杨红觉得肖娴这一段时间打扮得特别青春，衣服都是那种最能突出三围的，衬衣的纽扣也似乎没扣最上面那两颗，不过后来杨红发现那是错觉，因为肖娴的衬衣上根本就没那两颗，扣子从领下五寸处才开始。肖娴说现在就兴这样的，要给人看点乳沟。

“打扮得这么性感，是不是想电晕那些老美呀？”杨红说了，又觉得吃惊，怎么现在自己也是开口闭口就是“性感”啊、“电晕”啊什么的，想一想，又觉得没什么，跟肖娴不说这个还说什么，说世界革命？

“电那些老美干什么？二十啷当岁的嫩口，不好吃，而且也不懂咱们这些访问学者家属签证的难处，光玩不想结婚，不干。”肖娴嘻嘻笑着说，“不如电老美的老师。”

“你说彼得？”杨红笑着说，“人家不是有老婆吗？”

“老婆嘛，能耐也就顶个电视遥控，出了三米之外，就没戏了，连弯都不能拐。”肖娴压低嗓子说，“像他这样的男人，是最容易打野食的了。有老婆，尝过女人的滋味，做爱做了几年，养成了习惯，突然一下做不成了，他能不想？而且你看他精力那么充沛，如果他不是天天在想做爱，你把我名字倒着写。我看班上也有不少美国女孩喜欢他呢，下了课都围着他问问题，搞得他抽烟的时间都没有，总叫我在那里挡驾，他好到外面去抽烟。中国男人不喜欢美国女孩，因为她们都是身经百战，不知跟多少人好过了，本来那地方就大，再加上乱搞，早就松得一塌糊涂了。男人可不喜欢那样的女人。”

肖娴说：“而且像彼得这个年龄的男人，最喜欢的就是成熟的中国女人：有经验，不用教；温柔，不像美国女孩那样要占上风。”

“你怎么什么都知道？”杨红觉得肖娴说“成熟的中国女人”的口气就像是在说“肖娴”两个字一样，稳操胜券得很。

“同志，我是干什么的？我在国内是艺术系办公室的主任，算了，实事求是一点，副主任。艺术系的人，哪个不是风流倜傥的情种？爱情一段接着一段，情人一个跟着一个。没办法，搞艺术的人，没有激情就没有灵感，没有性冲动就没有创作冲动。”

杨红觉得背后议论彼得不大好，但又忍不住很想知道肖娴的电晕计划进行到哪一步了。“那你，我是说，你和彼得……”杨红好奇地问。

肖娴嬉笑着说：“他已经被电晕了。”

“是不是他上课时爱盯着你看？”

“那倒不是，看算个什么？你怎么知道他是在看谁？我又不是三岁两岁的小孩，会为他看我两眼激动？你知道的，他这个人献起殷勤来，是很厉害的。他经常请我吃饭，载我去超市和教堂，我一说要办加拿大移民，他就帮我找网址，还打印了很多材料给我。而且……”肖娴卖个关子，等杨红催她。

“而且什么？”杨红一面问，一面在心里责备自己太无聊了。

“呵呵，这么说吧，他卧室里的床就是那种一个人睡嫌大，两夫妻睡嫌小，两个偷情的人睡正好的那种。一句话：英雄难过美人关。”

杨红听了这些话，觉得很难受，她不愿相信彼得是这样的人，但想起那天彼得把她拥在怀里的事，她又觉得不能完全排除这种可能。他能把我抱在怀里，他为什么不能跟肖娴上床？对于我，他可能还有一点顾忌，因为有他大哥隔在中间，对于肖娴，他就没这个顾忌，不过是一个对他投怀送抱的女人，他喜欢不喜欢她，都可以跟她上床，男人嘛，有几个是为了爱才上床的？都是为了上床才装出爱来的。

也许是因为陈大龄的原因，也许是对彼得有好感，杨红宁愿相信肖娴是在瞎讲。请吃饭没什么，肖娴跟的课有中午十二点到下午一点的，上完课，彼得请她吃个饭也不算过分，用车载她去超市、教堂什么的也不稀奇，因为彼得经常载这个那个去这里那里的，他现在只教书，不修课，比一般学生事少，他也爱帮别人，肖娴如果叫他帮忙，他肯定不会拒绝。杨红自己也叫他帮过忙，只不过不太好意思老麻烦他。杨红想不明白的就是肖娴怎么知道彼得卧室的床是什么样子的，杨红去彼得那里的时候，每次卧室的门都是关着的，彼得也从来不请人参观他的卧室，好像里面藏着个人一样。

本来杨红是倾向于相信彼得的清白的，但特蕾西来了封电邮，就把她的倾向彻底扭转了。特蕾西的这封电邮，没有什么值得拈掉的字，杨红看完了觉得很奇怪，不知道特蕾西是个什么文风，没什么事的时候，一路骂骂咧咧的，真有了丑恶的事了，反而把语言纯净得像蒸馏水了。莫非事件太丑恶，把文中的骂字全吸收了？

特蕾西在这封电邮中报告说，据一个可靠的消息来源说，从前啊，朱彼得的老婆是学药剂学的，就业前景很乐观，而朱彼得学的是文学，就业前景很悲观，所以前景悲观的朱彼得就盯准了前景乐观的梅拉蒂，死缠烂打，一顿猛追，追上了，结了婚。婚后很顺利地跟着梅拉蒂办了绿卡。听说那段时间，朱彼得还是按捺着，人模狗样地做着好老公。可他老婆不能生小孩，而朱彼得非常爱小孩，他大约是伤透了心，等拿到绿卡后，朱彼得就开始不安分，有了不少风流韵事。他老婆曾提出离婚，他不肯，想等绿卡彻底搞好了再离。听说他老婆为这些事都闹出病来了，可怜的女人。

最后特蕾西特别警告杨红说，朱彼得就是这样一个人，你跟他玩玩可以，千万不要动真情。

杨红想，怎么又成了我跟他玩玩呢？你不是一直把朱彼得当作你自己的追踪对象的吗？一旦发现朱彼得不是好人了，就又推给我了？

看了特蕾西的电邮，杨红心里凉透了，对自己说，幸好我既没跟他玩玩，也没动真情。但她觉得这个幸好有点不真实，自己其实是真的喜欢彼得。就算是知道了他有妻子，自己还是喜欢他的，他跟他妻子之间可能关系并不好，因为他待在这里，平时也没见他老婆来，也没见他去看他老婆。而且自己这种喜欢，并不是要做成夫妻的那种喜欢，只是把他当一个跟陈大龄一样有人格魅力的男人来喜欢，甚至有点当作自己的家人来喜欢。

但如果是像特蕾西说的这样，朱彼得就不仅仅是个婚姻不幸的男人了，完全就是个投机取巧的爱情骗子。一个女人为了绿卡结婚，就已经让杨红鄙视了；

一个男人为了绿卡结婚，就更让她不齿。杨红虽然想尽一切办法替朱彼得开脱，比如说他是学文科的，根本没办法在美国找到工作，更不用说绿卡，他要待在美国，只能靠女人。但她还是没法说服自己，难道一个人非得留在美国不可吗？他不可以回中国吗？再说，就算你非待在美国不可，你又只能靠女人来解决绿卡，那你也可以在婚后对她好一点啊，就算是知恩图报吧，怎么能像一条冻僵的蛇呢？一醒来就对自己的恩人咬一口。想到他骗的不是别人，正是陈大龄的妹妹，杨红就觉得他像是骗了自己家里人、骗了自己一样。

再见到朱彼得的时候，杨红就觉得他有点像个婚姻骗子、爱情骗子。有一次，杨红忍不住问："是你妻子帮你办的绿卡？"

彼得点点头，问："你是移民局的？问这干什么？搞移民调查？"

"只是问问。"

彼得说："她是学药剂学的，我是学文学的，当然是她办我，不是我办她。"

"听说她提出离婚你不肯？"杨红问完这句，就有点后悔，我凭什么问他这些私人的问题？他待会儿不光不回答，还骂我打听他的隐私，叫我如何下台？

她看见彼得仿佛被电击了一样，脸色惨白，表情木讷，只盯着她，好像在揣摩她到底掌握了多少事实一样，好一会儿，才说："你消息真灵通，连这都打听出来了？你是不是一直在暗中调查我啊？你对我感兴趣，可以直接问我嘛，对你我保证特殊对待，有问必答。你说得不错，她提出过离婚，但我没有答应。"说了，又试探地问，"不肯离婚，应该不算罪过吧？"

杨红心想，那就要看你是为什么不肯离婚了："为什么人人都想留在美国呢？为了留在美国，不惜任何代价，名誉、自尊，什么都顾不上了。"

朱彼得恢复了常态，笑着说："这个问题，我刚好有个朋友在写一篇论文，就是研究中国人为什么选择留在美国的，你可以跟她去谈谈，你会发现理由比你想象的要复杂得多，不是一两句话能说清楚的。"想一想，又问，"你想不想留在美国？"

"我想留，也会靠我自己，不会利用别人。"

"那好啊，很有骨气嘛！"朱彼得仍然笑着，好像听不出杨红的话中有话，"如果你想留在美国，那你现在就要开始做打算了，因为你只有半年，可能最好的办法是先延长一段时间，再利用这段时间找个比较稳定的工作。如果现在就想一步到位，可能有点困难，搞不好两边都丢了。你这个专业还是比较好找工作的，当然要想找个副院长干也是很困难的。"

杨红还没有想这么深远，听他这么一说，觉得他算得上老奸巨猾，脚踏两只船，能利用的利用，能隐瞒的隐瞒。但她又觉得他说得有道理，先延长一段时间倒真是一个办法，不然把国内的一切都放弃了，在这边却找不到工作，那不是搞得竹篮打水一场空？到那时，两边都没了工作，该怎么办？杨红安慰自己说，反正我这不是欺骗某个人，最多算是欺骗学校，但学校也不会受什么损失。

杨红当晚就给周宁打了一个电话，跟他商量延长时间的事。周宁想了想，说："还是先别办吧，你明年不回来，提干没希望了，房子要退掉，我到了美国又能干什么？打工？我可不想一辈子待在餐馆里打工。"

杨红很生气，说："你不能考 G 考 T 读个硕士博士的，毕业出来找工作？"

周宁闷闷地说："我这个人有几斤几两，你又不是不知道，考个 H 大的硕士研究生，都考了好多回没考上，现在奔四的人了，还读得进书？"

"我室友都奔五的人了还在读书呢。为什么你总想到你自己呢？不想想儿子，他在中国读书多累？"

周宁顶撞了一句："别人的儿子都在中国读的书，也没见谁累死掉了。"

杨红生气地挂了电话，决定不管周宁想什么，先跟卡森教授谈谈延长时间的事。

5

杨红没想到"故乡的云"会写电邮来讨伐她，也不知道"故乡的云"从哪儿弄到她美国这边的电邮地址的。

"故乡的云"在电邮里追述了她跟周宁的那段感情，基本上跟杨红从'山云'之间的电邮猜出来的一样。然后"故乡的云"抱怨说，四年前，在杨红的淫威之下，周宁不得不疏远了她，但她不怪他，甚至更爱他，因为那说明他是一个有家庭责任感的男人。四年来，她一直爱着周宁，为他连婚都离了，他是她生活中唯一光明美好的东西，他的爱是支撑她活下去的力量。前几年，周宁还断断续续回她一些电邮，但最近完全销声匿迹了，电邮不回，电话不回，将她抛在一个痛苦的深渊。

杨红看到这里，唯有苦笑，周宁是云生活中"唯一光明美好的东西"？杨红想到自己跟这个光明美好的周宁共同度过的那些年月，认定"故乡的云"是在搞笑。想到自己现在也能对生活中的烦恼幽它一默，杨红觉得很自豪。真的跟海燕说的一样，你能从自己的烦恼中看到幽默之处了，就同烦恼拉开一段距离了，因为只有站在一定的距离之外看自己，才能看到自己烦恼之中的幽默，所谓苦中作乐是也。苦中都能作乐了，更何况甜？

等杨红再往下看，就忍不住义愤填膺了。“故乡的云”说她明察暗访，才知道周宁断然不理她的原因是因为要出国了。“故乡的云”字字血、声声泪地控诉杨红摧毁了一段美好的爱情，说你们的婚姻早就死了，为什么还抓着周宁不放？现在还要把他弄到美国去，以这种卑鄙的方式来斩断我们的恋情？最后云带点威胁地说，你也是个明白人，如果我把这事捅到H大和A大去，对大家都没有什么好处。

杨红看到最后这句，气得浑身发抖，心想，你“故乡的云”不好好在故乡飘着，手伸到美国来干什么？你有本事你出国呀。真是欺人太甚，比上门行凶还狠，简直是万里追杀，还让不让人活了？杨红立即打电话给周宁，责问是怎么回事，为什么要把我在美国的电邮地址给你那个“故乡的云”？

周宁委屈得很，说：“我哪里有把你的电邮地址给她？我有病哪？从你发现了我们那些电邮起，我就跟她分手了。但她纠缠了几年了，动不动就说要捅到学校去，我那些电邮掌握在她手里，我有什么办法？只能敷衍她，我这不是为你好吗？知道你是当干部的人，怕影响不好，我一个平头百姓，我怕个×。她说了，是从网上找到你的下落的，谁叫你把自己摆在网上呢？”

杨红不信，心想：我什么时候把自己摆在网上了？周宁为了开脱自己，又在撒谎。

不过，她还是把自己的名字打进谷歌，一查，还真查出不少个杨红，自己的也在其中。一个是H大的网站，在她那个院的网页上，专门有她杨副院长一页，还专门说明她目前在美国A大做访问学者；另一个是A大的网站，她的名字赫然列在卡森教授的网页上，从A大的网上电话簿里可以查到她的电话号码，东亚中心的网页上甚至有她的照片。

杨红惊呆了，彻底服了这个谷歌。你要找一个人的时候，你总也找不到他，谷歌会回给你一大堆乱七八糟、风马牛不相及的东西。你要隐姓埋名的时候，它却一下子就把你暴露在光天化日之下。杨红搞不懂谷歌是个什么服务宗旨，好像也是以搞笑为目的。

这事搞得她六神无主，趁中午吃饭的时间就把“云山之恋”和“故乡的云”万里追杀的事告诉了海燕。

海燕听了，不解地问：“你怕什么？怕她告诉H大和A大你丈夫跟她写过一些风花雪月的电邮？H大那边我不知道，A大这边有谁对这种事感兴趣？就算感兴趣，又会怎么样？无损你一根毫毛。”

“别人会笑话我嘛，说我的老公不要我，要这么个女人。”

“先不要说你们俩谁比谁强，也不说你老公现在究竟要谁，就说一点，你老公是女人鉴赏家？他不喜欢的女人就没价值了？他要了谁，谁就有面子了？就算他是国际公认的女人鉴赏家，你都要问一下，这个国际公认又是谁公认的。我们两个现在马上就可以搞一个网站，说我们是国际男人鉴赏协会，把普天下的男人评价一通。不要把丈夫当成衡量自己的砝码，一个女人的价值不是由她丈夫称出来的，是她自身的重量。鲜花插在牛粪上，鲜花就变成牛粪了？枯草插在金瓶子里也还是枯草。”

杨红说：“我最不明白的就是那个‘故乡的云’有什么吸引人的地方，周宁到底看上了她哪点。”

海燕笑着说：“你想知道这一点，为什么呢？想把自己改造成云那样的人，好吸引住周宁？如果周宁喜欢母牛，你也把自己改造成一头牛？”

杨红从来没想明白过自己为什么要知道那个“为什么”，不过现在想来，海燕说得好像也对：“就是有点不服气，想要争赢。”

“我不是周宁肚子里的蛔虫，不知道他究竟为什么，不过我想，‘故乡的云’吸引周宁的地方，第一，就是她不是他的老婆，如果是，如果在一起过了三年五年了，早就没兴趣了。距离产生美，你没听人说‘远是亲家，近是冤家’？第二，周宁可能从来没有被人这么虔诚地爱过，刚开始可能是嗅出云对他有意思，就鼓励她、引诱她把心摊开在他面前，写信只是为了搞清楚云究竟爱没爱过他，满足一下自己的虚荣心。搞到后来，要么是他自己也有点弄假成真，要么是骑虎难下，只好往下走。但真正到了要在云和你之间选择的时候，他也认识到两个人的差异，所以他最后还是选择了你。云的电邮不正好说明周宁并不爱她吗？其实真正可怜的是这个云，把自己的梦想寄托在周宁身上，不管周宁自身价值如何，至少周宁并没有动多少真情。”

“也不知道这些女的都怎么想的，什么不好做，偏要做第三者，去插足别人的家庭，做这种不道德的事。”

“你这是典型的守城人的口气，如果你是攻城一方，你恐怕就不是这个理论了。你现在已经打下了周宁这座城，就有点怕别人来夺走了。一旦你爱上了别的城池，如果你有足够的勇气去攻打的话，你的立场就会变了，你会说‘真情无罪’。不要忘了，陈大龄当初也算是一个第三者，你觉得他不道德吗？”

杨红当然不觉得陈大龄是不道德的，本来想说“我们那不同，我们是真心相爱的”，但想了想没说，因为这样说跟海燕说的“真情无罪”是一个意思。

海燕笑着说：“骂人之前，一定要先把听话的人摸透，不然就很可能把对方骂个狗血淋头。”

杨红笑起来：“除非你是个第三者。”

“我刚好就是，当然不是现在，现在我是响当当、硬邦邦的第二者了，十多年前就转了正，或者说解决了职称问题了，不过并没有成就感，有很长一段时间都恨不得辞职不干了。”

杨红有点为刚才自己那样偏激不好意思，就问：“那你跟你丈夫谈恋爱的时候他还没离婚？”

“离了就不叫第三者了。那时候我们在一个进修班读书，我也知道他是结了婚的，但隐隐约约觉得他挺喜欢我的，我也挺喜欢他。刚开始还没想到要把他挖过来，只是好奇，想知道他究竟是不是像我感觉的那样，在心里喜欢我，所以就常常给他一点鼓励暗示，怂恿他表达。”

杨红惊讶地看着海燕，不相信她曾有过如此天真幼稚的时候，在她心目中，海燕一生下来就应该是《海燕信箱》的主持人。

“不相信我那时有那么傻？谁都不相信啦，不过事实就是那样。后来他终于表达了，我们就开始了名副其实的苦恋。当时的社会不像现在这样开明，那时虽然没有法律明文规定，但大家对第三者插足是恨之入骨的，道德法庭是随时随地都威严地开着的，连自己心底都觉得自己是个坏女人。不过偷偷摸摸的爱情也很浪漫很刺激，能让一个人为自己离婚，也使幼稚而虚荣的我很自豪。我们两个人不知写了多少信、多少诗，我丈夫日后一直对人说我们的故事比任何一部琼瑶小说都感人。”

杨红一听到信和诗，就觉得那是段美好的爱情，有诗意：“那后来呢？”

“刚开始我们两个人不在一个地方工作，都是他周末坐十几个小时的火车到我这边来，待个一天两天的，然后又坐十几个小时的车回去，还要瞒着普天下的人。后来我到S市读研究生，我们两个人就公开同居了，因为他工作的地方离我学校还有四个小时汽车，他周末坐车来，周一坐车回去。我们俩的工资什么的，全都送给铁路公路了。这期间，因为道德的重负，我动摇过很多次，提出分手很多次，但每次一提分手，他就千里迢迢地赶来，我们俩就眼泪汪汪地说些今生来世之类的话，然后做今生最后一次爱，然后就把分手的事忘到脑后去了。”

“不过他最终还是离了婚，跟你结了婚，也还算不错的。”

“对，他离了婚。他怕做后妈委屈了我，一直争取把女儿判给对方，而他前妻也抓住这点，拖延着不肯离。等他离掉婚的时候，几年时间已经过去了，我们之间已经产生过很多矛盾了，但他坚定不移地要结婚，他说他的生活中不能没有我，我觉得他是因为怕人看笑话，怕别人说他为了一个女人，抛弃了妻女，结果却被那个女人抛弃了。我自己也觉得他离婚，我是要负很大责任的，所以就结了婚，然后有了孩子，怎么说呢，人们所说的婚姻生活五大关，有四大关都是磕磕碰碰地过来的。”

“五大关？”

“第一关，夫妻双方生活习惯不一样；第二关，跟双方家人处不好；第三关，小孩带来的家务事和教育问题；第四关，经济方面的矛盾；第五关，出轨。我们不大在言语上过招，都是三言两语，吵完后就长期冷战。”

“没想过离婚？”

“也不是没想过，不过每个人都有他自己的心理障碍，对我来说，最开始是怕伤害了他，然后就是我的那套理论，觉得久聚生厌，无论怎样美好的爱情，最终都会变得平淡无奇，都会有磕磕碰碰，所以懒得离婚。也曾经为一个男人动过心，但想到与其让天长日久的家庭生活磨损两个人的爱，还不如干脆就不要开始。”

杨红想问一下这个男人是不是彼得，但海燕没给她问出口的机会，就说：“可能是人年龄渐渐大了，变得比较宽容了，现在比较能体谅我丈夫了。像我这样的人，在外面对任何人都是老成持重，宽宏大量，但一个人总是需要有个地方松弛一下，幼稚一下，就算女人撒个娇吧，所以在家里就不大谦让，跟他针锋相对。亲者严，疏者宽，看他的时候，就很严格，在别人身上我能容忍的东西，到了他身上就不能容忍了。他在外面也是人缘很好的，年轻的同事都把他叫大哥，但回到家里，就成了小孩，总觉得如果一个人在家里还要硬撑着不能松弛一下，生活就太累了。所以两个人都在外面做君子，回到家里做小人，两个小人在一起，当然矛盾多了。现在老了，慢慢也磨合了。”海燕笑笑说：“不说我了，我的故事平淡无奇，还是说你吧。其实你现在的地位，就跟周宁十几年前的地位一样，算是个第二者。”

杨红笑笑说：“我那时候希望周宁能理解我们，让我跟陈大龄在一起，也许我现在应该理解周宁，让他跟他的云在一起？等云真的跟周宁在一起了，她就会发现周宁跟她的前夫没有两样。但也有可能她跟周宁过得挺好，也许周宁会为了她改变自己。”

“如果是那样的话，那更说明周宁应该跟云在一起。如果云能使周宁变成一个好男人，那为什么不让他们在一起呢？不过这件事应该由周宁来决定，其实他四年前就决定了，只不过这个‘故乡的云’不相信那是周宁自己的选择。云只是另一个为情所困的女人，她现在看到的周宁，可能跟你结婚前看到的周宁一样。所以有人说：拆散一对有情人的最有效办法是让他们两人结婚。如果你当时由于种种原因没有跟周宁结成婚的话，你就会像这个云一样，把他当成一个近乎完美的男人。牛小明可能告诉过你，我以前主持过《海燕信箱》，专门给人排忧解难那种，给过别人很多忠告，但我本质上是很怕干预别人生活的，所以我辞掉了那份差事。我不想我的这些言论影响别人，因为我的一生并不是成功的一生，即便是成功的，放在别人身上也不一定成功。我对你说这些话，一方面是因为我看到今天的你，就像看到过去的我一样，为很多真实的、臆造的东西苦恼；另一方面，是因为彼得希望我能帮你走出困境，他觉得你活得太沉重太累。我希望你不要为情所困，但我不希望你像我一样，还没走进热恋，就看到婚后的平淡了，那样你会错过很多美好的东西的。”

6

有时候，一个人生命中的重大决策似乎是一些微不足道的小事引发的，完全是一种巧合或者机遇。可能背后是有长期积累的，但那个触发点、那个契机，却是偶然，使你多年以后想起依然会惊异：如果当时没发生那件小事、那个偶然，我的生活会是什么样的？

杨红生活中的这个转折点就是一个纯粹的技术失误。平时做饭时，只要海燕在家，都会打开音响，放点音乐，两个人边做饭边聊天边听音乐。这天，海燕还没回来，杨红就自己走过去，拿了遥控开音响。她按了几个键，音乐就响起来了，但不是平时两人经常听的那些曲子，而是一首中文歌。她仔细看了一下，原来是错按了录音键，本想改按 CD 键，却被歌词吸引住了：

等待着别人给幸福的人
往往过得都不怎么幸福
…………
紧闭着双眼又拖着错误

真爱来临时你要怎么留得住

杨红不由自主地又听了一遍，虽然是汉语，但也不是每个字都听得明白，只知道大意是说一个人留着旧情人的情书，忘不掉那段过去，但爱情不是几滴眼泪几封情书。这首歌讲述的故事倒不一定跟杨红的生活完全吻合，因为她连像样的情书都没有一封，但这最后两句话却重重地砸在她心上：

紧闭双眼又拖着错误，真爱来临你要怎么留得住？

自己的前半生不就是这样吗？紧闭着双眼，拖着一个错误的婚姻，陈大龄出现的时候，就没有办法能留得住。现在自己仍然是紧闭双眼，拖着错误，如果还有真爱来临，我又怎么留得住？

杨红觉得自己还没有修炼到海燕那种程度，能够泰然自若地放弃一个自己为之动心的人。如果自己碰到一个让自己怦然心动的人，这一次是绝对不能再放过了。她不知道她这后半生还能不能遇到一个值得她爱的人，她也不知道即使遇到她爱的人，那个人会不会爱她，但她知道自己至少要准备好，要争取，不能再坐失真爱。

自从收到“故乡的云”的电邮后，杨红一直在思考自己和云山之间的这个三角。周宁那场曾经使她痛不欲生的十年之痒，现在看来，只是一个使她彻底觉醒的契机。拉开一段距离，以一个旁观者的心态来看待这个三角，杨红对周宁有了比较全面而客观的认识：“故乡的云”看到的周宁和我看到的周宁，都是不完整的。一个因为距离太远而美化了周宁，另一个因为距离太近而丑化了周宁。实际上，周宁就像那些淘气的中学生一样，不自觉，没责任感，要人管着盯着，遇到一个温和的老师，就淘得更厉害。杨红想起自己刚开始时，觉得两夫妻不应该在钱上计较，不应该整天吵架，所以时时避免矛盾。到后来，因为害怕离婚，很多事不敢硬性要求他，而他就尽情调皮，如果自己真的硬起来了，像后来禁他的赌那样，他就软下去了。

如果这一路之上，时时事事都对周宁采取强硬作风，说不定他会是一个中规中矩的丈夫。但杨红觉得那没有什么意思，丈夫不是中学生，妻子也不是中学老师，如果丈夫需要妻子像管中学生一样管着他，那婚姻跟教中学没两样了，教这一个中学生跟教那一个中学生也没两样了。把他当作中学生，只是想理解他，谅解他，不再为他烦恼，但绝不是自己追求的理想爱情和婚姻。自己跟周宁的婚姻不幸福，是因为两个人性格爱好生活方式不一样，很难讲谁的好谁的坏，只是彼此不欣赏不赞赏对方的活法爱法。

人们常说性格互补也是一种很好的夫妻搭配，比如一个急性子和一个慢性子搭配在一起，可能比两个急性子搭配在一起更好。但那是有一个前提的，就是彼此欣赏对方。急性子知道自己性子急，觉得有时需要慢一点，但自己未必做得到，所以希望对方的慢能中和自己的急。慢性子也是如此。如果急性子觉得生活就是该急，慢性子觉得生活就是该慢，两个人互不欣赏对方的性子，这样的夫妻是不可能互补的。

性格、爱好、生活方式不一样的两个人，如果彼此都有强烈的爱情，都能为对方改变自己，也许仍能过得很好。有很多事，有爱情和没爱情，会有完全不同的感受、完全不同的反应，也就有完全不同的处理方式。但如果缺乏这种强烈的爱情，就很难欣赏对方的生活方式，都希望对方改变了来适应自己，或者都极力去改造对方，生活就变成劳改农场、劳教所了，那将是场无休无止的痛苦的战争。

杨红想，彼得说得对，你不能用你的好恶来要求这个世界，别人有别人的审美观，不能因为别人的审美观跟你不一样就觉得别人是丑恶的。她想，这么多年来，我一直就觉得自己的活法才是正确的，希望周宁照我的方式来生活，周宁则竭尽全力保持他自己的生活方式，两个人实际就是在明争暗斗，看谁能战胜谁。如果周宁找的是一个跟他一样爱玩爱打麻将的人，他们两个人可以同时出去打，打到半夜再回家来做爱，做完了睡觉，岂不快哉？哪里用得着像他现在这样，溜出去的时候像小偷，打的时候心神不定，回到家要看老婆脸色，想想就痛苦，亏周宁还能容忍这么多年，难怪周宁说跟我过了这些年，白头发都生了不少。

两个人各自为着不同或相同的原因，死守着这个婚姻，明知两人生活方式不一样，还是继续进行着这场改造对方、保存自己的战役。既然两个人不能为对方改造自己，又不能有效地改造对方，更不欣赏彼此的活法，为什么还要苦苦地守在一起折磨彼此呢？也许这个“故乡的云”跟周宁更接近，他们毕竟是生在同一个地方，长在同一个地方，现在她又这么爱周宁，她就可以为他改变自己，而不用像自己一样，老想着改变周宁。

杨红想，实际上结婚之前我就知道我们两个是不同的人。匆匆结婚，是因为自己怕孤独，怕别人议论笑话，也因为那时还不知道什么是爱，以为跟周宁在一起的那种感觉就是爱，其实那只能说是不讨厌，是因被人爱而产生的自豪和感激。等到后来遇见了陈大龄，才体会到什么是真正的爱，那是一种从灵到肉你都无法控制的感情，爱不可预计，不可预防，你爱了就爱了，道德也好，不道德也好，你都无法控制。你能控制的是你的行动，但爱的感觉你是无法控制的。

爱一个人，却又跟另一个人守在一起，那种痛苦是难以形容的。没有一个人值得你爱，你可以平静地跟一个爱你而你不讨厌的人凑合，但如果这世界上有一个你爱的人，而且他也爱你，那你跟另一个人的凑合就可以是致命的痛苦。

这些年跟周宁这样死死地守在一起，与其说是因为爱情，还不如说是因为习惯和面子，再加上一些错误的观念，比如认为离婚就是一种失败，离婚的人肯定是有问题的。又比如认为谁提出离婚，就是谁不要对方了，而那个被人不要的一方就贬值了，就没面子了。

从前害怕离婚的一个非常重要的原因，就是怕伤害孩子。杨红有一个最活生生的例子，就是周宁的兄嫂离了婚，而他们的孩子只读了个中学就辍学了。当她把这个例子讲给海燕听的时候，海燕笑她说："我可以把你这种思维当作一个经典例子讲给我的学生听，就是一看见两件事前后发生，就认为中间有因果关系。周宁的兄嫂离婚和他们的孩子辍学，只是两件前后发生的事，中间有没有因果关系，还不一定。

"如果跟你说的那样，周宁的兄嫂都只读了个中学，两口子爱打麻将，又经常吵闹，最后嫂嫂跟人跑了，这才离了婚。那么就算两个人不离婚，他们也没心思教育孩子，孩子可能还是只能上个中学，说不定更糟。就算他们的孩子是因为父母离婚才荒废学业的，也只是一个个案，不能说明离婚家庭的小孩就个个会荒废学业。"

海燕说着，伸出手："把你的统计数据拿来我看，看看到底有多少人是因为父母离婚而荒废了学业的。"

"我哪里有什么统计数据？就这一个例子，这一个例子还被你驳倒了。"

"没有统计数据，怎么就轻信了呢？即便有统计数据，你都要问一问，统计数据是怎么样得出来的。像离婚这种社会现象，你不能像做科学实验那样，抽出各方面一模一样的两组人，控制所有其他因素，只让一组离婚，而另一组不离婚，若干年后，再来统计两组当中，有多少小孩荒废了学业。如果是那样获得的统计数据，可能是比较可信的。"

杨红想象了一下，说："那好像是不可能的，谁愿意把自己的一生拿来做这种实验？"

“所以说报道离婚对小孩影响的文章不可能是基于这种统计数据的，只能是找一些离婚的家庭，一些没离婚的家庭，尽可能的让其他因素相同相近，然后分析研究离婚对小孩学业的影响。如果不注意，离婚那组找的都是周宁的兄嫂那样的夫妻，结论就会是离婚严重影响小孩学业；如果离婚那一组找的全是爱因斯坦那样的人，那你的结论就会是离婚成就小孩学业。”

杨红忍不住笑起来：“哪有那么多爱因斯坦？还不知爱因斯坦跟他老婆离没离呢。”

“我不举这么个极端例子，怎么能把道理说清，把你这种人说服呢？”海燕笑着说，“你应该去学统计，学两天后，你就从听什么信什么，变成听什么不信什么了。像你上次说西边沃尔玛的葡萄比东边沃尔玛的葡萄甜，我第一个想法就是跑到两边的沃尔玛去，大面积抽样，再做统计分析，因为你每次只去一个沃尔玛，连比较都没做，你比的是上星期的东边与这星期的西边，怎么能得出那个结论呢？”

杨红说：“其实我什么统计数据都没有看到过，连报道离婚的文章也没看，不知为什么，就一直认为离婚肯定对孩子造成负面影响。一想到离婚，就仿佛看到我的儿子低着头，蹲在地上，而一大群小孩正围着他吐口水，笑他，骂他是没爹的孩子。实际上，在生活中，我也从来没有看到过这种情景。”

海燕笑着说：“这可能是从书里或者电视电影里看来的。不是学统计的人，不会一天到晚问别人要统计数据，所以对很多人来说，文学作品往往比统计数据更能影响他们。人们看到一堆统计数据，就觉得枯燥，看过也可能很快就忘了，但一个生动感人的场景，却能使人铭心刻骨。

“有人说统计学家是最大的骗子，因为统计学家拿出来的数据使人更容易相信而不去问他的数据是怎么得出来的。从某种意义上讲，小说电影也可以是最大的骗子，因为他们刻画出的人物形象鲜明生动，可以使人忘了问这些人物的真实性和代表性。这并不是说统计学家和作者有意骗人，而是我们这些读者习惯于不问青红皂白就相信别人的话。

“所以不论对什么观点，都应该问一问是谁说的，为什么说，有没有统计数据，统计数据是怎样得出来的。当然这是对一些重大问题，小事情就不必费这么大的心了。比如别人说小孩吃了味精不长个，我做菜就不放了，这种事情，我就懒得费心去查统计数据了，因为味精就算没坏处，也没什么好处，咱们这种烹调水平，还需要味精？”

现在想到离婚，杨红只有一个担心，就是怕周宁会跟她争着要孩子。她在妈妈小组听到好几个妈妈讲她们的丈夫如何跟她们争夺孩子的抚养权，有的丈夫甚至威胁说如果得不到孩子就要把孩子拐跑或者弄死。杨红不知道周宁会不会这样，她知道他并不太在乎孩子，连是不是他的孩子他都没数。但那些争夺抚养权的丈夫也不一定是在乎孩子，有的只是想拖住妻子。杨红现在很能理解为什么有的妈妈为了孩子，只好跟丈夫守在一起。杨红想，如果周宁要跟她争夺孩子的抚养权，那就只能请法院来判了。但她也听说即使法院判给了她，如果周宁把孩子偷偷带走了，法院也不能派人帮你去找孩子，最多发发传票，孩子还得你自己去找回来。杨红想等周宁到美国来了再办离婚，因为周宁在中国有他的兄弟朋友麻将哥们儿什么的帮忙，到了这里，他就没那些势力了。

杨红给周宁发了个长长的电邮，提出离婚的事。周宁看到后立即打来了一个电话，问这一切是不是因为那个“故乡的云”骚扰引起的，如果是，那你就误会了，我跟她早已断了，而且没有回到一起的可能。“故乡的云”不问青红皂白地离婚，我不会对此负什么责任。

杨红静静地说：“不是，这事跟她不相关，是我自己想通了。”

周宁又问了一大串“是不是”，杨红回答着，感觉却像一个旁观者一样，看到周宁正在重复四年前自己在人工湖边做过的事，就是要弄个水落石出，到底是哪里出了问题。周宁猜了很多原因，连杨红是不是在跟室友搞同性恋都想到了，唯独不肯接受杨红给的理由，那就是两个人的生活方式、兴趣爱好不同，合不来，还是分开的好。

“哪里会有这种事呢？”周宁有点生气又有点不解地问，“在一起过了快十五年了，难道你先不知道我们两人这些方面是不同的？”

“我知道，但是我以为那不影响婚姻，而且我很怕离婚，怕别人笑话，怕影响孩子，怕很多很多东西。”

周宁听了，沉默了很长时间，然后说：“你越说我越不懂了，现在别人不一样会笑话吗？不一样会影响孩子吗？”

杨红把网上看到的几篇有关离婚对孩子的影响的文章综述给周宁听，说离婚家庭的孩子比那些夫妻感情破裂却又打打闹闹地守在一起的家庭的孩子，成长得更好，这是有统计数据的，是美国社会学家做过调查研究得出来的结论。周宁似乎被说服了，可能他一听说“统计数据”“美国社会科学家”这些权威的词就被镇住了。杨红有点悲哀地想，他现在就跟自己以前一样，听到几个大词，就盲目相信，不去问问是谁的统计数据？数据怎么样得出来的？也不问问“哪个美国科学家”或者美国科学家的研究适合不适合中国的国情。当然她现在不想跟周宁搞统计启蒙，她只想平安无事地离婚。

“除了汽车还给我哥哥以外，国内所有的东西都给你，”杨红说，“我只要儿子。”她屏住呼吸等候周宁的答复，心想，如果他死抓住孩子不放，我怎么办？有那么一刻，她觉得自己几乎要放弃离婚这件事了。

“我要你那些东西干什么？”周宁愤愤地说，“你以为我真的在乎那一半财产？我早跟你说了，我说分一半财产，只是想吓唬吓唬你，免得你跟我闹离婚。现在你既然还是要离婚，我要那些东西有什么用？你以为我离了婚，还会住在你的房子里？”

杨红说：“我是真心要把国内那些东西都给你，我想留在这里，那些东西我拿着也没用。你不想住在H大的房子里，可以把它卖掉，卖的钱你拿着。”

杨红和周宁在电话里、电邮里讨论了几天，最后两个人达成协议，周宁带儿子去签证，签好后到美国来待一段时间，算是旅游，也算是把儿子送到杨红这里来。离婚的事，等周宁过来，再详细商量。

杨红没想到周宁在儿子的问题上这么通情达理，不光没跟她抢儿子，还愿意把儿子给她送过来，她的心马上就被感动了，觉得周宁是一个好父亲，能为孩子考虑。杨红心里打趣自己说，太感动了，差不多有无以回报以身相许的感觉了。想到那几个跟丈夫争夺抚养权的女人，那几个为了孩子不得不跟丈夫死守在一起的女人，杨红觉得自己真是世界上最幸福的妈妈了。

7

周宁和儿子办好签证后，杨红就开始找房子。刚来的时候，因为怕挤着了海燕她们，她也找过房子，但海燕劝她就在这儿待几天算了，说你丈夫小孩说不定马上就来了，你现在搬去跟人合住，过两天又要搬。你搬家麻烦不说，跟你合住的那个人又要找室友，也麻烦。如果你现在找个一室一厅住着，不光房租贵，还怕他们签不到证你房子也退不出去。杨红就留了下来，现在想起来，对海燕真是感激涕零，因为跟海燕在一起的这些日子，她学到了不少东西。但她没有把跟周宁协商离婚的事告诉海燕，怕海燕不赞成，毕竟海燕自己是放弃爱情守住婚姻的。如果海燕出来劝解她，就算是捂着半张嘴，都可以把她说服。

周宁带着一个班的实习，还要一个月才结束，正好给杨红一点时间找房子。杨红想给周宁找个地方，自己和儿子仍挤在海燕这里，一来就算跟周宁分开了，二来她还真有点舍不得海燕。但周宁知道后坚决不同意，说这样分着住，不是等于告诉人家我们两个人关系不好吗？杨红说，本来就在准备离婚，当然是关系不好，怕谁知道？这是在美国，又没谁认识咱们，怕什么？但周宁无论如何都不答应，说住一个屋不等于要做夫妻的事，只是维持个外面光。你连这点都不能答应，我还到美国来干什么？来丢人？

杨红想到儿子还得他带过来，就答应去找个一室一厅的房子，周宁来了住厅，自己和儿子住室。找了几天，才发现合适的房子很难找到。有的要签一年的租约，有的离学校太远，有的房租太贵，有的区域不安全。海燕、彼得和系里那几个博士生轮换着带杨红看了好些家，都没有合适的。

海燕说："要不这样吧，等他们来了，就在我这里先挤着，等找到再搬出去。反正你们三个人住一间，也不挤我，挤你们自己。"

彼得说："那怎么方便？你女儿晚上要写作业，她儿子要看电视，那到底将就谁？我看还是住我那里吧，他们一家三口正好，我一个人住嫌太大了，有点浪费资源。"

杨红问："那你怎么办？你搬我这屋来？"

彼得开玩笑地说："我不想活了？想让海燕的丈夫打死我？"然后认真地说，"你的屋还是让安吉拉住吧，十几岁的大姑娘了，肯定想有自己的天地，不会愿意跟妈妈挤一个屋。我一个人，找个住的地方容易，跟别人挤挤就行了。我又会做饭，只要在广告里加一句'包做三餐饭'，免费让我住的都有。"

海燕笑他："如果你再加一句'免费提供性服务'，那倒贴的都有了。"

彼得大笑起来："算了算了，没那个本事，还是不要揽那个活儿，自己多活几年吧。"

杨红仍然积极地找着房子，不过有了彼得的房子在那儿垫底，心里就放心多了，至少有了一个缓冲的地方。她很感激海燕、彼得和系里那些人，觉得他们都是好人。虽然海燕总是说她自己是个胸无大志、眼光短浅的人，看不到天下还有三分之二的人在受苦，只看得见自己身边认识的几个人，但杨红觉得她是一个充满爱心的人，因为她总是尽力帮助她身边的人，如果每个人都能这样帮助身边的人，生活应该是很美好的。

对于彼得，杨红的心情很矛盾，眼里看到的彼得，是一个风趣幽默、乐于助人的人，但从特蕾西那里听到的，却又是一个投机取巧、为了绿卡什么都不顾的人。她愿意相信这一切只是错误的信息，但彼得自己又从侧面证实了这一点。也许他就是一个矛盾的人？也许人不应该要求别人完美，有这工夫，还不如用来完美自己。

有一天，海燕突然对杨红说："明天彼得的课会是我去上，先跟你打个招呼，免得你在班上突然看见我，惊得嘴巴合不上，影响你的形象。"

"他明天为什么不上课？"

"他要回 N 州去。"

海燕的课上得也挺好，学生很喜欢她。不过杨红坐在下面有点走神，她好像是第一次听说彼得回去看他妻子。她想起彼得曾经讲过，说他以前开长途时，为了抢时间，吃饭也不停车，而是两手吃饭，两脚开车。杨红相信他做得出这种事，因为彼得虽然在很多方面都很成熟，但在一些小事上又显露出毛头小伙儿的不成熟。像他说的用脚开车，还有他抽烟的那股急迫劲，打球的时候为一个擦边球跟人争来争去，都说明他在某些方面也有克制不住自己的时候，考虑问题不够慎重。

杨红担心他这次开长途又用脚开车，会出问题，担心得自己没法做事，忍了好久，还是忍不住，就拨了他的手机号码。听到彼得在里面喂了一声，杨红愣住了，她没想到他的声音从电话里传来竟然那么像陈大龄。

"特蕾莎？是班上出什么事了吗？"

杨红不知道他怎么一下就知道是自己打的电话，有点紧张地说："班上没出事，只是担心你，怕你用脚开车，打个电话问一下。"

彼得在那边笑起来："我怎么会用脚开车呢？那是开玩笑说说的，你当真了？不过刚才真有点迷迷糊糊了，幸好你的电话把我叫醒，不然开到路外面去了。"

杨红掩饰不住自己的担心，说话也有点训人的口气了："你看，你看，说你你还不承认，你这样多危险呀。这么大人了，还这么糊涂，迷糊了就找个地方睡一会儿吧。你也不要边打电话边开车了，我挂了。"

"嘿，怎么说着说着就用上老婆腔了？现在没事了，完全清醒了，谢谢你打电话来。我到了再打电话给你们。"

虽然打了电话，听见彼得没事，但杨红仍然心神不定。想了想，又跟周宁打了电话，把安全开车的事叮咛一遍。周宁开车更危险，因为他技术似乎不如彼得，但胆子更大，可能是人们说的"糊涂胆子大"。想到周宁开车还经常带着儿子，杨红更是愁得没法，说多了，周宁又不耐烦，可能还越说越跟你对着干，但不说，又不放心，也许这个世界不发明汽车反而还好一些。

直到晚上九点多，彼得才打电话说到 N 州了。是海燕接的电话，没像平时那样嘻嘻哈哈，好像很严肃，杨红想，可能梅拉蒂不喜欢彼得跟别的女人乱开玩笑。

接下来的几晚，不知为什么，杨红晚晚都做噩梦，梦见彼得用脚开车，出了事故。半夜里，梦醒了，她躺在床上，不明白自己是怎么了。彼得在这里的时候，她并不担心他，一旦他出了她的视线了，就老觉得他会出事一样。这种无缘无故的担心只有在儿子不在身边的时候才有，只要儿子一不在自己的视线之内了，就觉得他要出事。儿子也的确出过一些事，在幼儿园摔破了头，被别的小朋友挖伤了脸，关门时夹了手等等。有时在路上走，周怡会专拣那些高低不平的地方，而不走在好好的路上。杨红一见他在那上边走，就双腿发软，觉得他随时会摔下去。

现在又加上一个彼得，这两天知道他不在A大这边，就老觉得他会有什么事。想给他打电话，又怕梅拉蒂不高兴，彼得也真是的，不知道每天打个电话过来报个平安么？还是不成熟的表现。

星期天下午，彼得从N州回来了，还没回他家，而是先上海燕家来取他的教科书，顺便把他在N州买的一些中国食物药品什么的给海燕和杨红送过来。他看上去旅途劳顿，满脸倦意，风尘仆仆。坐在客厅的沙发上，有点沉默寡言的，海燕也不说什么话。杨红陪着讲了几句，彼得好像兴致不高，时而就忘了回答，搞得杨红很尴尬。

海燕留彼得吃晚饭，彼得也没推辞，海燕就在厨房忙起来了。今天这两个话匣子都出乎意料地安静，平时的俏皮话好像被台风卷走了一样。最后还是安吉拉打破沉默："小宠物，你想不想听你最喜欢的歌？"

"想听，请放给我听。"

安吉拉打开了音响，一首在杨红听来有几分哀婉的英语歌曲响了起来。

"来，让我抱你一会儿……，现在你是在天使的怀抱里了，感觉好点了吗？"

"好点了，好多了，谢谢，小乖。"

那顿饭吃得很沉默。吃完饭，彼得就告辞了。

杨红问："彼得今天怎么啦？"

海燕说："没什么，可能是太累了。"

杨红直觉地感到事情不是那么简单，只是海燕不愿意告诉她而已。她转而问安吉拉："刚才放的是什么曲子？挺好听的。"

"在天使怀抱里。"

杨红回到卧室，在网上搜寻这首歌，发现是电影《天使之城》的插曲，她看了一下电影的介绍，是关于一个女医生和一个天使之间的爱情故事。故事好像跟彼得没有什么相似之处，杨红对歌词也不太理解，好像是一个很伤心的女人，希望在天使怀抱里得到片刻安慰。她想，为什么这首歌是彼得的最爱呢？这首歌听上去很伤感。她突然记起彼得喜欢的几首曲子好像都很伤感，《梁祝》《天鹅》，还有这首。

《梁祝》的故事她知道，就开始在网上搜寻《天鹅》。原来人们相信天鹅在临死之际，会发出凄婉动人的鸣声，被称作天鹅之歌。圣桑的《天鹅》被一个俄国人用来创作了那个非常著名的芭蕾独舞《天鹅之死》。杨红的眼光停留在一段描绘芭蕾舞《天鹅之死》的文字上：

> 在淡蓝色的月光下，一只雪白的天鹅静静地飘游在湖面上。她忧伤地低着头，轻轻挥动着翅膀，犹如在唱一首告别的歌曲。突然，她展开双翅飞向天空，但已经体衰力竭，再也不能自由飞翔了。然而长空在召唤，生命在呼喊，她那鼓足全部力量、不屈不挠地立起脚尖的舞姿，好像要离开湖面。但在与死神搏斗中她已筋疲力尽，身体无力地倾向前方，然而她又慢慢地直起身体，开始原地旋转，似乎又产生了一线希望，表现出了天鹅对生命的热爱和渴望。生命是有限的，天鹅终于没能摆脱死神的阴影，她跪下来渐渐地合上了双翅，与世永别了。

杨红觉得心一沉，立即走到客厅里，问海燕：“彼得今天很反常，是不是他妻子出了什么事？”

“为什么这么说？拿统计数据出来。”海燕仿佛有点强颜欢笑。

“我有这种感觉，因为那天晚上他送我回来时说过‘化蝶是超越死亡’的话，《天鹅》又是关于死亡的，今天他又这个样子。你不要瞒我了，肯定是他妻子出了什么事。”

海燕叹口气说：“他不愿意别人知道，我也不知道该不该告诉你。梅拉蒂去世两年了，前天是梅拉蒂的忌日，他回去扫个墓，心情不大好。”

“两年了？平时一点也看不出来。梅拉蒂是怎么去世的？”

“卵巢癌。他们结婚很久了一直没小孩，当时是因为不孕去做检查，结果被查出双侧卵巢都有恶性肿瘤。本来应该立即切除双侧卵巢，但梅拉蒂知道双侧都切除就等于到了更年期，不仅不能生孩子，还会像更年期后的女人一样苍老。她很爱美，也很爱彼得，想为他生个孩子，她不愿意年纪轻轻就变成一个老女人，所以不肯切双侧，当时有几个医生也说可以先切一侧再说，所以就只切了一侧，后来就来不及了……”

杨红觉得自己眼睛湿了，小心地问：“看彼得的样子，好像是真心难过，怎么听人讲他是为了绿卡才跟梅拉蒂结婚的？”

“听谁讲？他们出国前就结婚了，梅拉蒂先出来，彼得是那种心高气傲的人，不愿做留学生家属，不愿靠女人，所以他考上这边的博士才出来。梅拉蒂在M州那边读完书，在N州一个大学找到了工作，想让彼得去那边的学校读书。这边的东亚文学是很有名的，他在这边又有奖学金，课也修完了，转学只能带几个学分过去，就决定留在这边把博士读完。但这边的几个大学药剂学都不那么有名，所以梅拉蒂只能待在那边。他们的感情很好，不是时空隔得断的那种，所以宁愿两边跑，也要待在对自己事业有帮助的地方，彼得那时都是开着车两边跑，梅拉蒂就两边飞。他们两口子都很喜欢孩子，特别喜欢安吉拉。”

“那梅拉蒂提出离婚又是怎么回事？我问过彼得，他自己也承认了的。”

“梅拉蒂提出离婚是因为她不想彼得被她拖垮，尤其不愿意彼得看到她化疗放疗后的样子，但他们那么好的感情，彼得怎么会同意离婚呢？他先是把梅拉蒂接到这边，一边读书一边照顾她，后来他这边走得开了，他们就回到N州，请那里的老中医、气功大师什么的治疗。总之，是想尽一切办法，仍然是回天无力。彼得在那边寸步不离地陪梅拉蒂度过了最后那段时间，梅拉蒂最后就葬在那边。”

海燕叹口气，说：“彼得这个人哪，外面看不出来，其实心里是很苦的。平时都能掩藏得好好的，但到了这几天，就有点情不自禁。不管是什么人，不管他有多坚强，总是有一个经不起打击的致命点的。他的致命之处就是他无法面对由于自己的失误造成的悲剧。他永远都在内疚，认为他应该对梅拉蒂的死负责：他应该早点带她去医院检查的，早查出来就能治愈了；他应该同意离婚的，离了婚梅拉蒂就不会坚持要留一侧卵巢了；他应该让她早点离去的，早点离去了，梅拉蒂就不受那么久疼痛折磨了。有时真恨不得一巴掌打醒他。不过我劝他，他不大听得进，觉得我就是一个开导人的人，不管他有什么错误，我都会说得他认为自己没错误。”

“可这不是他的错误啊！你不是说当时有的医生也认为可以先切一侧吗？”

“谁都能看到这一点，问题就是他不这样看呀。”海燕说，“他跑回国内去了一段时间，以为地理上的距离可以使他忘记一切，但是最终他又回到这里，出高价从别人手里租过来这套房子，就是他从前跟梅拉蒂住过的那套，而且把里里外外布置得跟从前一样，你想，像他这样，怎么能够从过去的阴影里走出来呢？”

杨红听了，除了叹气，说不出别的话。她很想帮彼得，但她不知道怎么帮。

海燕说：“当然我们是外人，说说挺简单，搁我们头上，可能更糟，说不定早被压趴下了。也许只有时间能治愈他。”

海燕到卧室去，找到当年安吉拉为梅拉蒂做的海报：“这是安吉拉做的，她跟彼得参加一个癌症协会的活动，到很多地方去宣讲妇女防癌治癌的重要性，安吉拉还得了奖的。这篇是梅拉蒂病房的护士在她去世后写的纪念小文，这是接受梅拉蒂器官捐赠的病人家属写的文章，这是彼得为乳腺癌纪念日写的文章。这是彼得跟接受梅拉蒂器官捐赠的病人的合影。”

杨红看到照片上的彼得，面庞清瘦，满脸胡子，眼神苍凉，再读那位护士的文章，禁不住泪流满面：

“悲痛的丈夫抱着因受癌症折磨而异常消瘦的妻子，恳求她：请别离开我，宝贝，请别离开我……”

8

杨红决定要去看看彼得，像他现在这个样子，她放不下心。她老家有个说法，说一个人思念死去的亲人的时候，灵魂就飞到另一个世界去见死去的人了，只有躯壳还在这个世界。这种时候，一定要有一个人拉着他，让他接着这个世界的人气，不然他很可能会回不来了。她以前倒不相信这种说法，但今天看见彼得那种神思恍惚的样子，就有点相信了。也许思念死去的人时，并不是灵魂飞去那个世界回不来了，而是思念成疾，心里想追随到那个世界去，脑筋里就转起死的念头来了。这时，有一个人拉着他，他就会想到这个世界，想到那些爱他的人，就不会做傻事。

她想到上次自己为陈大龄的事痛哭的时候，是彼得给了她一个肩膀，让她尽情地哭了个够。现在回想那一幕，实际上彼得的拥抱是不带任何性的成分的。他只是轻轻地、松松地拥着她，使她感到自己不是一个人独自悲哀。对她的痛哭，他无能为力，没有言语可以开解，但他理解她、同情她、关注她，愿意分担她的痛苦，所以给了她那个肩膀可以依靠。一个人在悲伤痛苦之中有这样一个肩膀，痛苦就至少减轻一半了。

杨红擦了眼泪，找到海燕，问："你现在可不可以把我载到彼得那里，也许他想有个人谈谈呢？我知道我不可能比你还能开导人，我不是海燕的平方，但正因为笨嘴笨舌，说不定彼得会相信我的话呢？或者我什么也不说，就是陪陪他？"

"你现在是最不该去的人，他本来就有点把你当梅拉蒂，现在他这种心情，我不知道他看到你会做什么。你知道的，男人不论是喜至极还是悲至极，都是用酒或者用性来表示、来发泄的。但现在他不管做什么、说什么，都不是冲你来的，而是冲梅拉蒂来的。"

"他把我当梅拉蒂？我像她吗？"杨红不敢相信自己的耳朵。

"除了眼睛不像，其他都很像。你不觉得彼得对你有点特别？有时候他是情不自禁地把你当梅拉蒂了。所以刚开始的时候，我是尽量地不让你们两个碰面，彼得也是躲着你，哪知道你还是撞上门去了，也许这就是人们常说的'是祸躲不脱，躲脱不是祸'。"

"我没想到我跟梅拉蒂相像，难怪肖娴那天在彼得那里看到梅拉蒂的照片时说梅拉蒂面熟呢。怎么会这么巧呢？"

"其实说巧也不巧。人们常说夫妻有夫妻相，还说夫妻在一起过久了，相貌会变得相似。这种过久了变得相似是有的，是从彼此那里学来的，但这主要是神态举止上的，连面部轮廓都像了，就不是后天学来的，而是先天生就的了。实际上，有研究表明夫妻面部轮廓相像的最主要原因是人们常常不自觉地喜欢那些跟自己相像的人。

"有一个实验就是给每个受试者一些照片，让他们选择自己理想的配偶，如果其他因素完全一样，仅仅是根据外表来选择的话，大多数人选择的都是经电脑加工处理后的他们自己的照片。这可以解释为什么彼此欣赏、彼此相爱的男女有很多都相像，实际上他们是从对方身上看到了一个自己。其实陈大龄两兄妹、你，还有彼得，你们四个人的面部轮廓都有一些相像的地方。"

"既然是这样，那我更应该去看看他。"

海燕摇摇头："那有什么用呢？对谁都没有好处。他现在需要的是忘记她，而不是复习她。而你，还有周宁夹在中间，即使没有，他把你当梅拉蒂，当个替身，对你也不公平。"

杨红没有再勉强海燕送她，她自己坐校车到市中心，然后走到彼得家。他家窗口没亮灯，但能听见《梁祝》的音乐，她不由得又想起那天夜里，彼得一身素白，站在夜色中说过的话："连死亡都能超越，还有什么不能超越？"她想起他那时坚持要她买那个带体检的计划，想起他说他要去学医，想起他听《天鹅》时的悲怆，说希望生命也能像音乐一样不断反复，想起自己问他是不是不肯离婚时，他突变的脸色。其实一切都指向这个事实，早就应该看出他的痛苦了，但自己没有用心去体会。

她有点悲哀地想，也许人都忙着自己的生活，没有时间去关心别人的伤痛，没有看见一个灵魂正在自己身边苦苦挣扎，想从命运的魔掌、社会的枷锁、心灵的桎梏中解脱出来。但她想到并不是每个人都这样只忙碌在自己的烦恼之中，至少海燕和彼得可以看出她的烦恼，看出她活得很累，愿意拿出时间来开解她、帮助她。也许，如果自己不是那样专注于自己的烦恼，就可以多一点时间、多一点心情去关心别人。或者说当你关心别人的时候，你也可以忘记自己的烦恼。

杨红轻轻敲了敲门，听到彼得有点沙哑的声音："请进。"

看见是杨红，彼得有点吃惊，但没说什么。杨红本来准备了一套理由，想了想，何必那么鬼鬼祟祟的？来看看他、安慰他一下又不是什么见不得人的事，于是就大大方方地说："听海燕说了梅拉蒂的事，来看看你。"

彼得清清嗓子，说："其实不用的，我没事，休息一会儿就好了。海燕送你来的？"

"不是，我自己坐校车来的。"

"校车只到市中心，你从市中心走过来的？那得走半小时呢。"彼得眯缝着眼问。

杨红撒了个谎，说："刚好有个朋友到这一带来，让他带了一段。"

彼得站起身，说："我们去外面走走吧，刚才在屋子里抽了很多烟，现在空气很不好。"说完，就打开所有的窗子，率先往外面走去。

杨红跟着彼得走到外面，觉得他有点像梦游一般，只默不作声地走，不说到哪里，也不问她话。两个人就这样一前一后地走着，走过一个教堂，走过几条小街，来到一条铁路上，杨红从来不知道这块还有铁路，又想打破沉默，就问："这里还有火车？"

"都是货车，白天一般没有车过，现在这个时候，会有车开过。当心一点儿，有车过来，就早早地走到路轨外面去。走到那边桥上的时候，如果有车来，可以站在两边的安全箱里，就是那种铁栏杆做的框。"

走到桥上后，杨红看见了那些安全箱，桥栏杆弯出去，弄成一个个四四方方的格子，供行人躲避火车用，大小刚好够站一个大个子美国人。

两个人在铁轨上默默地走了一会儿。杨红说："讲讲梅拉蒂吧，讲出来是不是会好一点儿？"

"没什么，"彼得固执地说，"我也知道人死不能复生，我只是需要一点时间。"

杨红想，既然他不想说话，那还是陪他沉默比较好。她知道彼得不是那种沉默寡言的人，他不到万不得已，不会让两个人陷入沉默的尴尬境地。这一点，好像美国人比中国人更注意，老美跟你出去办事，路上一般都会找点什么谈谈，哪怕是谈天气，也不会跟你走一路而不说话。

彼得是个很能侃的人，而且侃起来头头是道，幽默风趣，每句话都令你回味，令你深思。杨红曾认为爱侃的人是浅薄的，因为雄辩是银，沉默是金。但彼得和海燕使她改变了这种看法：是金还是银，不在于你说不说、说多少，而在于你说话的内容。你说的是废话，那么你一天只说一句还是废话；如果你说的是真理，那么你一天说一万句还是金。是金还是银，也看在什么场合：该沉默的时候，沉默是金；该雄辩的时候，雄辩是金。

如果连彼得这样能侃的人都不说话了，气氛就很严肃很沉重了，可以想象他心里有多沉重。梅拉蒂去世两年了，如果算上她生病的那段时间，那彼得可能已经在痛苦之中生活了三四年了。应该说他还是很振作的，平时从来不见他把痛苦摆在脸上，他嬉笑打趣，油嘴滑舌，是在尽力不让他的悲伤弥漫到他身边的空间去，尽力不让他自己的忧愁影响周围的人。不知道他晚上回到家里，取下欢乐的面具时，又是什么样子？可能是听着在天使的怀抱里的音乐，想象自己是在安吉拉的怀抱里，得到片刻的安宁。

走了一段铁路，彼得就走下路轨，往一个湖边走去。来到湖边，彼得指指一棵大树，说："我们在树下坐一会儿吧。"

两个人在湖边坐下，又有很长时间没说话。彼得望着湖水发愣，杨红坐在他侧面，看他目不转睛地盯着湖水，不知他在转什么念头，很想挨近他，握住他的手，或者抱住他，让他接着这个世界的人气，但她有点不敢，怕惊醒了他的回忆。

夜幕降临了，杨红已经看不清彼得脸上的表情。彼得打破沉默说："以前梅拉蒂到A城来看我的时候，我们都会到这里来，那边有个网球场，我们打一会儿网球，就到这个湖边来，坐在这棵树下，她喜欢躺在我怀里，看晚上的星空，讲她小时候的事，她的梦，她对未来的打算。那是我一生中最美好最静谧的时光，好像就是昨天的事一样。"

“这里的确很美。”

“梅拉蒂很想要孩子，想要很多很多孩子，可是我们一直没有孩子。刚开始以为是因为两地分居，就没有在意。后来她想小孩想得很着急了，我们才去医院检查。结果……如果早点查出来……她是不会……总以为人年轻的时候是不会跟医院有什么关系的，梅拉蒂平时连感冒都很少生，我从来没有想到督促她去做体检。其实女人的这些癌都是可以治愈的，只要发现得早……”

彼得抬头望着夜空，有一阵儿没说话，杨红觉得他是掩盖他的泪，也找不出话来安慰他。

过了很长一段时间，彼得才说：“梅拉蒂是一个很爱美的人，也很在意她在我心目中的形象，总说女人不经老，女人三十豆腐渣，男人三十一朵花，总在担心等她老去的时候，我还不老。她总是说她愿意在衰老到来之前就死去，那样她在我心目中就永远是年轻的。我那时应该同意跟她离婚的，那样她就不会一定要留下一个卵巢不肯全切了，那她到今天还活着。离了婚，我也会一直等在那里的，等到她生命保住了，我可以用一生来说服她跟我复婚，只要生命还在，什么都是可能的，我为什么想不到这一点呢？”

“你这就是不了解女人了。她提出离婚，是因为不想拖累你，她心里是舍不得离婚的。”杨红以不容置疑的口气说，“女人在这种时候，都想试探一下丈夫，看他们到底爱不爱她们，爱得有多深。如果你那时同意离婚，那你就是杀了她了，她对你的爱情灰了心，可能一侧都懒得切，只求速死。你在那种时候离开她，她活着还有什么意思呢？这种事情是千万做不得的。”

彼得转过头，疑惑地望着她：“女人这样想？那不同意离婚是对的？可是我应该说服她把两个都切掉，但我说不服她，自己也心存侥幸。”

“听海燕讲，当时有的医生也认为可以先切一个的呢，连医生都没法确定的事，你怎么能预先知道呢？”

“我应该说服她的，不管医生说什么，我应该说服她的，梅拉蒂不是医生的妻子，是我的妻子，医生可以冒这个险，我不应该冒这个险。”

杨红不知道怎样才能使他摆脱这种内疚，叹了口气说：“可能不管有没有你，她都愿意留一个的。女人怕老不怕死，如果是我，想到自己在三十多岁的时候就要像一个更年期过后的女人一样，我也会愿意留下一个的，既然医生都那么说了，谁会想到医生是错的呢？就算我知道医生是错的，我也愿意只切一个，哪怕会少活很多年，但可以活得年轻。”

“你真这么想？”

杨红真诚地说："我是女人，跟梅拉蒂年龄差不多，我想我会这样的。梅拉蒂是女人，她为什么不这样想呢？有没有你，她都会希望自己年轻，永远年轻。"

彼得叹口气："女人哪，有时真是搞不懂你们，年轻貌美就那么重要吗？生命都没有了，美又将附之何处？"

杨红知道自己的说服力有限，彼得愿意接受、愿意相信，只是因为他现在像溺水的人一样，急于抓住一根救命稻草。

回去的路上，他们又来到了那段铁路上。远远地，开过来一辆火车。

彼得叮咛说："待会儿你就站在这个框里，不要乱动，等火车过去。我到对面那个框去。"

火车快到的那一刻，彼得快步走到桥的另一边，倏地一下，他们就被火车隔开了。那是辆货车，有很多车厢，很长，行进得很慢。杨红被货车隔着，看不见彼得，突然觉得这有点像某个电影里的情景。两个人被隔在铁路的两边，等到长长的火车终于开走之后，某一边的那个人就不见了。杨红看了看桥下的小河，河不宽，水不会很深，但桥很高，望下去令人眩晕。她心里涌起一种不祥的感觉，仿佛等这货车开走，彼得就会不在那边了。刚才为什么要让他去那边？两个人站在一边，会挤一点儿，但也是站得下的。

杨红想绕到铁路的另一边去，看看彼得还在不在，但桥很窄，人只能站在框里面。她焦急地等火车开过，等了一会儿，好像货车还没有完结的意思，杨红忍不住高声叫起来："彼得？"她不知是错觉还是真的听到了他的回复，好像听到一声"这里"，她不敢怠慢，不停地呼唤着："彼得？彼得？"有时她好像听见他回答着，有时又好像是自己的错觉。她继续呼唤，心里默默祈祷着彼得不要做傻事，祈祷从今以后彼得都会走在她的视线里，永远不会走到一个她看不见的地方去，因为她一旦看不见他，就觉得他会发生什么事。

等货车开走后，杨红看见了彼得，还在那里，正从对面的那个框子往她这边走来，不觉舒了口气说："刚才有那么一会儿，觉得等火车开走，你就不在那里了。"

彼得惨淡一笑："我不会有事的，知道一个人的死可以这样深地影响到别人的生活，我不会做傻事的。每个人都应该为了那些爱他的人和他爱的人，珍惜他自己的生命。"然后很感激地说，"我听到你叫我了，我一直在答应。"

两个人在铁轨上默默地走了一段，彼得指指脚下的铁轨说："离开 A 城回 N 州之前，她想最后一次到这里来，当我抱着她，在这条铁路上走的时候，她对我说：‘等火车开近了，就把我扔在这铁路上吧，我再也没法忍受这种疼痛了，就让我这样去了吧。’我知道她很痛，也知道我们是回天无力了，但我舍不得让她走，就一直对她说‘别离开我！别离开我！’。现在想来，也许那是很自私的，因为她为了我这句话，一直死死地撑着，多受了很多苦。”

“你不要老是这样自责。”杨红说，“你看她无论做什么，都是希望你幸福，你这样折磨自己，她要是知道，肯定很不开心。”

又一辆火车开了过来。杨红想都没想，就伸手拉住了彼得，不让他再闪到对面去。她拉着他，两个人挤在一个框里，彼得站在靠路中间的那边，伸开双臂，把杨红圈在自己怀里，闭上眼，喃喃地说：“宝贝，我在这里，别离开我。”

杨红靠在他胸前，听火车一节一节地从他身后开过去，不知道他此刻把自己当作谁，只在心里说：他把我当谁重要吗？只想这样被他拥在怀里，让他以为梅拉蒂又回到了他的身边，让他的心得到安宁……

9

杨红牵着彼得的手，像领盲人一样，领着他，慢慢走完那段铁路，走完几条小街，走过那个教堂，走回彼得住的地方。一路上，两个人都没有再说话。杨红只觉得一切都像在梦中一样，一切都是缥缥缈缈的，像现实，又像是电影里的蒙太奇，或者是书里的某个场景。她不知道电影里、书里的女主角在这样的情况下会做什么，她也不知道自己要做什么，因为她甚至不知道自己现在是谁，连她自己都希望自己是梅拉蒂，或者她就是？

但是她知道自己不愿离开彼得，不愿就这样让他一个人待在那间屋里面对潮水般的记忆而没有一个人拉着他给他这个世界的人气。她希望自己能像天使一样，把彼得搂在怀里，让他得到片刻的安宁，安静地睡一觉，而等到他一梦醒来，过去的痛苦就消失殆尽。她希望自己能有一种魔力，能一把就把他心里的忧伤抓起来扔掉。如果海燕说的有关男人喜至极悲至极的表现是真的，那就希望彼得能用性来疯狂一番，发泄一番，减轻他心中的悲伤，在发泄之后的疲乏之中沉沉睡去。

走到楼下的时候，彼得反握住杨红的手，把她带到他的车前，用遥控开了车门，沙哑地说：“我送你回去吧。”

“我想跟你待在一起。”杨红自己都没想到自己能说出这样一句话，而且是英语，好像那些刚来美国的小孩子一样，半年不说话，一说就是流利的英语。也许正因为是英语，才能毫无顾忌地说出来。她现在也比较理解为什么这里的人会英汉夹杂，有时是因为没有一个合适的词，有时是因为没有一个更好的词，有时是因为说汉语说不出口，而很多时候，是因为说汉语的时候，人们会认为你在搞笑。可能大家的英语还没有纯熟到自由搞笑的地步，所以英语听起来严肃一些。

在杨红听来，有些话一旦用英语说出来，就平添几分深情。她听到彼得叫“宝贝”的时候，虽然知道他是在叫梅拉蒂，她也觉得自己的心好像被融化了一样，那份亲切，那份宠爱，那份深情，绝对不是“宝贝”能够传达的。

彼得看了她一会儿，用遥控把车锁上，仍有点沙哑地说：“那跟我来吧。”就握住杨红的手，带着她上楼。

杨红觉得好像这是一个做过千百遍的动作，好像从前每天都是这样回家的，每天都是两个人从各自的单位回来，等在门口，当两个人都到齐了，彼得就会拉着她的手，把她带上楼回到自己的家。她不知道为什么这一切完全没有陌生的感觉，也许上一辈子两个人就是夫妻？或者自己的前半生只是一场梦，现在醒来了，回到现实了？或者现在这个场景只是一场梦？杨红使劲摇了摇头，用空着的那只手掐了自己一把，知道痛，应该不是梦。

进了门，彼得走去把几个窗子都关上，找到一件很大很长的T恤，递给杨红：“洗了澡当睡衣穿吧。”

杨红接过“睡衣”，彼得把她带到浴室，为她开了水，就走到客厅去了。杨红让温暖的水冲在头上身上，不知道下一步会发生什么。她想起有些电影里的镜头，女主角在冲澡，男主角推开浴室的门，然后观众就只看见浴室玻璃门上映出的男女接吻的剪影。她不知道彼得会不会这样撞进来，觉得心在怦怦乱跳，这好像太出格了一点儿，自己还从来没有做过。

她从来没有想过自己会主动要求留下来陪一个男人，但眼前这个人，仿佛又有一种并非外人的感觉，而他也似乎没把她当一个初次留下过夜的女人。她不知道他现在究竟是把她当谁，她宁愿他把她当梅拉蒂，那样就可以让他得到片刻的安慰。也许他永远都只是在她身上寻找梅拉蒂，但那又有什么关系？她想要他幸福，她想分担他的哀伤，只要能分担，他把她当作谁都可以。她只担心自己像梅拉蒂像得还不够，不能真正使他把她当梅拉蒂。

冲完澡，杨红就走到镜子跟前，把头发绾上去，像梅拉蒂很多相片上一样。她没有发夹，不能绾成一个高雅的发髻，只好用一根橡皮筋把头发高高地绾在脑后。然后她拿起那件“睡衣”，贪婪地嗅着上面彼得的气息，觉得自己有点心头撞鹿，脸也有些发烧发红。她深深地吸了一口气，让自己平静下来，在镜子里打量自己，不难看，有点像梅拉蒂。海燕说得对，除了眼睛不像，其他都像，不过一个人最重要的就是眼睛。梅拉蒂不戴眼镜，眼睛很大，所以漂亮很多。但如果离远一点，如果垂着眼睛，还是很像的。

杨红走出浴室，来到客厅，彼得坐在客厅的沙发上，好像在想心事，看见她，有点愣愣地看了浴室好一会儿，才伸开两手，低声叫道：“到这儿来，宝贝。”

杨红走过去，站在他面前，彼得抱住她，把脸埋在她身上，很久才放开手，抬起头说：“对不起。”

杨红知道他说对不起是因为他刚才把她当梅拉蒂了，就捂住他的嘴，不让他再说，然后拉拉他：“去洗个澡吧，你累了，早点休息。”

彼得到浴室洗澡的时候，杨红走到卧室门前，门是关着的。杨红握着门把手，突然想到肖娴说过的话，说彼得卧室里是一张双人床。杨红不由得停住了正在转动门把手的右手，心想，肖娴究竟有没有在那张床上睡过？但她马上想到这个问题很无聊，肖娴在那张床上睡过没睡过，都不能改变我想跟彼得在一起的心情。如果跟肖娴上床能使彼得获得生理上的满足或者心理上的安慰，那又为什么不能上呢？我不就是希望他幸福开心吗？

想到这里，杨红推开卧室门，发现里面是一张特大号的大床。她明白肖娴是在撒谎，或者开玩笑。多半是开玩笑，因为肖娴跟老罗一直都很亲热，平时在路上看见他们两口子，他们都是挽着手走路的。肖娴还说秃顶的男人体内雄性激素多，性欲旺盛，说老罗算个下帅上不帅。最帅的男人是上也帅下也帅，如果不能两全，就难以选择了。肖娴有时说“宁可分享帅哥，也不独享赖哥”，有时又说“宁可独享赖哥，也不分享帅哥”。可能跟彼得说的一样，现在的人都是信口开河，乱开玩笑的，别人说什么是别人的自由，你不能指望别人每句话都是真的。信什么，不信什么，那就是你的事了。

这是她第一次进彼得的卧室，墙上挂着不少梅拉蒂的照片，正用大大的眼睛看着她。但她勇敢地看着梅拉蒂，小声说：你能理解的。

床边的桌子上摆着彼得跟梅拉蒂两个人的结婚照，女的漂亮，男的潇洒，真正是一对璧人。桌上还有那本她上次看过的影集。杨红开了床头的台灯，又翻到陈大龄全家福那张，她吃惊地发现他额头都有了皱纹，看来上次看照片的时候她没有注意到。岁月无情，人生苦短，一下子就过去了十几年。这十几年的生活都只留下模模糊糊的印象，但十几年前跟陈大龄在一起的那些片断，却深深地印在她的脑子里。

她感到陈大龄正怜爱地看着她，说：“我知道你现在在想什么，我还知道你如果做了你现在想做的事，你会永远在心底开道德法庭的。因为按照你的道德观，爱情只能有时间上的继起，不能有空间上的并存。”

杨红看着照片上的陈大龄，轻声说：“你错了，这一次，我不会在心底开道德法庭的，我的爱情确实只有时间上的继起，没有空间上的并存，在任何一个时候，我的心从来没有同时爱过两个人。我想我仍然爱你，不过是另一种形式的爱了。”

她翻看着影集，吃惊地发现了自己在青岛跟陈大龄和张老师的合影。她不知道这张照片为什么会在彼得这里，她自己从来没有看到过这张照片。那次是用张老师的照相机照的，张老师带回去冲洗之后，就寄了几张给她，但没有这张，而这是唯一一张有她和陈大龄两人的。张老师还拉着陈大龄照了几张，而杨红却不好意思跟陈大龄两个照一张，是陈大龄提议三个人一起照一张，才请一个游人为他们三人照了这张。

她听见彼得关水了，应该在用毛巾擦他那结实的身体了，过一会儿他就会走进这屋子里来了。杨红不知道再下去要发生什么，好像电影里面都是两个人疯狂地边吻边脱彼此的衣服，但到目前为止，他们两个人都没有那样失态，反而像两个老夫老妻一样，按部就班地做着睡觉前的准备。但她心里却不像老夫老妻，她的心很快地跳着，为即将到来的一幕快速跳着。

彼得走进屋来，用一条浴巾擦着头发，轻声问：“你头发不放下来让它干？湿头发睡觉会头疼的。我用电吹风给你吹一下。”说着，就走过来，拆开杨红的发髻，让头发披散下来，然后拿出电吹风，为她吹头发。

杨红闭上眼，听着电吹风嗡嗡的声音，感觉到彼得的一只手正在她头发林子里梳理，托起一缕缕头发，吹着，吹着。杨红心里突然涌起一股热浪，如果以后的日子就这样过着，那该多好。

杨红从他手里拿过电吹风，说：“我好了，吹久了坏头发。我来给你吹一下。”彼得坐到床上，顺从地把头伸过来，杨红也用一只手梳理着，另一只手用电吹风为他吹着。他的头发很浓密，很黑，可能有一段时间没剪，有点太长了。

过了片刻，她感到彼得用手搂住了她，把脸埋在她胸前。她放下电吹风，想捧起他的脸，但他不让她捧起，她知道他一定是流泪了。可能刚才这一幕太像从前了。也许海燕说得对，他现在需要的不是复习从前的一切，而是忘记它。杨红不知道自己该不该留在这里，也许应该告辞回去，让他一个人静一静？她不知道彼得心里在想什么，他的眼里没有那种不顾一切的疯狂，好像也没有燃烧的火焰，她不知道他现在眼里是什么，因为他一直躲避着她的目光。

也许他对我没有什么感觉，杨红有点悲哀地想：他时常那样温情脉脉地看我，是因为我像梅拉蒂。但是他又知道我不是梅拉蒂，只是时不时地就忘情了，但走到绝对忘情的边缘时，他又想起了我是谁。杨红不怪他，反而很敬重他，一个男人，能这样深爱自己的妻子，哪个女人会不敬重他？杨红突然想起萨曼莎，不知道她是不是也像我一样，飞蛾扑火般地投向他的怀抱，而他把她推开了？不过他今天并没有推开我。

彼得默默地掀起被子的一角，轻声说："睡觉吧，不早了，明天还有课。"然后就钻进被子。杨红想了想，也钻了进去，两个人平躺在床上，彼得伸过一只手，握住了她的手，她听见他又说了一次："睡吧。晚安。"

杨红睡不着，她不知道自己今天的做法究竟对不对，她原来希望彼得会疯狂一阵，然后沉沉地睡去，忘记那些痛苦，哪怕是暂时的。这一次，她非常希望自己是一剂安眠药，彼得吃了就会睡去。她没有强求彼得爱她，她只是想帮他。她相信他这样的心情是这次扫墓引起来的，过几天他会慢慢平静下来。她以为无论彼得爱不爱她，最终他都会做那件事，他现在正是悲至极的时候，他也肯定有很久没有做了，现在有一个女人睡在身边，他会不想做？看来他根本就不想碰她，只是因为她自告奋勇地要留下，他不好赶她走。

她不怪他，她知道自己无论多像梅拉蒂，终究都不是梅拉蒂。她只希望能用自己的生命换回梅拉蒂，让儿子也跟着他们，那样彼得就有一个幸福的三口之家，就能幸福地生活了。他们两口子都爱小孩，他们肯定会照顾好周怡的。他们的三口之家一定是很幸福的。像现在这样，彼得想念梅拉蒂，自己又牵挂彼得，一个都不幸福，还不如将自己的性命给了梅拉蒂，大家都幸福了。想到自己不能换回梅拉蒂，无力把彼得从痛苦之中拯救出来，杨红忍不住流下泪来。不过她没有让自己抽泣，只让泪水悄悄地流下。

彼得仿佛听见了她的泪一样，把她拉到怀里，用手抹着她的泪，小声说："别想太多了，不是因为你的缘故……是因为我……我不能……给我一点时间。"

等自己平静了一点，杨红悄声问："你要我走吗？"

她看见彼得眼里闪过一丝惧怕的神色，他像孩子一样抓住她，恳求道："别丢下我一个人，就在这里陪我。"

那个夜晚，杨红就半靠在床上，让床边的台灯一直开着，让彼得躺在她怀里睡去，就像她在儿子生病的时候经常做的那样。周怡经常感冒，睡觉的时候就会又堵鼻子又咳嗽，用什么药都没用，只要一躺下就堵就咳，一坐起来就好了。杨红就把被子放在身后，半靠在床上，把周怡斜抱在怀里，让他睡觉。睡着了，周怡会做出各种表情，有时微笑，有时皱眉，好像在做着各种各样的梦。这样的日子很多，多到杨红练得可以半坐着睡觉了。现在她看着怀里的彼得，觉得他睡觉的样子很像周怡，眉头不舒展，睡得不安稳，不时地动弹一下身体，有时又像生病的人一样，呻吟几声，她就把他搂得更紧一点，默念着：希望你能在这里找到一点安慰。

10

杨红不知道彼得说的“我不能”是什么意思，是说他不愿这样做，还是说他没有这个能力？也许他觉得这样做对不起梅拉蒂？也许他吃了安眠药，身体沉睡了？不过，不管是为什么，杨红觉得都不重要。如果他悲至极的时候不想用性、用酒来发泄，只想有人陪着他，那她就陪着他。她只想他能忘记那些伤心的往事，走出过去的阴影，过正常的生活。她很惊奇地发现，自己这一次，没有去想自己的面子，没有去想以后彼得会不会笑她，或者会不会在心里瞧不起她，她只想到彼得和他的痛苦。

接下来的日子，彼得似乎又回到了常规，上课的时候，又笑容满面、谈笑风生了。在太极班上课的时候，又虎虎有生气了。看见杨红的时候，他仍然会目不转睛地看她一会儿，但杨红觉得他已经没有那种灵魂出窍的神情了。杨红欣慰地想，彼得回来了，回到这个世界来了，回到现实里来了。

彼得没有提那晚的事，看见杨红时也没有不自在的样子，仿佛那晚根本没有存在过。杨红想，这样好，这样两个人就不会在见面的时候感到尴尬了。

她现在也很能理解为什么彼得逼着她买那个带体检的医疗保险了，他被梅拉蒂的悲剧吓坏了，他说过要教会他爱的女人、他认识的女人游泳，这就是他在教她游泳，让她掌握自己的命运，不要等到溺水了才发现晚了。那时候，如果他救不了她，即便她只是一个一般朋友，他也会难受。他从梅拉蒂的死中，领悟到生命的宝贵和脆弱，他珍惜生命，不管是谁的生命，他都珍惜。

杨红想起彼得曾经在班上引用过一个大作家的话，可能是海明威的，说丧钟为谁而鸣？为你而鸣，为我而鸣，为全人类而鸣，因为任何一个生命的丧失，都是人类的损失，是每一个人的损失，也就是你的损失。他好像是在讲到鸣这个词的不同意思时提起这句话的，当时给杨红的感觉是他一扯就扯远了。但现在想来，那些扯远了的东西，常常是一些生命的感悟：也许一直都在他头脑里打转，一不小心就溜出来；也许是有意提到的，想让大家善待生命，珍惜生命，为你自己，也为他人。

杨红想到这些，就想约海燕一起去体检，但海燕说她今年已经做过了，杨红就跟学校的健康中心打了个电话，约了一个体检的时间。她觉得这样做可以让彼得放心，让他高兴，于是给彼得也打了个电话，告诉他约定体检的事。

听得出来，彼得很高兴，说早该这样了，又问："要不要我陪你去？"

杨红笑起来，说："又不是小孩子，再说健康中心离我住的地方才一站路，又有校车，不用了。"她心里还是热热的，也很想让彼得陪着她，但她想他也很忙，体检又不是什么困难的事，还是别麻烦他吧。

杨红乘校车去了健康中心，原以为三下两下就可以查完，结果却搞了好几个小时。美国医院的特点就是慢条斯理，医生护士工作人员都是慢条斯理的。这样的工作作风搁在中国，早被病人骂死了。检查完了，那个叫理查森的女医生拿着几张表，解释着什么，但杨红不太懂。女医生看看她的表情，问了几次："你听得懂吗？"见杨红很诚实地摇头，便问，"你能不能找个人替你翻译一下？"

杨红知道可能有什么问题了，不然医生就该放她走了，但她想，应该不是什么很严重的问题，不然医生会瞒着她的。她想到海燕和彼得，这两个人都可以为她做翻译。她就打了个电话给海燕，可她不在家。杨红想了想，拨了彼得的电话号码，然后听见他在那边"喂"了一下。

"是我，特蕾莎。我现在在健康中心，可能有点什么问题，医生叫我找个能听得懂的人为我翻译。"

她听见彼得在电话里说："别挂！别挂！我马上就来，电话别挂了。"她能听见他奔跑的声音，怕他待会儿边打电话边开车会出事，便担心地说："不用这么快，我没事，我挂了，你开车别打电话。"说完，就挂掉了电话。

打完电话，杨红又有些后悔，也许不应该把他搅进这事来。如果真的有什么事，那不等于又提醒他那些过去的伤痛？她想再打个电话，就说刚才是开玩笑的，但容不得她再打电话，彼得已经来到健康中心了。

女医生开始向彼得讲解，杨红感到彼得悄悄握住了她的一只手，但眼睛只看着那个女医生，点着头："哦，哦，是这样的。"那个女医生也时常冒出一个"你妻子""你妻子"的，杨红觉得心里很甜蜜，如果只有自己生了病才有这种机会，那生病也是值得的了。

走出健康中心，彼得拿出电话，对杨红说："你需要到T市的约翰森大学医院做一个检查，看看卵巢有没有问题，我来跟你预约一下，我明天上午有空，你明天有空吗？"

杨红不知道发生了什么，她也不关心，只要彼得在这里为她安排一切就行了，于是说："明天没问题，我请个假就行。"然后她听见彼得拨了电话号码，约好了时间。

彼得大多数时间都握着杨红的手，连拨电话都是用一只手拨的，这让杨红很开心，但也有点意识到事情可能比较严重，他是不是也在给她一点这个世界的人气？她不问他，等他自己来告诉她究竟是怎么回事。

开车回家的路上，彼得告诉杨红："你可能有子宫肌瘤，不过你不用着急，子宫肌瘤是良性肿瘤，有很多治疗办法，如果不准备生孩子了，可以把子宫全切掉，如果还想生孩子的，可以采取保守疗法。"他还说了一些，但杨红只听见一个词：子宫肌瘤。

回到杨红的住处，刚好海燕也回来了，听到这事，她安慰杨红说："这个真的没事，我妈妈三十多年前就因为子宫肌瘤切除了子宫，还切除了一侧卵巢，现在八十岁了，还挺健康，连开刀的疤痕都长没了，我待会儿给她打个电话，让她跟你谈谈。"

杨红说："不用了，我想一个人待一会儿，在网上查查相关信息。"

海燕说："别忘了，网上是什么人都可以贴东西的，不可不信，也不可全信，多看几家，问他们要统计数据。"

彼得在桌子对面看着她，过了一会儿，点点头，说："也好，跟医院约了明天八点半，早上上班的人多，可能会塞车，我们早点走，我六点过来带你去T市。今天早点睡。"

晚上，杨红谢绝了海燕要陪她的建议，一个人待在卧室里，打开电脑，在网上搜寻"子宫肌瘤""卵巢肿瘤""卵巢癌"等关键词。

这真是一个信息爆炸的年代，网上有关这几个问题的文章数不胜数，杨红找了几篇仔细看了看，然后就很快地浏览其他的文章，内容差不多是一样的，大同小异，看了一个多小时心里基本有个底了。子宫肌瘤的确没什么可怕的，倒是卵巢肿瘤的问题会大一些，因为子宫说到底只是一个装胎儿的袋子，有它没它只是影响到能不能生孩子，不影响别的。

但是如果卵巢有问题呢，就会影响到内分泌。如果两个卵巢都切掉，体内的雌激素水平就会大大降低，不光不能生孩子，还会像梅拉蒂担心的那样，提前进入更年期。那就会像老女人一样，皮肤发干发皱，性欲降低消失，下体干燥不能房事，总之，女人的一切性征就消失了。

她继续搜寻，看到一些很鼓舞人心的文章，说妇女在双侧卵巢切除后，可以用雌激素来维持对身体激素的需要，大多数都能维持到正常水平。当然，卵巢切除了，就不会排卵了，也就不能生小孩了。杨红想，梅拉蒂不肯切两侧，大半是为了能为彼得生个孩子。

想到这一点，杨红希望自己能保留子宫，至少保留一侧卵巢，因为她很想很想为彼得生个孩子。她想，不管他爱不爱我，不管我能不能跟他在一起生活，我都愿意为他生个孩子，因为他那么喜欢孩子。我和他生出来的孩子应该会像他跟梅拉蒂生出来的孩子。最好生个女儿，那么梅拉蒂就从某种意义上活回来了。杨红在网上搜寻了一下有关代孕母亲的文章，发现这个想法是切实可行的，因为代孕母亲根本不用跟精子的提供者发生关系。

但她又想，如果不切就有生命危险的话，我还是要把该切的都切了。我有儿子，有父母，有这么多朋友和关心我的人，我不能随随便便死了，让他们都为我痛苦。特别是彼得，如果他知道我是想为他生孩子才保留卵巢的话，那他就要再一次内疚痛苦了。

她也想到周宁，要不要告诉他一下？从他这次对待离婚的态度来看，他是不愿跟我离婚的，也许告诉他对他反而有好处？这样他会认为我要离婚，不是因为不爱他，而是因为肿瘤，那他心里头、面子上都可能好过一些。

杨红想了一下，就跟周宁打了一个电话，说自己患了子宫肌瘤，想了想，又加上一句，说还有卵巢癌，要把这三样一起切掉。切掉后，自己就提前进入更年期了，然后，她几乎是照本宣科地把网上有关卵巢切除后的症状给周宁念了一遍，说：“我告诉你这些没别的意思，只是想说，我提出离婚主要是因为这事，我不想连累你。”

周宁一直默默地听着，最后说：“你这事来得太突然，我不知说什么好，而且我现在马上去上班，带学生实习，我安排好学生再打给你。”

挂上电话后，杨红很后悔撒了这个谎，应该说是撒了这半个谎，也许这会成为一个不好的兆头，明天就真的查出自己是患了卵巢癌。如果周宁因为这事心慌意乱，开车出了什么事故那就糟了。杨红拿起电话，想再打给周宁，但周宁的电话已经关机。她想，他知道开车时关机就好，免得出问题。

过了一会儿，周宁到了实习的地方，就打电话过来：“这事到底是不是真的？你是不是在考验我？如果你是考验我，那就不必了，你知道我这个人的，别的不说，义气还是有的。你现在出了这么大的事，我不会丢下你逃跑的。如果我在这种时候丢下你，我还算人吗？我在朋友面前还抬得起头来吗？社会舆论不把我骂死了？”

杨红赶快说：“我不是要考验你，我只是告诉你一下为什么离婚，婚还是要离的。”

周宁说：“真搞不懂你们女人，说了不会逃跑的，还担个什么心呢？”

杨红只好如实坦白：“我不是担心你逃跑，我告诉你这些，只是想让你心里好过一些，免得你因为我不爱你难过。婚是肯定要离的。”

周宁叹口气：“说起来是十四年的夫妻，你真的是一点不了解我。你不了解我，你还不了解这个社会吗？你说你不爱我，我没面子，但那只是你一个人瞧不起我，我能挽回就挽回，挽回不了就离婚，谁也不用拴在一棵树上吊死。别人顶多笑我老婆一出国就把我甩了，在社会眼里，我是个不幸的人，而你才是个卑鄙的人。现在你说你生肿瘤生癌，你再叫我跟你离婚，那你不是叫我做个小人？让所有的人都瞧不起我？让这个社会谴责我？你到底是因为不爱我才要离婚的，还是因为生癌才要离婚的？你说清楚了，我好决定，你这样翻来覆去的，完全把我搞糊涂了，我不知道应该信你哪一句。”

杨红肯定地说：“是因为我不爱你，我没癌，也没肿瘤。对不起，我是好心办了坏事。你别多想，开车小心，不要开太快，喝了酒千万不要开车，也不要老是在外面打麻将，多在家……”

她听见周宁匆匆说：“又来了，又来了，我又不是小孩，这些我都知道。”说罢，又有几分伤感地说，“你已经下了决心不要我了，还管我这些干什么呢？你自己好好休息吧，没事别翻来倒去的，本来是很简单的事情，你一搞就搞复杂了。”说完就挂了电话。

杨红挂上电话，心想其实应该想到周宁对这件事的反应会是这样的，那就不会多这一事了。周宁就是这样的人，他讲义气，为朋友可以两肋插刀，如果朋友叫他帮忙打架，他肯定是万死不辞的。但如果老婆叫他做家务，那他就能推就推，推不掉就恨不得插翅飞走，飞不走就磨洋工。可能在大风大浪面前，他的表现是算得上讲江湖义气的。但大风大浪之后的平淡日子里，江湖好汉周宁就难以忍受了。其实他这种作风倒也符合江湖上的那套，哪个江湖英雄会喜欢做家务陪老婆？还不都到江湖上切磋武功去了？

人们常说：“疾风知劲草，烈火识真金。”“路遥知马力，日久见人心。”一个人要经得起这四句话的检验是很不容易的。一些人在前两种情况下会临阵脱逃，另一些人在后两种情况下会逐渐褪色，有一些人既经不起前两句的检验，也经不起后两句的检验。一个人经不起检验，就会被认为人品有问题，就是小人，就会被社会唾骂。

也许在责备被检验的人经不起检验之前，应该问一问，这个检验有没有必要？是不是他应该经受的检验？为什么要把一朵玫瑰放到疾风中去检验然后骂它不是劲草？或者把一块铁扔到烈火里去检验然后骂它不是真金？它们本来就不是劲草不是真金，世界上不是只有劲草和真金才有价值的。

杨红想：如果周宁不爱我，我也不爱周宁，为什么社会、舆论、朋友要强求他仅仅因为我生了癌就跟我死守在一起呢？彼此相爱，我生不生癌，他跟我在一起都是对的；彼此不相爱，我生不生癌，他都不必跟我在一起。这跟社会、跟舆论有什么关系？如果每个人都是自立的，如果爱情是维系婚姻的唯一纽带，大家结婚是因为爱，相守是因为爱，不爱就别结婚，不爱就别相守，那这个世界会少很多怨偶。

大风大浪之中，彼得跟梅拉蒂守在一起，是因为他们彼此相爱，命运的打击使他们的爱更坚定更美好。这不关社会什么事，这是他们自己的事，不过要是在中国，就是社会的事了，可能又要树成一个典型。彼得肯定是打死也不当这种典型的，就像当年陈大龄害怕披红戴花地跟讲师团出发一样，这完全是社会为了自己的需要把他们的真情实感拿出来搞笑。

至于我和周宁，大限来之前就决定各自飞了，为什么大限一来，却要他守着我呢？守在一起，又有什么幸福呢？他守着，是迫于舆论，那他守得不开心；我被他守着，天天听他牢骚满腹，看他脸色，我也不开心。究竟谁开心？只有社会开心，连舆论都懒得理你了，除非你不守了，舆论才跳出来指责你。

杨红想起在网上看到的一篇论文，说一个社会，它的社会福利越差，它越强调家庭婚姻的稳固性和责任义务，它实际上是把很多社会的责任下放到家庭头上去了，因为它不想让每一个家庭把自己的成员扔到社会上去，由社会来管，因为它管不了。你家有人中风了，你自己把这事搞定，社会不会来帮你忙，你上班下班，做家务，侍候病人，累死也是你自己的事。你不搞，社会就要出来骂你了，说你不孝顺，不仁义，不讲亲情，不道德，一直把你搞得臭不可闻，从道德上判了你的死刑才罢休。这基本上是几千年的传统，所以大家觉得天经地义，谁遇上了，谁自认倒霉。所以天天大讲家庭的重要性，等你们自己消化矛盾，莫来找我社会的麻烦。

但杨红听海燕讲过，说她妈妈移民加拿大后，曾经中风过一回，不仅所有医疗费用是免费的，连伙食也是免费的，从医院回来后，搞社会福利的还专门派义工上门来为她妈妈洗澡翻身喂饭，派理疗师上门来做理疗，派护士上门来护理，照顾得很周到，使她妹妹不必待在家里照顾母亲而不能上班。这既能让那些病人家属安心上班，又增加就业量，还培养出一些有爱心的义工。

杨红想起自己的外婆，病在床上很久，脾气一天比一天坏，动辄发脾气，看谁都不顺眼。无论怎样照顾她，她都是不满意，搞得家人痛苦不堪。到最后是靠输液来维持生命，她没有公费医疗，都是自费，又从经济上把一家人拖得焦头烂额，但谁也没办法从这个苦难中解脱出来。不要说那时没有安乐死，就是有,谁又忍心谁又敢提出让她安乐死？当社会福利没有达到一定程度的时候，一个人只能希望自己不遇到这种灾难，不然怎么样都是痛苦。但哪个家庭都有老人，那个家庭都可能有病人，谁都可能走到这一步。

她想：我还不如移民到加拿大去，那样即使我有癌，我能动的时候自己照顾自己，不能动了，社会会照顾我，我不用拖累任何人，也就不用看任何人脸色。听说加拿大对小孩的福利政策也很好，那即使我死了，周怡也不会流落街头。如果社会能把这些事解决了，婚姻家庭就少一些责任义务，夫妻守在一起就更多的是因为爱情了。

她想到周宁的担心，就觉得应该尽快把离婚的事办了，不然等真的查出癌来，他周宁迫于社会舆论的压力，就不敢离婚了，那会拖累了他，也把自己搞得不愉快。她马上打了个电话给周宁，说："你能不能找找你的熟人，把我们的离婚尽快地办了？"

"你这么急？人找好了？等着出嫁了？"周宁嘲讽地说，"这回搞稳妥了啊，别搞得像上次陈大龄那事一样，自己在那里一厢情愿的，别人可是一下乡就没气了。"

"这次不会，"杨红说，"你出国的事也不会受影响的，入关时没人查你的结婚证。"

11

杨红不想把自己一个人关在卧室里，因为那样的话，海燕会认为她在担心着急，那海燕也会着急的。她知道海燕这几天很忙，有考试，有报告，还有教学的事，她不想海燕为她而影响学习。她觉得彼得说得对，快乐分享，痛苦独尝。

因为快乐可以拷贝、复印，一份又一份，跟多少人分享，就能拷贝、复印多少份，而原件不会有多大损失。但痛苦只能传染，传染给了别人，自己的痛苦并不能减轻，说不定反传回来，加重病情。

杨红走到厨房去，为周末教堂搞的活动烤蛋糕，做红烧排骨。海燕看见她出来，走过来跟她说话。

“你去做床上功夫吧，”杨红笑着说，“你陪着我，我还以为自己得了什么大不了的病呢。不就是几个瘤吗？网上说了，可以像挖土豆一样一个一个挖掉。”

海燕看看她，说：“好，这才像个女人，如果是他们男人，早吓趴下了。”

“为什么？”

“男人得了子宫肌瘤还不趴下？”说得两人都笑起来。

杨红自己也感到很奇怪，因为自己并不仅是外表装作平静，心情也很平静，就像在看一部小说一样，里面有个叫杨红的，被查出生了子宫肌瘤，而且可能还有卵巢癌什么的。她记得彼得以前在口语班讲到虚拟语气的时候，用了一个例句。她当时不是很懂，但最近一段时间好像慢慢开始理解了。那句话翻译成汉语就是：“像看生活一样看小说，像看小说一样看生活。”

看小说要像看生活一样，因为只有那样，你才能够投入地去体会人物的命运，为他们的命运真心地喜怒哀乐。每看一本小说，你就能体验一次生活，虽然是别人的生活，但因为你的投入，也变成了你的体验。一个人在现实生活中只能体验一次生命，但因为小说，人就可以体验多重生命，并且从这些体验中获得经验，吸取教训，从而丰富自己的生命。如果你仅仅把小说当作一个作者编出来的故事，把小说中的人物当作作者塑造出来的人物，那你是不可能有深刻的体验的，因为你从一开始就不认为那是真实的人生，你把你的重点放在作者怎么写、怎么刻画上去了。那样看小说，你最多学一些写作技巧，而那往往不是作者写小说的目的。

海燕说她之所以能主持《海燕信箱》，为别人排忧解难，就是因为她看了很多小说。她说她一直到二十七八了，都还没有男朋友，还在那里“爱情可遇不可求”着，那些年，她把所有的闲暇时光都用在看小说上了。古今中外，只要找得到的，都看。她看小说尤其爱摘抄里面有关生活哲理的句子，她妈妈笑她是“抄书匠”。那些话她抄了，就不知不觉地记在心里了，也许不是记，而是理解了，变成了自己的东西。海燕说她自己的生活平淡无奇，但这些小说中的生活丰富了她的生命，使她能悟出一些人生的道理。那些人生的道理帮助她理解生活，领悟人生，乐观地面对挫折和打击。

看生活要像看小说一样，也就是说时不时地，你要让自己与生活拉开一段距离，仿佛是旁观者，在观察别人的生活。当你能做到这一步的时候，你就能比较平静、比较客观而且全方位地审查自己和别人，不仅看到每个人的缺点，也看到每个人的优点。不光看到一件事的正面，也看到它的反面。特别是当你在生活中遇到麻烦和痛苦的时候，与生活拉开一段距离，就是与痛苦拉开了一段距离。由于你的旁观，你能看见可恨的人与可爱的人一样，都活得不容易。可恨的人之所以成为可恨的人，也是生活造成的。隔着一段距离看可恨的人，你能更容易地理解他、原谅他；而隔着一段距离看可爱的人，你会觉得他更可爱。

人生就像一本书，人们就是书中的人物。生活分配给每个人不同的角色，但一个人物的故事迟早是要结束的，而其他的人物则会陆陆续续写出来。杨红想：这次，写生活大书的作者看中了我，特意为我这个平凡人写了个不平凡的情节，让我体验一下得癌的滋味。作者可以把我写成一个胆小怕死、哭哭啼啼，只想着自己的病痛，最后被病痛压倒而且拖累大家的女人，也可以把我写成一个勇敢坚强、不怕病痛、乐观生活，给自己周围的人带来快乐欢笑的女人。如果不管写成什么样终归是要把我写死的，那我宁愿作者把我写成后者，给大家带来欢乐。

杨红想到自己可能得了癌症，只有一个担心，就是儿子。她觉得周宁一个人是不能把儿子带好的，这段时间，他就经常打电话抱怨说儿子不怕他，总是没轻没重地乱打他。杨红觉得周宁在教育儿子的时候，没有一定之规，全看自己心情好不好。

心情好的时候，儿子打他也没事；心情不好的时候，儿子一碰，他就大发脾气，要把儿子揍一顿。这样会搞得儿子无所适从。小孩子正在学习人生的规则，你没有规则给他遵循，他就不知道该怎么办。你有时让他打你，有时又不让，他就不知道打你究竟是对还是不对。除此之外，如果儿子让周宁带着，可能会变得跟他一样，只想玩，不想学习。

杨红走到海燕的卧室，说：“海燕，我想托你一件事。”

海燕拉着她的手，到客厅的沙发上坐下，说：“正面思考！现在还没有去检查，不要事先就把自己吓垮了。我有个初中同学，下了乡，很久没被招工回城，别人都走了，他觉得自己这辈子没希望了，就自杀了，结果招工的表第二天就到了。”

“我知道要正面思考，不过你说过，凡事要做最坏的思想准备，向最好的方向努力，所以我这是在说最坏的可能。如果我有个三长两短的话，你能不能帮我把儿子带大？”

“首先我要说，你不会有三长两短的，因为即使是癌症，也是可以治愈的。”海燕握着她的手说，“现在再来说万一，万一你有个三长两短，我一定会帮你把儿子带大，不管用什么方法，我一定会把你儿子弄到我身边来，就算是违法乱纪，就算是嫁给周宁，我也会做到。”

杨红不好意思地笑了笑：“我怎么会让你去违法乱纪呢？我会在我死之前就把儿子过继给你。”说着，她就把自己已经跟周宁协商离婚的事告诉了海燕。

“你不会死的，要死也会在我后面死，你没听彼得说，女人的那几种癌是幸福癌？是可以彻底治愈的，无非是一切了之，不要把癌症等同于死亡。你还年轻，你还要活很多年的，别胡思乱想了。彼得在下面等你，明天你起得太早，会把我和安吉拉吵醒的，你今天就跟他过去吧，我们明天可以多睡会儿。”

杨红被这突如其来的消息弄得不知所措，她不相信海燕会因为怕吵叫她去彼得那边睡，她只觉得心跳得很快，呆呆地望着海燕。

海燕把手机放在杨红手里：“带着这个手机。周宁刚才打电话问我你是不是得了癌症，我已经告诉周宁这是我们的新电话了，他以后会打你的手机。知道你不愿撒谎，怕遭雷打，我已经帮你把谎撒好了。怎么样？偷情有一套吧？”看杨红仍然目瞪口呆，又开玩笑说，“怎么？怕我经不起周宁的严刑拷打，叛变革命，供出你来？我不是江姐，可她的台词我会：‘上级的姓名住址我知道，下级的姓名住址我也知道，就是不告诉你。’你放心，周宁就是灌我辣椒水，我都不会招，反正美国辣椒不辣。不过如果他施美男计，我就不敢担保了。”

杨红犹豫着，不知道这一切到底意味着什么，海燕微笑着说：“你不是想跟彼得在一起吗？想，就去吧，你已经跟周宁提出离婚了，他也同意了，现在也算是事实上的分居了。”

杨红手里的电话响了起来，她拿起来，喂了一下，就听见彼得的声音：“特蕾莎？快下来，我在等你，外面好冷。”

杨红什么也顾不得了，跑进卧室，拿了明天上医院要带的东西，就飞奔下楼去了。

在楼下，她看见彼得穿着长大衣，领子竖了起来，正站在冷风中抽烟，见她出来，就灭了烟，走上来，打开大衣，把她关了进去。她听见他的心在有力地跳动，他的胸膛很温暖，有一股好闻的男人味道。

“外面这么冷，为什么不上去？”杨红躲在大衣里问。

“总要给自己留点面子吧？如果你不肯下来呢？”彼得小声笑着说，“我可以开着车就逃跑，神不知鬼不觉，以后打死也不认账。”杨红心想：我怎么会不下来，你现在就是在地狱里叫我，我也会飞奔而去。

来到彼得那栋楼前，彼得像上次那样，握着杨红的手，带她上楼。进了门，两个人开始脱大衣。杨红边脱边问：“为什么？”

“我爱你。”

彼得脱了大衣，上来拥住杨红，轻声笑着，附在她耳边说：“我这个口语老师怎么教的？连这么重要的情景对话都没教你。现场教学，学了就用。好，再来一次，我爱你。”

杨红被彼得的胡子刺得左逃右躲，但被他箍得紧紧的，逃不掉，他的气息吹在她耳边，热热的痒痒的，令她心旌摇荡，于是轻声说：“我也爱你。”

彼得一把抱起杨红就往卧室走。

杨红挣扎着，说：“让我洗个澡吧，在医院搞了大半天，连澡都没洗。”

彼得无奈地摇摇头，放下她：“服了你了，关键时刻停水停电。”他找出一件T恤，递给她：“没带睡衣吧？穿这件吧。”

杨红站在莲蓬头下，让温暖的水从头上冲下来，觉得什么都跟上次一样，但仿佛又什么都跟上次不同，是不是自己的病很严重？不仅仅是子宫肌瘤？是不是已经确诊是卵巢癌了？所以彼得像对待一个行将就木的人一样，把他自己都舍出来了？就像监狱里让那些死囚临死之前大吃大喝一顿一样？她决定不去想这么多，爱需要体会，你不相信他爱你，那你就没得到他的爱，哪怕他爱得地动山摇，你也没受到丝毫震荡。杨红想：就算他只是为了安慰我，能跟他在一起也是幸福的。

她听见彼得在转门把手，想起自己刚才习惯性地闩上了门，不知道该不该去把门打开，她的心咚咚地跳着，想了想，还是踮着脚尖走过去把门闩打开了。彼得站在门外，听见里面门闩一声响，知道杨红打开了门，便不客气地推开，闯了进去，一把把湿漉漉的杨红搂在怀里。

杨红轻声问：“我是不是要死了？”

“怎么死？爱死？”彼得轻声笑着，“当然，你会死一次又一次。”

“不是那个，我说的是——癌症。”

“癌症先生在哪里？它比我还厉害吗？”彼得见杨红认真地望着他，也认真起来，把她搂得更紧，“不，你不会死的，我不会让你死的，绝对不会，我向你保证，不会让你死。”

三天过去了，约翰森大学医院说过今天下午会打电话通知检查结果。杨红本来想让他们把电话打到彼得那里，因为她怕自己听不懂。但医院说这是个人隐私，只能通知她。杨红把电话放在桌上，一边上网一边等电话。

她并不急于知道检查结果：如果有癌，早知道也不是什么好事；如果没癌，她怕彼得就要功成身退了。

这三天，两个人是真真切切地爱了死，死了爱，她不知道自己为什么可以在一次做爱当中，一而再再而三地感受到那种极度的快乐，到底是自己三十如狼，还是彼得技术高超？她觉得这些都不是关键，关键是她爱他，跟他在一起的时候，她的心她的人都是温软的，而他仿佛每一分钟都在做前戏。他可以把任何一个字都扯到那上面去，几乎每一个字都是“禁”字，大小多少、长短软硬、上下前后、轻重深浅，她说一句话，彼得就可以色色地笑着，把那话理解到别处去。杨红也不知为什么，就他这么说，这么笑，就可以把她弄得情不自禁。只要进了家门，彼得就不老实了，时不时地就会凑上来，搂一搂，抱一抱，摸一摸。如果说这些使她身体酥软的话，那么，云雨之际，彼得关爱地问她“好不好？”“喜欢不喜欢？”“不好就告诉我”，就使她灵魂也酥软了。

彼得称自己是“性学博士”，他好像很快就读懂了她身体的语言，甚至连她自己都不懂的时候，他就懂了。他知道在她一个高峰之后，给她一点休养生息的空隙，就像荡秋千一样，他把她推上顶峰，让她自己荡回来，积蓄力量，等待他再次一推。待时机成熟，他就再一次推动她冲向一个新的巅峰，直到她精疲力竭，告饶为止。那时候，他会说：“宝贝，最后一次，跟我一起来。”那时，她会感受到急风暴雨般的进攻，听到他急促的鼻息震动她的耳膜，几乎是在她自己快乐得就要晕眩的时候，她听见他在耳边轻唤：“宝贝，我来了，我来了。”

然后，世界不复存在……

跟彼得在一起的时间越美好，杨红就越担心这只是他在危难关头对她的安慰。但他似乎又是认真的，他已经把这事告诉了陈大龄，陈大龄给杨红发来一封电邮，说得知你跟小墨在一起，很为你们高兴。他称呼她“小红”，这还是第一次，他以前的明信片上都没有称呼，只写着“祝你……”，这次好像是把她当家里人了。

陈大龄在电邮里引用了一首英语哲理诗，大意是说林子里有两条路，都通向同一个地方，但一个人只能选择一条。选择了任何一条，都有可能为没有选择另一条而后悔，因为你没法看到那条路上的风景。陈大龄说："你们很幸运，因为你们有幸把两条路都走一走，把两条路上的风光都看一看。小韵在天有灵，一定会衷心祝愿你们两人幸福。"

杨红觉得陈大龄说得对，我有幸走过了两条路，一条是错失真爱的路，看到过那条路上的风景，痛失陈大龄的感觉太痛太深，使我立志再不要犯同样的错误。现在我又看到抓住真爱这条路上的风景，太美太美，使我担心一切都会在转眼之间逝去。因为除了安慰，我实在想不出彼得有什么理由会爱我。如果是因为我有那么一点像梅拉蒂，但上次已经证明那还不足以让他爱我。

彼得在那一条路上看到的是他心爱的女人被癌症夺去生命，他一直把那当作他自己的过失，永远在为梅拉蒂的死内疚。现在在这一条路上，另一个女人又可能面临同样的命运，但他要用他的爱来拯救她，弥补他上次的过失。从这个意义上讲，杨红希望自己没有癌，或者有癌但终于治愈了，也许那就能抹去彼得心上的阴影。

杨红忍不住要猜想检查的结果，有时拿出硬币来投一投，看看检查结果会是什么。有时她希望有癌，那样彼得就会守着她，就不忍离她而去。

她发现原来自己是这样爱彼得，这样在乎他。夜晚会醒来很多次，只为了证实一下他还在身边。每次做完爱，彼得都会把她抱在怀里，说要来点善后工作，搞搞救灾。但她想，他现在应该很疲乏了，她会搂着他，为他擦汗，用手梳理他的黑发，然后躺在他臂弯里沉沉睡去。但等到她半夜醒来的时候，他却拱到她怀里来了，像个小孩一样侧着身、蜷着腿，两手合拢，放在两腿间。她可以用手撑着头，长久地看他睡觉。就着夜色，她就那样看着他、守着他，听他平稳的呼吸声，看他的胸膛一起一伏，不敢相信自己有这样的好命，能跟他睡在一张床上。这种时候，她心里就响起那首"梦你"，觉得里面每一句都是为她写的。从梦见了你到梦想我和你再到和你一起进入梦乡，她一下子进入了天堂，只希望能够永远永远和你一起进入梦乡。

但大多数时候，杨红希望自己没有癌，至少希望能够治愈，因为彼得已经受过那样的打击了，不管他爱不爱我，他也会因为我的死而难受的。他是一个热爱生命的人，不管是谁的生命，他都想保护。杨红想不出怎样才能让彼得不必经受她的死带来的痛苦。逃得远远的，让他找不到？那他可能会把一生都花在寻找我上面。就让他陪着自己走完最后那一段？虽然那是我朝思暮想的，但他不是又要经历一次那些可怕的痛苦？杨红想，彼得最不喜欢的女人是哪种类型的？也许我让他相信我就是那种女人，那样他就不会留恋我了。

想来想去，杨红觉得还是不要生癌好。即使彼得功成身退了，生命还在，只要生命还在，就有希望，至少我可以住在一个有彼得的地方，就能看见他，听见他，即使是远远地看看他也很幸福了。虽然海燕说了，一个不爱你的人，你爱他干什么呢？可是这话说说容易，真要做起来是多么难啊。他不爱你，他并没有变成另一个人，他那些使你爱他的因素依然存在，你没有办法不爱他。能安慰你的，只有一件事，那就是你看见他生活得幸福，你会对自己说，他不爱我是对的，因为他跟她在一起更幸福。杨红想，如果我没癌，如果彼得还愿意跟我在一起，我就尽快把子宫肌瘤治好，为彼得生个孩子，找一份能赚钱的工作，让他去学医，去实现他的心愿，去治好那些生癌的病人。

不过世界上的事，好像都是不以人的意志为转移的，不仅如此，好像还专门跟人的意志作对。杨红想：既然我这么希望没有癌，我的癌是得定了的。

12

医院打电话来的时候，先核对杨红的姓名、年龄、家庭住址什么的，搞了一大通，才把检查结果告诉杨红。杨红知道自己英语不好，问了多次，最后才确信卵巢没事。她好像并没有欣喜若狂的感觉，反而觉得心一沉：彼得要功成身退了。她想象得出彼得那如释重负的样子：虚惊一场，没事就好，你多保重，再见。

尽管如此，她还是马上就给彼得打了个电话，因为她知道他一定也急着知道结果。

“哇！晚上我们庆祝一下！”彼得在电话里叫道，“我们去古巴餐厅吃饭、跳恰恰！”

那天晚上，彼得逼着杨红换上了他刚给她买的裙子，说是跳拉丁舞最好了。杨红从镜子里看见自己，抗议说：“这像什么？像个小女孩一样，哪像三十多岁的人？又露这么多。”

彼得把一根手指伸到她乳沟里点了一下，说：“你露了我的宝贝，我都没意见，你反倒有意见了？你脑筋里的条条框框太多了，谁规定三十多岁的女人应该是什么样？穿着好看，自己喜欢就行。我们男人看到你们穿得好看，才不管你多少岁呢。你穿着不好看，我们不看就是了，有几个男人指责过女人穿衣服跟她们年龄不相配的？只有你们女人自己，天天带着自己的户口，又带着别人的户口，核对大家穿衣服符不符合年龄段的要求。你们女人活得累，就是因为你们自己在那里定条条框框，你指责我，我指责你，你为难我，我为难你。”

“多少钱？”杨红翻翻价码牌，“一百多？这么贵？我从来没买过这么贵的衣服，也从来没人送我这么贵的东西。”

“怎么没人送？我不是人？不要骂我。”彼得从镜子里怜爱地看着她，“没人送，至少自己可以买来穿穿嘛。你对自己太苛刻了。女人都是爱美的，衣柜里永远都挂着一大堆衣服，衣柜里又永远缺少一件衣服，所以要不断购物。”他把价码牌剪掉，把自己佩服得五体投地：“哇，我真厉害啊，看一眼就知道你穿什么尺寸的衣服，以前跟梅拉蒂去逛购物中心没白跑。你看这件，简直像为你量身定做的一样。我很会宠女人的吧？女人生来就是要人宠要人疼的，是不是呀，特蕾莎？”

杨红觉得鼻子有点发酸，因为这么多年来，好像没有被人这样宠过疼过。

“嗨，嗨，不要这样嘛！”彼得看见她眼圈发红，小心地问，“是我说错了什么吗？一会儿出去吃饭，不要搞得眼睛红红的。来来来，拧我两把解恨。”

杨红转过身，搂住彼得：“不是你说了什么，而是我不知道你为什么要对我这么好。”

“原来是这样，还以为我说到梅拉蒂你不高兴呢，”彼得说，“为什么对你好？这是个卧室话题，在这里谈不合适。晚上我们在床上详细讨论，现在我来教你跳恰恰，待会儿吃完饭我们跳一把。”

…………

跟彼得在一起的日子好像过得特别快，杨红觉得每天都像在梦中一样，似真似幻，不敢相信她是真的跟他在一起，不敢相信他真的会爱她，在知道她没癌症之后还没有功成身退。彼得陪她去了几趟医院，做了更多检查，最后决定过一段时间做肌瘤切除术，这样不会因使用控制激素分泌的药物而影响性欲，也不会因为子宫全切影响生育。

彼得好像有用不完的精力，他说这学期是最闲的了，只是教教书，又因为是教汉语，不费事，所以经常带着杨红去健身、打球、游泳，像陀螺一样，不停地转。杨红不打球的时候，就坐在那里看他打，百看不厌。有一个晚上，彼得还把杨红拉到游乐场去，两人在冷风中坐那些过山车。杨红开始很不习惯，老把年龄挂在嘴边，被彼得七说八说的，也渐渐忘了这些，对他说：“只要你陪着，你现在要我上幼儿园都行。”

时不时地，杨红就会问彼得爱不爱她，为什么爱她，彼得就胡天胡地地说：

“因为我爱你，所以我爱你；不但我爱你，而且我爱你；如果我爱你，那我就爱你；宁可我爱你，我也要爱你……或者就一本正经地拟起《为什么爱你》论文提纲来：本篇论文分四个部分，用A、B、C、D代替；每个部分分四章，用甲、乙、丙、丁代替；每章分四个部分，用J、Q、K、A代替；每个部分分七个小部分，用东、南、西、北、红中、发财、光板代替……”

“我是问正经的。”杨红坚持说。

彼得不解地问：“为什么女人老要问男人这个问题呢？你不知道男人说自己心里话的时候是很尴尬的吗？我们男人就不问你们女人这个问题，只有当女人不爱男人了，男人才会追问：‘为什么你不爱我呢？你是不是勾上哪个有钱的老家伙了？’”

说到钱，杨红就想起一个问题。“你说过你想读医学院的，我想挣很多钱，让你去读医学院，做医生，做妇科医生，”杨红笑着说，“那样你可以天天合理合法地摸那些女人。”

彼得嘿嘿地笑起来：“把我说得像色狼一样。找不到女人的人才会想那些花招，像我这么有吸引力的，还用得着那样？再说，我老了，不行了，应付你一个都心有余而力不足了，哪有精力动别的女人。”说完，又严肃地说，“不过你想供我去读书，倒是把我感动了一家伙，无以回报，愿以身相许。但你不知道我是死要面子的吗？我父母都是医生，在加拿大有自己的诊所，如果我要靠人，我还会等到今天？我只在梅拉蒂生病的时候接受过他们的资助，因为那时用掉了很多钱。”

“可是我跟他们不同嘛，我们之间……”

“我知道，不然怎么说是死要面子呢？你不用为我操心，我能挣到足够的钱的。”彼得诡秘地望着杨红，“实际上，上半年我就拿到N州那边一个大学的工作机会了，是做助理教授的，可以转成终身制。”

“那你怎么不去那里，要到这里做讲师？”

“如果我说是因为你在这里，你信不信呢？”

“我不信。”

“不信就不用说什么了。”

“你好狡猾，绕来绕去的，就是不回答我的问题。”

彼得让杨红坐到自己腿上，握住她的双手，恳切地说：“其实你那个问题我早就回答了。当你问我大哥为什么爱你的时候，我就说了，女人那种无怨无悔、如痴如醉、飞蛾扑火一般的爱，是很让男人动心的。我知道你爱他爱了这么多年，时间空间都不能隔断，你可以自欺欺人到连自己也不再觉察的地步，但那天你为他痛哭的时候，我就知道其实你这些年，从来没有哪一天不是在爱他的。你的人在这个世界里一天一天地活着，履行你的义务，尽你的职责，但你的心只活在跟他相爱的那些天里。你可以为他生为他死，为他上天堂为他入地狱。只要他幸福，你为他做什么都可以。你不敢走近他，只是因为你怕周宁会去死，只是因为你脑筋里有太多条条框框，只是因为你不相信他爱你。一个男人能被一个女人这样地爱，不是说明他有内在的、经久不衰的魅力吗？美貌动人，真爱动心。男人的心不为这样的女人动，为谁动呢？我不是说每个男人，我是说我这样傻乎乎的男人。所以对我来说，周宁还是很好对付的，真正的情敌是我大哥陈大龄，他在你心目中的位置是很难替代的。”

杨红含着泪，用手捂住彼得的嘴：“你错了，我对他的爱已经成为过去了……”

彼得掰开她的手说：“不用解释，我懂的。其实一个人爱的，往往是一类人，而不是一个人，只要是她欣赏的那一类人，都会激起她的爱。爱一类人，并不等于性爱一类人，在同一段时间里，性爱是只给了某一个人的，但爱可以给一类人，或者把这种爱称作敬重、尊敬、欣赏更好理解一些。我觉得我跟我大哥是一类人，是你喜欢的那一类人，你没有理由不喜欢我呢。我说了，你想什么做什么我都猜得到。对不对呀，特蕾莎？”

“是不是我把‘爱你’两个字都写在脸上？”

彼得在她身上摸摸索索着说：“何止脸上，到处都有。这里，这里，这里……”过了一会儿，他停止嬉笑：“从这个意义上讲，我给你的不如你给我的，因为我跟梅拉蒂之间是既有性又有爱的。”

“爱没有什么如或不如的，你对她的爱能在我身上延续，我觉得很幸福。”

“延续这个词好，我喜欢，曾经有过一些女人，总想要超越梅拉蒂，要替代她，要把她从我心中赶走，但她们不知道，那是不可能的，不光因为梅拉蒂是一个各方面都很出色的女人，还因为她已经不在人世了，她就是不可超越的了。死，使爱凝固，使死去的人完美，活着的人是无法超越死人的。其实为什么要超越呢？像你说的一样，爱可以延续的嘛。”

…………

周宁和儿子到美国来的日子一天天逼近。杨红打了几次电话，问周宁请他熟人帮忙办离婚证的事搞好了没有。周宁开始说熟人出差去了，要等几天，后来又说还是等他来美国了再办，因为现在办了，怕到时美国移民局找麻烦。杨红说，我过关的时候，没看见他们查结婚证什么的，怎么会有麻烦？周宁说过关不查，但等我进了关，你什么时候不高兴，什么时候就可以向移民局举报我，那我不活得提心吊胆？你急什么？等着嫁人？

上次周宁这样问的时候，杨红还能泰然自若地回答，因为心里没鬼，现在就答不上话来了，只好放过这个话题，心想，大概只好等周宁过来再办了，不然他可以既不来美国了，也不办离婚，那时儿子就出不来了。但她觉得跟周宁的事不办好，对不起彼得，把他扯到这么个尴尬的境地，于是试着提提这事："周宁快来了。"

彼得微笑着看她一会儿，说："那又怎么样呢？"见杨红目瞪口呆地不说话，就告诉她，"我已经找了个室友，马上搬过去，这房子留给你们。"

"你这是什么意思？"杨红一把抓住他说，"我不让你搬走，我让周宁住海燕那边，我跟海燕都讲好了。或者我叫他不要来了。"

"你叫他不来，那不等于要了他的命？他是个爱面子的人，现在机票已经订了，可能饯行宴会已经开过了，在乡里乡亲面前已经说过马上要到美国看媳妇去了，你现在叫他不来，他还活不活？况且还有周怡呢？周宁不来周怡就没法来。"

"那你……？那我们……？"

"他来后，你们再决定吧。"彼得嬉笑着说，"那是你的麻烦，不是我的。"

"你不在乎？"杨红辛酸地问。

"你想要我怎样在乎呢？"彼得搂住她，"要我跟周宁打一架，把你抢过来？还是要我住在客厅里，你晚上偷偷溜出来幽会？"

杨红看着他的脸，搞不清他究竟在想什么："你是不是在心里盼望着他来？那样你就可以名正言顺地逃跑了？"

"你没办法理解我的心情的，还是不要难为自己吧。别把事情想复杂了，这不是十四年前，我也不是我大哥，社会也不是那时的社会，你会找到一个合适的办法的。只不过你在考虑是否跟周宁在一起的时候，不要把我算进去就行了。如果没有我，你仍然是要离开他的，那你就离开；如果没有我，你还能跟他过下去的，那就过下去。"

"那你……"

"我哪儿都不会去。生活可以过得简单点。不要去想什么心给了谁，身体给了谁。不用为我守身如玉，这不是谁愿意的，只是生活的安排。爱情是可以超越情欲与婚姻的，知道这是谁的名言吧？超越，不光是说没有性没有婚姻不影响爱，也包括超越你跟周宁的性和婚姻。”彼得又嬉笑起来，“切，没有这点胸怀，还当什么第三者？”

杨红捂住他的嘴：“你不是第三者，你是唯一。我知道你能超越这些，但我已经跟周宁协商好离婚了，他到这里来，主要是旅游一趟，把儿子送来。我跟他之间不会有什么了。”

“你的事，你拿主意。”彼得说着就一把抱起她，“与其在这里空谈，不如干点实事。”

…………

彼得已经把自己的东西搬到了新的室友那边，但家具、家电、厨房用具等等，都留在原来的房间里，给杨红一家用。卧室里的照片他都带走了，那两幅《无名女郎》他也拿走了。这两天，他人还在这边，准备等从机场接回周宁他们后就到新住处去了。本来海燕说去机场接人，但彼得说飞机到得太早，五点多，从这边三点多就要走，如果海燕去，又得把安吉拉也拖上，还是他去比较简单。

杨红不知道彼得心里在想什么，他看上去很平静，但她自己心里却很难受，虽然彼得一再说，不用为他守身如玉，但她知道自己不会再跟周宁做夫妻之间的事了，不管周宁是来文的还是来武的，而且从今以后，不是因为爱，她不会跟任何人做那事。

唯一令杨红开心激动的是儿子要来了，杨红已经为他买好了一切用品。节约是她的原则，但只要是儿子需要的东西，舒适、卫生、营养就成了她的原则了。彼得问了周怡的身高，带杨红去买了一个儿童汽车座椅，说周怡不够高，应该坐在儿童汽车座椅里面垫高，不然安全带会从他脖子那里横过，是很危险的。杨红说在国内都是大人抱着他坐车的，但彼得说那样不对，是对小孩不负责，这边抓住要罚款的。

彼得还帮她物色了一辆二手车，这样用车就不用找别人了。他说大人没什么，小孩子要用车的时候多，出去吃个麦当劳，上个游乐场，看个医生什么的，每次都得请人帮忙就麻烦了，别人也不见得正好有空。儿子要上趟麦当劳，总不能对他说：“等一下，让妈妈给这个叔叔那个阿姨打个电话，看别人有没有时间带我们去。”

杨红在国内开的是手动车，彼得就教她开自动车，说这个简单，只需一只手一只脚就能开，所以别人都叫它“残疾人的车”，既然你手动都会开，这自动车更没问题了。两人开车在外面逛的时候，彼得就指指点点地告诉杨红，儿子来了可以带他到这个地方玩，可以到那个地方吃东西，可以上这个小学，可以去那里钓鱼，等等。

杨红知道英语里有一句话，叫作“太好了，不可能是真的了”。她觉得她跟彼得的爱情就是这样，太好了，好到不可能是真的了。她总觉得某处的某件事，正在以某种方式出错，刚开始觉得这个某事是她会被查出有癌，等到发现没癌，她想那可能就是彼得要离开她了，但他又没离开，那会是什么呢？

她觉得写她生活这本书的作者，一直以来就是把她抛上抛下的：当她认为所有男人都是淫士，从而不再渴求浪漫爱情，准备平平淡淡跟周宁过的时候，这个作者给她的生活写进一个陈大龄，把她托到爱情的顶峰，然后，又让周宁以死相要挟，使她不能离婚，落入一个痛失真爱的苦难深渊；当她掉到婚姻失败、面临绝症的低谷时，这个作者又让天上掉下一块馅饼，送来一个彼得。现在她有了彼得，儿子也快来了，周宁也同意离婚了，她是名副其实地处在幸福的巅峰了，那么，这个作者又会把她抛到什么样的深渊里去呢？

她知道《梁祝》，她知道《天鹅》，觉得双双去死或者她一个人去死，都算不上深渊，于是她把《天使之城》找来看，等她看懂了故事，就手脚冰凉了。里面那个女医生，因为无力挽救病人生命而痛苦，这点跟彼得一样。彼得爱那首歌，就是因为能体会那个女医生的心情，但那个女医生最后是在骑自行车的时候，跟一辆很大的什么车撞了死去的！

周宁和儿子快上飞机的前一天夜里，杨红做了一个梦，梦见彼得开车的时候，放了两手，只把两脚搁在方向盘上，边吃饭边开车，还得意地对她说：“看见没有？我两脚就可以开车。”她心里很紧张，想叫他当心，快把脚放下，但却叫不出声。前边有一辆大货车，好像把两三条车道都挡住了，杨红惊叫着：“前边有车，快把脚放下。”但她仍然叫不出声。她奋力扑上去，想抓住方向盘，但已经晚了，轰隆一声，她心里只有一个念头，彼得撞车了。她找不到他的人，也看不见他的车，那辆大货车也不见了，只剩下茫茫黑夜，无穷无尽地包裹着她。她声嘶力竭地哭喊着，不知道该向哪个方向去找彼得。

有好一会儿，杨红都不知道自己身在何处，只知道自己满脸是泪，等到拭去眼泪，眼睛也慢慢适应黑暗了，才发现自己躺在床上。她急忙伸出手摸摸身边，碰到了那个温暖的躯体，但仍不放心，想开灯看看，又怕把他惊醒了，就悄悄地贴近他，听见了他均匀的呼吸。杨红放心了，只是一场梦，但刚才那种感觉，可以说比死亡还可怕。彼得伸过一只手搂住他，睡意蒙胧地问：“怎么啦？”

“做了个梦，梦见你……用脚开车，出了事。”

彼得半睡半醒地说：“那好啊，梦是反的嘛，我以后可以乱开了，不会出事了。”

杨红用手捂住他的嘴：“不要乱讲，不许乱开，你今天不答应我今后绝不用脚开车，我就不让你睡觉。”

“你有什么办法不让我睡觉？”彼得凑近她的耳朵，开始咬她的耳垂，“不停地做？”

“我在跟你说正经话，”杨红紧紧抱着彼得，“开车要小心，如果你出了什么事，我肯定是不要活了的。”

彼得伸出一只手，抹着她的泪：“嗨，嗨，不是在开玩笑吗？怎么当真呢？我又不是傻瓜，怎么会瞎开车？我不会有事的。我开了这么多年车，我不还是好好的吗？我不开英雄车，不开赌气车，不开醉鬼车，不开疲倦车，不开调情车，不开性爱车，我怎么会出事呢？你这样瞎操心，不把人操老了？要不，我现在起来写一份保证，向你表个决心？”说着，就装腔作势地要起床。

杨红按住他：“算了吧，你知道就好。”

彼得叹口气：“唉，女人啊，个个是高速公路杀手，开车开得令人毛骨悚然，还老在那儿担心男人开车。你们把这份担心用在自己开车上，就是造福人类了。”他一手伸进杨红的睡衣里，摸索着握住一个乳房，笑道：“撞车了？让我看看车头灯撞没撞坏。”然后又拉过她的手，放在他那已经在燃烧的部位，“怕我不会开车，来，你掌握方向盘，你说往哪开就往哪开。”

13

H大那边终于有了回音，同意杨红延长半年，说这事不影响买房子，但干部调整的事就要受影响了，因为你既然不在H大，总不能让一个职位一直空着。你现在这个职位就要给别人了，你回来后组织再考虑。

杨红听到这个消息很高兴，只要H大同意延长就好，她就可以在这边再待半年，用这些时间找工作。她现在只想跟彼得待在一个地方，他在哪里，她就在哪里。令人鼓舞的是，大姑妈在D大找到一个研究员的工作，她丈夫和女儿也过来了，一家人现在过得挺不错，已经在提买房子的事了。

彼得听说杨红延长的事批准了，很高兴，开玩笑地问她：“当不成官了，遗憾不遗憾啊？”

“不遗憾。现在就是让我当国家主席我都不会去当，我只要跟你在一起，干什么都行。”

…………

周宁父子乘坐的飞机是北京时间下午两点多起飞，也就是美国时间半夜两点多。早上十点多钟，杨红给周宁打了个电话，叫周宁到了 H 市机场打一个电话过来，她还从网上为他买了一张电话卡，把用卡的方法告诉了他，这样他到了美国就能随时用卡给她打电话，好让她知道他们的行程。杨红想到彼得去接机的情景，总觉得很对不起他，自己没有把周宁的事处理好，害得他处在这样一个尴尬的境地。主要是为了儿子，不然的话，把实情告诉周宁，叫他不来就行了。现在连实情都不敢告诉他，怕他把儿子当人质来要挟她。

晚上九点多，杨红打了个电话回家，看看准备得怎么样了。结果只有儿子和保姆在家，保姆说周宁去朋友家还没回来。杨红打周宁的手机，但他关了机，打不进去。杨红发现自己又开始生气，连连劝自己说，别生气了，他肯定是想在来美国之前打最后一次麻将。到了这边，他就打不成了，这里都是学生，一个个忙得脚不点地，哪有时间打麻将。不过肖娴说了，她会打麻将，老罗也会打，等你丈夫过来，我们四个人凑一桌。杨红心想，那好，把打麻将的风气带美国来了。一想到周宁来后的麻烦，杨红就觉得烦闷：不知道他会不会遵守君子协定，干干脆脆把婚离了。

半夜一点钟左右，杨红被电话铃声惊醒了，她怕吵醒了彼得，就赶快拿着手机走到客厅里去。她以为是周宁打电话来报告他们到机场了，结果电话是哥哥打来的，杨红马上感觉到出事了。

“出了什么事？”她焦急地问。

“周宁今天早上撞车了。他……”

杨红听说是早上，心想儿子应该不在车上，但她忍不住追问道：“周怡不在车上吧？”

“不在，车上就他一个人，大概是打完麻将回家的路上撞的。”

杨红听说儿子不在车上，马上松了口气：“又追尾了？周宁伤没伤？车撞坏了没有？”

哥哥说：“这次不是追尾，是跟人迎面撞上了，可能是他一晚没睡，开车时打瞌睡了，不过现在事故报告还没出来，不知究竟是怎么回事。周宁伤了，他……不过现在没有生命危险了，你不要急。我也是刚赶过来，还一头雾水。”

“他伤了哪里？重不重？现在谁在医院照顾他？”杨红觉得一切太突然，她还没法领会这件事的严重性和后果，只是无缘无故地想到：还好，不是彼得，儿子也没在车上。不过她马上意识到这是很罪过的想法，不论是谁，受了伤都是损失。

“他可能是伤了颈椎，现在胸部以下不能动，头也受了伤，不过已经脱离危险了。他现在还不太清醒，不能说话。我跟你嫂子都在这里，爸妈也都从家里赶来了，他那边的人也通知了，可能很快就到。”

杨红放下电话又往家里打了个电话，跟保姆和儿子说了几句，得知儿子基本不知道这件事，才放了一点心。她嘱咐保姆不要让家里其他人带周怡去医院，免得他看到什么可怕的情景。

彼得不知什么时候已经来到了客厅，坐在杨红身边，担心地看着她。杨红转向彼得：“周宁他……”

“都听见了，上网买张票，马上飞回去吧。”彼得拉起杨红，来到电脑前，开始搜寻近一两天的机票，因为票要得太急，价格都不菲。

“可是我的签证是一次性的，我回去就可能进不了美国了。”杨红担心地说。

“你现在不回去行吗？”彼得找到一张当天晚上的票，不由分说就订下了，用信用卡付了账，打印出一张电子机票，“要不你睡一会儿，我帮你把东西收拾一下？”

杨红挣扎着要自己收拾东西，彼得在一旁帮她。她一边收拾，一边想着什么东西应该带上，什么东西可以留下，想到这一点，她才开始悟出这件事的真正意义了，还有什么东西可以留下？自己这一去，还能回来吗？不光是个签证的问题，周宁如果瘫痪了，我还怎么能回到这里来？想到这里，就不由得哀哀地哭起来。彼得拉她坐到沙发上，把她抱在怀里，让她尽情地哭一会儿。他只怜爱地望着她，不知道该说什么。

杨红闭着眼躺在彼得怀里，静静地流着眼泪，悲哀地想，我现在走进了一个死胡同了。如果周宁伤得很重，瘫痪了或者怎么样的话，那我是很难跟他离婚的了，别人会说我抛弃了伤残的丈夫，社会舆论是不会放过我的，我自己也会觉得良心上过不去。十几年的夫妻，能把一个瘫痪的周宁放在那里不管吗？但是不离婚，我又怎么能跟彼得在一起呢？我不能把周宁一个人丢在中国，我又不可能把他带到美国来，我也不能要求彼得跟我去中国，那他成什么了？地下情人？带着一个孩子已经很委屈他了，现在再加上一个瘫痪的丈夫。如果撞车是周宁的责任，那还要加上对方的伤亡和车的赔偿，虽然车是买了保险的，但如果把对方撞成重伤或者终生残疾，保险从哪里保起？

看来命中注定我是不能跟彼得在一起的了，我应该放他一条生路，让他去找个更好的人。但一想到再也不能跟彼得在一起了，杨红又忍不住痛哭起来。

“我想我……我这次回去，肯定……是回……回不来了的，”杨红抽抽搭搭地说，“你不要等我了，自己找……找个人吧，你也不小了，也为梅拉蒂守……守了两年了……”

“怎么弄得像生离死别似的？”彼得为她擦擦泪，“你进不了美国，我可以回去的嘛。”

“你会回中国去看我？”

“看你？可能没那么简单吧？”彼得打趣说，“就看一眼？终归要做点实质性的事的吧？我现在是因为课没上完，走不开，不然我会跟你一起回去。”

杨红忍不住又哭起来：“可是我现在还怎么跟他离婚呢？别人不说我抛弃了伤残的丈夫？我什么可能都想到了，想到他会拖着不肯离婚，会抢小孩，会用自杀威胁我，可是我没想到会出这种事。我……”她哭得浑身颤抖，说不下去。

“人生会有很多苦难，但哭不能解决问题。你回去还有很多事要做，你这样哭，我怎么放得下心呢？你现在要打起十二分精神，不要弄得自己伤心，旁人伤心。有很多事，不是你想的那么可怕的，你现在连周宁伤得怎么样都不确切知道，何必预先就把自己哭坏了呢？回去先集中精力照顾周宁，别的事，以后会有办法的。车到山前必有路，船到桥头自然直。”彼得捧起她的脸，问，“你哭得这么伤心，又叫我去找人，你跑又不舍得，不跑又怕耽误我，你怎么爱把自己摆进一个绝境呢？你不用为我操心的，我好歹也算爱情专家了，我知道我自己要什么，知道什么时候该抓，什么时候该放，你不用为我做决定的。生命还很长，只要生命在，就有希望，就能找到一条出路。”

他抱起她，往卧室走：“现在先睡一会儿吧，早上起来再收拾。我圣诞节去看你，好不好？”

…………

送行的走到安检的地方，就不能再往前送了，彼得停住脚，说：“我只能送到这里了，你一路顺风，到了就打电话给我。”

杨红扑到他怀里，两个人紧紧拥抱，长久地吻在一起。很久，彼得放开她，微笑着说：“半年之前可能绝对没想到自己会在大庭广众之下来这一手吧？”

“没有。”杨红抬起头，“但现在你就算要跟我在这里做爱，我都不怕。”

“你不怕，我怕。”彼得笑着说，“我怕围观的人说我武器不精、技术不行。现在要进去了，不早了。”

两个人又拥吻一次，杨红才恋恋不舍地走进安检的区域。她走到机场的候机厅时，看了看表，还有二十多分钟，她知道航班提前半小时就开始登机，但那不等于她非得登机不可。于是，她又回转身，飞快地向安检处走去，边跑边祈祷：等着我，等着我，让我再看你一眼，就一眼。她跑到安检处，看见了彼得，他仍然站在那里。杨红扔了手提箱，跑出安检的门，扑到他怀里："没想到你还在这里。"

"又没想到吧？"彼得微笑着说，"可是我早就料到你会跑出来的。好了，拥抱一下，快进去吧，不然要误飞机了。"他指指杨红的手提包："我在这里，我跟你在一起。"

杨红从包里拿出那个 IPOD："这里？"

"嗯。"

杨红在起飞前的最后五分钟登上了飞机，她一坐稳，就拿出那个 IPOD，戴上耳机，那里面是彼得从网上下载的歌曲，但有一首是彼得自己唱的，是他今天上午专门跑到东亚中心的录音室去录的。歌名叫《此情可待》。杨红选了这首，就听见彼得的声音在她耳边响起，他说得不错，他的英文歌曲的确唱得很好，声情并茂：

远隔重洋，日复一日
我的心日渐疯狂
你的声音从电话里传来
但却无法消除我的痛苦
假如再也不能相见
又怎么谈得上永远

无论你去向何处，无论你所做何为
我总是在这里等你
无论代价多大，无论心有多碎
我总是在这里等你
…………

飞机起飞了，升入夜空，载着杨红向地球的另一半飞去……

（故事完，生活未完；谢谢关注故事，请继续关注生活）

图书在版编目（CIP）数据

绝不离婚 / 艾米著 .-- 武汉：长江文艺出版社，2016.6

ISBN 978-7-5354-8891-6

I. ①绝… II. ①艾… III. ①长篇小说—中国—当代 IV. ① I247.5

中国版本图书馆 CIP 数据核字 (2016) 第 119839 号

绝不离婚

艾米 著

选题产品策划生产机构 | 北京长江新世纪文化传媒有限公司
选题策划 | 金丽红　黎　波　安波舜
责任编辑 | 张　维　　装帧设计 | 郭　璐　　媒体运营 | 刘　峥
助理编辑 | 赵晨阳　　内文排版 | 张景莹　　责任印制 | 张志杰
监　　制 | 姚常伟
总 发 行 | 北京长江新世纪文化传媒有限公司
电　　话 | 010-58678881　　传　　真 | 010-58677346
地　　址 | 北京市朝阳区曙光西里甲 6 号时间国际大厦 A 座 1905 室　　邮　　编 | 100028

出　　版 | 长江出版传媒 | 长江文艺出版社
地　　址 | 湖北省武汉市雄楚大街 268 号湖北出版文化城 B 座 9-11 楼　　邮　　编 | 430070
印　　刷 | 北京正合鼎业印刷技术有限公司
开　　本 | 700 毫米 ×1000 毫米　1/16　　印　　张 | 19
版　　次 | 2016 年 06 月第 1 版　　印　　次 | 2016 年 06 月第 1 次印刷
字　　数 | 324 千字
定　　价 | 39.80 元